The Chase

A BUSCA DE SUMMER E FITZ

Tradução

JULIANA ROMEIRO

6ª reimpressão

A Editora Paralela é uma divisão da Editora Schwarcz S.A.

Grafia atualizada segundo o Acordo Ortográfico da Língua Portuguesa de 1990, que entrou em vigor no Brasil em 2009.

TÍTULO ORIGINAL The Chase: Briar U

CAPA E FOTO DE CAPA Paulo Cabral

PREPARAÇÃO Lígia Azevedo

REVISÃO Marise Leal e Luciane Helena Gomide

Dados Internacionais de Catalogação na Publicação (CIP)
(Câmara Brasileira do Livro, SP, Brasil)

Kennedy, Elle
The Chase : A busca de Summer e Fitz / Elle Kennedy ; tradução Juliana Romeiro. — 1ª ed. — São Paulo : Paralela, 2019.

Título original: The Chase : Briar U.
ISBN 978-85-8439-136-3

1. Ficção canadense (inglês) I. Título. II. Série.

19-23217 CDD-813

Índice para catálogo sistemático:
1. Ficção : Literatura canadense em inglês 813

Cibele Maria Dias — Bibliotecária — CRB-8/9427

[2022]

EDITORA SCHWARCZ S.A.
Rua Bandeira Paulista, 702, cj. 32
04532-002 — São Paulo — SP
Telefone: (11) 3707-3500
editoraparalela.com.br
atendimentoaoleitor@editoraparalela.com.br
facebook.com/editoraparalela
instagram.com/editoraparalela
twitter.com/editoraparalela

The Chase

BRIAR U

1

SUMMER

"Você está de brincadeira?" Encaro, boquiaberta, as cinco garotas que estão me avaliando. Todas têm cor de cabelo, pele e olhos diferentes, mas não consigo distinguir uma da outra, porque suas expressões são idênticas. Tem *muita* arrogância por trás do falso remorso que tentam transmitir, como se estivessem arrasadas com a notícia.

Rá! Sei que estão adorando.

"Sinto muito, Summer, mas não estou de brincadeira." Kaya me oferece um sorriso condescendente. "O comitê de ética leva muito a sério a reputação da Kappa Beta Nu. Fomos informadas esta manhã pela diretoria central..."

"Ah, é? Vocês receberam uma carta?"

"Não, um e-mail", ela responde, sem se dar conta de que eu estava sendo irônica, e joga o cabelo sedoso por cima do ombro. "A diretoria ressaltou que todas as garotas da fraternidade têm que respeitar os padrões de comportamento estabelecidos pelo comitê, ou nossa reputação correria risco."

"E *temos* que manter nossa reputação", interrompe Bianca, me fitando com olhos suplicantes. Das cinco garotas na minha frente, ela parece a mais razoável.

"Principalmente depois do que aconteceu com Daphne Kettleman", acrescenta outra, cujo nome não sou capaz de lembrar.

Não consigo conter a curiosidade. "O que aconteceu com Daphne Kettleman?"

"Intoxicação por álcool", a quarta garota — acho que o nome dela é Hailey — responde num sussurro enquanto olha furtivamente ao redor, como se tivesse uma escuta escondida nos móveis antigos da sala de estar da mansão.

"Teve que fazer lavagem estomacal", a menina sem nome revela, animada. O que me faz imaginar que talvez tenha achado o máximo que Daphne Kettleman quase tenha morrido.

Kaya interrompe, seca. "Chega de falar dela. Você não tinha nem que ter tocado no assunto, Coral..."

Coral! É esse o nome dela. Soa tão idiota agora quanto quando a garota se apresentou, quinze minutos atrás.

"Não falamos em Daphne nesta casa", explica Kaya.

Meu Deus. Uma mísera lavagem estomacal e a pobre garota vira o próprio Voldemort? A sede da Kappa Beta Nu na Universidade Briar é muito mais rigorosa do que a da Brown.

Pra você ter uma ideia, estou sendo expulsa antes mesmo de entrar.

"Não é nada pessoal", continua Kaya, oferecendo outro sorriso falso para me consolar. "Nossa reputação é muito importante, e apesar de seu histórico familiar..."

"Histórico *presidencial*", ressalto. *Rá! Engole essa, Kaya!* Minha mãe foi presidente de uma sede da Kappa nos dois últimos anos da faculdade, assim como minha avó. As mulheres da família Heyward são sinônimo de Kappa Beta Nu, assim como os homens são sinônimo de abdome definido.

"Como eu disse, sabemos do seu histórico *familiar*", insiste ela, "mas já não damos tanta importância a esses laços ancestrais."

Laços ancestrais? Quem fala assim? Ela veio direto do passado numa máquina do tempo?

"Temos regras e políticas. E você não saiu bem da sede da Brown."

"Não fui expulsa da Kappa", argumento. "Fui expulsa da *Brown*."

Kaya me encara, incrédula. "Isso é motivo de orgulho para você? Ser expulsa de uma das melhores faculdades do país?"

Respondo com os dentes cerrados. "Não, não me orgulho. Só estou dizendo que, teoricamente, nunca saí da fraternidade."

"Pode ser, mas isso não significa que tem o direito de morar aqui." Kaya cruza os braços sobre o suéter de lã branca.

"Entendi." Imito sua pose e cruzo as pernas.

Kaya pousa os olhos invejosos em minhas botas Prada de camurça preta, um presente da minha avó por eu ter entrado na Briar. Dei risada quando abri, ontem à noite — não sei se ela sabe que só estou na Briar porque fui expulsa da Brown. Pensando bem, aposto que sabe e não dá a mínima. Vovó Celeste usa qualquer pretexto pra comprar algo da Prada. É minha alma gêmea.

"E você só pensou em me avisar *depois* que empacotei minhas coisas em Manhattan e vim até aqui?", pergunto, com um toque de rispidez na voz.

Bianca é a única que tem a decência de parecer culpada. "Sentimos muito, Summer, de verdade. Mas, como Kaya disse, a diretoria só entrou em contato hoje de manhã, então tivemos que votar e..." Ela encolhe os ombros de leve. "Desculpe", repete.

"Então vocês decidiram que não posso morar aqui."

"É", diz Kaya.

Olho para as outras. "Hailey?"

"Halley", ela me corrige, com frieza.

Tanto faz. Como se eu tivesse obrigação de lembrar o nome delas... A gente literalmente acabou de se conhecer. "Halley." Olho para a próxima garota. "Coral." E para a garota seguinte. Droga. Não tenho a menor ideia do nome dessa. "Laura?"

"Tawny", ela rosna.

Chutei errado...

"Tawny", repito. "Vocês têm certeza disso?"

As três acenam com a cabeça.

"Legal. Obrigada pela perda de tempo." Levanto, jogo o cabelo para trás do ombro e começo a enrolar o cachecol vermelho de caxemira em volta do pescoço de um jeito um pouco vigoroso demais, que parece incomodar Kaya.

"Não seja tão dramática", ela diz, sarcástica. "E para de agir como se fosse *nossa* culpa você ter tacado fogo naquela casa. Acho que a gente tem o direito de não querer morar com uma *incendiária*."

Me esforço para manter a calma. "Não taquei fogo em nada."

"Não foi isso que as meninas da Brown disseram." Ela aperta os lábios. "Bom, temos uma reunião em dez minutos. Acho melhor você ir embora."

"Outra reunião? Poxa, que agenda lotada!"

"Vamos organizar um evento beneficente esta noite para arrecadar fundos", diz Kaya, rígida.

Ah... "Pra quem?"

"Hum." Bianca parece envergonhada. "Precisamos de dinheiro para reformar o porão da mansão."

Meu Deus. Um evento beneficente pra *elas mesmas*? "Bom, é melhor deixar vocês se prepararem." Aceno de maneira descuidada com um sorriso zombeteiro e saio da sala.

No corredor, tenho vontade de chorar.

Essas garotas que se fodam. Não preciso delas nem dessa fraternidade idiota.

"Summer, espera."

Bianca me alcança na porta da frente. Abro um sorriso e pisco depressa para espantar as lágrimas que começaram a brotar. Não vou deixar que me vejam chorando, e ainda bem que deixei as malas no carro e só entrei com a bolsa. Ia ser constrangedor ter que arrastar tudo de volta! Fora que seriam várias idas e vindas, porque nunca viajo com pouca bagagem.

"Olha", diz Bianca, tão baixo que preciso me esforçar para ouvir. "Você tem sorte."

Arregalo os olhos para ela. "Por não ter um teto? É, tirei a sorte grande."

Ela abre um sorrisinho. "Seu sobrenome é Heyward-Di Laurentis. Você nunca vai ficar sem um teto."

Sorrio timidamente. Isso eu não posso negar.

"Mas, falando sério", sussurra ela. "Você não ia querer morar aqui." Seus olhos amendoados correm para a porta. "Kaya é o maior sargentão. É o primeiro ano dela como presidente, e o poder está subindo à cabeça."

"Deu pra perceber", digo, com frieza.

"Você devia ter visto o que ela fez com Daphne! Finge que foi por causa de bebida, mas na verdade foi só ciúme. Daph dormiu com o ex dela, então Kaya fez da vida da menina um inferno. Num fim de semana em que Daphne estava viajando, Kaya mandou 'sem querer'", Bianca faz as aspas no ar, "todas as roupas dela para uns calouros que estavam juntando coisas para doação. Daph acabou saindo da fraternidade e da casa."

Começo a achar que intoxicação por álcool foi a melhor coisa que aconteceu a Daphne Kettleman, se a tirou desse inferno.

"Tanto faz morar aqui ou não. Como você falou, vou ficar bem." Uso o tom de voz arrogante de que nada na vida nunca me afeta que aperfeiçoei ao longo dos anos.

É minha armadura. Finjo que minha vida é uma linda casa vitoriana e torço para que ninguém chegue perto o suficiente para ver as rachaduras na fachada.

Mas não importa quão convincente eu tenha sido na frente de Bianca, não há como conter a enorme onda de ansiedade que me atinge assim que entro no carro, cinco minutos depois. Minha respiração fraqueja, meu pulso acelera e fica difícil pensar com clareza.

O que eu faço?

Pra onde vou?

Respiro fundo. *Está tudo bem. Vai dar tudo certo.* Inspiro de novo. Vou dar um jeito. Sempre dou. Já estraguei tudo inúmeras vezes, e sempre encontrei uma solução. É só me concentrar e pensar...

"Cheap Thrills", da Sia, toca. Alguém ligando. Graças a Deus.

Atendo meu irmão Dean na mesma hora, grata pela interrupção. "Oi!"

"E aí? Chegou ao campus direitinho?"

"Por que não chegaria?"

"Sei lá. Você pode ter dado carona pra algum aspirante a rapper no caminho e decidido fugir pra Miami, que é sempre uma boa receita pra acabar morta por um serial killer. Ah, espera! Você já fez isso."

"Meu Deus. Em primeiro lugar, Jasper era aspirante a cantor country, e não rapper. Eu estava com mais duas garotas e ia pra Daytona Beach, não Miami. Fora que ele nem pôs o dedo em mim, quanto mais tentou me matar." Solto um suspiro. "Foi Lacey quem ficou com ele e pegou herpes."

Um silêncio incrédulo paira do outro lado da linha.

"Dicky?" Dean odeia esse apelido de infância. "Está me ouvindo?"

"Estou tentando entender como você pode achar a sua versão da história melhor do que a minha." De repente, ele solta um palavrão. "Ah, merda, fiquei com Lacey na sua festa de dezoito anos!" Uma pausa. "A viagem foi *antes*. Que droga, Summer! A gente usou camisinha, mas não custava avisar!"

"Não, você não ficou com Lacey. Você ficou com a Laney, com 'n'. Não somos mais amigas."

"Por quê?"

"Porque ela dormiu com meu irmão quando devia estar comigo na *minha* festa. Não foi legal."

"Verdade. Meio egoísta."

"Pois é."

De repente, ouço barulho do outro lado da linha — vento, motor de carro e alguém buzinando. "Foi mal", diz Dean. "Acabei de sair do apartamento. Meu Uber chegou."

"Aonde você vai?"

"Na lavanderia. Fica em Tribeca, mas é ótima, então vale a distância. Recomendo."

Dean e a namorada moram no West Village, em Manhattan. Allie me disse que nunca viveu num lugar tão chique, mas, para meu irmão, é uma queda de padrão. A cobertura da família fica no Upper East Side, nos três últimos andares do nosso hotel, o Heyward Plaza. O prédio em que Dean mora agora fica perto da escola onde ele dá aula e Allie é uma das protagonistas de um programa de televisão que é filmado em toda a Manhattan, então o lugar é conveniente para os dois.

Deve ser bom ter uma casa para morar e tal.

"E você já se instalou na Kappa?"

"Na verdade, não", confesso.

"Pelo amor de Deus, Summer. O que você fez?"

Fico boquiaberta. Por que minha família sempre presume que é culpa minha?

"Nada", respondo, ríspida, mas então a derrota enfraquece minha voz. "Aparentemente não sou boa pra reputação da fraternidade. Uma delas me chamou de incendiária."

"Bem", Dean diz, sem muito tato. "Você meio que é mesmo."

"Vai à merda, Dicky. Foi um acidente. Incendiários fazem de propósito."

"Então você é uma incendiária acidental. *Incendiária acidental*. É um ótimo nome para um livro."

"Maravilha. Por que não vai escrever então?" Não me dou ao trabalho de conter o sarcasmo. Meus nervos estão à flor da pele. "Enfim, elas me expulsaram, e agora tenho que arranjar um lugar para morar este semestre." Um nó fecha minha garganta, surgido do nada, e um soluço sufocado me escapa.

"Você está bem?", Dean pergunta na mesma hora.

"Não sei." Engulo em seco. "Eu... isso é ridículo. Não sei por que estou chateada. Aquelas garotas são horríveis, eu não ia gostar de morar com elas. É véspera de Ano-Novo e elas estão no campus! Organizando um evento de arrecadação de fundos, e não uma festa de Réveillon! Não tem nada a ver comigo."

Não consigo mais segurar as lágrimas. Duas gotas gordas deslizam por minhas bochechas. Fico feliz que Dean não esteja aqui para ver. Já basta me *ouvir* chorando.

"Que droga."

"Não tem importância." Seco os olhos molhados, furiosa. "Não tem problema. Não vou chorar por causa de umas cretinas em uma casa superlotada. Não vou deixar isso me afetar. Selena Gomez ia se deixar afetar por *isso*? Claro que não."

Dean parece confuso. "Selena Gomez?"

"É." Empino o queixo. "Ela é um símbolo de classe e pureza. Tento me espelhar nela. Em termos de personalidade, digo. De estilo, prefiro Coco Chanel, óbvio, então estou fadada ao fracasso, porque ninguém chega aos pés de Coco Chanel."

"Claro." Ele faz uma pausa. "Você está falando da Selena Gomez de que época? Justin Bieber ou The Weeknd? Ou Bieber parte dois?"

Faço cara feia para o celular. "Está falando sério?"

"Qual é o problema?"

"Não são os namorados que definem uma mulher. São as conquistas delas. E os sapatos."

Olho para minhas botas novas, cortesia de vovó Celeste. Pelo menos em termos de sapatos sou bem-sucedida.

No resto, nem tanto.

"Acho que posso pedir pro papai ligar pro pessoal do alojamento e ver se tem alguma vaga." Me sinto derrotada. "Mas não queria fazer isso. Ele já teve que mexer os pauzinhos pra me colocar na Briar."

Também preferia não ter que morar no alojamento. Dividir o banheiro com uma dezena de outras mulheres é meu pior pesadelo. Eu fazia isso na casa da Kappa na Brown, mas pelo menos o quarto era só meu. Duvido que tenham sobrado quartos individuais a esta altura do ano letivo.

Gemo baixinho. "O que eu faço?"

Tenho dois irmãos mais velhos, que nunca, nunca mesmo, deixam passar uma oportunidade de me provocar ou me envergonhar, mas raras vezes demonstram compaixão. "Espera um pouco antes de ligar pro papai", diz Dean, meio com pressa. "Me deixa ver o que posso fazer primeiro."

Franzo a testa. "Não tem muito o que você possa fazer."

"Só espera um pouco pra ligar. Tive uma ideia." Ouço uma freada do outro lado. "Um segundo. Valeu, cara. Viagem cinco estrelas, com certeza." Ele bate a porta do carro. "Você vai voltar hoje?"

"Não era o plano", admito, "mas acho que não tenho escolha. Vou ter que arrumar um hotel em Boston até encontrar uma casa."

"Eu quis dizer pra Nova York. O semestre só vai começar daqui a algumas semanas. Achei que ia ficar na cobertura até lá."

"Não. Eu queria desfazer as malas, conhecer gente, essas coisas."

"Bom, isso não vai acontecer hoje, e é o último dia do ano, então você pode muito bem voltar pra casa e comemorar comigo e com Allie. Uns amigos do hóquei vão aparecer também."

"Quem?", pergunto, curiosa.

"Garrett, porque o time dele vai jogar em Nova York. E o pessoal que ainda está na Briar também. Você conhece alguns. Mike Hollis, Hunter Davenport. Hunter estudou na Roselawn Prep, acho que é um ano mais novo que você. Pierre e Corsen, mas eles acho que você não sabe quem são. Fitzy..."

Meu coração dá um pulinho.

"Eu me lembro do Fitzy", digo, tão casualmente quanto sou capaz — ou seja, nem um pouco. Até eu noto a empolgação na minha voz.

Mas que culpa tenho? Colin Fitzgerald é simplesmente UM DEUS. Um deus alto, sensual e todo tatuado, por quem tenho uma quedinha.

Bom...

Tá, sou simplesmente maluca pelo cara.

Ele é... mágico. Mas também inalcançável. Em geral, os amigos de Dean do hóquei ficam loucos por mim quando me veem, mas Fitz não. A gente se conheceu no ano passado, quando visitei meu irmão na Briar, e o cara mal me olhou. Quando o vi de novo na festa de aniversário de Logan, outro amigo de Dean, só trocamos umas dez palavras, tipo "oi", "tudo bem?" e "tchau".

É muito irritante. Não que eu espere ter todos os homens aos meus pés, mas *sei* que Fitz tem interesse em mim. Notei que os olhos castanhos dele brilham quando me olha. E *muito*.

A menos que eu esteja me iludindo.

Meu pai tem um ditado todo afetado: "Percepção e realidade são coisas muito diferentes. A verdade em geral está em algum lugar entre as duas". Ele usou isso uma vez nos argumentos finais de um julgamento por assassinato, e agora repete o tempo todo, mesmo que se aplique só de leve à situação.

Se a verdade está em algum lugar entre a aparente indiferença de Colin Fitzgerald por mim (seu desprezo) e o calor que vejo em seus olhos (sua paixão ardente), então... será que posso chegar a um meio-termo e concluir que me vê como amiga?

Contraio os lábios.

Não. De jeito nenhum. Me recuso a ser vista assim antes de tentar minha sorte.

"Vai ser divertido", Dean diz. "Além do mais, faz séculos que a gente não passa a virada juntos. Então vem logo e me manda uma mensagem quando chegar em Nova York. Tenho que ir. Te amo."

Ele desliga. Tenho um sorriso tão bobo no rosto que é difícil imaginar que cinco minutos antes estava chorando. Dean pode ser um idiota na maior parte das vezes, mas é um bom irmão mais velho. Ele me apoia quando preciso, e é isso que importa de verdade.

E — graças a Deus! — agora tenho uma festa para ir. Não tem nada melhor que uma festa depois de um dia ruim. É justamente o que eu preciso.

Olho o relógio. Uma hora da tarde.

Faço umas contas depressa. O campus da Briar fica a mais ou menos uma hora de Boston. De lá, são três horas e meia até Manhattan. O que significa que só vou chegar ao final da tarde e não vou ter muito tempo para me arrumar. Se vou encontrar Fitz hoje à noite, quero me montar da cabeça aos pés.

O cara não sabe o que o aguarda.

2

FITZ

“Vamos dançar?”

Quero dizer não.

Mas também quero dizer sim.

É o que chamo de “dilema Summer” — as frustrantes reações radicalmente opostas que essa deusa de olhos verdes e cabelos dourados desperta em mim.

“Só se for agora” e “nem morto”.

Levar pra cama. Fugir dela como o diabo foge da cruz.

“Valeu, mas não gosto de dançar.” É verdade. Odeio dançar.

Além do mais, quando se trata de Summer Di Laurentis, meu instinto de fuga sempre vence.

“Você é um chato, Fitzy.” Ela estala a língua em reprovação, atraindo meu olhar para seus lábios. Carnudos, rosados e brilhantes, com uma pinta acima do canto esquerdo.

É uma boca muito sexy.

Cara, tudo nela é muito sexy. Summer é de longe a garota mais bonita do bar, e todos os homens à nossa volta me encaram com inveja ou com raiva por estar com ela.

Não que eu esteja *com* ela. Só estou de pé *ao lado* dela, com meio metro de distância entre nós. Distância que Summer continua tentando reduzir.

Em defesa dela, Summer praticamente tem que gritar no meu ouvido para que eu consiga ouvi-la por cima da música eletrônica que explode nas caixas de som. Não gosto de música eletrônica nem desse tipo de bar, com pista de dança e som num volume ensurdecedor. Qual é o sentido? Se quer abrir uma casa noturna, chama de casa noturna. O dono do Gunner's Pub deveria ter chamado o lugar de Gunner's Club. Aí eu teria dado meia-volta só de ver o letreiro e poupado meus tímpanos.

Não é a primeira vez esta noite que quero matar meus amigos por terem me arrastado para o Brooklyn na véspera de Ano-Novo. Preferia estar em casa, bebendo umas cervejas e vendo a contagem regressiva na televisão. Sou um cara sossegado.

"Sabe, me falaram que você era rabugento, mas eu não tinha acreditado."

"Quem te falou?", pergunto, desconfiado. "E eu não sou rabugento."

"Hum, verdade... é uma palavra meio velha. Que tal mal-humorado?"

"Não sou mal-humorado."

"Desanimado é melhor?" A expressão dela é de pura inocência. "Sério, Fitz, o que você tem contra se divertir?"

Um sorriso involuntário me escapa. "Nada."

"Tá bom. Então o que você tem contra *mim*?", desafia ela. "Toda vez que me aproximo, você foge."

Meu sorriso desaparece. Não deveria me surpreender que ela esteja me repreendendo em público. Nos vimos só duas vezes, mas foi o suficiente para eu saber que ela é do tipo que gosta de drama.

Odeio drama.

"Não tenho nada contra você." Dou de ombros e me afasto do bar, pronto para fazer aquilo de que ela acabou de me acusar: fugir.

Um brilho frustrado enche seus olhos. São grandes e verdes, da mesma cor dos olhos de Dean. E o irmão mais velho dela é a razão pela qual me obrigo a ficar na minha. O cara é meu amigo. Não posso sacanear a irmã dele, não só porque respeito Dean, mas pelo meu próprio bem. Já vi o cara sair no braço com outro jogador. Ele tem um bom gancho de direita.

"É sério", digo, brusco. "Não tenho nada contra você. Estamos numa boa."

"O quê? Não ouvi a última parte", ela diz por cima da música.

Aproximo a boca da orelha de Summer e fico surpreso que mal tenha que abaixar a cabeça. Ela é mais alta do que a média, deve ter um metro e setenta e cinco ou setenta e sete. Tenho um metro e oitenta e sete, e estou acostumado a ficar bem acima das garotas. A mudança é um alívio.

"Falei que estamos numa boa", repito, mas calculei mal a distância, e meus lábios roçam a orelha dela. Vejo que Summer se arrepia.

Minha boca tão perto da dela me deixa arrepiado também. Summer tem um cheiro delicioso, uma mistura fascinante de flores, jasmim, baunilha e... sândalo? É de enlouquecer qualquer homem. E o vestido... Um tomara que caia branco, tão curto que mal cobre as coxas.

Aí fica difícil.

Me endireito depressa, antes que faça alguma burrice, tipo dar um beijo nela. Tomo um longo gole de cerveja, só que a bebida desce errado e começo a tossir como se estivéssemos no século XVIII e eu tivesse tuberculose.

Boa, garoto.

"Tudo bem aí?"

Quando paro de tossir, vejo seus olhos verdes brilhando pra mim. Os lábios estão curvados num sorriso diabólico. Ela sabe exatamente o que me deixou desconcertado.

"Tudo bem", resmungo, no mesmo instante em que três caras totalmente bêbados se aproximam do bar e esbarram em Summer.

Ela tropeça. Quando me dou conta, tem uma mulher linda e cheirosa nos meus braços.

Summer ri e pega minha mão. "Vamos sair desta multidão antes que alguém se machuque."

Por alguma razão, eu a deixo me levar embora.

Acabamos numa mesa alta perto da divisão entre a péssima pista de dança e o salão principal. Uma rápida olhada em volta revela que quase todos os meus amigos estão bêbados.

Mike Hollis, que mora comigo, está se esfregando numa morena bonita que não parece se incomodar nem um pouco. Foi ele quem insistiu para vir ao Brooklyn, em vez de ficar na região de Boston. Queria passar o Ano-Novo com o irmão mais velho, Brody, que desapareceu no momento em que chegamos. Acho que a garota é um prêmio de consolação por ter sido dispensado por Brody.

Hunter, que também mora com a gente, está dançando com três garotas. Isso mesmo, três. Estão todas quase lambendo a cara dele, e tenho quase certeza de que uma delas enfiou a mão dentro da calça do cara. Ele está adorando, claro.

Que diferença um ano faz. Na temporada passada, Hunter ficava todo desconfortável com a atenção feminina, porque fazia com que se sentisse meio babaca. Agora, parece perfeitamente à vontade com os benefícios de jogar hóquei pela Briar. E vai por mim: são muitos.

Sem brincadeira — atletas são os caras que despertam mais interesse na maioria das universidades. Se você estuda num lugar que tem um bom time de futebol americano, na certa tem uma fila de garotas querendo pegar o quarterback. Se a especialidade for basquete, as fãs se multiplicam em março, quando a temporada esquenta. A equipe de hóquei da Briar já venceu o campeonato nacional dezenas de vezes e tem mais jogos transmitidos na televisão do que qualquer outra faculdade do país, o que faz com que seus jogadores sejam tratados como deuses.

Tirando eu, claro. Tá, eu sou bom, não tenho dúvidas. Mas nunca me senti à vontade com termos como "deus" e "astro". No fundo, sou um grande nerd. Disfarçado de deus.

"Hunter não é bobo, não", Summer comenta, analisando o harém dele.

O DJ parou com as músicas eletrônicas e agora está tocando os últimos hits. Também diminuiu o volume, provavelmente por causa da contagem regressiva que se aproxima. Mais trinta minutos e posso fugir.

"Não mesmo", concordo.

"Tô chocada."

"Ah, é?"

"Muito. Em geral, os garotos de Greenwich no fundo são puritanos."

Como ela sabe que Hunter é de Connecticut? Acho que não trocaram mais do que algumas poucas palavras. Dean contou? Ou talvez...

Mas não importa, porque, se *importasse*, a sensação estranha no meu peito seria ciúme. O que, francamente, é inaceitável.

Summer corre os olhos pela multidão mais uma vez e empalidece. "Eca. Que nojo." Ela coloca as mãos ao redor da boca, como num megafone, e grita: "Segura essa língua, Dicky!".

Uma gargalhada me escapa. Não é possível que ele tenha ouvido, mas acho que Dean tem algum tipo de radar, porque afasta abruptamente os lábios da namorada e vira a cabeça em nossa direção, então mostra o dedo do meio para Summer.

Ela sopra um beijo para ele.

"Ainda bem que sou filho único", comento.

A garota sorri para mim. "Você não sabe o que está perdendo. Atormentar meus irmãos é um dos meus passatempos favoritos."

"Percebi." Ela chama Dean de "Dicky", um apelido de infância que alguém mais legal teria parado de usar anos atrás.

Por outro lado, Dean às vezes a chama de "melequenta", então talvez ela tenha o direito de azucriná-lo.

"Esta noite ele merece. Não acredito que estamos num bar no *Brooklyn*", resmunga Summer. "Quando Dean disse que íamos passar o Ano-Novo em Nova York, achei que estava falando de Manhattan. Me sinto traída por terem me arrastado pra cá."

Sorrio. "O que tem de errado com o Brooklyn? O pai de Allie mora aqui, não?"

Summer faz que sim com a cabeça. "Os dois vão passar o dia com ele amanhã. Mas, para responder à sua pergunta, o Brooklyn tem tudo de errado. Costumava ser legal antes de ser invadido pelos hipsters."

"Eles ainda existem? Achei que essa palhaçada tinha acabado."

"Nossa, não. E não acredite no contrário." Ela finge estremecer. "Eles tomaram o bairro inteiro."

Summer diz "*eles*" como se os hipsters transmitissem uma doença horrível e incurável. Ela não deixa de ter razão: olho com mais cuidado para as pessoas no bar e reparo na profusão de roupas vintage entre os homens, com calças jeans dolorosamente justas e acessórios retrô combinados com o que há de mais novo em termos de tecnologia. E muitas, muitas barbas.

Esfrego a minha, me perguntando se ter barba me torna um hipster. Deixei crescer neste inverno, porque tem feito muito frio, e ela esquenta um pouco. Semana passada, ventou como nunca tinha visto. Quase congelei.

"Eles são tão..." Ela procura a palavra certa. "Babacas."

Tenho que rir. "Nem todos."

"A maioria", diz. "Tá vendo aquela garota ali? De trança e franja? Está usando um cardigã Prada de mil dólares com uma camiseta de cinco dólares que provavelmente comprou no Exército da Salvação e esses sapatos bizarros cheios de pompons que vendem em Chinatown. É uma fraude completa."

Franzo a testa. "Como você sabe que o cardigã custou mil dólares?"

"Porque tenho um igual, só que cinza. E sou capaz de identificar qualquer peça da Prada."

Não duvido. Aposto que, assim que saiu da barriga da mãe, ela foi vestida num macaquinho de grife. A família de Summer e Dean é podre de rica. Os pais são advogados bem-sucedidos que já eram ricos antes de se casar, então agora são uma espécie de superdupla cheia da grana que provavelmente seria capaz de comprar um país pequeno sem nem fazer cócegas na conta bancária. Já dormi algumas vezes na cobertura deles em Manhattan, e é surreal. Eles também têm uma mansão em Greenwich, uma casa de praia e um monte de outras propriedades pelo mundo.

Eu mal dou conta de pagar o aluguel da casa que divido com outros dois caras. Mas estamos procurando alguém para ocupar o último quarto vazio, então devo passar a pagar menos.

Não vou mentir — o fato de que Summer mora em uma cobertura e tem roupas que custam milhares de dólares é meio perturbador.

"Hipsters são um pé no saco. Prefiro... aaah! Eu *amo* essa música! No ano passado, entrei nos bastidores do show dela no Garden e foi *incrível*."

Só consigo pensar em como é forte o déficit de atenção dela.

Disfarço um sorriso, enquanto Summer se esquece completamente do discurso contra os hipsters e começa a balançar a cabeça ao ritmo de uma música da Beyoncé. Seu rabo de cavalo alto se agita, descontrolado.

"Tem certeza de que não quer dançar?", ela implora.

"Absoluta."

"Você é péssimo. Volto já."

Num piscar de olhos, ela não está mais ao meu lado. Pisco de novo e a vejo na pista de dança, com os braços no ar, o rabo de cavalo girando e os quadris se movendo com a música.

Não sou o único a observá-la. Um mar de olhos cobiçosos acompanha seus movimentos. Summer não percebe ou não se importa. Ela dança sozinha, sem um pingo de constrangimento. Parece muito confortável em sua própria pele.

"Minha nossa", murmura Hunter Davenport, se aproximando da mesa. Como a maioria dos homens ao redor, está olhando para Summer com uma expressão que só pode ser descrita como pura sede. "Acho que

Summer não perdeu o jeito." Hunter lança outro olhar voraz na direção dela. Quando percebe a confusão em meu rosto, acrescenta: "Ela foi animadora de torcida no colégio. E fez parte da equipe de dança também".

Quando foi que eles conversaram o suficiente para que ele saiba isso?

A sensação desconfortável retorna, dessa vez subindo pela minha coluna.

Mas não é ciúme.

"Animadora de torcida e parte da equipe de dança, é?", pergunto, casualmente. "Ela te contou isso?"

"Estudamos na mesma escola", Hunter revela.

"Não brinca."

"Pois é. Ela estava um ano à minha frente, mas, vai por mim, qualquer hétero conhecia de cor as coreografias de Summer Di Laurentis."

Aposto que sim.

Ele dá um tapa no meu ombro. "Vou ao banheiro e depois pegar outra bebida. Quer alguma coisa?"

"Não precisa."

Não sei por quê, mas fico aliviado que Hunter não esteja por perto quando Summer retorna à mesa, com o rosto corado pelo exercício.

Mesmo com o frio que faz lá fora, ela não está de meia-calça e, como diria meu pai, tem pernas que não acabam nunca. Longas, lisas e lindas, que provavelmente ficariam ainda mais sensuais envolvendo minha cintura. O vestido branco realça o bronzeado, resultando em um visual quase hipnotizante.

"Então você vai..." Limpo a garganta. "Você vai para a Briar este semestre, né?", pergunto, tentando não pensar em seu corpo escultural.

Ela confirma, animada. "Vou!"

"Vai sentir saudade de Providence?" Sei que Summer estudou dois anos e meio na Brown, metade do curso dela. Se fosse eu, odiaria começar do zero em outro lugar.

Mas ela nega com a cabeça. "Na verdade, não. Não gostava muito nem da cidade nem da faculdade. Só fui pra lá porque meus pais queriam, já que não passei em Harvard nem Yale, onde eles estudaram." Ela dá de ombros. "Você sempre quis estudar na Briar?"

"Sempre. O departamento de artes visuais deles é muito respeitado.

E o time de hóquei é fenomenal, claro. Tenho bolsa integral e estou estudando algo de que gosto de verdade, então..." Dou de ombros.

"Isso é tão importante. Digo, fazer o que se gosta. Muita gente não tem essa oportunidade."

A curiosidade me vence. "O que você gosta de fazer?"

Ela me oferece um sorriso autodepreciativo. "Quando descobrir te conto."

"Qual é? Aposto que tem alguma coisa pela qual você é apaixonada."

"Bom, já tive várias paixões. Design de interiores, psicologia, balé, natação. O problema é que nunca dura. Perco o interesse depressa. Acho que ainda não encontrei uma de longo prazo."

A sinceridade me surpreende um pouco. Ela parece muito mais pé no chão esta noite do que nas outras vezes em que a vi.

"Estou com sede", Summer anuncia.

Contenho a vontade de revirar os olhos, porque acho que foi uma indireta para eu comprar uma bebida para ela. Só que não foi. Com um sorriso travesso, Summer toma a cerveja da minha mão.

Nossos dedos roçam brevemente, e finjo não notar a centelha de calor que sobe pelo meu braço. Eu a observo enquanto seus dedos envolvem a garrafa de Bud Light e ela dá um longo gole.

Suas mãos são pequenas, e os dedos, delicados. Seria um desafio desenhá-las, capturar a intrigante combinação de fragilidade e segurança. As unhas são curtas e arredondadas, e as pontas estão pintadas de branco — sei que tem um nome pra isso. É um estilo simples demais para alguém como Summer. Eu imaginaria garras bem compridas, pintadas de rosa ou coisa do tipo.

"Você está fazendo de novo." O tom é acusatório. Ela parece um pouco irritada também.

"O quê?"

"Se esquivando de mim. Mal-humorando."

"Isso não é uma palavra."

"Quem disse?" Ela toma outro gole da cerveja.

Meu olhar se fixa em seus lábios na mesma hora.

Droga, tenho que parar de fazer isso. Ela não faz meu tipo. Quando conheci Summer, tudo nela indicava que era a típica menina de fraternidade. As roupas de grife, as ondas e mais ondas de cabelo louro, as feições de parar o trânsito.

Também não sou o tipo dela. Não tenho ideia de por que está passando a noite de Ano-Novo com um idiota todo tatuado e desarrumado como eu.

"Desculpa. Não sou muito de falar. Não leva pro lado pessoal, tá?" Roubo minha garrafa de volta.

"Pode deixar. Mas, se você não está a fim de conversar, vai ter que me distrair de outra forma." Ela coloca as mãos nos quadris. "E se a gente se pegasse um pouco?"

3

FITZ

Engasgo no meio do gole.

Deus do céu. Ela falou mesmo isso?

Olho de relance para Summer, que espera a resposta com uma sobrancelha perfeita arqueada. É. Falou.

"Hum... você quer, hum..." Tusso.

"Relaxa!" Summer ri. "Eu estava brincando."

Estreito os olhos para ela. "Brincando", repito. "Então você não tem o menor interesse em ficar comigo?" Droga, por que estou desafiando a garota? Meu pau se contrai, um aviso de que eu não devia estar considerando a possibilidade de beijar Summer.

"Não seria o fim do mundo se a gente ficasse", ela diz, com uma piscadela. "E é sempre bom ter alguém para beijar à meia-noite. Mas eu estava brincando. Só gosto de ver você vermelho."

"Eu não fico vermelho", protesto, porque homens não saem por aí falando que ficam vermelhos.

Summer dá um gritinho. "Fica, sim! Você está vermelho agora mesmo."

"Ah, tá. E dá pra ver através da barba, por acaso?" Esfrego o rosto, em desafio.

"Dá, sim." Ela estende a mão e toca minha bochecha logo acima da barba grossa. "Bem aqui."

Engulo em seco. Meu pau se contrai de novo.

Odeio sentir tanta atração por ela.

"Fitzy", ela sussurra no meu ouvido, e meu pulso dispara. "Acho que a gente..."

"Feliz Ano-Novo, porra!"

Salvo por Hollis.

Ele se aproxima e dá um beijo na bochecha de Summer. Os dois acabaram de se conhecer. Ela não parece se incomodar, e sim achar graça.

"Você está uns vinte minutos adiantado", informa.

"E você não tem uma bebida na mão!" Ele a olha com reprovação. "Por que ela não está com uma bebida na mão? Alguém pega uma bebida para essa gata!"

"Não sou muito de beber", protesta Summer.

"Mentira." Dean dá uma gargalha. Acabou de se aproximar com a namorada, Allie Hayes. "Você estava bebaça quando tacou fogo na casa da fraternidade."

"Você tacou fogo numa casa de fraternidade?", pergunta uma voz familiar.

Dean vira para trás. "G!", exclama ele. "Bem na hora!"

"Pois é, quase não conseguimos chegar", comenta Garrett Graham enquanto se aproxima da mesa. "Teve um engavetamento de dez carros na ponte. Ficamos mais de uma hora parados."

"Han-Han!", diz Allie, feliz, jogando os braços em volta de Hannah Wells. É a namorada de Garrett e melhor amiga dela. "Que bom que você veio!"

"Que saudade! Feliz Ano-Novo."

"Feliz aniversário do Garrett", corrige o namorado.

"Cara", retruca Hannah, "desiste. Não cola."

Summer ri. "Oi?"

Dean revira os olhos para nosso antigo capitão. "Que idiotice!" Ele olha para Summer. "Garrett faz aniversário amanhã."

"Não é idiotice, é a verdade", G. diz, antes de falar comigo, Hollis e os outros caras. Summer ganha um abraço rápido e um beijo na bochecha. "É bom te ver. Então você tacou fogo numa fraternidade?"

"Ai, gente. Não taquei fogo em nada!" Ela olha feio para o irmão.

"Cara, está todo mundo olhando pra você", diz Hollis, de repente, sorrindo para Garrett.

É verdade — várias cabeças estão voltadas na nossa direção. A maioria das pessoas no bar está bêbada demais para prestar atenção, mas algumas o reconheceram. Garrett está fazendo uma das temporadas de estreia mais explosivas da história dos Bruins, então não é nenhuma surpresa que esteja chamando atenção mesmo fora de Boston.

"Aposto que daqui a pouco vão começar a me vaiar", diz ele, meio desanimado. "Perdemos para os Islanders ontem à noite. Terminou cinco a quatro."

"É, mas você fez três gols", retruca Hannah. "Só um idiota muito imbecil vaia alguém que fez três gols em um jogo."

"Um imbecil pode ser outra coisa que não idiota?", pergunta Dean, com um sorriso.

"Ah, não enche, Di Laurentis. Você entendeu."

Quando mais pessoas começam a olhar e a apontar para Garrett, Allie brinca: "Como é ser famoso?".

G. devolve o gracejo: "Me diz você".

"Rá. Não sou assim *tão* famosa." Só que ela é protagonista de uma série da HBO, baseada num livro de que gosto muito. Apesar de estar feliz que Allie esteja trabalhando profissionalmente como atriz, no fundo, no fundo, acho o livro melhor.

Porque o livro é sempre melhor.

"Deixa de modéstia!" Summer passa o braço pelos ombros de Allie, que é mais de um palmo mais baixa que ela. "Já vi Allie assinando *quatro* autógrafos hoje. Ela é uma estrela."

"Só passou metade da temporada", protesta Allie. "Talvez a série nem seja renovada."

"É claro que vai ser", interrompe Dean, como se não houvesse dúvida.

Summer solta Allie e volta para o meu lado, pousando a mão em meu braço. Não é de forma alguma um toque possessivo, mas noto que Garrett e Hunter prestam atenção ao gesto. Ainda bem que Dean não percebe, porque Allie o está arrastando para dançar uma última música antes da contagem regressiva.

Ao meu lado, Hollis examina o ambiente com uma seriedade surpreendente para um bêbado. "Tenho que decidir que língua quero na minha boca à meia-noite", ele anuncia.

"Quanta classe", comenta Summer.

Ele a fita com um olhar lascivo. "Se você se esforçar, pode ser a sua."

Summer joga a cabeça para trás e ri.

Mas Hollis tem um ego indestrutível. Ele dá de ombros e se afasta, e a maioria dos outros caras se dispersa também. Pierre, nosso colega franco-canadense, e Matt Anderson, um jogador da defesa do terceiro ano, vão para o bar. Apenas Garrett, Hannah e Hunter, com uma cerveja numa mão e o celular na outra, permanecem. Ele está fazendo um vídeo do bar lotado para o Snapchat.

"E você?", Summer pergunta a Hunter. "Te vi dançando com sete garotas diferentes. Vai beijar quem?"

"Nenhuma delas." Ele abaixa o telefone, com os olhos azuis absolutamente sérios. "Não beijo ninguém à meia-noite. As garotas sempre dão um significado a isso que não existe."

Summer revira tanto os olhos que me surpreende que não fique com câimbra. "Claro, porque mulheres adoram planejar casamentos depois de um único beijo." Ela olha para Hannah, que está morrendo de rir. "Quer ir ao banheiro? Preciso retocar a maquiagem antes da contagem regressiva. Meu brilho precisa estar perfeito para quando eu beijar meu futuro marido." Ela revira os olhos mais uma vez para Hunter.

Ele responde com uma piscadela, impassível. "Não demora, loira. Faltam só dezesseis minutos." Hunter aponta com a cabeça para o enorme relógio digital acima da mesa do DJ.

"Já volto." Hannah dá um beijo em Garrett e segue Summer.

"Preciso de mais bebida", digo a Garrett. Em seguida, aponto para as mãos vazias dele. "E você precisa da primeira."

Ele concorda, então deixamos Hunter na mesa e seguimos para o bar. Paramos na ponta, que está mais calma, perto da porta em arco que leva aos banheiros.

Peço duas cervejas e entrego o dinheiro ao cara atrás do balcão. Quando me viro, encontro Garrett me avaliando.

"O que foi?", pergunto, sem jeito.

"O que está rolando entre você e Summer?"

"Nada." Merda. Respondi rápido demais?

"Mentira. Você respondeu rápido demais."

Droga.

Seu tom passa a cauteloso. “Quando ela ficou toda carinhosa... você não pareceu se importar.”

Ele tem razão. Não me importei. Da última vez que vi Summer, fiz um esforço consciente para manter distância. Esta noite, deixei que tocasse meu braço. Dividi uma cerveja com ela. Pra falar a verdade, se gostasse de dançar, provavelmente teria aceitado ir para a pista.

“Ela... Bom, ela está a fim de mim”, digo devagar.

Garrett solta uma risada. “Ela está querendo é montar em você.”

“Eu sei.” A culpa arde na minha garganta. Espero não estar dando falsas esperanças a ela. Procuro tranquilizar o cara. “Relaxa. Não vou fazer nada.”

Ele parece surpreso. “Relaxa?” Garrett franze a testa. “Espera. Acho que você não entendeu. Não estou falando pra você ficar longe dela. Acho que é uma coisa *boa*.”

Contraio os lábios. “É mesmo?”

“Claro. Primeiro: você nunca pega ninguém.”

Engulo uma risada. Não é verdade. Pego muita gente. Só não fico contando pra todo mundo.

“Segundo: Summer é bonita. É divertida. Boa de papo.” Ele dá de ombros. “Vai ver é exatamente disso que você tá precisando. Mas melhor falar com Dean primeiro. Ele vive reclamando que Summer é mimada, mas é muito protetor com ela.”

Falar com Dean? Tipo, pedir permissão pra levar a irmã mais nova dele pra cama? Garrett está maluco se...

De repente, eu entendo.

“Você está falando de mais do que só uma noite”, digo.

“Claro. Ela é irmã de Dean. Não vale a pena se não for sério.”

“Não vou namorar com ela, G.”

“Por que não?” Ele pega nossas cervejas no bar e passa uma pra mim.

Abro a minha e dou um longo gole antes de responder. “Porque ela não faz meu tipo. Não temos nada em comum.”

“Summer gosta de hóquei”, ressalta ele. “É um começo.”

“E acho que é o final também”, digo, seco. “Desenvolvo e analiso video games. Gosto de arte. Vivo coberto de tinta e assisto a séries policiais na Netflix. Enquanto ela... não tenho nem ideia.” Tento pensar. “De acordo com Dean, Summer é louca por sapatos. E obcecada por compras.”

"Tá, então ela curte moda. Algumas pessoas consideram moda uma arte."

Sorrio. "Agora você está forçando a barra."

"E você está sendo preconceituoso. Summer parece uma menina legal, Fitz."

"Cara, ela foi expulsa da Brown. Só gosta de festa. É de uma fraternidade."

Começo a falar tudo que me vem à cabeça, porque meu pau ainda está meio duro, e estou louco para encontrar motivos para não ficar com Summer.

"Ela é... fútil", termino.

"Fútil."

"É, fútil." Dou de ombros. "Sabe como é, não leva nada a sério. É superficial."

Garrett faz uma longa pausa, analisando minha expressão.

Ele me olha por tanto tempo que começo a mexer na manga do casaco, me sentindo como um espécime sob seu microscópio. Odeio essa sensação intrusiva de olhos me perfurando. É uma cicatriz que sobrou da infância, uma necessidade de me camuflar, me tornar imperceptível.

Estou a dois segundos de mandá-lo parar quando ele começar a rir. "Ah, entendi. Eu estava perdendo meu tempo tentando te vender a menina. Mas você já comprou." Seus olhos cinza brilham alegres. "Você tem uma queda pela irmã do Dean."

"Que nada", digo, mas é uma negação apática, na melhor das hipóteses.

"Sério? Porque parece que está tentando se convencer de que ela não é certa para você." Ele sorri. "Está funcionando?"

Suspiro em derrota. "Mais ou menos... Quer dizer, consegui manter as mãos longe dela a noite toda."

Isso o faz rir. "Olha, Colin... posso te chamar de Colin?" O queixo dele cai. "Acabei de perceber que nunca te chamei pelo primeiro nome."

Garrett fica literalmente em choque até eu soltar um grunhido de impaciência.

"Desculpa", diz ele. "Foi estranho. Enfim. Fitzy. Na teoria, Wellsy e eu não parecemos combinar, certo? Mas combinamos."

Ele tem razão. Quando vi os dois juntos pela primeira vez, não consegui entender. Hannah era aluna de música. Garrett era um atleta metido a besta. Eles são opostos de muitas maneiras, mas dão muito certo como casal.

Summer e eu... não temos absolutamente nada a ver. Pelo que vi e pelo que Dean me contou, ela gosta de drama, o tempo todo. Gosta de ser o centro das atenções. Quero distância disso. Já basta nossos jogos serem transmitidos toda sexta à noite na Nova Inglaterra. E as principais partidas passarem na ESPN. Tremo só de pensar em estranhos me vendo patinar, dar uma tacada e brigar numa tela gigante.

"Só estou falando para manter a cabeça aberta. Não seja tão resistente." Ele bate no meu ombro. "Deixa acontecer."

Deixa acontecer.

E, cara, até que podia acontecer. Tudo o que tenho que fazer é sorrir e a Summer vem pros meus braços. Ela não para de mandar indiretas. Mas...

Acho que tudo se resume ao fato de que ela é muita areia pro meu caminhãozinho.

Eu jogo hóquei. Sou inteligente. E, a julgar pelo meu sucesso com as mulheres, bonito.

Mas, no fim das contas, não passo de um nerd que ficava jogando video game no quarto enquanto tentava fingir que os pais não estavam brigando feito bichos.

No colégio, teve um curto período em que tentei expandir os horizontes. Comecei a sair com uma turma que passava o tempo se rebelando contra toda e qualquer causa. Mas essa fase acabou tendo um fim abrupto, quando eles se envolveram numa briga com alunos de uma escola vizinha e metade do grupo foi presa por agressão. Depois disso, voltei ao meu estado solitário, não só para manter a vaga no time de hóquei, mas para não dar aos meus pais mais motivo para brigar. Eu os ouvi gritando por duas horas sobre de quem era a culpa por eu estar andando com "más influências". Era mais fácil ficar sozinho.

Não preciso nem dizer que meninas como Summer não se jogavam em cima de mim na época. E eu não acompanhava o pessoal do time nas festas depois dos jogos, então nem as fãs perdiam tempo comigo.

Na faculdade, faço um pouquinho mais de esforço para ser sociável, mas, no fundo, ainda quero ser invisível.

Summer é a pessoa mais visível que já conheci.

Mas Garrett tem razão. Estou sendo preconceituoso. Ela pode parecer um pouco mimada e superficial, mas merece uma chance. Todo mundo merece.

Quando Garrett e eu chegamos à mesa, Hannah já está de volta. "Demorou, hein?", ela o repreende, apontando para o relógio sobre o DJ. Faltam dois minutos para a meia-noite.

Franzo a testa, porque Summer não está com ela. Droga. Aonde ela foi?

Decido seguir o conselho de G. e parar de resistir. Vou ceder. Quando o relógio bater meia-noite, vou dar um beijo que vai tirá-la do sério, depois vejo o que acontece.

"Um minuto, galera!", ecoa a voz do DJ.

Dou uma olhada ao redor. Não vejo Summer em nenhum canto.

Quero perguntar a Hannah aonde foi, mas ela está com os braços em volta do pescoço de G., e os dois só têm olhos um para o outro.

"Trinta segundos!", grita o DJ.

À minha volta, casais se formam e grupo de amigos se abraçam. Allie e Dean estão se beijando. Hollis reencontrou a morena com quem estava dançando mais cedo.

E nada de Summer.

"DEZ!", todo mundo grita.

Os números vermelhos no relógio vão mudando junto com os gritos da multidão.

"NOVE!"

A cada segundo, uma pontada de decepção.

"OITO! SETE!"

Então a localizo. Ou pelo menos acho que é ela. Luzes estroboscópicas piscam sobre o mar de corpos amontoados no bar. Cada explosão me ajuda a formar uma imagem mais clara da garota contra a parede.

"SEIS! CINCO!"

Vestido branco. Sapatilhas vermelhas. Rabo de cavalo.

"QUATRO! TRÊS!"

É ela.

"DOIS!"

Mas não está sozinha.

“UM!”

Desvio os olhos no momento em que a boca de Hunter envolve avidamente os lábios perfeitos de Summer.

“FELIZ ANO-NOVO!”

4

FITZ

Na manhã seguinte, acordo sem um pingo de ressaca. É o que acontece quando você só bebe três cervejas e volta para o quarto do hotel antes da uma.

Na noite de Ano-Novo.

Sou ou não sou um modelo de bom comportamento?

Tem várias mensagens e chamadas perdidas no meu telefone. Passo a mão pelo cabelo bagunçado, viro de costas e confiro as notificações.

Meu pai e minha mãe me mandaram mensagem exatamente à meia-noite. Posso ver os dois sentados cada um em sua casa às onze e cinquenta e nove, a mão pairando sobre o telefone como se estivessem a postos para apertar a campainha de um programa de auditório, desesperados para ser o primeiro a me escrever. Eles são muito competitivos.

MÃE: *Feliz ano novo, querido! Te amo tanto tanto tanto! Vai ser o melhor ano de todos! O SEU ano! Uhuuu!*

Meu Deus. Mães não deviam poder dizer "uhuuu". A mensagem do meu pai não é muito melhor.

PAI: *Feliz ano novo. Esse tá no papo!*

No papo? Como assim? Pais que tentam ser descolados estão num nível superior de vergonha alheia.

As mensagens dos meus amigos são mais divertidas.

HOLLIS: *Cadê vc, cara? A feira tá só começando*

HOLLIS: **feira*

HOLLIS: **feita*

HOLLIS: *Festa!!!!!! CORRETOR DO CARALHO*

GARRETT: *Feliz ano-novo!! Onde vc se enfiou, Colin? (Mt estranho te chamar assim)*

Meus antigos colegas de time, Logan e Tucker, escreveram para um dos vários grupos de que faço parte. Tuck enviou uma foto da filhinha, e uma enxurrada de emojis com olhos de coração se seguiu.

Pierre escreveu alguma coisa em francês.

O grupo da Briar está cheio de mensagens de feliz Ano-Novo e vídeos aleatórios borrados e impossíveis de ouvir das várias festas que rolaram.

Mas um nome não apareceu no grupo nem no meu telefone de forma geral. Que surpresa. Nenhuma palavra do Hunter.

Aposto que estava ocupado demais para escrever ontem à noite.

Ocupado, ocupado, ocupado.

Ignoro o aperto no peito e afasto todos os pensamentos relacionados à noite dele. Continuo vendo as mensagens no celular.

Uma garota do colégio mandou uma mensagem genérica. Por algum motivo, não me apagou da agenda, então sempre recebo algo dela nas festas de fim de ano.

Hollis mandou mais algumas mensagens que me fazem rir.

HOLLIS: *Ei. bar fechando. kd vc? tá pegando alguém?*

HOLLIS: *festa na casa do danny. vc vai gostar dele*

HOLLIS: *blz então*

HOLLIS: *vou te dar por morto*

HOLLIS: *mentira, espero q ñ tenha morrido!!! T amo. ano novo, vida nova. juro*

Alguém precisa confiscar o telefone do cara quando ele bebe. Ainda rindo, clico na mensagem seguinte. É de Dean.

Meu bom humor some no instante em que a leio.

DEAN: *Feliz ano novo! Nem consegui falar com vc. Preciso de um favorzão.*

DEAN: *Ainda estão procurando alguém pra morar com vcs?*

5

SUMMER

Duas semanas depois

O vice-reitor finge o sotaque britânico.

Faz uns sete minutos que estou sentada nesta sala e estou certa de que ele não é inglês. Quero perguntar onde cresceu, mas acho que o sr. Richmond não ia gostar de ser interrompido. Ele está claramente gostando muito do próprio sermão.

"... período probatório..."

Sua voz é estranha, meio rouca. Se um sapo falasse, acho que seria com essa voz.

"... política de tolerância zero, dada a natureza da sua expulsão anterior..."

Um sapo idiota.

"Summer."

Ele pronuncia meu nome com aquele sotaque forçado. Tento me lembrar de como Gavin, o duque gostoso que namorei ano passado, quando passei o verão na Inglaterra, me chamava. Mas não acho que os sotaques sejam comparáveis. Gavin tem sangue azul, então emana aquela aura de quem está na linha de sucessão do trono. Deve ter umas quarenta pessoas na fila antes dele, mas Gavin ainda está uma estratosfera acima do sr. Richmond.

O vice-reitor da Briar não é um duque. E o primeiro nome dele é Hal, que não soa muito britânico. A menos que seja apelido de Hallam. Ou Halbert.

"Srta. Di Laurentis!"

Ergo a cabeça num susto. A expressão do Sr. Sapo é tão severa quanto seu tom. Não ouvi uma palavra do que falou, e ele sabe disso.

"Entendo que regras de conduta e políticas acadêmicas não sejam muito interessantes, mas você, dentre todas as pessoas, deveria estar prestando atenção. Sua carreira universitária pode depender disso."

"Desculpa", me forço a dizer. "Não quero ser mal-educada nem ignorar o senhor. É que tenho, hum, dificuldade de me concentrar."

Ele acena com a cabeça, mantendo os olhos fixos no meu histórico. "Transtorno de déficit de atenção e hiperatividade, segundo sua ficha. Toma algum remédio?"

Estremeço. Não tomo, mas isso não é da conta dele.

Ou é?

Penso em perguntar aos meus pais, que são advogados. Tenho quase certeza de que um aluno não precisa comunicar à faculdade que remédios toma.

Ignoro a pergunta de um jeito que deixaria meu pai orgulhoso. "Imagino que minha ficha também inclua minhas dificuldades com a escrita."

A distração funciona. Sr. Sapo volta os olhos para as folhas, parando depois de passar algumas. "Aqui está. Costuma ser um sintoma de TDAH. Seu orientador na Brown recomendou métodos de avaliação alternativos. Mais tempo para provas, aulas extras e exames orais. Todas as tarefas escritas são um problema para você ou só as mais longas?"

"Tenho dificuldade com a maioria dos trabalhos escritos." Minhas bochechas estão em chamas. Tenho vergonha de ficar sentada aqui falando sobre quão burra sou.

Você não é burra, Summer. Só aprende de um jeito diferente.

A voz da minha mãe invade minha cabeça. Ouvi essas palavras encorajadoras a vida inteira. Amo meus pais, mas o apoio deles não torna menos humilhante o fato de eu não conseguir organizar meus pensamentos no papel. Droga, mal consigo me concentrar por cinco segundos antes de minha mente vagar pra outra coisa.

Sei que bastante gente tem dificuldades de aprendizagem. Mas, quando seus pais e seus dois irmãos mais velhos entram em direito em Harvard e você é uma aluna do curso de moda com dificuldade para escrever um mísero parágrafo, é um pouco difícil não se sentir... inferior.

“Vamos tentar oferecer a mesma assistência acadêmica que você recebeu na Brown, mas nem todos os seus professores vão ser tão flexíveis.” Sapão pega outra folha. “Me deixa ver sua grade curricular... Imagino que você só terá que se preocupar com tarefas escritas nas aulas de história da moda e fundamentos de cor e design. As outras matérias são mais práticas.”

Não consigo esconder o alívio. Também tenho uma matéria sobre tecidos, que me deixa bem empolgada. Já costura e alfaiataria, nem tanto. Além de uma em que vou ter que desenhar uma coleção e apresentar no desfile de fim de semestre. Todas as três são quase que inteiramente práticas. Cumpri a maioria das matérias mais gerais obrigatórias nos meus dois primeiros anos na Brown — as piores foram literatura e sociologia e estudos de gênero. Passei raspando nessas duas.

“Mas, como falei antes, não fazemos concessões. Não damos segundas chances. Se você tiver algum problema, se não conseguir atender aos requisitos acadêmicos mínimos e manter sua média, não poderemos fazer nada. Estamos entendidos?”

“Perfeitamente”, murmuro.

“Ótimo.”

Argh. Tenho certeza de que esse sotaque é falso.

“Hum, sr. Richmond, posso perguntar de onde exatamente o senhor é? Seu sotaque parece muito com o de um amigo, que é de...”

Ele me interrompe. “Seu déficit de atenção é muito preocupante, Summer. Você toma algum remédio?”

Não enche.

Nos encaramos por alguns segundos. Cerro os dentes e pergunto: “Posso ir agora?”.

“Só mais uma coisinha.” Sua voz é ríspida.

Me forço a permanecer sentada.

“Tenho certeza de que você notou que o nome do seu orientador não consta na sua grade curricular.”

Na verdade, não notei. Mas tem mesmo um espaço em branco depois de “orientador”.

“Isso é porque vou cuidar de você pessoalmente.”

Uma onda de ansiedade toma conta de mim. O quê? Isso é permitido?

Bom, tenho certeza de que é. Mas por que o vice-reitor orientaria uma aluna de moda?

"Não é uma função que costumo assumir. Mas, dadas as circunstâncias em que você foi admitida na universidade..."

"Circunstâncias?", interrompo, confusa.

Seus olhos escuros brilham com... Será despeito? "Seu pai e o reitor são amigos de longa data e jogam golfe juntos..."

Definitivamente, despeito.

"... e estou bem ciente das inúmeras doações que sua família já fez para esta faculdade. Dito isso, não acho que devemos passar a mão na cabeça de ninguém. Acredito que o aluno deve ter méritos próprios para entrar nesta faculdade, ou em qualquer outra. Então..." Ele dá de ombros. "Acho prudente ficar de olho em você em termos acadêmicos e garantir que esteja se comportando de acordo com as regras e políticas que acabamos de repassar."

Minhas bochechas ficam mais vermelhas que dois tomates. Espero que minha base de duzentos dólares esteja dando conta do recado. É muito humilhante saber que meu pai teve que pedir um favor ao reitor Prescott depois do fiasco da Brown. Se dependesse de mim, desistiria da faculdade para sempre. Mas prometi a meus pais que ia me formar, e não quero decepcioná-los.

"Vamos nos encontrar uma vez por semana para orientação e avaliação do seu progresso."

"Ótimo", minto, então levanto sem pedir permissão. "Tenho que correr agora, sr. Richmond. Por que não me manda um e-mail com o horário das reuniões para que eu possa anotar na agenda? Muito obrigada pela ajuda."

Tenho certeza de que ele notou o sarcasmo, mas não lhe dou chance de responder. Já saí pela porta e estou dando tchau para a secretária.

Do lado de fora, inspiro o ar frio. Em geral, adoro o inverno. O campus está lindo, todo coberto por uma fina camada de gelo, mas estou estressada demais para admirar a paisagem. Não acredito que vou ter que encontrar Richmond regularmente. Ele é tão babaca.

Inspiro de novo, ajeito a alça da bolsa Chanel no ombro e começo a caminhar em direção ao estacionamento atrás da administração. É um prédio bonito de tijolos, coberto de hera e bem velho, como quase tudo no campus. A Briar é uma das universidades mais antigas e prestigiadas do país. Por aqui passaram presidentes e um monte de outros políticos, o que é impressionante. Foi só nos últimos dez anos que eles começaram a oferecer cursos menos tradicionais — como o de design de moda, que vai me render um diploma de bacharel em belas-artes.

Apesar do que *algumas* pessoas pensam, moda não é uma coisa fútil.

Eu não sou fútil.

Toma essa, Colin Fitzgerald!

Sinto um amargor subindo pela garganta, mas engulo, porque não sou uma pessoa amarga. Posso ser temperamental, mas minha raiva em geral vem numa explosão e depois desaparece quase instantaneamente. Não fico brava com as pessoas por muito tempo — quem precisa desse tipo de energia negativa na vida? E não guardo rancor.

No entanto, já faz duas semanas e não consigo esquecer. Os comentários idiotas, impensados e mesquinhos que ouvi no bar se recusam a sair da minha cabeça.

Ele me chamou de fútil.

Acha que sou superficial.

Tira esse cara da cabeça. Não esquenta com ele.

E daí que Fitz me acha superficial? Ele não é o primeiro e não vai ser o último. Quando você é uma garota rica de Connecticut, sempre presumem que é uma bonequinha materialista.

Diz a bonequinha materialista do Audi prata, uma voz interior me provoca assim que chego ao carro reluzente.

Ugh. Até meus pensamentos estão tentando me colocar para baixo.

Foi um presente, lembro meu cérebro traidor. Um presente que meus pais me deram quando me formei na escola, ou seja, o carro tem três anos de estrada. É praticamente uma lata-velha. E o que eu ia fazer, recusar? Sou a garotinha do papai, a princesinha. Ele vai sempre me mimar, mesmo que eu não queira.

Mas ter um carrão não faz de mim uma pessoa superficial.

Gostar de moda e ser de uma fraternidade não fazem de mim uma pessoa superficial.

Esquece esse cara.

Aperto o alarme e abro a porta do carro. Mas não entro. Alguma coisa mantém minhas botas plantadas no asfalto.

Acho que é a sensação de "ai, meu Deus, não quero ir para casa ver o cara que me acha fútil".

É difícil acreditar que há duas semanas estava animada para ver Fitzy.

Agora fico apavorada só de pensar. Ele não parece mais um deus. Só um idiota preconceituoso.

Volto a trancar o carro. Quer saber? Vou pegar um café primeiro. Ainda não estou pronta para ver Fitzy de novo.

Covarde.

Destravo o carro de novo. Não sou covarde. Sou Summer Heyward-Di Laurentis e não me importo com o que Colin Fitzgerald pensa de mim.

Tranco o carro.

Porque *obviamente* me importo, sim.

Abro o carro.

Mas não deveria me importar.

Tranco.

Abro.

Tranco.

Abro.

"Isso parece divertido!", exclama uma voz alegre. "Deixa eu adivinhar: é o carro do seu ex?"

Dou um pulo, surpresa. Estava tão concentrada que nem percebi a garota se aproximando. "O quê? Não, é meu."

Ela franze a testa para mim. "Sério? Então o que está fazendo?"

Fico igualmente confusa. "Por que seria o carro do meu ex? O que achou que eu estava fazendo?"

"Gastando a bateria pra ele não conseguir abrir depois. Achei que tinha roubado a chave e estava tentando se vingar."

"Parece a vingança mais cansativa da história. Ia precisar de horas para gastar a bateria. Se quisesse me vingar, eu furava um pneu ou dois. Rápido e eficaz."

"Intenso! Adorei." Ela acena com a cabeça, animada, o que faz com que seu cabelo castanho espesso caia por cima do ombro. "Enfim, boa sorte aí com o que quer que esteja fazendo, sua louca. Até mais."

A garota começa a andar.

"Ei", eu a chamo. "Precisa de carona?"

Impressionante. Agora ofereço carona para desconhecidos? Aparentemente faço qualquer coisa para adiar o momento de ir para casa encarar Fitzy.

Ela vira para mim, rindo. "Obrigada, mas estou indo para Hastings." É a cidade mais próxima do campus, e por acaso onde estou morando.

"Também vou pra lá", digo. É um sinal de que não devo ir para casa ainda. O universo quer que eu dê uma carona pra essa garota.

Ela caminha lentamente na minha direção, me estudando da cabeça aos pés com os olhos castanhos astutos. Tenho certeza de que não posso parecer mais inofensiva. Meu cabelo está preso num coque bagunçado e visto um casaco creme, jeans skinny escuro e botas de couro marrom. Pareço saída de um catálogo da Gap.

"Não vou matar você", digo, solícita. "Se alguém tem que se preocupar, sou eu. Esses saltos parecem letais."

Na verdade, *ela* parece letal. Está de legging, casaco e botas com salto de dez centímetros, tudo preto. O cabelo escuro escapa do gorro vermelho de tricô, e ela usa batom vermelho forte, embora ainda seja meio-dia.

Parece durona. Adorei.

"Sou Summer", acrescento. "Vim da Brown e estou morando em Hastings."

Ela franze os lábios por um momento. "Sou Brenna. Também moro lá." Então dá de ombros e caminha até a porta do carona. "Vou aceitar a carona. Vê se abre o carro de vez agora, sua louca."

6

SUMMER

"Não que eu esteja reclamando... Vai por mim, acho ótimo não ter que pegar um Uber... Mas você sempre oferece carona pra garotas aleatórias em estacionamentos?", pergunta Brenna, alegre.

Solto uma gargalhada. "Não. E não estou dando em cima de você. Quer dizer, você é linda e tal, mas gosto de homens."

"Rá. Eu também. Mas, mesmo que gostasse de mulher, você não faz meu tipo, Barbie Malibu."

"Errou completamente. Sou de Greenwich, Connecticut", retruco sorrindo, porque pelo tom dela sei que está brincando. "E não, não costumo falar com desconhecidos." Decido ser honesta. "Só estou fazendo de tudo para não ir para casa."

"Hum, intrigante. Por quê?" Brenna se ajeita no banco do carona, virando o corpo para me avaliar melhor. Posso sentir seus olhos perfurantes em mim.

Mantenho a atenção na estrada. É de mão dupla e as faixas são muito estreitas. Há uma camada de gelo no asfalto, então dirijo com cuidado. Já me envolvi em duas batidas pequenas na vida, ambas no inverno, quando eu não tinha espaço suficiente para frear.

"Me mudei faz uns dias", digo. "As outras pessoas da casa estavam fora da cidade. Tinham ido esquiar em Vermont ou algo assim. Então estava sozinha. Mas hoje mandaram uma mensagem dizendo que estão voltando." Reprimo um calafrio. "Podem até já ter chegado."

"E daí? São um monte de babacas?"

Um deles é.

"É uma longa história."

Brenna ri. "Somos desconhecidas presas num carro. Do que mais vamos falar, do clima? E aí, por que você não gosta dessas meninas?"

"Desses caras", corrijo.

"Hein?"

"São homens. Três."

"Maravilha! Conta mais. São gostosos?"

Não posso deixar de rir. "Muito. Mas é meio complicado. Fiquei com um deles no Ano-Novo."

"Qual é o problema nisso?"

"Foi um erro." Mordo o lábio. "Eu estava a fim de outro, mas aí o ouvi falando mal de mim e fiquei chateada, então..."

"Então se vingou beijando o cara que mora com ele. Entendi."

Não há julgamento no tom dela, mas fico na defensiva. "Não foi por vingança. Foi..." Solto um ruído angustiado. "Na verdade, foi um beijo muito bom."

"Mas que você não teria dado se não estivesse com raiva do outro."

"Provavelmente não", admito, diminuindo a velocidade quando nos aproximamos de um sinal vermelho.

"O que ele falou de você?", ela pergunta, curiosa.

Sinto o pé tremer sobre o freio ao reviver a mágoa e a vergonha de sair do banheiro e entreouvir a conversa de Fitzy e Garrett no bar. Ser chamada de fútil não me chateou tanto quanto ouvi-lo listar todas as razões pelas quais nunca namoraria alguém como eu.

"Ele disse pra um amigo que sou superficial." Sinto o rosto esquentar. "Acha que não tenho conteúdo, que só quero saber de festa. Disse que nunca sairia comigo."

"Que merda." Brenna dá um tapa na própria coxa. "Mas ele que se dane."

"Também acho!"

"E agora você tem que morar com o sujeito?" Ela parece genuinamente sensibilizada. "Isso é um saco. Tadinha."

"É, é uma merda. Estou..." A frustração fecha minha garganta como se fosse um chiclete. "Estou morrendo de raiva, claro. Mas me sinto mais é decepcionada com ele."

"Nossa, você parece meu pai." Ela o imita, fazendo uma voz grave: "*Não estou bravo com você, Brenna. Só estou... decepcionado*. Ugh. Odeio isso."

"Desculpa." Dou risada. "Mas é verdade. Estou decepcionada. Achava que era um cara legal, gostava dele. Tinha certeza de que estava a fim de mim... Tinha dado todos os sinais, sabe? E eu certamente daria mais do que só uns beijinhos." Lanço um olhar tímido na direção dela. "O que significa muito pra mim, sabe? Não durmo com um cara antes de sair com ele. Em geral, mais de uma vez."

"Hum, santinha", comenta ela.

"Posso tacar fogo em fraternidades, mas sou uma garota antiquada nos assuntos do coração."

Brenna dá um gritinho de alegria. "A gente tem que voltar pra essa história de ter tacado fogo em uma fraternidade. Não vou deixar isso passar em branco. Mas vamos terminar o outro assunto primeiro. Então você em geral não dá sua flor pra um cara até que ele prove que é um príncipe, mas teria oferecido todo o seu jardim a esse babaca. Só que o mané mostrou quem era e você pegou o amigo dele."

"Isso." Revivo o momento em que Hunter Davenport me impediu de ir embora. Eu estava abrindo passagem por entre a multidão no bar em direção à saída. Os comentários de Fitzy tinham sido tão dolorosos que eu nem queria mais comemorar o Ano-Novo. Mas então esbarrei em Hunter, e ele disse qualquer coisa para me fazer rir. Nem lembro o que foi. Quando dei por mim, a contagem regressiva terminou e Hunter me puxou em seus braços e me beijou.

Foi uma delícia. Ele beija bem e senti que o pau dele estava duro feito pedra quando encostou em mim. Não posso dizer que me arrependo, porque gostei de verdade.

Mas não tinha imaginado que ia acabar morando com o cara.

Dean organizou tudo sem me falar, embora, sendo sincera, de qualquer jeito eu teria aproveitado a chance de me mudar para a antiga casa dele. É um milhão de vezes melhor que o alojamento, e encontrar qualquer outra coisa em Hastings seria impossível. Até quartos minúsculos em porões são alugados rapidinho. É difícil achar vaga para morar numa cidade tão pequena.

A única desvantagem é que agora tenho que viver com o cara que beijei.

E com o cara que, um dia, *morri* de vontade de beijar.

E com Hollis, mas ele é inofensivo, porque nunca o beijei nem quis beijar.

Brenna olha para mim. "Vocês...?"

Só então noto o sotaque dela. "De onde você é?", pergunto na hora.

Ela sorri. "Minha mãe era da Geórgia. O sotaque do sul foi a única coisa que herdei dela."

"Era?"

O clima fica ligeiramente sombrio. "Ela morreu quando eu tinha sete anos."

"Sinto muito. Deve ter sido difícil. Não sei o que seria da minha vida se não tivesse minha mãe. Sei que sempre posso contar com ela."

"Foi difícil", Brenna diz, mas logo volta ao assunto anterior. "Bom, vocês sabiam que iam morar juntos antes do Ano-Novo?"

"De jeito nenhum. Eu não teria feito nada com nenhum deles se soubesse. Evitaria o climão. Já é difícil morar com três caras depois de passar dois anos e meio numa fraternidade."

"Tá, mas eles obviamente não acharam que seria difícil, ou não teriam deixado você entrar. Todo mundo concordou, né?"

"Concordou." Embora, na verdade, eu só tenha falado com Mike Hollis e trocado umas mensagens com Hunter, que, felizmente, não falou nada da noite de Ano-Novo. "Falei com os outros dois, mas não com Fitz."

De canto de olho, noto que Brenna vira para mim na hora. "Fitz?"

Ai, não.

Meu estômago se contrai de pânico. Será que ela o conhece? Não é impossível. E não se trata de um apelido comum.

Felizmente, tenho a oportunidade perfeita para mudar de assunto, porque acabamos de chegar à idílica rua principal de Hastings.

"Esta cidade é muito bonitinha", comento, evitando o olhar de Brenna e me concentrando nas lojas e nos restaurantes ao longo da rua. "Legal! Não sabia que tinha um cinema." É mentira, claro que eu sabia. Demorei cinco minutos para explorar Hastings e suas "atrações".

"São só três salas, então não tem muita opção de filme." Ela aponta para uma lanchonete logo depois da praça. "Vou encontrar uns amigos no Della's. Fica bem ali."

Ainda não fui ao Della's, mas pretendo. Aparentemente, é uma lanchonete estilo anos 50, com garçonetes uniformizadas e tudo. Dizem que servem um milhão de tortas diferentes.

"O cara que falou mal de você... Ele chama Fitz?"

Droga. Achei que tinha conseguido distraí-la, mas Brenna não deixou quieto.

"É", admito. "É um apelido."

"De Fitzgerald? O primeiro nome dele é Colin?"

Merda.

Estreito os olhos para ela. "Você não é uma ex dele ou algo assim, é?"

"Não. Mas somos amigos. Quer dizer, conhecidos. É difícil ser amiga de verdade dele."

"Por quê?"

"Ele é todo misterioso, do tipo caladão." Ela faz uma pausa. "Engraçado, nunca o vi falando mal de mulher. Ou de qualquer um, aliás."

Contraio a mandíbula. "Não estou inventando, se é o que está querendo dizer."

"Não é isso", ela diz, tranquila. "Sou capaz de identificar um mentiroso a um quilômetro de distância, e sua irritação é genuína. Não acho que teria ficado com o outro cara se... Espera aí, é o Davenport? Hunter Davenport? Foi com ele que você ficou?"

Nunca me senti mais desconfortável na vida. Paro na frente da lanchonete e cerro os dentes. "Chegamos", digo, sem nem desligar o carro.

Brenna nem liga. Continua falando sozinha. "É claro que foi Hunter. Não te imagino ficando com Hollis, ele é muito chato. Provavelmente ficaria sussurrando coisas nojentas o tempo inteiro."

Suspiro. "Então você também conhece os dois?"

Ela revira os olhos. "Conheço todos eles. Meu pai é Chad Jensen."

Nunca ouvi falar. "Quem?"

"O treinador do time de hóquei. Sou Brenna Jensen."

"Você é filha do treinador deles?"

"Sou. Meu pai é..." Ela escancara a boca, indignada. "Espera um minuto: você falou que eles foram esquiar? Idiotas! Não podem fazer isso no meio da temporada. Meu pai vai matar todo mundo se descobrir."

E seria minha culpa. Droga. Não esperava que Brenna soubesse de quem eu estava falando quando comentei da viagem.

“Ele não vai descobrir”, digo, firme. “Porque você não vai contar.”

“Não vou”, ela me garante, mas seu tom é distraído. Está me encarando de novo, parecendo desnorteada. “Não entendo. Como é que uma garota de fraternidade da Brown acabou indo morar com três jogadores de hóquei? Que, aliás, são os solteiros mais cobiçados da faculdade. Todas as fãs num raio de oitenta quilômetros correm atrás dos caras do time da Briar. Muitos deles acabam na liga profissional.”

“Eles são amigos do meu irmão mais velho. Ele jogou hóquei aqui até o ano passado.”

“Quem é seu irmão?”, pergunta ela.

“Dean Heyward-Di Lau...”

“Laurentis”, termina ela, com um arquejo. “Ai, meu Deus, só *agora* estou vendo a semelhança. Você é irmã do Dean.”

Confirmo, desconfortável. Espero que ela não tenha ficado com ele. Dean era o maior pegador antes de Allie. Não quero nem saber quantos corações partidos deixou por aí.

Como se lesse minha mente, Brenna empalidece. “Ah, não. Não se preocupe. Nunca saí com ele. É meu primeiro ano na Briar.”

“Ah, é?”

“Fiz dois anos de faculdade em New Hampshire”, explica ela. “Me transferi pra cá em setembro. Estou no terceiro ano, mas, tecnicamente, sou caloura, já que é meu primeiro ano aqui.” De repente, ela se agita em seu assento como se a bolsa a estivesse mordendo. “Espera aí. Meu celular está vibrando.”

Espero impacientemente enquanto Brenna confere o telefone. Preciso que me dê mais detalhes, e depressa. Entre todos os desconhecidos para quem eu poderia ter oferecido uma carona, por que fui escolher logo a filha do treinador do Fitzy? E, para quem está no primeiro ano na Briar, ela sabe bastante sobre os jogadores, inclusive meu irmão, que acho que nem conheceu pessoalmente.

Brenna escreve uma mensagem rápida. “Desculpa. São meus amigos perguntando de mim. Tenho que ir.”

Olho para ela. “Está falando sério? Não pode simplesmente jogar essa bomba e *ir embora*. Quero toda a informação que você tem sobre esses caras.”

Brenna sorri. "Bom, dã. É claro que a gente precisa conversar de novo. Convidaria você pra almoçar com a gente agora, mas você tem coisas a fazer."

"Como assim?"

"Precisa ir pra casa encarar aqueles três. Tirar o desconforto da frente." Ela pega meu celular do suporte no painel do carro. "Vou mandar uma mensagem pra mim, assim você fica com o meu número. Quer ver o jogo comigo amanhã à noite?"

"Jogo?"

"Briar contra Harvard. Meu pai espera que eu vá a todos os jogos em casa e a todos os jogos fora de casa que fiquem a menos de uma hora de carro do campus."

"Sério? E se você tiver outros planos?"

"Ele corta minha mesada."

"Você está..."

"Brincando? Estou." Ela dá de ombros. "Quando estou ocupada, não vou. Quando estou livre, vou. Ele não me pede muita coisa, e amo hóquei e garotos bonitos, então não é exatamente um sacrifício."

"Bom argumento."

O telefone dela vibra de novo. É a mensagem que acabou de enviar do meu. "Pronto. Agora temos o número uma da outra. Semana que vem a gente começa a planejar o casamento."

Sorrio.

"Obrigada pela carona." Brenna salta do carro e faz menção de fechar a porta, então enfia a cabeça abruptamente pela fresta. "Ei, que camisa eu uso amanhã? Fitzy ou Davenport?" Ela pisca, inocente.

Com uma cara feia, levanto o dedo do meio. "Não tem graça."

"Te vejo amanhã, sua louca."

Fico olhando com inveja enquanto ela entra na lanchonete. Adoraria almoçar e comer um pedaço de torta agora. Mas Brenna tem razão — não posso continuar adiando.

Está na hora de ir para casa.

7

FITZ

Tem um Audi reluzente na entrada de casa quando estacionamos. Meus ombros se contraem. Espero que Hunter não perceba minha reação. Não olho para o banco do motorista para avaliar a reação *dele*, porque tenho certeza de que está feliz de ver o carro de Summer. Pelo menos acho que é dela. Deixei meu Honda velho na única vaga na garagem quando fomos para Vermont, então ela só poderia ter parado na entrada mesmo.

Além do mais, é um Audi.

Hunter encosta o Land Rover atrás do carro prata e fala com a gente, muito sério. "Isso fica entre nós."

"Claro." Hollis boceja alto e solta o cinto de segurança. Dormiu feito uma pedra no banco de trás o caminho inteiro.

"Não estou brincando. Se o treinador ficar sabendo..."

"Ele não vai ficar sabendo", assegura Hollis. "Esta viagem não aconteceu. Certo, Fitz?"

Aceno, muito sério também. "Não aconteceu."

"Boa. Mas vamos repassar nosso álibi, caso ele pergunte no treino de amanhã?" Hunter desliga o carro. "A gente foi pra casa dos pais do Mike em New Hampshire. Acendemos a lareira, usamos a hidromassagem, jogamos Banco Imobiliário."

"Eu ganhei", fala Hollis.

Reviro os olhos. Claro que ele tem que ganhar até uma partida fictícia de Banco Imobiliário.

"Não, *eu* ganhei", digo, convencido. "Comprei o endereço mais caro e construí oito hotéis."

"Nem vem. Fui eu que comprei."

"Ninguém comprou nada", resmunga Hunter. "A gente não jogou Banco Imobiliário."

Ele tem razão. A gente foi esquiar, a coisa mais idiota que poderíamos fazer, já que estamos no meio da temporada. Mas Hollis, Hunter e eu não somos exatamente as melhores influências um para o outro. Crescemos na Costa Leste e adoramos esportes de inverno, então, quando Hollis sugeriu uma viagem secreta para esquiar antes que as aulas recomeçassem, pareceu divertido demais para deixar passar.

Só que o treinador vai ficar uma fera se descobrir. Não podemos fazer nada que comprometa nosso corpo ou a temporada. Um fim de semana de esqui regado a álcool em Vermont é um pecado mortal.

Mas às vezes você precisa se divertir, não é?

E não, não concordei com a viagem só para adiar o encontro com Summer. Porque isso seria ridículo e idiota, e não sou ridículo nem idiota.

E daí que ela ficou com Hunter? Não faz meu tipo mesmo. E agora pago menos de aluguel. Todo mundo sai ganhando.

"Tá, decoraram a história? New Hampshire. Lareira, hidromassagem, Banco Imobiliário, chocolate quente."

"Chocolate quente?!", grita Hollis. "Pega leve! Você está inventando coisa demais. Não sei se vou conseguir lembrar."

Dou risada.

Hunter balança a cabeça para nós. "Vocês treinam com Jensen há mais tempo do que eu. Deviam saber melhor do que ninguém o que vai acontecer se ele descobrir do fim de semana. O esqui já vai ser bem ruim de explicar. A bebida e a maconha então..."

Hollis e eu ficamos sérios. Ele tem razão. A última vez que descobriram que um jogador fez besteira, acabou expulso do time. Estou falando de Dean, que tomou umas balas numa festa e depois foi pego no teste de urina no dia seguinte.

Não que a gente tenha chegado perto de ecstasy no fim de semana. Só umas cervejas e um baseado. E fizemos um monte de manobras que talvez não devêssemos... tá, que de jeito nenhum devíamos ter tentado.

"Vamos entrar. Nossa nova colega de quarto nos espera." Hollis está obviamente muito alegre. Um sorriso toma todo o seu rosto.

Hunter lança um olhar sombrio na direção dele e salta do Rover. "Tira o olho."

"De jeito nenhum. Você não tem prioridade."

"Primeiro, Summer não é um pedaço de carne. Ela mora com a gente." Hunter levanta uma sobrancelha. "Mas, se é pra falar de prioridade, tenho certeza de que é minha, já que enfiei a língua na boca dela."

Meus dentes rangem sozinhos.

"Verdade." Hollis suspira, derrotado. "Vou ficar na minha."

Uma risada me escapa, e os músculos da minha mandíbula relaxam um pouco. Ele diz isso como se tivesse alguma chance com Summer. Hollis é um cara bonito, mas é todo metido a machão, pra não falar no quanto é desagradável. Uma garota como Summer jamais sairia com ele.

"Obrigado", zomba Hunter. "É muito generoso da sua parte, Mike. Estou comovido."

"Sou um bom amigo", concorda Hollis.

Subimos os degraus da varanda da frente, e o brilho de antecipação nos olhos de Hunter é evidente. Vi o rosto dele quando Dean ligou dizendo que Summer estava precisando de um lugar para morar. Claro que ele está louco para que a noite de Ano-Novo se repita.

Como sou um sujeito prático, engoli os sentimentos sobre o assunto e disse a Hunter que, aconteça o que acontecer entre ele e Summer, isso não pode afetar nosso acordo sobre a casa, porque o nome dela está no contrato de aluguel agora. Ele garantiu que não vai.

Como se já tivesse certeza de que vai rolar mais alguma coisa entre eles.

Tanto faz. Não me importo. Que eles fiquem se pegando. Tenho coisas maiores com que me preocupar.

Ajeito a alça da mala no ombro e espero Hollis abrir a porta da frente. Lá dentro, deixo a mala cair com um baque e tiro as botas. Os outros também.

"Querida, chegamos!", grita Hollis.

A risada dela ecoa do andar de cima.

Meu coração dispara quando seus passos se aproximam da escada. Summer aparece no corrimão de calça de moletom, casaco da Briar e cabelo preso num coque bagunçado.

Hollis a encara com o olhar vidrado. Não tem nada de sensual na roupa dela, mas Summer é capaz de ficar bem em um saco de juta.

"Oi. Bem-vindos de volta!", ela diz, alegre.

"Oi", digo. Minha voz sai tensa.

Hunter tira o casaco e pendura no cabide. "Que bom que está aqui, loira", ele fala, com a voz arrastada.

Hollis acena com a cabeça. "Que bom mesmo."

"Ah, obrigada. Estou feliz por estar aqui."

"Espera. Você precisa de um oi de verdade." Hunter sobe as escadas sorrindo.

Ele a puxa para um abraço e Summer fica corada.

Afasto os olhos e finjo estar muito concentrado na tarefa de pendurar meu casaco. Não sei se ele a beijou ou não, mas Summer ainda está vermelha quando me forço a olhar.

"Vou trocar essa roupa", diz Hunter.

Ele entra no quarto, e Hollis vai para a cozinha. O que significa que Summer e eu estamos sozinhos quando chego ao topo da escada.

Ela me observa com cautela. "A viagem foi legal?"

Faço que sim com a cabeça.

"Foi."

Ela se dirige à porta do quarto.

Olho por cima do ombro magro dela e vejo uma cama perfeitamente arrumada com um edredom branco e uns cem travesseiros. Tem um pufe rosa-choque e um tapete branco felpudo no chão. Numa mesa pequena que não existia na época do Dean, vejo um laptop aberto.

Summer está bem à vontade.

Agora é a casa dela também, uma voz me lembra.

"Obrigada por me deixar... por concordar em me receber aqui."

Dou de ombros. "Sem problema. A gente estava precisando de outra pessoa."

Ela se afasta mais, como se não quisesse ficar perto de mim, mas andando de costas. Eu me pergunto se ela se lembra de como praticamente se jogou em cima de mim na véspera de Ano-Novo e depois acabou se atracando com meu colega de time.

Não que eu esteja chateado.

"Bom...", ela diz.

"É. Eu..." Começo a me afastar também. "Vou tomar um banho. Tivemos uma última... hã, rodada de Banco Imobiliário antes de sair, e estou todo suado."

Summer arqueia as sobrancelhas. "Não sabia que Banco Imobiliário era um jogo tão físico."

Hunter ri da porta do quarto dele.

Eu me viro para encará-lo, que foi quem inventou o álibi, mas ele não está mais lá. Já entrou, vestindo uma camiseta.

"Jogos de tabuleiro são intensos", respondo, sem graça. "Pelo menos do jeito que a gente joga."

"Interessante. Mal posso esperar pelas noites de jogo, então." Seu ombro esbarra na porta quando sua caminhada de costas até o quarto termina. "Bom banho, Fitz."

Summer entra no quarto dela, e eu entro no meu. Quando meu telefone vibra, fico aliviado. Preciso de uma distração para não pensar em como esse encontro foi estranho.

A mensagem na tela me faz sorrir.

Ainda não consegui passar do terceiro portão! Te odeio.

Em vez de responder, ligo para Morris. Ele também joga video game. É um bom amigo e está testando o RPG que passei os últimos dois anos desenvolvendo. Ele atende na mesma hora.

"Oi! Como entro na Cidade do Aço?"

Sorrio. "Como se eu fosse te contar..."

"Estou preso aqui desde ontem à noite."

"Eu te mandei o link literalmente ontem à noite. O fato de já ter chegado à cidade é impressionante." Balanço a cabeça. "Não entrei no fórum de discussão hoje, mas, da última vez que vi, nenhum dos outros jogadores beta tinha chegado nem perto de passar do nível da aldeia."

"Isso porque sou muito melhor que eles em todos os sentidos. Minha opinião é a única que importa."

"E qual é sua opinião até agora?"

"O jogo é demais."

A emoção me invade. Adoro ouvir isso, especialmente de um jogador dedicado como Morris, cujos vídeos no Twitch rendem uma penca de dinheiro. Pois é, as pessoas *pagam* para vê-lo jogando on-line. O cara é bom mesmo, sem contar que é muito divertido narrando os próprios jogos.

Sem querer contar vantagem, mas sou meio que uma lenda também. No caso, por criticar games. Até este ano, escrevia para o blog da faculdade e outros sites especializados muito populares. Mas parei, porque tomava muito tempo e eu precisava me concentrar no desenvolvimento do meu próprio jogo.

Legion 48 não é o mais complexo dos RPGS: não dá pra jogar com outra pessoa e ele tem um enredo bem fechado, em vez de seguir o conceito de um mundo aberto. Com minha rotina, já é difícil encontrar tempo para jogar, quanto mais para desenvolver um game. Mas estou me candidatando a vagas em empresas de desenvolvimento de jogos e precisava dar a elas um gostinho do que sou capaz em termos de design. *Legion 48* pode não ser um *Skyrim* ou *GTA*, mas só preciso mostrar aos estúdios que não sou um amador completo.

O principal, acho, é que eu mesmo fiz toda a arte e desenvolvi todo o código. Comecei com uns esboços toscos, depois desenhei tudo digitalmente e transformei em modelos tridimensionais. Não consigo nem calcular quanto tempo investi nisso, e não chegou nem perto de quanto levei para programar a coisa toda.

"Encontrou algum bug?", pergunto a Morris.

"Nada importante. Quando você fala com o dragão na caverna, o diálogo congela e depois tem um salto."

Tudo bem. Fácil de consertar. É um alívio, porque levei horas e mais horas para melhorar e eliminar todos os bugs da versão alfa. Por quase um ano, mal dava pra jogar o troço. A primeira rodada de testes beta revelou mais bugs que eu não tinha visto. De alguma forma, apesar da rotina cansativa, depurei o jogo o suficiente para que fosse totalmente funcional e estivesse pronto para a segunda e última rodada de testes beta. Desta vez, tem dezenas de jogadores envolvidos, inclusive muitos amigos da faculdade.

"Ainda não travou", acrescenta Morris, prestativo.

"*Ainda*? Não joga praga, cara. Mandei essa coisa para meia dúzia de estúdios. Se travar com eles..."

"Não travou", se corrige Morris. "E não vai travar nunca. Agora me conta como abrir o terceiro portão."

"Não."

"Mas estou louco pra ver a Cidade do Aço. Preciso falar com algum oráculo? Por que não consigo encontrar essa chave?"

"Acho que você não é tão bom quanto pensa."

"Ah, vai se ferrar. Tudo bem, tanto faz. Vou zerar essa coisa e depois te ligo pra me gabar."

"Faz isso." Sorrio pra mim mesmo. "Te vejo on-line mais tarde. Vou tomar um banho."

"Legal. Tchau."

Tiro a roupa e vou para o banheiro, com uma leveza no caminhar. O entusiasmo de Morris por *Legion 48* conseguiu aliviar a tensão que dominava meu corpo.

Meus músculos se contraem de novo com o som da risada de Summer no corredor.

Olho para meu reflexo no espelho e noto a frustração em meus olhos, os músculos tensos da mandíbula. A expressão dura parece ainda mais rude quando combinada com as tatuagens — as duas coloridas que cobrem meus braços inteiros e a do peito, que é só preta e está um pouco desbotada agora, embora isso só a deixe mais interessante. Não que eu tenha me tatuado para parecer mais interessante. Sou um artista. Vivo desenhando e aproveito qualquer coisa que possa usar como tela. Inclusive minha própria pele.

Com a expressão fechada, a barba crescendo e o mau humor diante do espelho, fico com cara de bad boy.

Pra ser sincero, a intenção era essa mesma durante meu breve período de rebelião na escola. Fiz a primeira tatuagem — o dragão no braço esquerdo — quando andava com uns caras que acreditavam que solução para tudo envolvia os punhos. Ou um soco-inglês. Não me entenda mal — ninguém me pressionou a fazer uma tatuagem. Eles sabiam de um estúdio que tatuava menores sem autorização dos responsáveis. Na verdade, minha primeira tatuagem foi basicamente um "foda-se" pros meus pais. Minha turma de artes do segundo ano tinha organizado uma exposição de fim de ano, e eles passaram o tempo todo trocando farpas em vez de me apoiar. Ignoraram meus trabalhos, porque estavam ocupados demais discutindo.

Então o Colin de quinze anos de idade, nervosinho como era, decidiu que tudo bem. Se eles preferiam brigar a dar valor à minha arte, eu ia desenhar onde tinha certeza de que não deixariam passar.

Hoje, vejo as tatuagens como extensão da minha arte, mas não posso negar que não era assim no começo.

Meus ombros se contraem quando ouço a voz grave de Hunter. Seguida de outra risada de Summer.

Acho que ele está retomando do ponto em que parou.

8

SUMMER

Até que não foi tão ruim. Consegui trocar várias frases cordiais com Fitz sem socar a cara dele. Mereço um prêmio! Só que deviam levar meu prêmio embora e substituir por três bananas podres por causa da maneira como minha vagina respondeu àquele rosto idiota.

Ela formigou.

Corpo maldito.

Odeio ainda achar o cara atraente depois dos comentários horríveis que ele fez sobre mim.

Alguém bate à minha porta, me poupando do que provavelmente teria sido uma boa hora analisando cada detalhe da nossa conversa. Hunter entra no quarto e joga seu corpo musculoso na minha cama.

"Preciso de um cochilo."

Meus lábios se abrem num sorriso irônico. "Claro, fica à vontade."

"Ah, valeu, loira." Ele dá uma piscadinha e fica ainda mais confortável na cama, deitando de costas e colocando os braços sob a cabeça.

E que braços incríveis. Hunter vestiu uma camiseta regata que exibe os bíceps definidos e os ombros largos. E a calça de moletom está tão baixa na cintura que dá pra ver a base lisa e bronzeada do abdome. É uma visão tão tentadora quanto a dos braços.

Hunter é gostoso e sabe disso. Seus lábios se curvam num sorriso quando ele percebe que o estou avaliando.

Ai, esses lábios. Ainda lembro como foi a sensação de tê-los pressionados contra os meus. Ele beija bem. Não é agressivo nem ansioso demais, e usa a quantidade perfeita de língua.

Me pergunto como Fitzy beija.

Como um idiota, Summer, diz minha Selena Gomez interior, firme. *Ele beija como um idiota.*

Isso. Porque ele *é* um idiota.

"Por que você está no meu quarto, Hunter?", pergunto, apoiando o quadril na minha mesa.

"Achei que seria melhor a gente conversar logo."

Suspiro, desanimada. "Boa ideia."

"Tá. Vamos fazer isso."

Gesticulo graciosamente na direção dele. "Homens primeiro."

Hunter solta uma risada. "Covarde."

Rindo, ergo o corpo para sentar na mesa. "Falando sério? Nem sei o que dizer. A gente ficou. Não foi nada de mais."

Seus olhos escuros se concentram nas minhas pernas nuas, dependuradas na borda da mesa. É óbvio que ele gosta do que vê, porque fica com os olhos vidrados. Hunter me lembra um pouco Logan, amigo de Dean, não em termos de aparência, por causa do cabelo escuro e do corpo musculoso. Logan irradia energia sexual. Não sei como descrever, mas há algo muito primitivo nele. Hunter transmite a mesma vibração, e não posso negar que isso me balança.

Mas não é porque um acha o outro atraente que temos que fazer algo a respeito.

"Fiquei com a sensação de que a gente tinha mais para falar, além das poucas mensagens que trocamos depois daquela noite. Você nunca chegou a me dizer o que..." Ele para abruptamente.

Franzo a testa. "Nunca cheguei a te dizer o quê?"

Hunter se senta e esfrega a mão no couro cabeludo. Ele passou máquina desde a última vez que o vi, mas o cabelo ainda está comprido o suficiente para correr entre seus dedos. "Eu estava prestes a perguntar o que aquela noite significou pra você." Ele me olha horrorizado. "Virei meu pior pesadelo."

Dou risada. "Não se preocupa. Muitos homens dão um significado maior aos beijos de Ano-Novo do que de fato têm." Lanço a ele um olhar aguçado.

Hunter estremece. "Não precisa esfregar na cara, loira."

"Desculpa, não consegui segurar. Você foi tão arrogante naquela noite, agindo como se qualquer garota que te beijasse à meia-noite ia querer ter filhos com você." Mostro a língua pra ele. "Só que agora é você quem está querendo ter filhos comigo!"

Seus ombros tremem quando ri.

Salto da mesa. "Os papéis se inverteram", digo, numa voz animada.

Hunter fica de pé. É mais alto do que eu lembrava, com bem mais de um metro e oitenta. Fitz também é alto, como a maioria dos jogadores de hóquei, imagino. Mas sei que tem um cara no time da Briar com um metro e setenta e cinco. Acho que o nome dele é Wilkins. Uma vez, ouvi Dean falando que é bem forte pro tamanho dele.

"Não se preocupe", diz Hunter. "Ainda não estou pensando em filhos."

"Não? Está pensando em que então?"

Ele não responde. Seus olhos escuros descem pros meus peitos e voltam pro meu rosto. Não estou de sutiã. É claro que ele reparou.

E é claro que eu reparei que a calça de moletom dele parece um pouco mais apertada na região da virilha do que há dois minutos.

Quando Hunter repara que eu estou reparando, tosse e inclina o corpo ligeiramente.

Um suspiro me escapa da garganta. "Não vai ficar climão, vai?"

Duas covinhas ridiculamente lindas marcam suas bochechas esculpidas. "Defina climão."

"Sei lá. Vamos ficar pouco à vontade um com o outro? Sempre pisando em ovos?"

Ele dá mais um passo na minha direção. "Pareço alguém que está pisando em ovos?", pergunta, devagar.

Meu coração acelera. "Não. Mas tem certeza de que não vai ficar todo apaixonado? Escrever poesia e fazer meu café da manhã?"

"Poesia não é meu estilo. E não sei cozinhar." Ele se aproxima até nossos rostos estarem a centímetros de distância. "Mas posso fazer café preto pra você de manhã."

"Não bebo café", digo, em desafio.

Sua risada é realçada pelas covinhas de novo. "Já deu pra ver que você vai dificultar as coisas."

"As coisas?", repito, com cautela. "Que coisas?"

Ele inclina a cabeça, parecendo pensar por um instante. "Não sei ainda", admite. Sua respiração faz cócegas no meu ouvido quando ele se inclina para murmurar: "Mas estou louco pra descobrir".

As pontas dos dedos de Hunter roçam de leve meu braço nu. Então, num piscar de olhos, ele está saindo pela porta.

Meu novo bairro é um silêncio completo se comparado à casa da Kappa na Brown. À uma da manhã, o único som do lado de fora da janela do meu quarto é um grilo aqui, outro ali. Não tem barulho de carro, música ou universitários histéricos se xingando durante um jogo envolvendo bebida.

Tenho que admitir que é desconcertante. O silêncio não é meu amigo. Força qualquer um a examinar a própria mente. A enfrentar os pensamentos que afastou durante o dia, as preocupações que torceu para desaparecerem ou os segredos que tentou esconder.

Não sou fã dos meus próprios pensamentos. Eles tendem a ser um misto de insegurança, dúvida e autocrítica, com uma pitada de excesso de confiança injustificada. Minha mente é um lugar confuso.

Rolo na cama e murmuro contra o travesseiro. O ruído abafado é como uma rajada de tiros no quarto estranhamente quieto. Não consigo dormir. Estou virando de um lado para o outro desde as onze e meia, e está começando a me dar nos nervos. Eu dormia muito bem quando os três estavam em Vermont. Não entendo por que a presença deles deveria mudar alguma coisa.

Ficar na cama não adianta, então afasto o edredom e saio. Que se dane. Vou comer alguma coisa. Talvez ajude a pegar no sono.

Como durmo só de calcinha, pego a primeira peça de roupa que encontro, uma camiseta branca que mal cobre minhas coxas. Mas nem me preocupo, porque devem estar todos dormindo. Hunter disse que eles têm treino às seis da manhã.

Mas estou errada. Um deles está muito acordado.

Fitzy e eu exclamamos assustados quando nossos olhares se encontram na cozinha.

"Merda", xingo. "Você me assustou."

"Desculpa. Mas você me assustou também." Ele está sentado à mesa, com as pernas compridas descansando na cadeira ao lado e um bloco de desenho no colo.

E sem camisa.

Tipo, seminu.

É demais pra mim.

Desvio os olhos, mas é tarde demais. Já tenho todos os detalhes gravados na cabeça. As tatuagens cobrindo os braços. A espiral de tinta preta que se estende pela clavícula e acima do peitoral. O abdome tão esculpido que parece que alguém o desenhou com um pincel. Como Hunter, ele é todo musculoso e não tem nenhuma gordura, mas, por mais que o peitoral do outro provoque desejo e alguns arrepios da minha parte, o de Fitz desperta uma necessidade louca dentro de mim.

Quero passar minha boca nele. Quero traçar cada linha e cada curva de suas tatuagens com a língua. Quero jogar o bloco de desenho pro alto e subir no colo de Fitz. De preferência com os lábios colados aos dele e pegando seu pau.

Minha nossa.

Não entendo. Ele não é meu tipo. Passei a vida cercada por garotos de escola particular, atraída por camisas polo, rostos barbeados e sorrisos de milhões de dólares. E não por tatuagens e barba por fazer.

"Não está conseguindo dormir?", pergunta ele, casualmente.

"Não", admito. Abro a geladeira à procura de algo apetitoso. "E você?"

"Devia ter dormido há uma hora, mas queria terminar esse esboço antes, porque não vou ter tempo amanhã."

Pego iogurte e granola, então olho para Fitz enquanto preparo uma tigela. "O que está desenhando?"

"É pra um jogo de video game em que estou trabalhando." Ele fecha o caderno, embora eu não estivesse tentando olhar.

"Dean falou que você gosta de video game, mas achei que você só escrevia a respeito. Também desenvolve?"

"Desenvolvi um. Estou trabalhando no segundo agora", ele responde, vagamente.

Fica claro que não quer discutir o assunto, então dou de ombros e digo: "Legal. Parece interessante". Me apoio contra a bancada e engulo uma colherada de iogurte.

Um silêncio cai sobre a cozinha. Eu o observo enquanto como, e ele me observa comer. É muito desconfortável, mas também estranhamente confortável. Vai entender.

Tenho muitas perguntas na ponta da língua, a maioria relacionada à noite de Ano-Novo.

Você não estava mesmo nem um pouco interessado em mim? Interpretei errado os sinais? Acredita de verdade em todas aquelas merdas que falou de mim?

Não digo nada. Me recuso a revelar qualquer vulnerabilidade para esse cara. Ele não tem o direito de saber o quanto suas críticas me machucaram.

Então o coloco numa sinuca de bico por outro motivo.

"Vocês não deviam ter ido esquiar."

Ele solta um grunhido. "Não."

"Então por que foram?"

"Porque somos idiotas."

Sorrio, mas fico com raiva de mim mesma por sorrir por causa de algo que ele disse.

"O treinador vai surtar se descobrir. Os outros caras também, pra ser sincero. Foi bem idiota da nossa parte", diz ele, ríspido. "Então vamos manter a viagem entre a gente, tá?"

Hum...

Olho timidamente para ele. "Tarde demais."

"Como assim?" Seu tom se agrava.

"Por acaso fiquei amiga da filha do treinador. E por acaso contei que vocês foram esquiar."

Ele me encara, boquiaberto. "Puta merda, Summer."

Sou rápida em me defender. "Ei, Hollis não contou que era segredo quando falamos ao telefone."

Fitz balança a cabeça algumas vezes. "Como é que você vira amiga de alguém *por acaso*?", pegunta ele. "E por que tinham que falar da nossa viagem? Brenna disse que ia contar pro pai?"

"Ela prometeu que não."

Ele xinga em voz baixa. "Isso não é garantia. Brenna é perigosa quando perde a paciência. Nunca se sabe o que pode sair daquela boca."

"Ela não vai contar", asseguro. "Como eu disse, somos amigas agora."

Seus lábios se contraem como se ele estivesse tentando conter o riso.

"Vamos ver o jogo contra Harvard amanhã", acrescento.

"Ah, é?"

"É." Termino meu iogurte e caminho até a pia para lavar a tigela. "Ela é legal. Nos demos muito bem."

Eu o ouço suspirar. Alto.

Olho para trás por cima do ombro. "O que foi isso?"

"Estou antecipando os problemas em que você e Brenna vão se meter. Acho que vão ser péssima influência uma para a outra."

Não posso deixar de rir. "É uma possibilidade."

Ele suspira de novo. "Uma certeza. Já posso até ver."

Sorrindo, fecho a torneira e coloco a tigela limpa no escorredor. Meu coração dá uma cambalhota quando escuto os passos de Fitzy atrás de mim.

"Desculpa, estou só pegando um copo", murmura ele. Um braço comprido se estende na direção do armário, a centímetros da minha bochecha.

Seu cheiro desperta minhas narinas. Pinho com uma pitada de algo cítrico. É um cheiro tão bom.

Limpo as mãos num pano de prato e me viro para encará-lo. A respiração dele acelera de leve, os olhos escuros passam rapidamente pelos meus peitos e ele baixa o rosto depressa para o copo.

Ah, é. Minha camiseta é meio transparente. E meus mamilos estão contraídos e duros graças à água fria da pia. Quer dizer, foi por isso que *ficaram* duros. Mas continuam por outro motivo.

Um motivo chamado Colin Fitzgerald, cujo peito nu está tão perto que posso tocar. Ou lamber.

Acho que estou ferrada. Ainda me sinto atraída por ele. *Muito*. Mas não posso desejar alguém que pensa mal de mim.

Respiro pela boca para não sentir seu cheiro másculo enquanto me afasto da bancada. Procuro uma distração com os olhos, algo em que me concentrar sem ser seu peito grande e musculoso. Paro no livro grosso ao lado dos lápis que ele deixou na mesa.

"Ah!" Minha voz soa excessivamente alta. Abaixo o tom, para não acordar Hunter e Hollis. "Amo essa série." Pego o livro e viro para ler a contracapa. "Você está começando ou relendo?"

Como Fitz não responde, ergo o rosto e vislumbro o ceticismo dele. Quando fala, sua voz está permeada pela dúvida. "Você leu Ventos Fugazes?"

"Os três primeiros. Ainda não cheguei ao quarto." Levanto o livro, que tem mais de mil páginas. "É o maior de todos, né?"

"*Sangue do dragão*? Tem o dobro do tamanho desse", ele responde, distraído, ainda me olhando com incerteza. "Não acredito que você lê essa série."

Faço uma careta. "Por quê?"

"É só que... é bem denso e...", ele se interrompe, sem jeito.

Levo um segundo para entender.

Não é que ele não consegue acreditar que eu li esses livros.

É que ele não acredita mesmo.

Uma indignação invade meu peito e sobe pela minha garganta, entalando-a. Bom, e por que ele acreditaria? Aos olhos de Fitz, sou superficial. Uma menina burra de fraternidade que não seria capaz de compreender um material tão longo e denso! Deve achar que sou analfabeta também.

Um grunhido me escapa. "Eu sei ler!"

Ele se assusta. "O quê? Não falei..."

"E só porque não tenho dragões, fadas e elfos tatuados pelo corpo não significa que não posso ler fantasia se quiser."

"Mas eu não disse..."

"... por mais *densos* que sejam", termino, com uma cara feia. "Mas é bom saber o que você pensa sobre o assunto." Com um sorriso tenso, deixo o livro cair sobre a mesa. *Bum*. "Boa noite, Fitz. Vê se não fica acordado até muito tarde."

"Summer..."

Saio da cozinha antes que ele possa dizer outra palavra.

9

FITZ

Treino em dia de jogo não costuma ser muito cansativo, mas hoje o treinador resolveu ensaiar umas jogadas que ele acha que podem nos ajudar. Harvard está num ano imbatível. Fizeram uma temporada perfeita até agora, e, embora eu jamais vá admitir isso em voz alta, acho que podem ser melhores que a gente.

O treinador também deve achar, porque está mais exigente que o normal. Quando me arrasto para fora do gelo, estou pingando de suor. Meu cabelo está grudado na testa, e juro que tem uma fumacinha saindo do meu capacete, tipo desenho animado.

Ele me dá um tapinha no ombro. "Bom treino, Colin."

"Obrigado, treinador."

"Davenport", ele diz para Hunter. "Quero ver essa garra hoje à noite. Faz o disco passar pelo Johansson sem ter que dar a volta nele."

"Pode deixar, treinador."

Temos trinta minutos para tomar banho e trocar de roupa antes de ir para a sala rever um vídeo de jogo. Esta é a primeira das duas partidas contra Harvard na temporada, e queremos dar um recado. Vai ser na casa deles, então é a mais difícil — mas seria ainda mais gostoso ganhar lá.

No vestiário, tiro o uniforme suado e sigo para o chuveiro. As cabines têm divisórias e portas vaivém, o que garante certa privacidade, mas o peito fica exposto. Entro na cabine ao lado de Hollis, ligo a água fria e molho a cabeça. Juro que continuo suando mesmo sob a ducha gelada.

"Ninguém vai falar nada sobre Mike ter raspado o peito?", pergunta Dave Kelvin, um defensor do terceiro ano.

Risadas ecoam pelos ladrilhos. Dou uma olhada para Hollis e arqueio uma sobrancelha. Já malhei, tomei banho e nadei com o cara vezes o suficiente para saber que ele tem pelo no peito. Agora está mais liso que bunda de bebê.

Nate Rhodes, aluno do último ano e nosso capitão, sorri. "Fez em casa ou foi no salão?"

Hollis revira os olhos. "Em casa. Pra que pagar alguém pra fazer algo de que sou plenamente capaz? Seria burrice." Ele gira o corpo para falar com Kelvin. "E você? Sai desse cavalo de marfim, cara..."

"Torre de marfim", corrijo.

"Tanto faz. Todo mundo sabe que você depila o peito *e* as costas, Kelvin. Vai se ferrar, seu hipócrita."

Solto uma risada e ensaboo o peito. Minha temperatura corporal está finalmente caindo.

"Não depilo as costas!", protesta Kelvin.

"Depila, sim. Nikki Orsen te entregou."

Nikki é ala direita do time feminino da Briar. Joga muito bem e é uma garota incrível, mas também uma fofoqueira inveterada. Não dá pra dizer nada a ela sem que todo mundo saiba.

Nate e alguns outros gargalham, e Kelvin fica vermelho como um tomate. "Vou matar aquela menina."

"Ah, relaxa", brinca Hunter. "Todo homem no Instagram depila alguma parte do corpo."

"Total, e qual é o problema?", acrescenta Hollis. "Não precisa ter vergonha."

"Você está entre amigos", concorda Nate, solene.

"Isso aí. Amigos. Todo mundo aqui se depila, ou pelo menos deveria", diz Hollis.

Coloco o sabonete de volta no suporte e começo a me enxaguar.

"Sério, cara, pra que todo esse cuidado?", pergunta Matt Anderson. Como Kelvin, está no terceiro ano e joga na defesa. Os dois eram bem fracos no ano passado, mas o novo treinador defensivo, Frank O'Shea, trabalhou duro com eles a temporada inteira e os deixou em forma.

"Tenho um encontro depois do jogo hoje à noite", revela Hollis.

"E a garota tem algum problema com pelos?"

"Todos. Engoliu um pentelho uma vez, ficou com ânsia e vomitou no pau do namorado. Aí ele começou a vomitar também, de ver o vômito dela, e eles terminaram logo depois."

Por um longo momento, só se ouve o barulho dos chuveiros ligados.

Em seguida, o banheiro é tomado pelas gargalhadas de um bando de caras pelados.

"É a melhor coisa que já ouvi na vida", murmura Hunter.

"Ela te contou tudo isso?" O capitão está com as mãos nos joelhos, e não sei se o que vejo no seu rosto são lágrimas ou água.

"Disse que nem pensaria em pegar um cara que tivesse pelo no corpo. O que inclui peito, braço, perna..." Hollis dá de ombros.

"Você também depilou o braço e as pernas?", exclama Nate.

Hunter ri mais alto.

"As mulheres são loucas", resmunga Kelvin.

Ele tem alguma razão. Summer, por exemplo, me deu uma bronca ontem à noite só porque fiquei surpreso que ela tenha lido Ventos Fugazes.

Aparentemente, interpretou aquilo como sinal de que eu achava que ela não sabia ler.

Inacreditável.

Embora... tudo bem, do ponto de vista dela, dá pra entender. Talvez eu tenha dado a impressão de achar que ela não é inteligente o suficiente para a série ou que estava mentindo.

Mas não foi minha intenção. Os livros são mesmo difíceis. Cara, eu mal dei conta, e leio fantasia religiosamente há anos.

Se Summer tivesse me dado a chance de responder, eu teria dito isso a ela. Teria me desculpado por insinuar que não acreditava nela.

Mas, como eu suspeitava, Summer é muito dramática. Umas míseras palavras teriam resolvido a questão — *Desculpa, não foi o que eu quis dizer.* Mas ela nem me deixou falar e saiu batendo pé feito uma criança de cinco anos.

Enrolo uma toalha na cintura. *Drama*, penso mais uma vez. Não estou interessado nisso. Nunca estive, nunca estarei.

Então por que não consigo parar de pensar na expressão magoada dela?

As instalações de hóquei da Briar são o paraíso na terra. Temos equipamentos de última geração, vestiários bem ventilados, chuveiros excelentes, sala de estar, cozinha, sala de fisioterapia, banheira de hidromassagem e tudo o que puder imaginar. A sala de vídeo é uma das melhores coisas. Parece um cinema pequeno, com três filas de mesas e poltronas enormes e acolchoadas em semicírculo. Na parte de baixo, os treinadores têm um equipamento de som e vídeo parecido com o de programas de esportes, com um um tablet no qual conseguem escrever. Quando destacam jogadas ou circulam um jogador, os rabiscos aparecem na telona também.

Desabo na poltrona ao lado do goleiro, Patrick Corsen. "Oi."

"Oi." Ele está olhando para a tela, congelada numa foto da arena de Harvard. Parece o jogo da semana passada de Harvard contra Boston. Boston perdeu de goleada.

Harvard sem dúvida é o time a se vencer este ano. Costumava ser um oponente fácil na chave, porque a Briar sempre foi bem melhor. Mas nesta temporada estão com tudo, com jogadores melhores do que nunca. Depois que a turma do ano passado se formou, os alunos mais novos que não tinham chance de brilhar ganharam tempo no gelo e melhoraram muito. O time já não depende só da habilidade do capitão, como era no ano passado. Jake Connelly é muito bom, mas não é capaz de carregar um time sozinho nas costas.

"A linha de Connelly é muito rápida", diz Corsen, desanimado.

"A nossa é mais", asseguro a ele, referindo-me a mim, Hunter e Nate.

"Tá. Mas a segunda e a terceira linhas são tão rápidas quanto. Dá pra falar a mesma coisa da gente?" Ele abaixa a voz. "Além do mais, a defesa deles é melhor. Não consigo lembrar o nome daqueles dois alunos de segundo ano, mas eles são muito bons mantendo o disco fora da área. Facilitam a vida do Johansson."

Johansson é o goleiro de Harvard, e ele é fenomenal. Sinceramente, Corsen tem toda a razão em se preocupar.

"Kelvin e Brodowski não são tão bons", murmura ele.

"Não", concordo. "Mas Matty é." Aceno para Anderson, que está trocando mensagens no celular.

Como os caras de Harvard, Matt melhorou muito depois que Dean e Logan se formaram. Ele é o defensor com mais gols e um dos nossos melhores batedores de pênalti. Também é o único jogador negro do time. Ele vai entrar no *draft* este ano, o que significa que ano que vem talvez esteja jogando na liga profissional, que também é predominantemente branca. Matt parece ansioso para fazer história.

"Verdade. Matty é um ponto forte", cede Corsen, mas ainda parece insatisfeito.

Entendo por que está preocupado. Assinou com o Los Angeles e vai jogar lá na temporada que vem. Deve estar preocupado que seu futuro time o veja se saindo mal. Em geral, quando isso acontece, o cara é deixado na equipe B, embora às vezes essa seja a melhor opção. Logan, por exemplo, está jogando pelo Providence Bruins para se preparar melhor. Nem todo mundo é como Garrett Graham, um craque nato. E nem todo jogador sai da universidade pronto para a liga profissional.

O treinador entra na sala e bate palmas. "Vamos começar." Ele não levanta a voz, mas todos voltam sua atenção para ele, como se tivesse gritado feito um sargento. Jensen simplesmente impõe respeito. Também é um sujeito de poucas palavras, mas as que usa têm muito poder.

"Deem uma boa olhada neste garoto", ordena ele, então aperta o play.

Um jogador passa pela linha azul. O treinador pausa o vídeo, desenha no tablet e um círculo vermelho-vivo aparece no camisa trinta e três.

"Ala esquerda, terceiro ano", diz Jensen rapidamente. "Brooks Weston."

"O valentão", um estudante de segundo ano fala.

"E daí?", intervém Hollis. "Também temos nossos valentões. Damos conta dele."

"Ele é mais do que isso", diz o treinador. "É um maldito instigador e uma praga na Terra."

Rimos.

"O filho da mãe tem uma capacidade sobre-humana de cometer uma falta depois da outra e não levar falta. E é muito, muito habilidoso em cavar pênaltis. Sua especialidade é provocar brigas. Em geral sai ileso e o adversário é punido com uma falta grave ou, no pior dos casos, expulso."

Um murmúrio geral de reprovação percorre a sala, embora eu tenha certeza de que todo mundo aqui já tentou cavar uma falta. Alguns jogadores usam isso como estratégia básica, mas Jensen não curte. Se dependesse dele, os juízes seriam muito mais severos nas punições.

"Não importa o que saia da boca desse garoto, não deixem que afete vocês, ouviram?" Ele nos encara com um olhar mortal.

"Não tenho medo de garoto rico com a boca suja", desdenha Kelvin.

"Como você sabe que ele é rico?", pergunta Hunter, rindo.

"O primeiro nome dele é um sobrenome. Em geral é porque os pais querem homenagear dois avós."

"Meu primeiro nome também é um sobrenome", aponta Hunter.

"E você é podre de rico!", acrescenta Hollis, rindo. "Deve até conhecer o tal Wesley Brooke."

"Brooks Weston", alguém corrige.

"Conheço mesmo", admite Hunter, provocando outro riso de Hollis. "Ele também estudou na Roselawn. Dois anos na minha frente."

O treinador acena com a cabeça. "Esses caras da Roselawn são um pé no saco."

"Acabei de dizer que estudei lá", protesta Hunter.

"E eu acabei de dizer que esses caras da Roselawn são um pé no saco."

Hunter suspira.

Passamos os quinze minutos seguintes analisando o primeiro período do jogo de Harvard contra Boston. O treinador tem razão. Weston Brooks, Brooks Weston ou seja lá como ele chama é uma praga. O cara é bem agressivo. Com três minutos de jogo, não é punido quando usa o taco acima da altura permitida e quase provoca uma briga logo antes do final do primeiro período. Weston consegue forçar o oponente a dar alguns empurrões inofensivos. Bem quando o jogador do Boston está prestes a atacar, um companheiro de time o puxa de volta. Weston se afasta rindo.

Já não gosto dele.

Quando o segundo período começa, Harvard está liderando por dois a zero.

"A tacada de Connelly está muito mais letal ou é impressão minha?", pergunta Kelvin, cauteloso, com os olhos grudados na tela.

"Ah, está, sim", confirma o treinador. "E ele está ainda mais rápido. Marcou em todos os contra-ataques esta temporada." Ele aponta para todos na sala. "Não deixem que chegue ao gol. Entendido?"

"Entendido", dizemos em coro.

O segundo período começa com um contra-ataque desses. Connelly dribla quatro oponentes, inclusive dois defensores que parecem não saber onde estão. É como aquele programa dos anos 90 que vi no ano passado, em que o personagem principal viaja no tempo e entra no corpo de pessoas aleatórias para mudar a história. O cara passa os primeiros cinco minutos de cada episódio tentando descobrir onde está e no corpo de quem.

Parece que Connelly fez isso com os dois. Eles olham de um lado para o outro, confusos, como se tivessem acabado de se materializar no meio de uma partida de hóquei. Quando entendem o que está acontecendo, Connelly já passou por eles e está dando a tacada. O disco estufa o canto superior esquerdo da rede com uma precisão de raio laser, como uma gaivota mergulhando no oceano em busca do jantar. O treinador pausa o vídeo no rosto do goleiro frustrado.

"Bela tacada", diz Nate, com relutância.

"É", concorda o treinador. "Não quero ver nada parecido hoje à noite, a menos que seja de um de vocês. Entendido?"

"Entendido", todo mundo responde.

Nos acomodamos para examinar o restante do vídeo. O treinador aponta o que considera as fraquezas do time de Harvard, e ficamos atentos a cada palavra. Vamos ter que explorar todas se quisermos ganhar hoje à noite.

10

SUMMER

“Acredita que ele disse isso?” Faz um dia inteiro que esbarrei com Fitz na cozinha e ainda estou borbulhando de raiva.

“Acredito”, responde Brenna, irritada. “Acreditei quando você me contou no primeiro período, acreditei no segundo período, e continuo acreditando agora no terceiro, então, pelo amor de Deus, esquece essa história!”

“Nunca”, declaro.

A resposta dela é um misto de gemido e risada. “Você é tão teimosa. Sempre foi assim?”

“Sempre. Mas sabe o que não sou?” Cruzo os braços com força. “Analfabeta. Porque sei ler!”

Brenna olha para o teto da arena como se estivesse pedindo ajuda aos céus. Talvez esteja meditando, embora seja difícil no ginásio lotado. Além do mais, precisamos tomar cuidado, porque chegamos atrasadas e tivemos que ficar com os torcedores de Harvard. Somos dois pontinhos preto e prata rodeados por um mar de vermelho.

Tem um monte de gente com as cores da Briar, mas a maioria do outro lado da arena. Apesar da brincadeira de Brenna ontem, não estamos com o uniforme do time. Ainda bem. Já basta os olhares feios que recebemos por não estarmos de vermelho.

“Ele não te chamou de analfabeta, Summer.” O tom de Brenna é o mesmo que alguém usaria ao ensinar uma criança de cinco anos a pintar com aquarela. No limite da paciência.

“Ele insinuou que eu era muito burra para ler Ventos Fugazes.”

“Todo mundo é muito burro pra ler Ventos Fugazes!”, rosna ela. “Acha que todas aquelas pessoas que dizem amar a série leram os livros?

Claro que não! Porque eles têm cinco mil páginas! Tentei ler o primeiro uma vez, mas o babaca do autor passou nove páginas descrevendo uma árvore. *Nove páginas!* É um saco."

Ela perde o fôlego e sorri quando percebe que estou morrendo de rir.

"E essa foi minha palestra TED sobre Ventos Fugazes", diz, brincando. "Não tem de quê."

Meu bom humor não dura muito tempo. "Ele foi tão arrogante, Brenna."

O tom dela se torna cauteloso. "Foi mesmo? Ou você só está mais sensível a tudo o que ele diz agora, por causa da festa de Ano-Novo?"

Mordo o lábio inferior. É verdade. Ando sensível demais, principalmente quando se trata de Fitz. É só que... Continuo tentando me ver aos olhos dele, e não me orgulho do que vejo: Uma loira idiota que foi expulsa da faculdade, recusada por uma fraternidade, que está sempre em período probatório, cujo pai teve que pedir um favor para ela entrar na faculdade e cujo irmão teve que pedir outro favor para arrumar um lugar para ela morar. Um caso perdido.

Com o coração pesado, digo isso a Brenna, mas um rugido da multidão abafa sua resposta.

Seu olhar não se desviou do gelo uma vez durante a conversa, e agora ela fica de pé num pulo. "Tá cego, juiz?", ela grita. "Isso foi obstrução!"

Um grupo de rapazes algumas filas atrás de nós começa a gargalhar da indignação dela. "Ei, não é nossa culpa se os jogadores de merda de vocês não sabem patinar sem tropeçar nos próprios pés!", zomba um deles.

"Quer discutir, é?" Ela se vira na direção deles, e contenho uma risada.

Tirando o cachecol cinza e o batom vermelho — que estou começando a perceber que é sua marca registrada —, Brenna está toda de preto de novo. Com o cabelo escuro solto e o olhar intenso, tem um visual durão. Lembra até Gal Gadot, a Mulher Maravilha. Aliás, lembra a Mulher Maravilha original também.

Ou seja, ela é linda de morrer. Os caras que ela está encarando a avaliam uma segunda vez quando se dão conta de com quem estão discutindo.

"A única merda que estou vendo aqui é a cagada que seu goleiro acabou de fazer", insulta ela.

Deixo escapar uma risada.

"Deem uma olhadinha no placar, seus babacas", cantarola ela, apontando para o painel no centro da arena.

Está um a zero para Briar.

Os caras não acompanham o olhar de Brenna. "Cuidado com a boca", diz um deles.

"Cuidado você", devolve ela.

"Seu time tem um bando de frouxos", zomba ele. "Ficam implorando pro juiz dar falta em vez de encarar o jogo. *Ai, não, ele me fez tropeçar!*"

Os amigos dele caem na gargalhada.

"Não me faça subir até aí", adverte Brenna, com as mãos firmes na cintura.

"Não bato em mulher, mas posso abrir uma exceção para você."

"Também não bato em homem", responde ela, com falsa gentileza, "mas não estou vendo nenhum aqui."

"Sua vaca..."

Puxo Brenna pelo braço e a obrigo a sentar de novo. "Pega leve", ordeno. Estou bem ciente dos olhares mortais vindos de todos à nossa volta.

"Um bando de idiotas", resmunga ela. "E esse juiz ladrão! Anderson foi obstruído. É falta."

"Bom, ele não marcou. E estamos a uns três segundos de ser agredidas ou expulsas. Então que tal esquecer isso?"

"Esquecer, é? Mais ou menos o que *você* devia estar fazendo agora em vez de remoer um comentário bobo?"

Cerro os dentes. "Desculpa se me incomoda que um dos caras com quem moro pensa que não passo de uma garota de fraternidade fútil."

"Sabe quem mais foi vista como uma garota de fraternidade fútil?", desafia ela. "Elle Woods. E sabe o que ela fez? Foi pra faculdade de direito e mostrou a todo mundo como era inteligente, então virou advogada, todo mundo começou a admirar ela, o ex quis voltar e levou um fora. Fim."

Não consigo deixar de sorrir, embora seu resumo de *Legalmente loira* não seja um paralelo da minha vida, já que não estou estudando direito, apesar de ser o que todo mundo da minha família estudou. Bom, Dean decidiu no último minuto abandonar a advocacia porque percebeu que preferia ser treinador de hóquei e trabalhar com crianças. Se meus pais fossem desses ricos esnobes e metidos a besta, sem dúvida teriam ficado horrorizados com ele seguindo carreira como professor de educação física.

Por sorte, eles são ótimos e sempre nos apoiam, e agora Dean abriu o caminho para que eu faça o que quiser também.

Assim que decidir o que é isso, claro. Amo moda, mas não sei se quero desenhar roupas, e marketing não me interessa muito. Meu plano é ver como minha carreira universitária se desenrola antes de tomar qualquer decisão. No último ano temos um projeto de inclusão no mercado de trabalho, então vou ter uma ideia melhor do que gosto e do que não gosto.

"Não importa o que as outras pessoas pensam de você", finaliza Brenna. "E sim como você se vê..." Ela para abruptamente, então desata a falar um monte de palavrões, porque Harvard empatou o jogo.

"Já viu o placar?", o novo arqui-inimigo dela grita.

"Enfia o placar no rabo!", retruca Brenna, mas seu tom é distraído, e seus olhos continuam grudados no jogo. Eles se enchem de admiração por um breve momento, então se estreitam com raiva. "Connelly. Por que ele tem que ser tão rápido?"

"Isso é ruim?"

"É, quando se joga no outro time."

"Ah. Foi mal." É óbvio que preciso estudar o time da Briar. Só conheço Fitz, Hunter, Hollis e alguns outros que estavam na festa de Ano-Novo. "Então Connelly é o inimigo?"

"Pode apostar. O cara é perigoso. Quem o pega num confronto direto está ferrado. Duplamente ferrado, se for contra-ataque." Ela aponta para o gol da Briar. "Aquele idiota que está segurando Hollis atrás da rede também. Weston. Não gostamos dele."

"Estudei com um cara chamado Weston. Ele também jogava hóquei."

Brenna vira a cabeça para mim. "Juro por Deus, Summer, se você disser que é amiga de Brooks Weston, vou te bater."

Mostro a língua para ela. "Vai nada! E é dele mesmo que estou falando... Não sabia que tinha ido pra Harvard. Achei que estivesse na Costa Oeste, não sei por quê." Quando noto a cara feia dela, sorrio. "Relaxa, não somos melhores amigos nem nada, mas às vezes a gente se esbarrava no colégio. É um cara divertido."

"É o demônio na Terra."

"Ainda assim, um cara divertido."

"Pode ser", concorda ela, relutante. "Só não gosto da ideia de meus amigos confraternizando com o inimigo." Ela me encara e aponta dois dedos em riste para seus olhos e depois para os meus. "Estou de olho em você, Barbie Greenwich."

Com um sorriso gigante, me aproximo e beijo sua bochecha. "Te amo. Quero ser igual a você quando crescer."

"Sua boba." Ela revira os olhos e volta a se concentrar no jogo.

Assistir hóquei ao vivo é demais. É muito rápido e intenso. Você tira os olhos do gelo por uma fração de segundo e, quando percebe, o jogo mudou completamente.

Harvard estava atacando antes. Agora é a vez da Briar. Nossos atacantes voam em direção à área de Harvard, mas estão impedidos.

Brenna xinga, impaciente. "Anda, gente!", exclama ela. "Acerta isso!"

"É difícil acertar quando se é uma merda", grita o engraçadinho.

Ela mostra o dedo do meio para ele sem nem virar para trás.

O juiz paralisa a partida. Os jogadores de centro parecem duas cascavéis prontas para atacar enquanto esperam o árbitro soltar o disco.

"Nate é o centro", Brenna me explica. "Fitz joga à direita dele, Hunter à esquerda."

Meu olhar se volta para Fitz, que usa a camisa cinquenta e cinco. Não consigo ver seu rosto por causa do capacete, mas posso imaginar as linhas vincando a testa em concentração profunda.

O disco cai e Nate vence a disputa. Ele dá um passe na mesma hora para Fitz, que domina o disco com habilidade, desviando de dois oponentes. É difícil acreditar que alguém tão grande possa ser tão elegante. Com seu um metro e oitenta e sete, ele voa para a área de Harvard, e a empolgação dos torcedores de preto e prata é palpável.

O disco vai parar atrás da rede, e Fitz corre atrás dele. Ele esmaga alguém contra o vidro de proteção do rinque e puxa o disco com o taco. Em seguida, dá uma tacada rápida para o gol. O goleiro pega com facilidade, mas acho que Fitz não esperava marcar. Só queria que o rebote sobrasse para Hunter, que lança um foguete.

Só que o goleiro de Harvard pega.

Brenna choraminga. "*Por quê?!*"

"Porque somos melhores que vocês!", seu novo amigo cantarola.

Acontece de novo — viro a cabeça por um mísero segundo para encarar o palhaço, e, quando volto ao gelo, Briar não está mais com o disco. Um jogador de Harvard passa para Weston, que passa para Connelly, e de repente me lembro do aviso de Brenna sobre o que acontece quando o cara sai no contra-ataque.

"Pega!", grito para a defesa da Briar, que está perseguindo o capitão do time adversário.

Mas nada é capaz de deter um relâmpago. Connelly é muito rápido. Ele parece Keanu Reeves em *Matrix*, indo de um lado para o outro, desviando rapidamente da defesa. Todos os jogadores da Briar teriam ficado cobertos de poeira da cabeça aos pés se não fosse uma pista de gelo.

Brenna geme e leva as mãos à cabeça. Connelly dá a tacada. Brenna nem olha. Eu olho, e não consigo controlar a decepção quando vejo o disco passar além da luva de Corsen.

"GOOOOOL!", uma voz ecoa nos alto-falantes da arena. Segundos depois, a campainha toca, sinalizando o final do jogo.

Briar perde e os torcedores de Harvard explodem de alegria.

Ficamos esperando, porque Brenna quer dar oi para o pai antes que embarque no ônibus do time de volta para a Briar. E eu quero falar com Brooks Weston.

Lembro que ele dava as melhores festas na época do colégio. Meus pais são legais, mas não deixavam que eu ou meus irmãos recebêssemos mais do que alguns poucos amigos. Os pais de Brooks, por outro lado, estavam sempre fora da cidade, então ele tinha uma mansão enorme só para si quase todo fim de semana. O jardim era lendário. Na verdade, foi projetado com base no da mansão Playboy, com gruta e tudo. Já fiquei com um ou dois caras atrás da cachoeira artificial.

"Te encontro lá fora em dez minutos", diz Brenna. "E, se vai confraternizar com o inimigo, pelo menos tenta arrancar algum segredo dele."

"Vou ver o que posso fazer", prometo.

Ela desaparece na multidão. Sigo em direção ao amplo corredor do lado de fora do vestiário do time da casa, onde encontro um punhado de seguranças e muitas fãs. Brenna comentou que algumas garotas costumam ficar esperando depois dos jogos, na esperança de chamar a atenção de um jogador. Lembro que isso acontecia nos jogos do meu irmão.

Fico a uma curta distância e mando uma mensagem rápida para Weston, torcendo para que o número seja o mesmo da época da escola.

Oi! Aqui é Summer H.D.L. Vim ver o jogo com uma amiga. Tô na frente do vestiário. Vem dizer oi! Vai ser bom te ver.

Incluo meu nome inteiro caso tenha apagado meu número, embora não haja motivo pra isso. Nunca tivemos nada nem brigamos ou coisa do tipo.

Decido dar a ele cinco minutos para aparecer antes de ir encontrar Brenna. Mas Weston não me decepciona. Em dois minutos está vindo na minha direção.

"Nossa! Summer!" Ele me levanta e me gira no ar, contente, e tenho certeza de que as fãs esperando por ele ficam com inveja. "O que você está fazendo aqui?" Ele parece feliz em me ver. Tenho que admitir que é bom vê-lo também.

Seu cabelo loiro-escuro está mais comprido do que no tempo do colégio, indo quase até o queixo agora. Mas os olhos cinzentos continuam diabólicos. Sempre tiveram um brilho especial, como se ele estivesse tramando alguma coisa. É um dos motivos por que nunca fiquei com ele: Brooks era (e suspeito que ainda seja) a definição do eterno adolescente. Além do mais, ficou com uma amiga minha, então ter alguma coisa com ele estava fora de cogitação.

"Estudo na Briar", digo, depois que ele me solta.

Brooks fica boquiaberto. "Sério?"

"Comecei este semestre."

"Você não entrou na Brown?"

"Entrei."

"Ah, tá. E o que aconteceu?"

"Longa história", me limito a dizer.

Weston passa um braço musculoso pelos meus ombros e fala em um tom conspiratório. "Me deixa adivinhar: muita farra e confusão, então você foi convidada a sair com toda a educação."

Meu olhar indignado dura cerca de meio segundo. "Odeio que a gente tenha estudado junto", resmungo.

"Por quê? Porque significa que te conheço bem demais?" Ele sorri.

"É", confesso, com relutância. "Mas fique sabendo que eu não estava fazendo farra quando a confusão começou." É tudo o que digo sobre o assunto. Ainda estou morrendo de vergonha do que aconteceu.

Só meus pais sabem da história toda, mas isso porque nunca consegui esconder nada deles. Primeiro, porque são advogados, o que significa que podem extrair informações com tanta habilidade quanto espiões. Segundo, porque adoro os dois e não gosto de esconder nada deles. Claro que não conto *tudo*, mas não tenho como esconder algo tão grande quanto um incêndio numa fraternidade.

"Você não tem ideia de como é bom te ver!", diz Weston, me abraçando de novo.

Ah, sim. As fãs me odeiam.

A temperatura no corredor parece glacial quando outro jogador se aproxima de nós. Os olhares cobiçosos e a onda silenciosa de sussurros me dizem que a maioria das meninas estava esperando por ele.

"Connelly, esta é Summer", Weston me apresenta. "Estudamos no mesmo colégio. Summer, Jake Connelly."

O cara que ganhou o jogo para Harvard. Minha nossa. Estou mesmo confraternizando com o inimigo. É o cara que Brenna odeia.

E por acaso também é *muito* atraente.

Noto os olhos do tom mais escuro de verde que já vi e fico sem palavras. Juro que as maçãs do rosto dele são mais bonitas que as minhas. Mas o cara não chega a ser feminino. Tem feições fortes, como um jovem Clint Eastwood. O que acho que faria dele um Scott Eastwood... Ah, quem se importa? Tudo o que posso dizer é... *uau*.

Saio do transe. "Oi", digo, oferecendo a mão. "Como devo te chamar? Connelly ou Jake?"

Ele me analisa por um longo tempo e acho que gosta do que vê, porque seus lábios se curvam de leve. "Jake", o cara responde, então aperta minha mão e se afasta. "Você estudou com Brooks?"

Acho que nunca ouvi ninguém o chamar de "Brooks" antes. Tudo bem que é o primeiro nome dele, mas até os pais o chamam de Weston.

"É, a gente se conhece há muito tempo", confirmo.

"Fizemos muita bagunça", diz Weston, jogando o braço em volta de mim de novo. "O que é perfeito, porque estamos indo pra uma festa agora. E você vem com a gente."

Hesito. "Ah, eu..."

"Você vem", ele repete. "Faz uns três anos que não te vejo. A gente precisa botar o papo em dia." Weston faz uma pausa. "Só não conta pra ninguém que estuda na Briar."

Isso desperta o interesse de Jake. "É sério isso?"

"Eu sei, eu sei, sou o inimigo." Olho para Weston. "Onde é a festa?"

"Na casa de um amigo, fora de Cambridge. Nada muito grande. É uma galera tranquila."

Desde a noite de Ano-Novo que não saio. Gosto da ideia de conversar com gente nova e beber alguma coisa.

"Estou com uma amiga", digo, me lembrando de Brenna.

Weston dá de ombros. "Leva ela também."

"Não sei se Brenna vai querer. É fanática pela Briar, ou seja, odeia todos vocês."

Ele ri. "Não ligo pra quem ela torce. Não estamos em *Gangues de Nova York*, Summer. A gente pode sair com gente de outras faculdades. Vou te mandar o endereço."

Quando noto que Jake ainda está me observando, pergunto: "Tem certeza de que não se importa se formos?".

"Quem sou eu?", responde ele, dando de ombros.

Presumo que a pergunta filosófica significa que não se opõe.

"Tá. Vou achar minha amiga e encontro vocês lá."

11

SUMMER

"Isso é errado", sussurra Brenna, quando nos aproximamos da porta da frente de uma casa com ripas de madeira pintadas de branco na fachada. Ela se vira e olha ansiosa para o Uber que está se afastando da calçada.

Reviro os olhos. "Anda, vamos entrar."

Seus pés ficam colados no chão. "Não faz isso comigo, Summer."

"O quê?"

"Não me leva pro lado negro."

"Meu Deus. E as pessoas dizem que *eu* sou dramática." Puxo-a até a porta. "Vamos entrar. Lida com isso."

Apesar do que Weston falou, o lugar está transbordando de gente quando entramos sem tocar a campainha. A música está tão alta que ninguém teria ouvido.

Apesar da expressão quase cômica de horror no rosto de Brenna, um grande sorriso surge na minha cara. Não sei explicar, mas música, diversão e multidões sempre me animam. Em algum ponto da vida, pensei em trabalhar organizando eventos, mas percebi que não gosto de planejar festas, só de ir a elas mesmo. Me divirto escolhendo a roupa, a maquiagem, os acessórios. Circulando para ver o que as outras pessoas estão usando.

Talvez eu devesse ser um desses entrevistadores de tapete vermelho. É só enfiar o microfone na cara delas e perguntar o que estão usando. Parece bem divertido. Mas acho que é um pouco tarde para mudar meu curso para comunicação. Teria que começar tudo de novo. Além do mais, nunca tive muito interesse em aparecer na televisão.

"Não estou gostando disso. Olha só esses idiotas convencidos", rosna Brenna, com o dedo em riste.

Nesse exato momento, um cara alto de braços magros usando uma camisa do Celtics dá um passo para trás e encosta no dedo de Brenna. "Ei! O que..." O protesto morre quando ele vira e a vê. "Esquece o que eu ia falar", implora ele. "Por favor, *por favor*, continua me cutucando. A noite inteira."

"Não. Vai embora", ordena ela.

Ele pisca. "Vem falar comigo depois que beber um pouco mais."

Meu queixo cai. "Acho melhor você ir embora mesmo."

Brenna e eu nos afastamos, e procuro por Weston ou Jake Connelly na multidão, mas não vejo nenhum dos dois. Sei que Weston está aqui, porque mandou uma mensagem avisando faz uns dez minutos.

Pego o braço de Brenna e a arrasto na direção do que espero ser a cozinha. "Preciso de uma bebida."

"Preciso de dez."

Belisco seu antebraço. "Para de ser melodramática. É só uma festa."

"É uma festa de Harvard. Pra comemorar uma vitória de Harvard." Ela balança a cabeça. "Você está me decepcionando."

"Nós duas sabemos que é mentira. Estou sendo ótima."

Na cozinha, somos recebidas por uma gargalhada estridente. A bancada de madeira está coberta de garrafas de bebida e pilhas de copos de plástico vermelhos. Tem uma multidão de pessoas em volta, principalmente homens. Não vejo Weston nem Jake, mas os caras barulhentos na bancada são grandes o bastante para jogar hóquei.

Todos nos olham, e as duas únicas mulheres — duas loiras bonitas — estreitam os olhos. Em segundos, cada uma arrasta um cara para longe, para dançar. Suponho que sejam namorados e tenham visto Brenna e eu como ameaça.

Tenho pena delas. Se têm *tanto* medo assim de que eles vão pular a cerca, é porque são desse tipo. De qualquer maneira, falta de confiança nunca é bom num relacionamento.

Um cara de cabelos escuros e moletom cinza de Harvard nos examina e abre um grande sorriso. "Meninas!", chama ele. "Venham comemorar com a gente!" Ele está segurando uma garrafa de champanhe.

"Espumante? Uau! Vocês de Harvard são tão chiques", diz Brenna, forçando um sotaque metido a besta, mas acho que ninguém percebe o sarcasmo.

O cara pega duas taças vazias num armário próximo — taças de verdade — e acena para nós. "Digam quanto querem."

Brenna se aproxima dele a contragosto e aceita uma taça. Por cima do ombro, se defende para mim: "Adoro espumante".

Escondo um sorriso. Ahã. Tenho certeza de que foi por causa do espumante, e não porque o cara é fofo. Bom, pelo menos *eu* achei. Ele tem cabelo castanho comprido e um sorriso muito bonito. Além do mais, imagino que tenha um corpo forte, musculoso e altamente lambível por baixo do moletom e da calça cargo.

Amo atletas.

"Qual deles é você?", ela pergunta.

"Como assim?"

"Qual dos jogadores?"

Ele sorri. "Ah, entendi. Sou o número sessenta e um. McCarthy."

Ela estreita os olhos. "Você marcou o gol de empate no terceiro período."

McCarthy abre um sorriso. "Marquei."

"Bom domínio de disco."

Arregalo os olhos. Uau. Ela está elogiando o adversário? Acho que não sou a única que gostou do sorriso dele...

"Qual é o problema, não consegue bater de primeira?"

Ou não.

"Ai", ele diz apenas, fazendo beicinho.

Eu deveria imaginar que Brenna não faria um elogio de verdade a um jogador de Harvard. Ainda assim, sei que está entrando no clima. Ainda que muito discretamente, ela está remexendo os quadris ao ritmo da música que vem da sala de estar e parece mais relaxada ao dar um gole na bebida.

Estou prestes a pegar a taça que McCarthy estende na minha direção quando meu telefone vibra dentro da bolsa. E continua vibrando. Pego o aparelho e vejo que tem alguém me ligando. O nome de Hunter aparece na tela.

"Deixa o espumante no gelo pra mim. Preciso atender." Encaro cada um dos sujeitos na cozinha de forma severa, apontando com dois dedos dos meus olhos para os deles enquanto caminho até a porta. "Não quero saber de besteira, hein?", aviso.

"Ela está em boas mãos", promete McCarthy. "Sou um cavalheiro."

"Ele é virgem", diz um dos caras do time.

McCarthy assente solenemente. "Sou."

Brenna estreita os olhos. "É sério?"

"Não." Ele sorri de novo, e tem covinhas maravilhosas. O cara é uma graça.

Atendo o celular do outro lado da cozinha, onde faz menos barulho. "Oi, tudo bem?"

"Cadê você, loira?", pergunta Hunter. "Achei que já ia estar em casa."

"Encontrei um amigo depois do jogo e ele chamou a gente pra uma festa."

Na sala de estar, alguém aumenta o volume da música, e juro que as paredes começam a se expandir e se contrair, feito um coração pulsando. O som abafa a resposta de Hunter.

"Desculpa, o quê? Não estou ouvindo."

Sua voz é tomada pela suspeita. "Onde exatamente você está?"

"Em Cambridge. Já falei, encontrei um amigo do colégio. Você deve conhecer também. Brooks Weston?"

O silêncio que se segue é quase uma acusação.

"Hunter?"

"Está brincando comigo? Você foi para uma festa de Harvard?"

"É, e não precisa passar sermão sobre confraternizar com o inimigo. Já ouvi tudo isso da Brenna."

"Isso é inaceitável", rosna ele. "Você não pode comemorar com os idiotas que ganharam da gente hoje à noite."

"Por que não?"

"Porque não!"

Sufoco uma risada. "O lance do esporte é que às vezes você ganha e às vezes você perde. Seria muito mesquinho da sua parte, para não falar difícil, odiar todos os jogadores de todos os times que já ganharam de você."

"A gente odeia Harvard", insiste ele, teimoso.

"Eles nem são seus rivais! É o Eastwood."

"Times de hóquei universitário podem ter mais de um rival, Summer."

Não consigo mais conter o riso. "Posso ir agora, Hunter? Estou ignorando Brenna por sua causa." Embora uma rápida olhada na direção dela indique que não está sentindo minha falta. Ela está rindo de algo que McCarthy disse.

Lado negro... Até parece. Ela está se divertindo.

"Tudo bem, pode ir." Ele é fofo, ainda que mal-humorado. "Mas fique sabendo que queria que você estivesse aqui."

Um calor estranho me invade. O flerte com Hunter é confuso. Gostei do beijo, mas moro com o cara agora. E também com Fitz, por quem ainda me sinto atraída, apesar de querer chutar o saco dele.

Como falei, confuso.

"Você pode vir aqui, se quiser", digo.

Uma risada alta ecoa no meu ouvido. "E passar para o lado negro? De jeito nenhum."

Meu Deus. Será que todos os torcedores da Briar acham que Harvard é a personificação do mal ou só meus amigos esquisitos? É uma faculdade muito respeitada, com um time de hóquei muito respeitado, que derrotou Briar esta noite. A vida continua.

"Uns amigos vieram pra cá com a gente", acrescenta ele. "Foi por isso que liguei também. Pra avisar."

"Legal. Vou..."

"Finalmente!", exclama uma voz familiar da porta do outro lado da cozinha. "Onde é que você estava?" Sorrio, enquanto Weston entra na cozinha. Quando gesticulo para o celular, levantando um dedo para indicar que vou levar um minuto, ele dá de ombros e vira para o pessoal do time. "Cadê a cerveja?"

"Tenho que ir", digo a Hunter. "Te vejo em casa."

Me divirto muito botando o papo em dia com Weston. Nos abrigamos num cômodo adjacente à sala de estar que um dia deve ter sido uma sala de jantar, mas hoje conta com dois sofás, um par de poltronas e uma mesa de centro enorme de vidro. Weston está numa das pontas do sofá, enquanto estou sentada no braço. A música não está tão alta aqui, o que significa que não temos que gritar para contar por onde andam os colegas com quem perdemos contato.

Do outro lado da sala, Brenna parece muito confortável no colo de McCarthy. Está na cara que ele curtiu minha amiga. Mantém o braço em volta dela e uma das mãos apoiada em sua coxa enquanto olham alguma coisa no celular dela. Vi os dois se beijando algumas vezes desde que sentaram, e tive que conter o sorriso.

Claro que vou esfregar isso na cara dela depois.

"Sua amiga é muito linda", diz Weston.

"Não é? E divertida também. É difícil acreditar que a gente se conheceu ontem. Parece que a conheço desde sempre."

"Falando em divertido..." Ele pisca para mim, se abaixa junto da mesa e prepara uma carreira do pó branco que eu estava fingindo não notar.

Já estive diante de cocaína mais vezes do que gostaria de admitir. É a diversão preferida dos alunos de escola particular com tempo e dinheiro sobrando. Experimentei numa festa no terceiro ano, mas não gostei. Prefiro o barato aconchegante do álcool à sensação frenética e alucinada.

Mas não me surpreendo de ver Weston usando. Ele sempre gostou. Assim como a maior parte do time de hóquei de Roselawn, aliás. Dean uma vez me disse que hóquei e cocaína são sinônimos, e agora me pergunto se os caras da Briar também usam. Espero que não.

Weston cheira a carreira, depois esfrega o nariz e balança a cabeça algumas vezes, como se estivesse tentando limpar as teias de aranha do cérebro. "Tem certeza de que não quer?"

"Não é minha praia", lembro a ele e dou um gole na cerveja. "Você não se preocupa com antidoping?" Meu irmão se ferrou na última temporada por causa disso.

"O pó some do sangue depois de quarenta e oito horas." Weston revira os olhos. "Tem que ser muito burro pra ser pego." Ele coloca uma das mãos no meu joelho, mas não há nada de sexual no gesto. "Então, está gostando da Briar? Mais que da Brown?

"As aulas ainda não começaram, então não dá pra dizer. Mas o campus é lindo."

"Você está no alojamento?"

"Não, fui morar com uns amigos de Dean. Na verdade, um deles é Hunter Davenport, que jogou com você na escola."

"Não brinca! Você está morando com Davenport?"

"Platonicamente."

"Isso não existe."

Estou prestes a rebater quando sinto uma mudança sutil de energia no ar. Jake Connelly acaba de entrar e, minha nossa, ele tem presença. Segura uma garrafa de cerveja e para diante da poltrona em frente ao sofá. O cara sentado levanta na mesma hora. Connelly toma seu lugar com toda a tranquilidade.

Seus olhos verde-escuros focam em Brenna enquanto ele bebe.

Ela se distrai de McCarthy por um instante. Analisa a calça jeans escura de Jake, a camisa preta da Under Armour e o boné do Red Sox. "Connelly", diz, seca. "Bom jogo."

Connelly a olha. Não há sarcasmo no tom de Brenna, mas acho que ele percebe a dificuldade que ela tem de fazer o elogio. "Obrigado", fala, devagar. E dá outro gole na cerveja.

McCarthy tenta chamar a atenção de Brenna sussurrando algo contra seu pescoço, mas os olhos dela permanecem fixos em Jake. E os dele nela.

"De onde conheço você?", pergunta o cara, pensativo.

"Hum, dá pra ouvir os torcedores xingando você no gelo? Porque em geral sou eu", explica ela, prestativa.

Ele parece achar graça. "Entendi. Você é uma das garotas que ficam atrás dos caras da Briar."

"Rá! Só se for na imaginação deles."

"Mas está sempre junto do time. Já te vi."

"Não tenho escolha." Ela inclina a cabeça em desafio. "Meu pai é o treinador."

Jake permanece imperturbável.

Já McCarthy fica chocado. Ele se levanta, quase fazendo Brenna cair de cara no carpete. Provando que pelo menos é um cavalheiro, segura minha amiga de novo e a coloca na poltrona antes de levantar.

"Por que você não falou?" McCarthy vira para Weston, parecendo traído. "Por que não me avisou?"

"Quem se importa, cara? Ela é gente boa."

"Eu falei pra ela do meu joelho! O treinador não vai colocar no relatório de lesões da semana que vem. E se ela contar pro pai?"

"E daí?" Weston não parece preocupado.

"E daí que um capanga deles vai enfiar uma lâmina de patins no meu joelho, tipo 'Opa! Mal aí'. E eu fico fora da temporada."

"Meu pai não faz esse tipo de coisa", retruca Brenna, revirando os olhos. "Não tem nenhuma Tonya Harding no time dele."

Weston gargalha. Connelly sorri, e fica ainda mais gato.

"Além do mais, não sou da CIA, e tenho coisas melhores pra fazer com meu tempo do que espionar um bando de jogadores de hóquei universitário pro meu pai."

McCarthy se acalma um pouco. "Sério?"

"Sério." Ela levanta da cadeira. "Vim aqui pra relaxar com minha amiga, beber e talvez dar uns pegas num cara fofo."

Ele parece esperançoso. "Isso a gente ainda pode fazer."

Brenna joga a cabeça para trás e ri. "Desculpa, mas você perdeu a chance quando quase me jogou no chão porque tava com nojinho."

Dois caras do time gargalham alto. McCarthy não parece achar graça.

Para minha surpresa, Connelly intervém. "Não escuta o que ela está falando, cara. Essa garota nunca iria pra cama com você."

Brenna arqueia as sobrancelhas. "Ah, não, é? Acho que você não me conhece bem o bastante pra garantir."

Ele a encara e umedece o canto da boca com a língua. É extremamente sensual. "Você jamais iria pra cama com um jogador de Harvard."

Ela o encara por vários segundos antes de ceder. "Tem razão. Não mesmo." Seu olhar se volta para mim. "Hora de ir, sua louca. Vou chamar um Uber."

Provavelmente é uma boa ideia. Dou um beijo na bochecha de Weston. "Foi muito bom conversar com você", digo a ele. "E obrigada pelo convite."

"Imagina. Espero que a gente possa sair de novo agora que você está por perto."

"Claro." Levanto e olho para Jake. "Tchau."

Ele só balança a cabeça.

"Quatro minutos para o Uber chegar", diz Brenna, segurando o telefone.

McCarthy ainda está de pé perto dela, sem se incomodar em esconder a decepção. "Você podia ficar..." Ele para, aguardando a resposta dela.

No fundo, acho que Brenna teria ido pra cama com ele, sim, apesar de ser de Harvard. Mas, infelizmente, o cara estragou tudo com a reação desproporcional.

Ela fica com pena, passa os braços em volta do pescoço dele e corre os lábios pela barba por fazer. "Quem sabe em outra vida, McCarthy."

Com um sorriso triste, ele dá um tapa de leve na bunda dela antes de se afastar. "Vou cobrar, viu?"

A caminho da porta, Brenna lança olhares mais incisivos na direção de Jake Connelly. Os olhos verdes do jogador brilham com humor enquanto ela desaparece da sala.

Três minutos depois, estamos no banco de trás do Uber. Brenna comenta num tom relutante: "Não foi tão ruim".

"Está vendo? Eu falei que ia ser divertido", provoco.

Ela faz cara feia e ergue o indicador no ar. "Dito isso, é claro que vou contar pro meu pai do joelho do McCarthy."

Sorrio. "Imaginei."

Brenna decide passar na minha casa quando descobre que está tendo uma festa. Ela confessa que é notívaga e tem dificuldade de dormir antes das três ou quatro. Adoro uma boa festa tanto quanto minhas botas Prada, então fico feliz.

Para nosso espanto, já foi todo mundo embora quando entramos. Mas os três ainda estão acordados. Hollis e Fitz estão no sofá, jogando um game de tiro. Hunter está desmaiado na poltrona, de calça de moletom e camiseta surrada com as mangas cortadas.

A única evidência de festa são as dezenas de latinhas de cerveja vazias e um cheiro fraco de maconha que parece vir da direção de Mike.

"Cai fora", Hollis rosna para Fitzy. "Para de me encurralar."

"Se não quer que eu te ache, não se esconde sempre no mesmo armazém."

Da porta, vejo o soldado do lado de Mike da tela encarando o cano de uma arma assustadora. Do lado de Fitzy, fica claro que ele tem Hollis na mira.

"Quais são suas últimas palavras?", pergunta Fitzy.

"Nunca aprendi a andar de bicicleta."

Fitz solta uma gargalhada. A risada profunda e sensual sai de seu peito musculoso — e morre no momento em que ele me vê.

"Essa foi boa", Brenna diz a Hollis, entrando na sala. "Você disse algo que me fez rir. Tipo, *com* você, e não *de* você."

Ele responde com uma cara feia. "Oi pra você também. Como foi em Roma?"

"Roma?", pergunta ela, sem entender.

"É. Roma." Seu olhar sombrio foca em mim. "Não é, *Brutus*?"

Relutante, olho para Fitz, pedindo ajuda. "Do que ele está falando?"

"Até tu, Brutus", murmura ele. "Mike está se sentindo apunhalado pelas costas."

"Davenport falou onde vocês estavam", acusa Hollis. "Então nem tentem esconder."

"Eu não ia tentar", digo, alegre. "Bee, quer beber alguma coisa?"

"Claro."

Da poltrona, Hunter abre um olho. "A única coisa que sobrou foi uma garrafa de Fireball", ele murmura, apontando para a mesa de canto.

Olho para o uísque, apreensiva. "Você encara?", pergunto a Brenna.

"Sempre."

Sorrindo, vou para a cozinha em busca de copos. Quando volto, Brenna está sentada do outro lado de Fitzy, tentando convencer os dois de que foi coagida a ir à festa em Cambridge.

"Foi horrível", reclama ela.

"Que nada! Brenna se divertiu horrores." Coloco os copos na mesa, depois olho para os rapazes. "Tudo bem se ela dormir aqui, né?" Agora penso se devia ter perguntado antes.

Hollis me dispensa com um aceno da mão. "Claro que você vai dormir aqui", diz a ela. "Minha cama é sua cama."

Fitz solta uma gargalhada.

"Ah, lindo, eu não encostaria na sua cama nem com uma vara de três metros."

"Falando em varas..." Hollis ergue as sobrancelhas.

"Segura a onda, Michael."

"Ah, tem piedade do menino. Ele precisa disso hoje", diz Fitz, passando o braço tatuado em volta do ombro de Brenna.

E não, não estou com ciúme.

Por que estaria?

Afasto os olhos e me concentro em servir o uísque.

"Por quê?"

"Porque raspou o corpo inteiro por uma mulher e levou bolo." Fitz parece estar tentando não rir.

De sua poltrona, Hunter não se dá ao mesmo trabalho. Gargalha, ainda que sonolento. Acho que quem fumou maconha não foi Hollis. Hunter mal se mexeu desde que chegamos.

"Ah, tadinho." Brenna se estica por cima do corpo grande de Fitz e dá um tapinha no braço de Hollis. "Sinto muito."

Eu o avalio enquanto termino de servir o uísque. Está de jeans e manga comprida. Nem um centímetro de pele exposto. "Numa escala de um a dez, quanto se depilou?"

Os lábios de Hollis se curvam. "Vem descobrir..."

Dessa vez é Fitz que se estica, mas para dar um tapa na nuca de Hollis. "Já chega, cara. Até eu estou incomodado."

Brenna e eu brindamos e viramos a dose. A bebida com sabor de canela queima o caminho todo até meu estômago.

"Gente!", reclamo. Minha boca e garganta estão em chamas. "Tinha esquecido como isso é forte."

"Mais uma dose", ordena Brenna. "Mal deu pra sentir."

Com uma gargalhada, sirvo mais.

Enquanto bebemos, sinto o olhar cauteloso de Fitz me perfurando. Aposto que quer me dar um sermão. Falar pra eu pegar leve. Mas fica de boca fechada.

"Uhhh, dessa vez eu senti!" As bochechas de Brenna estão coradas agora. Ela tira o suéter depressa, ficando só de jeans skinny preto e blusa de alcinha.

Os olhos azuis de Hollis ardem. "Quer dar um pulinho lá em cima? Pra responder à pergunta de Summer, *dez*. Não tenho nem um pelo no corpo..."

A risada me escapa. Como se aquilo fosse atraí-la.

"De jeito nenhum", responde Brenna, pegando o controle de Xbox que Fitz deixou de lado. "Que jogo é esse?"

"*Killer Instinct*."

"Ah, claro. Vou jogar contra Hollis. Quero ver quantas vezes consigo pegar ele."

Hollis sorri. "Tudo o que ouvi foi 'quero ver quantas vezes consigo pegar ele'. E minha resposta é: quantas quiser."

Infelizmente para ele, Brenna se limita a pegá-lo no mundo virtual, acertando seu jogador meia dúzia de vezes. Não gosto muito de video game, então repasso a biblioteca de músicas no Spotify no laptop de Hollis, faço uma lista e curto a hora seguinte sozinha, enquanto Brenna, Hollis e Fitz se revezam no jogo.

Viramos outros dois shots durante essa hora. E depois mais dois, porque Hollis insiste que não faz sentido deixar tão pouco na garrafa. "Somos de Briar!", grita ele, como se estivesse numa cena de *Gladiador*. "A gente termina o que começa!"

Estou bêbada o suficiente para que isso faça todo o sentido. Terminamos o Fireball enquanto Hunter ronca suavemente na poltrona e Fitz me observa com o que acho que é reprovação. Não sei direito, porque minha visão está um pouco embaçada.

E talvez a sala esteja girando de leve.

Mas pode ser também que *eu* esteja girando.

"Acho que é hora de dormir." A voz baixa de Fitz ressoa no meu ouvido. Ele aparece atrás de mim quando estou dançando uma música do Whitesnake da playlist de heavy metal de Hollis.

Eu estava girando a cabeça, então meu rabo de cavalo bate na cara dele. Fitz nem pisca. Apenas planta a mão grande no meu braço para me firmar antes que eu caia.

"Não estou com sono", digo, afastando a mão dele.

Mais uma vez, cambaleio um pouco. E, mais uma vez, Fitz me segura.

Só que agora dá um passo adiante.

Num piscar de olhos, todo o meu corpo está no ar. Fitz me joga por cima do ombro e, de repente, estou olhando para as costas da sua camiseta preta enquanto balanço as pernas sobre seu peito largo.

Dou um chute nele. "Me bota no chão! Fitz!"

"Não."

Dou outro chute. Mais forte. "Me bota no chão! Brenna, me salva!"

"Você está fazendo mosh solitário e sacudindo esse rabo de cavalo há uma hora", eu a ouço dizer. Não posso vê-la, porque Fitz continua bancando o brutamontes pra cima de mim. "Talvez ele tenha razão. Vou subir depois dessa partida."

Antes de Fitz me carregar pela escada, vejo de relance em seu rosto que ela acha graça.

"Sério", rosno. "Me bota no *chão.*"

"Não." O braço dele é como ferro envolvendo minhas coxas.

"Estou falando sério! Não sou seu brinquedinho! Sou uma pessoa e *tenho direitos*!"

Tudo o que recebo em resposta é uma risada baixa.

Não acredito que Fitz está me *carregando* escada acima. Como se eu fosse uma criança de seis anos que já passou da hora de dormir e precisa ser levada pro beliche da Hello Kitty. Rangendo os dentes, soco sua omoplata. Ele nem se move. Estamos no meio da escada. Tento outra estratégia e dou um beliscão no ombro dele. Quando isso falha, dou outro na lateral do corpo.

Ele estremece como se tivesse levado um tiro, depois xinga, com raiva. "Para com isso."

"Paro se você me colocar no chão." Belisco de novo e de novo.

Fitz contrai as costas e os ombros para tentar afastar meus dedos. "Pelo amor de Deus, Summer. Para de me beliscar!"

"Ah, mas você pode me agarrar contra minha vontade?", grito de volta.

Estamos os dois ofegando. Sinto gotas de suor na minha nuca e entre meus seios. Não consigo me soltar. Fitz chega ao topo da escada e segue para o meu quarto, xingando o tempo inteiro, porque não paro de beliscar suas costas musculosas.

"Desde quando você é contra diversão?", pergunto, quando ele finalmente me coloca no chão, com um pouco mais de brutalidade do que o necessário. Meus pés atingem o piso com um baque forte. "E o que te dá o direito de me arrastar até aqui?"

Seus olhos castanhos parecem arder. "Você estava a um passo de cair e bater a cabeça num móvel. No mínimo, ia apagar."

"Ai, meu Deus, por que todo mundo na minha vida é tão dramático? Eu só estava dançando!"

"*Eu* sou dramático?", ruge ele, e fico surpresa por um instante, porque acho que nunca ouvi Fitz levantar a voz. "Você teve um troço ontem sem motivo. Me acusou de insinuar que não sabia ler."

"Porque você estava agindo como um idiota condescendente!"

"E você estava agindo como uma pirralha!"

"E agora você está agindo como meu pai!"

"E você continua agindo como uma pirralha!"

Paramos e nos encaramos. Seus dentes estão visivelmente cerrados. Os músculos do pescoço parecem cordas de violão apertadas demais. Parece prestes a ter um troço. Depois de um tempo, ele expira com força e esfrega a barba escura.

"Desculpa por ontem à noite, tá legal? Eu não quis dizer..."

"Tudo bem", interrompo, sucinta.

"Summer."

"O quê?"

"Estou falando sério. Não acho que você seja burra."

Pelo menos um de nós não acha.

Afasto o pensamento para o fundo da minha mente embriagada. De alguma forma, mesmo bêbada, sei que não posso dar a ele a satisfação de saber das minhas inseguranças.

Cerro os punhos e mantenho os braços esticados junto ao corpo. Fitz continua me observando, não mais irritado ou frustrado, só contemplativo. Mesmo agora, quando estou furiosa por causa dele, sua presença me afeta. Meu coração salta no peito. Meus joelhos parecem trêmulos. Arrepios percorrem minha coluna e sobem por entre minhas pernas. Quando Fitz passa os dedos compridos pelo cabelo despenteado, viram um nó apertado de necessidade.

Ele me deixa com muito tesão. Quero seus dedos no meu corpo.

"Eu gostava de você", deixo escapar.

Sua mão congela no cabelo. "O quê?"

"Nada. Esquece. Estou bêbada." Recuo como se minha vida dependesse disso, porque Fitz não tem o direito de saber que eu estava interessada nele ou que ele me machucou. Contar significa admitir que ouvi tudo o que falou sobre mim.

Ele franze a testa. "Summer..."

"Já falei pra deixar quieto. Você tem razão, está na hora de dormir. Muito obrigada por me acompanhar até aqui em cima." Meu tom transborda sarcasmo. "Agora pode sair do meu quarto?"

Fitz hesita um segundo, então seus ombros se enrijecem e ele dá um breve aceno de cabeça. "Boa noite."

No momento em que se vai, solto um gemido esgotado.

Droga. Eu e minha boca idiota. Preciso parar de falar exatamente o que se passa pela minha cabeça o tempo todo.

Na manhã seguinte, um baque alto, seguido de um palavrão ainda mais alto, me acorda.

Tenho o sono leve, então o menor ruído pode me levar do sono profundo ao pânico desperto. Arregalo os olhos, sento e vejo a hora no celular. São sete e meia. De um domingo.

Quem está fazendo tanto barulho? Preciso descobrir para saber qual deles devo matar.

Espero que não acordem Brenna. Quando olho para onde deveria estar, percebo que estou sozinha. Lembro que ela disse que já subia ontem à noite.

"Droga", murmura alguém.

Brenna.

Afasto as cobertas e pulo da cama. Abro a porta do quarto ao mesmo tempo que Fitz e Hunter abrem a deles. Os dois aparecem no corredor de cueca e descabelados.

Ficamos boquiabertos quando notamos de que quarto Brenna está saindo.

Ela para feito um bicho que acabou de ouvir um galho estalar na floresta. Está só de camiseta e calcinha preta. Carrega a calça jeans e seu cabelo parece saído dos anos 80.

Brenna encontra meus olhos e balança a cabeça em advertência. "Nem uma palavra."

Não acho que sou capaz de dizer alguma coisa.

Brenna estava no quarto de Mike Hollis?

Não entendo.

Hunter abre a boca, mas ela o silencia com um rosnado baixo.

"Nem. Uma. Palavra."

Fitzy balança a cabeça, resignado, então se vira e fecha a porta do quarto.

"Te ligo mais tarde", murmura Brenna quando passa por mim no caminho até a escada.

Aceno em silêncio.

Alguns minutos depois, o som de um motor de carro me diz que arrumou uma carona para casa.

"Uau", digo afinal.

Para minha surpresa, Hunter entra no meu quarto e se joga na cama. Seus abdominais se contraem conforme ele se ajeita na cama. "Isso foi inusitado", diz, sonolento.

Olho para ele. "Tem algum motivo pra você estar deitado na minha cama?"

"Na verdade, não." Hunter rola para o lado, esticando uma perna longa e musculosa. Então abraça meu travesseiro e solta um suspiro de satisfação. "Boa noite."

Inacreditável. Em poucos segundos, ele está dormindo. Não tenho energia para expulsá-lo. É muito cedo e só dormi umas quatro horas.

Então faço o que qualquer mulher cansada de vinte e um anos faria. Rastejo para a cama apesar do homem seminu ali.

Hunter faz um ruído, em seguida, passa o braço por mim e me puxa para junto de si. A princípio, resisto, ficando rígida. Então relaxo e deixo a tensão se dissipar. Faz tanto tempo que não durmo abraçada com alguém...

Droga, é gostoso.

12

FITZ

Segunda-feira é o primeiro dia do semestre e levanto antes dos pássaros. O céu parece uma pincelada azul-marinho numa tela preta. Enquanto espero o café passar, olho pela janela da cozinha e vejo a luz começando a espreitar na escuridão. Estou ansioso pelas aulas de hoje. Só ouvi maravilhas sobre cinematografia para video game e fundamentos da animação 2-D.

Estudo artes visuais e computação — o que é sempre motivo para meu pai reclamar. Ele acha que é um trabalho desnecessário, que eu deveria me concentrar na segunda opção. "Computadores são o futuro da arte, Colin", diz sempre.

E não deixa de ter razão; o design gráfico gira principalmente na esfera digital hoje. Todo mundo desenha direto no computador ou no tablet. Eu mesmo faço isso.

Mas, para mim, não há nada melhor do que sentir a superfície firme de um bloco de desenho sob a mão, ouvir o risco do lápis ou o ruído do carvão se movendo pela página. Desenhar em papel e pintar em tela está tão enraizado em mim que não consigo me imaginar restrito ao digital.

Talvez um dia os museus exibam telas digitais em vez de quadros e eu fique ultrapassado, mas a ideia me parece muito chata.

Como minha primeira aula é só às dez e o treino só começa às oito, tenho tempo de sobra para monitorizar o progresso do meu jogo. Levo o café para o andar de cima e sento à minha mesa. Ou o que Hollis gosta de chamar de "centro de controle de missão".

Posso ter exagerado um pouco para um estudante universitário: tenho três monitores de alta definição, um teclado programável, um joystick personalizado e uma placa de vídeo que custa mais do que eu gostaria de admitir. Mas vale muito a pena.

Pego o headphone preto e verde-neon pendurado no alto-falante externo e coloco na cabeça. Assisto a alguns vídeos e depois dou uma olhada no fórum de discussão privado que criei para o grupo beta. Restringi o acesso ao jogo, então as únicas pessoas jogando *Legion 48* são as que escolhi. Alguns membros do grupo estão me pedindo códigos para passar de fase, o que me faz revirar os olhos. Passo os olhos pelas mensagens, procurando por alguma coisa útil. O objetivo dessa versão é corrigir os bugs para que o produto final funcione perfeitamente.

Nada me salta aos olhos. Dou um gole no café enquanto os comentários e as perguntas passam na tela. Não fico surpreso de ver tantos jogadores on-line tão cedo. O mais provável é que nem tenham ido dormir.

Ouço passos no corredor, e minha cabeça se volta cautelosamente para a porta. Alguém entra no banheiro do corredor e fecha a porta. Minutos depois, ouço o barulho do chuveiro.

Será Summer? Parte de mim espera que não, para que eu possa escapar de casa e ir para o treino sem vê-la. As interações entre nós ontem foram mais do que estranhas. E nem me fale da noite de anteontem, quando tive que carregar aquela bunda bêbada até o andar de cima.

Uma bunda bêbada muito bonita. Uma bunda linda, incrivelmente firme, de dar água na boca, que eu quero pra mim.

Eu gostava de você.

Tenho tentado não pensar nessa frase que jogou na minha cara. Ela estava muito embriagada, e não costumo dar valor a declarações movidas a álcool.

Mais passos ecoam do lado de fora. Dessa vez sei exatamente quem é — Hollis. Está murmurando para si mesmo que precisa mijar.

De repente, me lembro de Brenna no corredor. Hollis não conseguiu falar de outra coisa ontem, agindo como se tivesse ganhado na loteria. Acho que não está muito longe da verdade, já que tenho certeza de que é a primeira vez que Brenna fica com alguém do time. Em geral, ela nos evita, embora não se saiba se é porque não gosta de jogadores de hóquei ou porque é esperta o suficiente para saber o que o pai dela faria se ficasse sabendo.

Hollis, infelizmente, não é inteligente. É destemido, mas não é inteligente. Porque, se o treinador descobrir, vai amarrá-lo nu de braços abertos na rede do rinque e praticar tacadas.

"Aaaaaaaaaah!"

Um grito estridente vara a casa silenciosa, e quase caio da cadeira. Meu sangue gela, e fico de pé num piscar de olhos. Corro até a porta.

Meu cérebro regride a um estado de homem das cavernas.

Summer gritando.

Summer em perigo.

Salvar Summer.

Com os punhos erguidos, me lanço no corredor e então paro subitamente quando a porta do banheiro se escancara. Um Hollis só de cueca é despejado sem a menor cerimônia aos meus pés.

"Não!", grita Summer. "Você não pode simplesmente entrar quando estou no chuveiro! Isso é INACEITÁVEL!"

Ah, não.

Ela sai, com o cabelo loiro encharcado e água pela pele dourada. Espuma desliza por seus braços nus. Está na cara que pegou a toalha errada, porque essa é pequena demais — mal cobre os seios e mal chega às coxas. Se a toalha branca deslizar um centímetro em qualquer direção já era.

Minha boca fica seca. Suas pernas são incrivelmente longas e tão atraentes que não posso deixar de imaginá-las envolvendo a minha cintura.

Engulo em seco. Forte.

Enquanto isso, Hollis parece atordoado. "Eu só ia mijar", ele protesta.

"Eu estava no chuveiro!", ela grita. "E tranquei a porta!"

"A tranca está quebrada."

"Agora que você me avisa!"

Ele esfrega os olhos. "Não estou entendendo o problema, gata."

"Não me chama de gata."

A porta de Hunter se abre. "O que está acontecendo?" Ele arregala os olhos quando percebe a cena diante de si. "O que você fez?", rosna para Hollis.

"Nada", o outro resmunga.

"Entrou no banheiro quando eu estava tomando banho!"

“Eu só ia mijar! Não é como se tivesse entrado no chuveiro com você.”

“Não importa!” Ela aponta para a porta do banheiro. “Aquele cômodo é um lugar sagrado! Um templo, Mike! Foi feito para uma pessoa por vez usar. É tipo uma solitária.”

“Então é uma prisão ou um templo?”, o idiota pergunta.

“Cala a boca”, retruca Summer. “E escuta uma coisa, Hollis. Diferente de você, não tenho pênis.”

“Ainda bem.”

“Hollis”, aviso em voz baixa.

Ele fecha a boca.

“Sou uma *mulher*”, continua Summer. Seus dedos apertam o topo da toalha para mantê-la no lugar. “Moro com *três* homens e tenho direito à privacidade. Tenho direito a tomar uma merda de um banho sem você entrar e botar o pau pra fora!”

“Você nem viu meu pau”, argumenta ele.

“Não importa!” Summer joga os braços para cima, frustrada.

E a toalha cai.

Minha nossa.

Vejo de relance seus peitos cheios e brancos e os mamilos rosados. Um relance incrível e tentador, antes de Summer se cobrir com uma das mãos e o antebraço. Com a outra mão, ela consegue pegar a toalha no ar e a segurar sobre a parte inferior do corpo.

Hollis parece atordoado.

Os olhos de Hunter pegam fogo.

Eu tento fazer de tudo para não encarar. Fixo o olhar num ponto aleatório acima da cabeça dela e falo numa voz surpreendentemente firme: “Isso não vai acontecer de novo, Summer. Certo, Hollis?”.

“Certo”, ele garante.

Aceno em resposta. “A primeira coisa que vamos fazer é consertar a fechadura...”

“Por que você está falando com o teto?”, pergunta Summer.

Engulo um gemido e me forço para encará-la. Aquelas profundezas verdes refletem nada além de infelicidade e constrangimento. Ela pode ser dramática, mas está certa. Está morando com três caras e precisa de privacidade.

"Este é o pior banheiro da história", choraminga Summer, triste. "Não tem bancada. A iluminação é tão ruim que não consigo me maquiar. E não posso nem ficar sozinha durante o banho?"

"Summer", digo, baixinho. Ela parece que vai chorar, então ando devagar em sua direção.

Não toca nela. Não toca nela. Não toca nela.

Toco nela.

Só as pontas dos dedos no ombro, mas o contato dispara um arrepio. "Vou consertar a fechadura. Prometo."

Seu corpo relaxa, e ela expira. "Obrigada."

Summer dá meia-volta e entra no banheiro. Então bate a porta na nossa cara. Um momento depois, liga o chuveiro.

Hunter e eu trocamos um olhar rápido antes de nos voltarmos para Hollis.

"O quê?", pergunta ele, na defensiva.

"Cara, você tem duas irmãs", acusa Hunter. "Como pode não entender as regras do banheiro? Eu e Fitz somos *filhos únicos* e sabemos como nos comportar."

"Minhas irmãs e eu nunca dividimos um banheiro." Ele segue para o meu quarto bufando.

"Aonde você vai?", pergunto.

"Usar o banheiro do rei Colin." Hollis franze a testa para mim. "Ou prefere que eu mije na pia lá embaixo?"

Abro os braços depressa, num gesto receptivo. "É todo seu, cara."

Animação 2-D é tão divertido quanto esperava que fosse. Depois da aula, saio do laboratório de informática com Kenji e Ray. Como jogam muito bem, estão no topo da minha lista de usuários beta. Eles não conseguem parar de falar no *Legion 48* enquanto caminhamos.

"É brilhante, Fitz", diz Kenji, fechando o casaco.

Coloco o gorro de lã preta na cabeça e visto as luvas. Parece que janeiro não vai acabar nunca. Todo ano o mundo entra numa espécie de looping maluco e o mês de janeiro dura uns cem dias. Aí o tempo dispara e o resto do ano passa em cerca de quatro minutos.

"Brilhante", repete Ray.

Abrimos as portas e somos recebidos por uma rajada de vento gelado. Droga de mês.

Apesar do frio, não consigo conter a empolgação. "Vocês não tiveram mesmo nenhum problema mais grave até agora?"

"Nenhum."

"Qual é, alguma coisa tem que estar dando errado."

Descemos os largos degraus em direção à calçada coberta de gelo. Os prédios da faculdade de belas-artes ficam no lado oeste do campus, onde se concentram quase todos os estúdios e as salas de aula que frequento.

"Estou te falando, não tem nada", diz Ray.

"Nadica de nada", concorda Kenji.

Meu celular vibra no bolso. Pego e franzo a testa quando vejo que é um número privado.

Kenji e Ray ainda estão envolvidos numa conversa animada sobre o jogo, então gesticulo que vou precisar de um tempo para que continuem andando.

"Por favor, aguarde na linha para falar com Kamal Jain", uma voz feminina apressada me comunica.

Gelo, depois dou uma risada apressada. "Rá! Muito engraçado..."

Mas ela já transferiu a chamada.

Só pode ser piada. Me inscrevi para uma vaga na Orcus Games, o estúdio de bilhões de dólares do lendário gênio geek Kamal Jain. Mas, mesmo que essa mulher trabalhe mesmo na Orcus, duvido muito que esteja me transferindo para o fundador e presidente da empresa. Seria que nem o Mark Zuckerberg receber as chamadas de atendimento ao cliente no Facebook.

Estou a meio segundo de desligar quando falam comigo.

"Colin, oi! Aqui é o Kamal. Então, estou vendo seu currículo. Vou ser honesto com você, eu ia te dispensar."

Meu pulso acelera. Ou estou alucinando ou é mesmo Kamal Jain na linha. Já vi centenas de entrevistas do cara e reconheceria sua voz rápida e anasalada em qualquer lugar.

"Hóquei universitário? Não vou mentir. Esse negócio de atleta não é bom. Quer dizer, a maioria dos que conheci não sabe nem a diferença entre Java e C Sharp."

Fico feliz que ele não esteja na minha frente e não possa ver minha cara fechar. Não aguento o estereótipo do atleta burro. É velho demais, para não falar completamente equivocado. Algumas das pessoas mais inteligentes que conheço são atletas.

Mas fico de boca fechada. Estamos falando de Kamal Jain. O cara projetou o primeiro RPG multiplayer aos quinze anos, lançou por conta própria e o viu alcançar níveis estratosféricos de popularidade. Depois vendeu por quinhentos milhões de dólares, usou o dinheiro para abrir a própria empresa e faturou uma fortuna desde então. Esse tipo de trajetória na indústria de jogos é praticamente inédito. O criador do *Minecraft* não chega nem perto.

"Mas um estagiário veio falar comigo hoje de manhã e disse que eu precisava jogar seu game. Tenho que te dizer, Colin, no que diz respeito ao código, é mais simplista do que eu gostaria... mas, cá entre nós, pra mim qualquer coisa é se não fui eu quem programei. Sabe o que me chamou a atenção? A arte. É toda sua?"

É difícil acompanhar as digressões de Jain, mas de alguma forma consigo responder: "É. Fiz tudo sozinho".

"Você estuda artes visuais na Briar?"

"E computação", corrijo. "Vou me formar em ambos."

"Ambicioso. Gosto disso. Não curto muito a coisa do hóquei, mas imagino que você já tenha passado dessa fase, já que se candidatou para trabalhar aqui. Não tem planos de virar profissional depois da formatura?"

"Não, senhor."

Uma risada estridente perfura meus tímpanos. "Senhor? Pode deixar a formalidade de lado agora mesmo, Colin. Me chama de Kamal ou KJ. Prefiro KJ, mas usa o que te deixar mais à vontade. Bom. Deixa eu dar uma olhada na minha agenda." Ouço papéis farfalhando do outro lado da linha. "Vou pra Manhattan na sexta que vem. Vou pedir ao piloto pra fazer uma parada em Boston primeiro. A gente se encontra no Ritz."

"No Ritz?", repito, confuso.

"Entrevisto pessoalmente todos os possíveis designers, e cara a cara. Tem outras cinco pessoas concorrendo à vaga. Vai ser difícil", avisa ele, mas há um toque de alegria em sua voz. Tenho a sensação de que gosta de colocar as pessoas umas contra as outras. "Então nos vemos daqui a duas semanas. Sexta-feira. Pode ser?"

"Claro", respondo imediatamente. Trabalhar na Orcus Games é um sonho. A empresa é a primeira da minha lista, e eu sinceramente não esperava uma entrevista. Como ele disse, vai ser difícil. Todo mundo quer trabalhar para Kamal Jain, o bilionário que construiu seu império sozinho.

"Ótimo. Vou pedir para minha assistente te mandar os detalhes. Estou ansioso pra te conhecer, cara."

"Eu também."

Quando desligo, estou sacudindo a cabeça, espantado. Isso aconteceu mesmo? Tenho uma entrevista de emprego com Kamal Jain?

Puta merda.

Quero mandar uma mensagem para Morris, mas antes que possa começar a digitar meu telefone toca de novo. Desta vez, não é um número privado. É meu pai.

Como sempre, sou tomado por uma inquietação. Nunca se sabe o que ele ou minha mãe vão dizer.

"Colin", ruge meu pai assim que atendo. Ele tem um jeito brusco e direto que parece mal-educado se você não o conhece, e irritante se conhece.

"E aí, tudo bem? Só tenho um segundo antes da próxima aula", minto.

"Não vou demorar. Só queria dizer que vou levar Lucille no fim de semana. Ela está morrendo de vontade de te ver jogar."

Lucille é a namorada nova dele, embora eu não ache que vá durar mais que alguns meses. O cara passa de uma mulher pra outra com uma velocidade que é ao mesmo tempo impressionante e repugnante.

Por outro lado, minha mãe diz não ter namorado ninguém desde o divórcio, que foi há doze anos. Se meu pai não tem o menor escrúpulo em se gabar de suas conquistas para mim, minha mãe não tem problema em lamentar o celibato. É culpa do meu pai, claro. Ele destruiu a confiança dela na humanidade, sobretudo nos homens. Agora, para o meu pai, ela é a culpada pelo ciclo interminável de namoradas dele, porque ele nunca mais vai acreditar em alguém de novo.

Eles me cansam.

"Legal. Estou ansioso pra ver Lucille." Mentira.

Por um momento, penso em contar a ele sobre a entrevista com Kamal Jain, mas decido depressa que isso precisa ser feito num e-mail para os dois. Se contar pra um antes, já era.

"Sua mãe vai no jogo?" Ele pronuncia a palavra "mãe" como se fosse veneno. "Se for, avisa que vou levar Lucille."

Tradução: não deixe de contar à sua mãe pra eu poder esfregar na cara dela que estou com alguém.

"Ela não vai", respondo, feliz por me esquivar do problema.

"Você deve estar triste."

Tradução: ela nem se importa o suficiente para assistir aos seus jogos, Colin. Eu te amo mais!

Contenho um suspiro irritado. "Não tem problema. Vocês não precisam vir a todos os jogos. Bom, tenho que ir. Te vejo no fim de semana."

A pressão que pesa em meu peito diminui um pouco. Lidar com meus pais é um desgaste físico.

"Colin, oi!"

Viro e vejo Nora Ridgeway se aproximando. Ela fez duas aulas de arte comigo no ano passado, e neste semestre estamos cursando desenho avançado juntos. É uma garota legal. Também está fazendo graduação dupla, em artes visuais e design de moda.

"Oi", cumprimento, ansioso pela distração. Sempre preciso de uns minutos para drenar completamente a tensão do corpo depois de falar com um dos meus pais. "A aula é só às duas. Você sabe disso, né?"

Ela sorri. "Sei, sim." Ela acena com a cabeça em direção ao prédio do outro lado da rua. "Tenho história da moda em dez minutos. Vi você aqui e vim dar um oi." Sua respiração sai numa nuvem branca visível enquanto ela fala.

"Você precisa de um gorro", digo, notando que as pontas de suas orelhas estão vermelhas.

"Ah, vou sobreviver."

Dá pra ver por que ela não quer cobrir o cabelo. É curtinho e preto, com exceção das pontas pintadas de rosa. Nora tem um visual indie que sempre achei legal. Além do mais, tem tatuagem, outro ponto positivo.

"Como foi a aula de animação?", ela pergunta. "Minha amiga Lara está fazendo e está muito empolgada."

"Foi incrível." Sorrio para ela. "Garanto que é mais divertido que história da moda."

Nora dá um soco leve no meu braço. "De jeito nenhum. Roupas são muito mais interessantes que computadores."

"Vamos ter que concordar em discordar."

"E o professor do curso é uma *lenda*." Seus olhos cinza-claros brilham no sol de inverno, cheios de emoção. "Erik Laurie."

Minha cara de quem não sabe do que se trata a faz rir.

"Ele foi editor de moda de *Vogue*, *GQ*, *Harper's*. Foi cofundador e editor-chefe da *Italia*, a revista de moda masculina *mais* inovadora do mundo. O cara é a versão masculina da Anna Wintour."

De novo a cara de quem não sabe do que se trata.

"Editora-chefe da *Vogue* e total deusa. Meu ídolo. Erik Laurie também. Ele está dando duas aulas na Briar, e vai dirigir o desfile de moda no encerramento do curso. Estou mais que empolgada. Vamos aprender *tanto* com ele."

Será que Summer vai estar nessa aula também? Não me lembro se está cursando design ou marketing de Moda. Mas imagino que história da moda sirva para os dois.

E por falar no diabo.

Summer aparece no caminho de paralelepípedos, embrulhada num casaco até o joelho e com uma echarpe vermelha grossa em volta do pescoço e do cabelo. Seu andar descontraído vacila de leve quando me nota. No momento em que nossos olhares se cruzam, penso na toalha escorregando de seu corpo delicioso. Aquela fração de segundo em que vi seus peitos nus e molhados. Uma provocação fugaz e eficiente.

Não digo oi nem levanto a mão para cumprimentá-la. Espero que tome a iniciativa. Só que ela não o faz. Alguns segundos passam. Então Summer franze a testa para mim e continua andando. Não sei se me sinto ofendido ou envergonhado. Talvez devesse ter cumprimentado primeiro.

"Você a conhece?" Nora percebe que desviei a atenção. Seu olhar desconfiado repousa em Summer enquanto espera minha resposta.

"Conheço. É irmã de um amigo", digo vagamente, decidindo não comentar que moramos juntos. Sinto que daria início a uma conversa que não estou a fim de ter.

Nora relaxa. "Ah, legal. De qualquer forma, tenho que correr, mas, andei pensando, talvez a gente devesse tomar aquele drinque..."

Dou risada. "Talvez devesse." Falamos disso no ano passado, na aula de teoria das cores, mas com minha agenda é difícil marcar um encontro.

Trocamos mensagens por um tempo, mas quando finalmente tive uma noite livre Nora já estava saindo com outra pessoa.

Está na cara que o lance terminou. “Você ainda tem meu número?”, Nora pergunta.

“Tenho.”

Ela parece satisfeita com isso. “Que tal amanhã à noite, no Malone’s? Me manda uma mensagem durante o dia pra confirmar.”

“Ótimo.”

“Até amanhã então.” Nora aperta meu braço de leve, então se apressa em direção ao mesmo prédio em que Summer acabou de desaparecer.

Acho que tenho um encontro amanhã à noite.

13

SUMMER

Enquanto me acomodo em meu lugar na sala de aula de história da moda, tento me lembrar de que sou muito a favor do girl power. Vivemos numa sociedade em que muitas mulheres se derrubam em vez de se levantarem. Isso pra mim é um absurdo. Precisamos nos empoderar, ensinar às futuras gerações que é importante nos unirmos. Teve uma época em que tínhamos um objetivo comum e um inimigo comum. Queimamos sutiãs e lutamos pelo direito de votar.

Agora ficamos falando mal uma das outras nas redes sociais e culpamos a amante se um cara trai a gente.

Não me considero uma feminista extremista. Não acredito que os homens sejam demônios do inferno que devem ser expurgados da sociedade. Eles têm muitas coisas boas para oferecer ao mundo. O pau, por exemplo, é algo fabuloso.

Seria muito bom se pudéssemos demonstrar um pouco mais de solidariedade feminina.

O que complica um pouco é o ciúme. A inveja é um sentimento muito incapacitante, e ela é promovida o tempo todo entre as mulheres. Ela nos faz dizer coisas e nos comportar de maneiras de que, lá no fundo, nos envergonhamos. Me arrependo de quase todas as coisas que disse e fiz por ciúmes. Também já fui vítima de outras garotas por causa disso. Algumas mulheres acham que, por causa da minha aparência, sou uma vaca insensível.

Sempre tentei manter um sorriso no rosto e ser legal com todo mundo. Ironicamente, muitas das garotas que me odiavam no colégio acabaram virando amigas muito próximas quando aprenderam mais sobre suas inseguranças.

Enfim, sou a favor do girl power. Da independência e da força feminina.

Mas odeio essa garota com toda a força de meu ser.

Eu a vi conversando com Fitz antes da aula. Agora está sentada com outras duas meninas, falando *sobre* ele. Sei que o nome dela é Nora porque ouvi uma das amigas a chamando assim. Como estou duas filas atrás, ouço cada palavra que sai da boca delas.

"... *tão* legal. E *tão* inteligente. Além de talentoso. Vocês tinham que ver as pinturas que ele faz."

"Fora que o cara é uma delícia", a amiga brinca.

"Aquelas tatuagens", a outra garota suspira.

Então todas elas já viram as tatuagens de Fitz? Agora detesto as amigas também.

"*Tão* gostoso", diz Nora, se abanando de brincadeira.

Estou *tão* pronta pra jogar alguma coisa nela "sem querer". É *tão* irritante o uso excessivo e a ênfase exagerada que Nora dá à palavra "tão".

"A gente vai sair pra beber amanhã à noite."

As chamas de ódio em meu estômago levam um banho de água gelada. Ele chamou Nora para sair?

"Então finalmente vai acontecer?" Uma das amigas bate palmas de excitação.

"Vai! Tô *tão* animada."

Certo. Então Fitz convidou Nora para sair. Ela é bonita e se veste bem. Por que ele não deveria sair com ela?

E por que eu deveria me incomodar?

Porque...

Bom, porque ela é uma vaca. Não quero que Fitz saia com uma vaca.

Ela não é uma vaca. É o ciúme falando.

Não, discuto comigo mesma, teimosa. Nora lançou uns olhares feios na minha direção antes de se juntar às amigas. Eu não estava vendo coisas. Então ela é meio vaca.

E você é muito vaca.

"Vai se foder", digo a mim mesma.

Algumas cadeiras mais adiante na fileira, um cara de cabelo preto comprido olha para mim e arqueia uma sobrancelha grossa.

Faço um gesto amigável para ele. "Me ignora. Decidi que vou ser a louca que fala sozinha na aula."

Ele ri. "Entendi."

Nora se vira ao som da minha voz, estreita os olhos e depois se volta para as amigas.

Eu a odeio.

Você está sendo péssima.

"Não acabamos de concluir que escolhi o caminho da insanidade?", digo em voz alta, mais para mexer com meu companheiro de fileira.

Sobrancelhas Grossas me olha de novo. "Uau. Você não estava brincando."

Sorrio. "Parei agora. Prometo."

As amigas de Nora a interrogam em busca de mais detalhes sobre o encontro iminente.

"Só uma bebida?"

"Só uma bebida", confirma ela. "Acha mesmo que eu ia sair pra jantar no primeiro encontro depois do fiasco dos oito pratos com Ethan?"

As garotas começam a rir.

"Meu Deus! Tinha esquecido!"

Paro de ouvir quando elas começam a relembrar uma vez em que Nora ficou presa num jantar caro de quatro horas, embora estivesse pronta para sair antes do primeiro prato. É uma história divertida, mas estou ocupada demais tentando lidar com o ciúme indesejado.

Fitz pode sair com quem quiser. Não tenho o direito de ficar com ciúme. Dormi de conchinha com Hunter na outra noite. Tudo bem que a gente não fez nada mais que isso, mas foi bom sentir um corpo masculino quente junto do meu. E, se Hunter tivesse tentado alguma coisa, não posso dizer com absoluta certeza que não teria retribuído.

As portas da sala de aula se abrem, interrompendo meus pensamentos. O homem que entra não precisa de apresentação, mas ainda assim ele vai para a frente da sala e nos cumprimenta como se jamais tivéssemos pegado uma revista de moda.

"Bom dia! Meu nome é Erik Laurie e lamento informar que vocês vão ter que aguentar minha presença insuportável pelos próximos quatro meses."

Todos riem.

"Estou brincando", diz ele, com uma gargalhada calorosa. "Sou divertido pra caralho."

Sorrio, assim como o resto da sala. Ele está se mostrando um sujeito descontraído e legal. Gosto disso. Também parece muito mais jovem que nas fotos. Talvez porque em geral aparece nelas com uma barba loira grossa, mas hoje está completamente barbeado, exibindo o jovem rosto que tinha por baixo.

Sei que tem uns trinta e poucos anos, e seu senso de moda é tão certeiro que quase solto um assovio. As roupas são Marc Jacobs — reconheço o blazer retrô da coleção de outono. Os sapatos... Tom Ford, acho. Precisaria dar uma olhada mais de perto para ter certeza.

"Bem-vindos à história da moda, senhoras e senhores."

Sua voz é suave e aveludada. Todas as garotas parecem um emoji com olhos de coração, mas, por alguma razão, ele não tem o mesmo efeito em mim. Racionalmente, Laurie é um homem atraente, mas tem alguma coisa em seu rosto angular e simétrico que não me atrai.

Nosso novo professor tem total consciência da atenção feminina que está recebendo. Pisca para duas garotas na primeira fileira, enquanto descansa os antebraços na mesa. Então passa os dez minutos seguintes listando seu currículo impressionante, sem revelar nada que eu já não soubesse.

Ele teve uma carreira insanamente prolífica para alguém tão jovem, e uma paixão genuína pelo que faz transparece em sua fala. Quando termina de relatar sua trajetória, passa a falar sobre o que podemos esperar do curso. Vamos examinar a influência global da moda, como tomou forma ao longo dos anos e como certos eventos históricos e eras afetaram o conceito e a implementação do estilo.

Laurie tem um jeito de falar que prende a atenção. Ele nos diz que, em vez de uma palestra, hoje só quer "conversar" sobre por que amamos moda e quem nos inspira. O próprio professor começa confessando que seu maior ídolo é Ralph Lauren, e passa cinco minutos inteiros tietando o estilista.

Quando termina, passa a palavra para nós. Sobrancelhas Grossas, que se apresenta como Ben, me surpreende ao proclamar seu amor por Versace. A julgar pelo estilo "mendigo chique", achei que seria fã de

Alexander McQueen. Mas Ben continua falando sem parar sobre Versace, até que nosso professor finalmente sorri e pede que outra pessoa conte sobre si.

Como nunca tive problemas em falar em sala de aula, levanto a mão.

Laurie me avalia lá da frente. "Seu nome?"

"Summer."

"Conta pra gente quem te inspira."

Respondo sem hesitação. "Chanel."

"Ah, sim", concorda ele, animado. "Gabrielle Bonheur Chanel. Também conhecida como Coco. Sabe como ela ganhou o apelido?"

"Quando era cantora de cabaré", respondo. "Ela tentou ser atriz e não deu certo, então entrou para a moda."

"Onde alcançou sucesso inimaginável", conclui o professor.

"Uma das razões pelas quais a amo. Quando seus planos originais deram errado, Coco não desistiu. Escolheu um caminho diferente, cresceu e virou um ícone. Sua marca existe há quase um século. Sobreviveu à Segunda Guerra Mundial."

"Sim, porque ela colaborou com os nazistas", comenta Nora, em voz baixa.

Cerro os punhos e os pressiono contra as coxas. É sério? Essa menina me interrompeu para insultar uma lenda da moda?

"E você é?", pergunta Laurie.

"Nora Ridgeway." Ela dá de ombros. "E todo mundo sabe que Chanel não era confiável. Vieram a público recentemente documentos que sugerem que suas atividades na época da guerra eram desprezíveis."

O professor não discorda. "Sim, isso é uma questão. Quando ela retornou ao mundo da moda depois da guerra, houve muita resistência. No entanto, a marca se recuperou." Ele inclina a cabeça. "Por que será, Summer?"

"Porque... ela..." Mordo o lábio, pensando. "Porque ela *era* a moda. Chanel inventou o pretinho básico, pelo amor de Deus. As pessoas a acusam de ser muito conservadora, mas, sinceramente, acho que revolucionou a indústria. Chanel mostrou ao mundo que não se trata apenas de usar um vestido bonito ou um terno sob medida para uma festa. É uma questão de estilo de vida." Faço uma pausa, tentando lembrar.

"Tem uma citação famosa dela sobre como a moda está em todo lugar: 'Está no céu e nas ruas, está no modo como vivemos e no que fazemos'. Acredito nisso."

Ele concorda. Muitos dos meus colegas também. Nora, no entanto, franze a testa para mim por cima do ombro e depois se volta rigidamente para a frente.

Que seja. Não ligo se ela não gosta de mim. Tentou me fazer parecer uma idiota por respeitar Chanel. Agora aguenta.

"Muito bem colocado", Laurie me diz, antes de correr os olhos pela sala. "Quem é o próximo?"

A hora seguinte voa, e fico triste quando somos dispensados. Eu estava apavorada, e agora que sei que consegui impressionar Erik Laurie fico ainda mais. Não quero que ele perca a boa vontade comigo quando souber dos meus problemas de aprendizagem.

Enquanto caminho entre as cadeiras, ouço Nora falando com a amiga. "Te encontro lá fora. Quero dizer que sou fã dele."

Que beleza. Se eu for falar com ele agora, Nora vai achar que estou me metendo no caminho.

"Summer", Laurie chama da frente da sala. "Podemos falar um segundo?"

Certo. Pelo menos não é culpa minha.

Mas acho que isso pode ser pior.

Nora para onde está. Sinto seus olhos arderem nas minhas costas feito brasa.

"Primeiro, é um prazer conhecer você." Ele estende a mão, sorrindo.

Aperto sua mão. "O prazer é meu, professor Laurie."

"Me chame de Erik."

"Ah. Hum. Talvez eu precise de um tempo pra conseguir fazer isso. Não me sinto bem chamando figuras de autoridade pelo primeiro nome."

Ele ri. "Justo. Que tal sr. L, até você conseguir me chamar de Erik?" O professor pisca, e seu tom de voz tem um quê de paquera, mas talvez seja só seu jeito de ser amigável. Eu o vi piscando para várias garotas durante a aula.

"Sr. L então". Hesito, me preparando para a parte desconfortável. "Não sei se teve a chance de conversar com o sr. Richmond. Ele é meu orientador."

"Tive. Fica tranquila, ele me avisou sobre suas dificuldades de aprendizagem e planejo me sentar com você para discutir mais a questão. Mas podemos fazer em outro momento." Ele me estuda por um momento. "Fiquei impressionado com você hoje. É uma oradora muito eloquente."

"E uma escritora terrível."

"Ei, é possível falar isso de muita gente. E existem maneiras de contornar o problema. Como eu disse, vamos conversar depois, mas acredito que podemos chegar a um arranjo alternativo. Talvez uma dissertação mais curta e algum tipo de elemento *oral* na nota."

Seus lábios se curvam de leve com a palavra "oral". Sei que ele está se referindo a uma prova oral, mas o sorriso que acompanha o termo me dá nojo. Ou ele está prestes a cruzar a barreira ou é amigável *demais*. Espero muito que seja o último.

"Dá uma olhada na minha agenda no site do departamento. Acho que quanto mais cedo nos sentarmos para resolver isso melhor."

"Concordo."

Ele aperta a minha mão. "E, por favor, continue falando em aula como fez hoje. Gosto de alunos que são tão apaixonados quanto eu pelo tópico."

Outra piscadela.

Ou será que ele não está piscando? Talvez o olho dele seja assim mesmo? Será que só consegue piscar um olho de cada vez? Não tenho ideia, e não quero descobrir. Nora continua me encarando. E Laurie continua segurando minha mão.

Desconfortável, eu a puxo de volta. "Pode deixar. Vou dar uma olhada na sua agenda quando chegar em casa. Obrigada, professor... quer dizer, sr. L."

"Melhor assim."

Ele dá uma piscadela, mas pode não ter sido intencional. Vai saber...

Praticamente corro para a saída, ignorando a expressão estrondosa de Nora.

Lá fora, tremo de frio e visto todos os apetrechos de inverno. Não queria fazer isso na sala de aula, sob o olhar de Laurie. O homem pode ser uma lenda no mundo da moda, e até que foi gentil, mas foi estranho.

Eca. Não sei. Talvez esteja vendo coisa onde não tem.

Como era minha única aula do dia, estou livre, leve e solta, então mando uma mensagem para Brenna perguntando se está no campus. Ela responde rápido.

BRENNA: *Biblioteca*
EU: *Acabei de sair da aula. Almoço?*
BRENNA: *Sim! Vc me pega?*
EU: *Em 10 min*
EU: *Esteja preparada p/ discutir MH ou deixo vc a pé!*

Ela leva um tempo pra responder. Chocante. Mandei um monte de mensagens ontem, implorando para saber o que aconteceu entre ela e Hollis, mas Brena se recusou a dizer.

BRENNA: *MH?*

Sério? Ela vai bancar a boba?

EU: *Mike Hollis. O rei dos pegadores. Quero todos os detalhes hj ou nossa amizade acabou*
BRENNA: *Vou sentir sdd*
EU: *Acha q tô mentindo? Já desfiz amizades pq não me marcaram no Instagram. Sou implacável*
BRENNA: *Não acredito*
EU: *Argh! Qual é?? Não aguento mais. Preciso descobrir 1) o tamanho do pau dele e 2) ONDE VC TAVA C/ A CABEÇA*

Depois de outra longa pausa, ela responde: *Td bem. Vc venceu.*

Apesar das ameaças, não pressiono Brenna a falar sobre Hollis no caminho até Hastings. Discutimos as aulas e confesso que estou um pouco desconfortável com meu professor.

"Ele parece meio pervertido", digo, enquanto procuro vaga na rua. "Qual é o nome dele?"

“Erik Laurie.”

“Nunca ouvi falar.”

Brenna só teria ouvido se acompanhasse o mundo da moda de perto, o que sei que não faz. Resumo o currículo antes de destacar o acesso de piscadelas.

“Talvez o cara não entenda o conceito”, sugere ela. “Para ele, piscar pode ser outra forma de sorrir. Então, se você faz um elogio, o cara diz ‘obrigado’ e pisca. Ou, quando cumprimenta as pessoas, diz ‘prazer’ e pisca.”

Mordo o lábio para parar de rir. “Você está brincando, né?”

“Claro que estou. Ninguém é tão burro assim. Piscar é flertar. Todo mundo sabe disso.”

“Então ele estava dando em cima de mim?”

“Provavelmente.” Ela revira os olhos. “E, se disser que é a primeira vez que um professor dá em cima de você, não vou acreditar.”

“Não, já aconteceu antes”, admito. “Mas eu não esperava isso dele. O cara é muito respeitado no meio.”

Uma gargalhada incrédula ecoa alto no carro. “Claro. Porque homens respeitados nunca são canalhas. Preciso te explicar o que está acontecendo em Hollywood?”

“Não, não precisa.” Encontro uma vaga e espremo meu Audi nela.

Cinco minutos depois, estamos sentadas de frente uma para a outra numa das mesas com sofás retrô de vinil vermelho. Brenna pede um café preto. Peço um chá de hortelã com limão. De alguma forma, isso resume nossa amizade. No que diz respeito ao visual, sou adepta das cores claras e maquiagem nude, enquanto Brenna prefere olhos pretos e esfumados. Em termos de personalidade, sou mais despreocupada, ela é mais ousada, mas nós duas somos um pouco malucas.

“Tá legal, já te dei tempo demais”, anuncio, depois que a garçonete anota nosso pedido. “Pronta para o interrogatório?”

Ela envolve a xícara de café com ambas as mãos. “Manda ver.”

Faz mais de um dia que Brenna contém minha curiosidade pronta para transbordar. Agora não tem como deter o dilúvio.

“Hollis beija bem? Como é que você descreveria o pau dele? Ele te chupou? Vocês dormiram juntos? Por que você fez isso? Ele é irritante na cama? Está arrependida? Ele...”

"Meu Deus!", exclama Brenna. "Não vou responder *nada* disso."

Consigo fazer uma última pergunta: "Vocês estão namorando?".

"Não e não somos mais amigas", devolve ela, muito gentil.

Ignoro a resposta. "Por falar no seu namorado, hoje de manhã ele entrou no banheiro quando eu estava tomando banho."

Isso a distrai momentaneamente do plano mortal que deve estar planejando contra mim. "O quê?"

"Hollis invadiu o banheiro enquanto eu tomava banho."

Ela se anima. "Ótimo. Então não preciso te punir por se referir a ele como meu namorado. O universo fez isso por mim."

"Foi tão humilhante." Descrevo os detalhes do espetáculo, terminando com o *grand finale*: minha toalha caindo na frente de três universitários só de cueca.

Ela franze os lábios. "Você acabou de descrever uma cena de filme pornô, então imagino que terminou com você masturbando os três..."

"Claro que não. Acabou com Fitz prometendo consertar a fechadura. O que foi legal da parte dele", me forço a acrescentar.

"Está vendo? Eu disse que Fitz é um cara legal."

"Tem certeza? Porque eu o vi hoje no campus e ele nem disse oi. Olhou na minha cara e me ignorou."

"Talvez não tenha te visto."

"Não acabei de falar que olhou na minha cara?"

Ela solta um suspiro. "Ele não é tão ruim assim, Summer. Hollis, por outro lado..."

Dou um salto. "Se Hollis é um cara tão ruim assim, por que dormiu com ele?"

"Porque eu estava bêbada. E não dormi com ele."

"Pelo que me lembro, você saiu sem calça do quarto dele..."

"Não sei se você chegou a aprender isso nas aulas de educação sexual, mas é possível ficar nua com alguém e não transar." Então ela diz: "Ele não beija mal".

"Vai ficar com ele de novo?"

"De jeito nenhum."

A comida chega, e Brenna é extremamente rápida em morder o sanduíche. Suspeito que para não precisar falar.

Cutuco a salada Caesar com o garfo, perdendo um pouco o apetite ao me lembrar do que mais aconteceu hoje. "Uma garota da minha aula de história da moda chamou Fitz para sair."

Brenna responde enquanto mastiga: "Sério? Quem?".

"Nora alguma coisa. Uma indie baixinha de cabelo rosa." Levo uma garfada pequena à boca. "Ele aceitou."

"Como você sabe?"

"Ouvi Nora contando para as amigas."

"Entendi." Brenna engole e coloca o sanduíche no prato. "Não sei qual é a resposta adequada aqui. Você quer que eu fique feliz por Fitzy estar pegando alguém ou indignada por você, que ainda sente alguma coisa por ele?"

"Não sinto nada por ele", me oponho na mesma hora.

"Tem certeza?"

Olho para ela. "Não gosto de caras que me acham fútil."

"Ah, tá. Então está dizendo que se ele ligasse agora e dissesse 'E aí, Summer, vamos sair hoje à noite e talvez depois eu te mostre meu pau?' você ia recusar o convite?"

"Ia."

"Mentira."

"Fitz pode sair com todas as mulheres da faculdade que não estou nem aí. Ele perdeu a chance comigo."

"Mentira."

"Perdeu, sim."

"Mentira."

Urro, irritada. "Você é tão infantil."

"Tá bom. A infantil sou *eu*. Admite que ainda gosta dele."

"Só se *você* admitir que gostou de pegar o Hollis", desafio.

É um impasse.

Brenna dá de ombros e volta a comer. Continuo brincando com a salada no prato. Meu apetite desapareceu por completo agora, porque saber que Fitz vai sair com outra garota me incomoda muito mais do que eu pensava que seria possível.

No colégio, fui animadora de torcida, capitã da equipe de dança e capitã da equipe de natação. Então não só pegava jogadores de futebol americano, mas nadadores também. Garotos musculosos com corpo liso e aerodinâmico. Por isso, sentar no sofá ao lado de um Mike Hollis sem pelos na noite seguinte não me perturba.

O braço repousando na almofada entre nós e as pernas sobre a mesa de centro não têm um único fio de cabelo, mas de alguma forma isso não diminui a masculinidade dele. Hollis pode ser chato, mas é gostoso, isso eu admito.

Além do mais, ele e eu — e isso me assusta um pouco, pois não sei bem o que diz a *meu* respeito — temos muito mais em comum do que eu poderia ter imaginado. Nesta última hora que passamos juntos, descobri que ele prefere chá a café, não tem vergonha de dizer que ama o álbum solo de Harry Styles e é tão obcecado por *Titanic* quanto eu. E o filme está passando num dos canais que os caras assinam. Pegamos já na metade, e está quase na hora das cenas mais épicas e devastadoras.

"Talvez a gente tenha que desligar antes de ir tudo por água abaixo", ele me avisa, então ri do próprio trocadilho. "Por água abaixo, entendeu? Que nem o navio."

"Sim, Mike. Entendi." Apoio os pés na mesa de centro, só de meia, e cutuco o pé esquerdo dele com o meu direito. "Mas a gente não pode desligar. Agora vem a parte boa."

"Gata, por favor. Não estou a fim de chorar hoje."

Tenho vontade de rir, mas sua expressão séria me diz que ele não está brincando. "Qual parte te toca mais? A mãe lendo para os filhos? O casal de velhinhos na cama?"

"Todas elas. E nem me fale da morte do Jack, totalmente desnecessária."

Concordo com a cabeça. "Tinha espaço para os dois na porta!"

"Total! Isso já foi comprovado. Ele não tinha que morrer."

Quando meu telefone toca, desvio o olhar do rosto lindo do jovem Leonardo DiCaprio. Na verdade, o rosto dele continua tão bonito quanto na época. Leo é uma maravilha eterna.

Leio a mensagem de Hunter, que saiu com alguns caras do time. Fiquei em casa, porque Brenna tinha dito que ia vir pra cá. Tenho a sensação de que Hollis só ficou por isso. Mas ela cancelou de última hora, então estamos sozinhos.

Fitz também saiu, mas estou me esforçando muito para não pensar nisso.

"Hunter quer saber se você quer asinhas de frango", digo a Hollis.

"Como ele pode não saber a resposta?"

"Isso é um sim?"

"O que você acha?"

"Acho que é", respondo, irritada, "mas gostaria de ter certeza."

"Nem vou me dignar a responder."

Juro que um dia mato o cara. Mando um *sim* para Hunter, depois escrevo para Brenna.

EU: *Pq vc me abandonou tô em casa com o chato do seu namorado*

BRENNA: *E não pretendia te abandonar, BG, só esqueci o grupo de estudo*

Demoro um segundo para entender que "BG" significa Barbie Greenwich. Sorrindo, digito de volta: *Td bem. Brinks. Mas não sobre ele ser chato, pq ele é.*

BRENNA: *Eu sei. Mas não é meu namorado*

Ela encerra com um emoji de dedo médio. Por isso viro para Hollis e digo: "Brenna mandou oi".

Os olhos azuis dele se iluminam. "Sério? Fala para sua amiga me dar logo o número dela. Cansei de implorar." Ele para e olha para o telefone na minha mão. "Melhor ainda: me dá o número e eu falo direto com ela."

Meu Deus. Brenna não deu nem o número pra ele? Coitado. Quero rir, mas acho que ele pode ficar chateado.

"Desculpa", digo, devagar. "Não posso fazer isso. É contra o código feminino."

Apesar da decepção em seu rosto, ele se aproxima e me dá um tapinha solene no ombro. "Respeito isso. Todos precisamos seguir códigos." Ele volta a prestar atenção no filme. "A Kate Winslet fica muito gostosa empunhando um machado."

Solto uma risada. Vemos Kate com água até os joelhos tentando resgatar Leo, que está algemado. "Viu? Garotas ricas também podem ser duronas", digo a Hollis.

"Se está querendo dizer que quebraria minhas algemas com um machado, não precisa. Não confio na sua mira."

"Não?" Pego depressa um amendoim do pote que estamos passando de um para o outro e jogo na cara dele.

O amendoim bate na testa dele com um *ding*.

Me dobro ao meio de tanto rir. "Por... que... fez... esse... som?", gaguejo, tentando recuperar o fôlego. Minha barriga dói de tanto rir. "Mike! Você tem uma placa de metal na testa?"

Hollis está tão perplexo quanto eu. "Cara, eu achava que não. Mas acho que devo ligar pra minha mãe e perguntar."

Ainda estou rindo quando a porta da frente se abre. Imagino que seja Hunter com as asinhas de frango, mas é o corpo largo de Fitz que assoma. Paro de rir quase na mesma hora.

Ele saiu com Nora Ridgeway hoje. Hollis encheu o saco mais cedo, quando Fitz desceu a escada de calça jeans e camisa azul-clara.

Ah, e sem barba.

Isso mesmo. Ele fez a barba para ela. E, ao contrário do professor Laurie, que ficou parecendo um pré-adolescente, Fitz é todo homem com ou sem pelos no rosto. Sem barba, suas características masculinas — a linha forte da mandíbula, a boca sensual, as covinhas no queixo — ficam até mais evidentes. Quase desmaiei quando percebi que ele tem uma cicatriz no queixo.

"Oi. Qual é a graça?", pergunta ele, meio curto, olhando de mim para Hollis.

"Meu crânio é feito de metal", responde Hollis. "Como foi?"

São só dez e meia. O fato de ter voltado tão cedo é um bom sinal? Fitz destrói minhas esperanças ao dizer: "Muito bom".

Prometi a mim mesma que não diria uma única palavra a ele sobre o tal encontro.

Minha boca não parece obedecer.

"Fico surpresa que tenha saído com uma aluna de moda", deixo escapar.

Fitz dá de ombros, recostando-se contra o batente da porta. "Ela também estuda artes visuais. Trabalha com pintura abstrata."

Claro que trabalha. Nora parece do tipo que joga uma bola de tinta preta e rosa numa tela e depois fica palestrando sobre como a "obra" representa a anarquia e/ou a desigualdade.

"Entendi. Então vocês passaram o tempo todo discutindo Monet e Dalí?" A ideia era tirar sarro, mas as palavras soam quase como um ataque.

Os olhos de Fitz se estreitam. "Falamos de arte, sim. Algum problema?"

"Claro que não. Por que teria?"

"Não sei. Por que teria?"

"Acabei de dizer que não tem problema nenhum." Cerro os dentes enquanto pego a garrafa d'água. Tenho dificuldade de engolir com a mandíbula tão tensa. "Que bom que vocês têm coisas em comum. Imagina que horror se ela passasse a noite toda falando das Kardashians." Fecho a garrafa e acrescento depressa: "Não que haja algo de errado com as Kardashian". Adoro Kim e as outras. E acho que são mulheres de negócio perspicazes, pra falar a verdade.

"Amo as Kardashian", contribui Hollis.

"Se você falar uma palavra da bunda delas...", aviso.

"Gosto do programa", garante ele. "É engraçado."

"Não acredito que você vê."

"Juro pela Bíblia", promete ele, usando uma das frases preferidas das Kardashian.

Fico boba. "Meu Deus. Tá. Depois a gente tem que discutir a última temporada." Então digo para Fitz: "Deve ter sido bem divertido. Todo esse papo de arte. Muito profundo".

Ele apoia uma das mãos no batente. "Tem alguma razão pra você estar sendo uma escrota agora?"

O quê?

"Ei", murmura Hollis.

Encaro Fitz, boquiaberta. Minha mão treme ao redor da garrafa d'água. Fitz acabou de me chamar de escrota? Acho que nunca ouvi essa palavra sair da boca dele. Muito menos dirigida a *mim*! A mágoa e a raiva se enfrentam em meu estômago, fazendo-o embrulhar.

A raiva vence.

Deixo a garrafa na mesa, levanto e avanço na direção dele. "Não acredito que acabou de dizer isso."

"Não? Então *você* pode ficar aí fazendo comentários sarcásticos e eu não posso falar nada?"

"Pessoal", interrompe Hollis.

"Eu não estava sendo sarcástica", rebato.

"Você estava zombando de Nora", retruca Fitz. "Pra mim isso é ser sarcástica. E não é a primeira vez que é grossa comigo. Acha que não percebi?"

"Percebeu o quê? Que não tenho a menor vontade de ficar perto de você?" Boto as mãos na cintura. "Eu não estava tentando esconder."

"Exatamente. Você foi explicitamente escrota."

"Para de me chamar de escrota!"

"Então para de ser escrota!"

"Gente", repreende Hollis.

"Por que você está sempre gritando comigo?", rosno para Fitz. "Nunca te ouvi gritar com mais ninguém."

"Porque ninguém mais me deixa *louco*." Ele passa as mãos pelo cabelo, com raiva. "Até o Ano-Novo era só sorrisos e abraços, e então..."

"Nem me *fala* do Ano-Novo. Não vamos discutir isso", eu o interrompo. "Não depois do que você..." Paro abruptamente.

Um vinco aparece em sua testa. "Depois do quê?"

"Depois do quê?", repete Hollis, curioso.

"Acabei de dizer, não vamos discutir o Ano-Novo."

"Mas discutir o quê?", Fitz exige saber. "Não tenho a menor ideia do que está falando. O que foi que eu fiz?"

Aperto os lábios bem firme.

Ele analisa meu rosto por alguns segundos, então seus olhos assumem um brilho determinado. Ah, não. Estou começando a reconhecer a expressão.

"Sabe de uma coisa, a gente vai resolver essa merda de uma vez por todas." Ele dá um passo ameaçador na minha direção. "Dá licença, Mike."

"Não, cara, agora que está ficando bom!"

Levanto as mãos numa pose defensiva conforme Fitz se aproxima de mim. "Não se atreva", aviso. "Não se..."

Sou jogada por cima do ombro dele antes de poder terminar a frase.

Inacreditável!

"*De novo?*", grito.

Meus protestos não surtem efeito. Fitz já está me levando escada acima.

14

FITZ

Estou completamente duro.

Em minha defesa, estava mesmo chateado com ela. Ainda estou. Só que agora também estou com tesão.

Fazer o quê?

"Me bota no chão", Summer rosna, e cada palavra aguda envia outro raio de calor pro meu pau.

Tem alguma coisa muito errada comigo. Acabei de passar as últimas três horas com uma garota que se arrumou toda para mim, piscou sugestivamente, tocou minha mão e praticamente levantou um cartaz dizendo *ME COME, COLIN!*

Não senti nem uma coceirinha lá embaixo.

E agora estou aqui com Summer, de calça xadrez folgada e uma camiseta de manga comprida, gritando obscenidades para mim, e meu pau está enlouquecido.

"Você me acha uma escrota?", diz ela, ameaçadoramente. "E agora?"

Summer recorre à estratégia de sempre: beliscar minha bunda.

Mas isso só me excita. Chuto a porta do quarto dela. "Alguém já te falou que você é uma pentelha?"

No momento em que a coloco no chão, ela me dá um soco.

Engasgo com uma risada de espanto. Detenho seu punho com facilidade. "Para com isso", ordeno.

"Por quê? Porque faz de mim uma pentelha? Ah, e uma *escrota*, né? E uma garota dramática... típica de fraternidade... E o que mais?" As bochechas dela ficam vermelhas com o que parece ser vergonha. "Ah, é. Superficial. É isso que você pensa, né? Que sou fútil."

Meu coração afunda dentro de mim, feito uma pedra.

Meu pau recebe o golpe também — uma olhada para o rosto magoado de Summer e minha ereção dá tchauzinho.

Seus punhos, que estavam cerrados com tanta força antes, se abrem lentamente e relaxam. Observando minha expressão, ela dá um risinho amargo. "Ouvi tudo o que você disse para Garrett no bar naquela noite."

Ah, merda. A culpa toma meu corpo inteiro antes de se instalar no estômago, num turbilhão de vergonha. "Summer", começo. Então paro.

"Cada palavra", diz ela, baixinho. "Ouvi tudo o que você disse, e não foi muito legal, Colin."

Me sinto um idiota.

A maior parte da minha vida fiz questão de não ser cruel com os outros. De não falar mal de ninguém nem na cara nem pelas costas. Quando era criança, só via negatividade da parte dos meus pais. Farpas desagradáveis indo de um para o outro. *Seu pai é um merda, Colin. Sua mãe é uma mentirosa, filho.* Ao longo dos anos, eles se acalmaram, mas não rápido o suficiente. O ambiente tóxico já tinha feito seu trabalho, me ensinando da maneira mais difícil como as palavras podem ser prejudiciais. E que não há o que fazer com o veneno que já foi destilado.

"Summer", tento de novo. E paro de novo.

Não sei como explicar minhas ações sem revelar o quanto a desejei naquela noite. Tinha procurado traços negativos porque estava me divertindo. Porque ela me fazia rir. Me dava tesão. Queria ficar com Summer, e aquilo estava mexendo com minha cabeça, então comecei a ressaltar tudo o que via como falha.

"Sinto muito que tenha ouvido tudo aquilo", finalmente consigo dizer.

Na mesma hora percebi que disse a coisa errada. Sentando na beirada da cama, ela dirige seus olhos verdes tristes a mim.

É uma flecha no coração.

"Não sou fútil." Suas palavras saem num sussurro. Summer limpa a garganta. Quando fala de novo, é num tom forte e regular. "Tenho uma quantidade absurda de energia. Gosto de fazer compras e sou obcecada por roupas. Fiz parte de uma fraternidade. Gosto de dançar e de me divertir com meus amigos." Ela solta o ar, ofegante. "Isso não faz de mim uma pessoa superficial, Fitz. Não significa que não tenho profundidade. Porque eu tenho."

"Claro que tem." Respirando de forma irregular, desabo na cama ao lado dela. "Desculpa, Summer, de verdade. Não queria te machucar."

"Sabe o que dói mais? Que você simplesmente presumiu que eu era só festa e compras. Sou uma boa amiga. Sou uma boa filha, uma boa irmã. Você passou o quê? Uma hora e meia comigo? E acha que conhece a história toda?"

A culpa me sobe pela garganta. Tento engolir, mas ela só engrossa, como uma camada de piche. Summer tem toda razão. Eu podia estar só transformando aquilo que via como falhas em obstáculos, mas a verdade é que ainda via como falhas.

Presumi mesmo que ela era uma garota festeira e nada mais, e tenho vergonha de mim mesmo por isso.

"Desculpa", digo. "Nada do que eu disse estava certo ou foi merecido. E sinto muito por ter te chamado de escrota. Seu comportamento tem sido meio agressivo, mas agora entendo. Foi mal."

Summer fica em silêncio por um longo tempo. Tem uns trinta centímetros entre nós, mas estou tão consciente de sua presença que é como se ela estivesse sentada no meu colo. O calor do seu corpo, seus seios subindo e descendo sob a camisa, o cheiro inebriante que é tão singularmente seu. O cabelo grosso e dourado cai numa cascata sobre um ombro, e meus dedos anseiam por tocá-lo.

"Eu estava me divertindo com você naquela noite." Seu tom é neutro, decepcionado. "Achei legal conversar com você. Te chamar de rabugento." Ela faz uma pausa. "Mas acho que 'babaca' se aplica melhor."

Meu coração aperta, porque é verdade. "Desculpa." Aparentemente, isso é tudo que sou capaz de dizer.

"Esquece." Ela me dispensa com um aceno de mão. "É o que eu ganho por ter uma queda por alguém que não faz meu tipo. Acho... Bom, acho que é por isso que temos tipos, né? Você se atrai por certas pessoas e elas se atraem por você. Mas você não precisava ter feito aquilo, Fitz. Se não estava interessado, podia ter deixado claro, em vez de falar mal de mim para Garrett." Ela fecha as mãos em punho de novo e as pressiona contra as coxas.

"Normalmente não faço isso." Ouço o tormento na minha voz. Tenho certeza de que ela também. "Mas naquela noite..."

"Eu entendo", interrompe ela. "Você não queria."

A vergonha mais uma vez fecha minha garganta. Mal posso respirar.

"Mas que fique bem claro que sou muito mais do que você pensa." A voz dela falha. "Tenho substância."

Ela está arrancando o meu coração. Nunca me senti tão mal em toda a minha vida.

"Conheço gente que senta e fica refletindo sobre o significado da vida, nosso propósito, o universo, por que o céu é azul, qualquer coisa do tipo. Nunca fui disso. Mas sou boa em outras coisas. Gosto de ouvir quem precisa. Sou..."

O próprio sol, termino em silêncio.

Em vez de terminar a frase, Summer começa outra. "E, apesar do que pensa, sou capaz de ter uma conversa que não envolva sapatos ou roupas de grife. Posso não conseguir escrever uma dissertação de cinco mil palavras sobre Van Gogh e cada pequena pincelada que ele deu, mas sei explicar a alegria que a arte e a beleza trazem para o mundo." Ela se levanta, um tanto rígida. "De qualquer forma, desculpa por como falei da sua namorada."

"Ela não é minha namorada", murmuro. "Só saímos uma vez."

"Tanto faz. Desculpa por ter zombado disso. Mas é que Nora está na minha aula de história da moda e minha primeira impressão dela não foi muito boa."

Mordo a bochecha por dentro. "Sinto muito pelo Ano-Novo. De verdade. Não quis dizer nada daquilo."

Ela abre um sorriso resignado que mais uma vez me acerta em cheio. Então dá de ombros e diz: "Quis, sim".

Em geral, quando um mal-entendido é esclarecido, a relação entre as pessoas melhora.

Com Summer e eu, o efeito é oposto.

Nos dias seguintes, mantemos distância, tateando e falando só o necessário. Não há malícia envolvida, só uma estranheza extrema de ambas as partes. Suspeito que ela ainda me acha um idiota por ter dito o que disse, e ainda me sinto um.

Para piorar as coisas, ela e Hunter têm passado muito tempo juntos. Já peguei os dois sentados bem perto um do outro no sofá. Não estavam fazendo nada nem parecia algo sexual, mas está claro que gostam da companhia um do outro. Hunter flerta sempre que pode, e Summer não parece se importar.

Eu me importo.

Me importo um pouco demais, e é por isso que estou escondido no quarto no domingo à noite depois da vitória contra Dartmouth em vez de comemorar com o pessoal do time. Também ganhamos de Suffolk ontem, então tecnicamente é uma comemoração dupla.

Mas não estou com vontade de ver Hunter dar em cima de Summer. Além do mais, todo o meu corpo parece um hematoma gigante.

O jogo contra Dartmouth foi duro. Muito contato (nem sempre limpo), muita falta (nem todas marcadas) e uma lesão na virilha de um defensor rival que fez minhas bolas murcharem e se esconderem como uma tartaruga assustada. Estou cansado, dolorido e irritado.

A música alta lá embaixo abafa a playlist que sai dos alto-falantes do meu computador. É uma mistura estranha de bluegrass e indie rock, o que, por alguma razão, se presta bem ao exercício de desenho livre que estou fazendo. Às vezes, quando estou em um bloqueio criativo, deito de costas, com o bloco de desenho no colo e o lápis na mão. Fecho os olhos, inspiro e expiro devagar e com firmeza, e deixo o lápis desenhar o que quer.

Foi minha professora de arte do colégio que insistiu para eu tentar isso um dia, afirmando que era tão eficaz para limpar a mente e abrir as comportas criativas quanto meditação. Ela tinha razão — sempre que estou com bloqueio, o desenho livre resolve o problema.

Não sei por quanto tempo fico ali, desenhando com os olhos fechados, mas, quando me dou conta, o lápis perdeu a ponta e meu pulso dói. A música lá embaixo parou e minha própria playlist recomeçou.

Fico sentado girando o pulso, então olho para o esboço e descubro que desenhei Summer.

Não a garota de sorriso deslumbrante, risonha, com bochechas mais vermelhas que tomate quando está com raiva de mim.

Desenhei a Summer cujos olhos verdes brilhavam de dor quando sussurrou: "Tenho substância".

No papel, seus lábios carnudos estão congelados no tempo. Mas, na minha mente, estão tremendo. O esboço sugere lágrimas, que se agarram aos cílios inferiores transmitindo um ar de vulnerabilidade que faz meu coração doer. Mas a mandíbula cerrada com firmeza deixa claro que ela não vai cair sem lutar.

Inspiro fundo.

Ela é absolutamente perfeita para a personagem do jogo que estou desenvolvendo. Passei os últimos meses trabalhando nele, mas não encontrei nenhuma inspiração para a protagonista feminina, o que está atrasando a produção.

Olho para o esboço por quase cinco minutos antes de me forçar a fechar o bloco e guardar. No momento em que meu cérebro sai do modo arte e entra no modo gente, percebo que tenho que mijar desesperadamente e estou com uma fome de leão. Meu estômago ronca tão alto que fico surpreso de não ter percebido até agora.

Vou ao banheiro primeiro, depois desço para comer algo. Da escada, ouço uma onda de risos vindos da sala de estar e a voz de Hollis dizendo: "É disso que estou falando!". Ele pode estar falando da coisa mais horripilante do mundo ou da mais fantástica. O cara não tem meio-termo.

A curiosidade me faz seguir sua voz. Quando me aproximo da porta, sinto como se tivesse sido transportado de volta para a oitava série. Ainda tem um monte de gente em casa. O capitão do time, Nate, está esfregando as mãos alegremente, doido para a garrafa sobre a mesa parar apontando para ele.

Isso mesmo.

Ou estou alucinando ou meus amigos de faculdade estão fazendo o jogo da garrafa. Estão todos sentados em círculo no chão ou nos assentos disponíveis. Sei que foi Summer quem girou a garrafa, porque está inclinada para a frente no sofá, observando-a com atenção. Enquanto isso, todos os caras da sala olham para ela. Mais do que esperançosos.

A garrafa verde da Heineken diminui a velocidade, passando por Nate e Hollis. Quase para na namorada de Jesse Wilkes, Katie. Então gira mais meio centímetro e para. Apontando diretamente para a porta da sala de estar.

Para mim.

15

SUMMER

E é por isso que o jogo da garrafa e sete minutos no céu deixaram de ser legais depois do colégio.

Quando você tem doze ou treze anos, pode beijar qualquer um sem se preocupar com as consequências.

Quando se é um adulto, não.

Por exemplo, e se eu tiver que beijar Colin Fitzgerald agora? Todo mundo na sala vai ver que sou louca pelo cara.

"Vou girar de novo", digo depressa. "Fitz nem está jogando."

Katie, uma ruiva bonita com boca de Julia Roberts, balança o dedo para mim. "De jeito nenhum! Acabei de beijar Hollis na frente do meu *namorado*!"

"Não me senti ameaçado", acrescenta Jesse, tranquilo. "Quer dizer, é o Hollis."

"Ei", protesta Mike.

"Esse não é o ponto", argumenta Katie. "Só estou dizendo que tem que beijar pra quem a garrafa aponta. Sem exceção."

Olho para Fitz. Sua roupa — calça de moletom cinza bem lá embaixo e camiseta branca justa que deixa os braços tatuados à mostra — faria qualquer ovário explodir. Filho da mãe. O cara é um dez.

Ou um nove. Perde um ponto pela cara de quem gostaria de se teletransportar para a Sibéria.

Sua expressão menos que entusiasmada já me deixa arisca. É sério? A ideia de me beijar é assim *tão* repulsiva para ele? Depois da discussão no início da semana, Fitz deveria estar louco para me agradar.

O filho da mãe tinha que estar *implorando* para me beijar.

Fitz se inclina para trás. "Eu... hã... vou pegar alguma coisa pra comer."

Da outra ponta do sofá, Hunter fala: "Boa ideia". O tom é tranquilo, mas tem um quê de sombrio.

Como eu, Hunter não parecia muito empolgado com o jogo, apesar de não tê-lo visto reclamando quando teve que beijar Arielle, que é muito gata, dez minutos atrás. Ela é a única outra solteira aqui. Katie e Shayla têm namorado, mas aparentemente os dois (Jesse e Pierre, respectivamente) não se importam de compartilhar as meninas pelo bem do jogo.

"Parado aí!", ordena Katie, quando Fitz tenta dar um passo.

Ele para.

"Sinto informar", ela diz, "mas Summer vai te beijar agora."

Meu Deus. Cadê a Brenna quando preciso dela? Se estivesse aqui, nunca teria permitido que Katie e Arielle nos convencessem a jogar. Teria rido da cara delas e desafiado todo mundo para algumas rodadas de shot, o que acabaria em beijos de qualquer maneira. Mas não forçados.

Mas Brenna tinha outros planos. Filha da mãe.

"Vou girar de novo", insisto. Nesse momento, ficaria muito satisfeita de beijar qualquer um, até Hollis. Ou uma das garotas.

Para minha surpresa, Hollis está do lado de Katie. "Não, gata, a regra é clara." Minha expressão relutante e infeliz só o deixa mais determinado. "Vai ser bom para vocês." Ele olha para a porta. Fitz está franzindo a testa para ele. "Vocês dois só brigam. Está na hora de fazer as pazes."

Fico enraivecida. "Qual é, Hollis?"

"Está vendo?", acrescenta Katie, alegre. "Vocês dois precisam resolver isso."

"Usando a língua", concorda Arielle solenemente.

Nate, o capitão do time de hóquei, mal contém o riso. Por que não posso beijar *Nate*, caramba? Ele é alto, forte e tem olhos azuis lindos.

Quando dou por mim, Katie está me puxando pela mão. Fico boba quando a ruiva que não pode ter mais de um metro e meio de altura me coloca de pé e me empurra de leve.

"Você é assustadoramente forte", rosno. Tenho que olhar para baixo para encará-la — sou quase uma cabeça mais alta que a garota, mas ainda assim ela conseguiu me arrastar.

Ela sorri. "Eu sei."

Fitz avalia o grupo, desconfiado. "Quão bêbados exatamente vocês estão?" Ele levanta uma sobrancelha para o capitão do time. "Desde quando jogamos essas coisas?"

Nate dá de ombros e levanta a garrafa de cerveja. "A vida é curta", diz, tranquilo.

"Certo." Katie bate palmas. "Hora de fazer as pazes."

Sinto outro empurrão forte nas costas e dou um ganido indignado. Tropeço e estou a dois segundos de bater o nariz no batente da porta, quando as mãos fortes de Fitz me seguram.

O toque envia uma onda de calor por meu corpo. Minha respiração fica entalada na garganta quando percebo seus olhos se suavizarem. Ou não. Eles podem não parecer irritados, mas certamente não estão suaves. Fitz está com as pálpebras pesadas agora e um brilho de calor inesperado emana de seus olhos.

Então ele pisca, e o fogo dá lugar à exasperação.

"Vamos fazer isso só para eles calarem a boca", Fitz murmura, só para mim. "Ela não vai sossegar."

Ele está falando de Katie, e acho que pode estar certo. Cinco segundos depois de sermos apresentadas, concluí que era bem mandona. Não me interprete mal, Katie é divertida. Mas sinto que sempre dá a palavra final sobre tudo.

"Tudo bem", murmuro. "Sem língua."

Vejo uma leve sugestão de sorriso. "Não prometo nada."

Mal tenho tempo para processar o inesperado comentário. Fitz segura meu queixo com sua mãozona. Registro vagamente um assobio alto, que acho que vem de Hollis. Então todo o barulho some sob a batida do meu coração, enquanto os lábios de Fitz tocam os meus de leve.

Ah.

Nossa.

Não esperava que fosse começar com tanta ternura. Na frente de todo mundo. Mas ele é muito gentil. Seu polegar desliza por minha bochecha enquanto sua boca se move bem lentamente contra a minha. Ele tem os lábios mais suaves do mundo, e os usa com confiança. Sinto um arrepio quando aumenta a pressão. Então a ponta de sua língua desliza por meu lábio inferior, e dou um pulo como se tivesse enfiado o dedo na tomada.

No momento em que nossas línguas se tocam, eu me entrego. Um zumbido baixo de desejo vibra entre minhas pernas e sobe até meus seios, endurecendo meus mamilos. Me rendo completamente ao beijo. Deixo sua língua percorrer a minha. Deixo seus dedos apertarem possessivamente minha cintura, seu hálito aquecer minha boca, seu perfume sensual infundir meus sentidos.

Não consigo parar — aperto a mão contra seu peito duro como pedra. Com a outra, envolvo sua nuca. O cabelo sedoso faz cócegas na minha palma. O peitoral esquerdo treme sob minha mão. Posso sentir seu batimento cardíaco. Está tão rápido quanto o meu.

Quando sinto Fitz me afastando, uma sensação frenética e incontrolável me invade. Aperto sua nuca com força e o beijo mais. Minha língua se enrola na de Fitz, e engulo o som rouco que ele faz. Espero que ninguém mais tenha ouvido.

Esse lindo som desesperado me pertence. É todo meu. Quero memorizar a ressonância sedutora e repeti-la várias vezes mais tarde, quando estiver deitada sozinha na cama, quando minha mão deslizar por entre as pernas e eu me tocar pensando nesse beijo.

Ah, merda. Estou com tesão. Minhas pernas tremem. Minha calcinha está molhada.

Eu me obrigo a separar nossas bocas, mas preciso de ainda mais força de vontade para não o olhar. Morro de medo do que a expressão no rosto dele vai me dizer, então olho por cima do ombro para nossa plateia.

Sinto como se ferro em brasa queimasse o centro das minhas costas.

Peço a Deus que o pessoal não possa penetrar a máscara de descontração com que cubro meu rosto. "Pronto", cantarolo, com um sorriso exagerado e a voz alegre demais. "Fizemos as pazes. De quem é a vez agora?"

O problema de beijar é o seguinte: alguns beijos são um prelúdio para o sexo; alguns acontecem por tédio; alguns fazem o corpo formigar; outros não despertam nenhuma sensação. Mas o que todos esses beijos têm em comum? São só beijos.

Não são O BEIJO.

O que permanece na cabeça por horas, dias até, depois que acaba. O que te faz tocar aleatoriamente os lábios e sentir um arrepio quente e estridente ao se lembrar da sensação da boca na sua.

Não precisa ser uma superprodução. Não tem que acontecer diante da torre Eiffel ao entardecer, com cavalos majestosos ao fundo e a aurora boreal se desenrolando (e fazendo uma aparição milagrosa em Paris).

Da última vez que experimentei o BEIJO, foi atrás de um fardo de feno no rancho da avó da minha amiga Eliza, no Kentucky. Eu tinha dezesseis anos e estava apaixonada pelo irmão mais velho dela, Glenn, que namorava a mesma garota havia séculos. Naquele verão, ele e a namorada finalmente (finalmente!) terminaram. E Glenn finalmente (finalmente!) me notou.

Ele me beijou ao som de cavalos bufando e ao cheiro de esterco. Foi um beijo desajeitado e rápido, mas ainda assim nunca esqueci. Voltamos para Connecticut e namoramos por sete meses. Perdi a virgindade com ele e pensei que íamos nos casar e ter filhos, mas ele acabou voltando com a ex, e agora *eles* são casados e têm filhos.

Bom para o Glenn. Não acho que teria sido feliz com ele a longo prazo. Morar numa fazenda no meio do nada? Nem morta.

Mas nunca tinha experimentado outro beijo parecido. Até ontem.

Fitz me deu o BEIJO. Durou menos de um minuto e aconteceu na frente de uma dúzia de pessoas durante um jogo infantil. Mas estava em minha mente no segundo em que fui dormir na noite passada e no momento em que abri os olhos hoje de manhã. Tenho certeza de que sonhei com ele também, embora não lembre.

Não posso continuar assim. Fitz só concordou em me beijar para Katie sossegar, e desapareceu em seguida. Pode ter sido o BEIJO para mim, mas para ele foi só... um beijo.

Um pensamento deprimente.

Por sorte, tenho muitas distrações hoje, embora não sejam exatamente boas. Primeiro, mais uma reunião com o sr. Richmond, que é tão breve e condescendente quanto na última vez em que nos encontramos. Sapão aperta os lábios em desgosto quando digo que decidi criar uma linha de roupa de banho para o desfile de moda.

Acho que britânicos de araque não gostam de natação.

Quando saio da sua sala, fico dividida entre nunca mais querer vê-lo e desencavar obsessivamente todos os detalhes da sua vida para descobrir se o sotaque é de verdade.

Na saída do prédio da administração, escrevo para Brenna, cada vez mais confiante de minhas suspeitas.

EU: *Juro por Deus que ele não é inglês!*
BRENNA: *Quem?*
EU: *O vice-reitor. Falei dele na semana passada*
BRENNA: *Ah, é. Tá bom. A gente TEM que investigar*
EU: *Tb acho! Como?*
BRENNA: *Eu tava sendo sarcástica. Deve ter um jeito de transmitir isso por msg. Achei que as letras maiúsculas no TEM deixavam claro, mas parece que não*
EU: *Tô falando sério*
BRENNA: *Isso é mto triste*
EU: *Como descubro onde ele nasceu? O LinkedIn diz q estudou na Columbia, em Nova York mesmo*
BRENNA: *1) Mta gente vem pros EUA pra estudar 2) Você é louca 3) Vamos ver o jogo sábado?*
EU: *VAMOS. E obrigada por TODA a ajuda*
EU: *Vc entendeu que é sarcasmo, né?*
BRENNA: *Vai se ferrar*

Depois de uma caminhada de dez minutos no frio intenso do campus, bato à porta do escritório de Erik Laurie para minha segunda reunião do dia. Apesar das roupas de inverno, estou mais fria que uma pedra de gelo. Meus dentes batem e juro que a ponta do meu nariz congelou.

"Nossa! Trouxe o frio com você?" Laurie finge se arrepiar ao me receber em sua sala. É surpreendentemente espaçosa, com um sofá de couro marrom numa parede, uma mesa grande no centro e uma vista deslumbrante do pátio coberto de neve.

"Vou ficar de casaco, se não se importar", digo. "Estou congelada da cabeça aos pés."

"Adoraria ver a roupa deslumbrante que você tem por baixo de todas essas camadas, mas vou te dar uma colher de chá." Ele pisca. "Desta vez."

Uma sensação desconfortável e familiar percorre minhas entranhas. É a segunda semana de aulas, e Laurie tem sido muito gentil comigo. Mas, toda vez que se aproxima, meu radar de cafajeste dispara. As piscadelas continuam. Ontem ele distribuiu nada menos do que dez para várias alunas.

"Senta." Ele aponta para uma das poltronas enquanto se acomoda em sua cadeira. "Primeiro, vamos discutir a avaliação parcial."

Assinto e afundo na poltrona. Já trocamos alguns e-mails sobre como vamos lidar com meus problemas de aprendizado. O curso exige dois trabalhos principais, mas só vou entregar um. A outra nota vai sair de uma apresentação para toda a turma. Vou ter que liderar uma discussão sobre um assunto que Laurie escolher.

Na segunda-feira, ele distribuiu uma lista de temas para o primeiro trabalho, e escolhi o que acredito ser o mais fácil. Agora ele só precisa aprovar.

"Já escolheu o tema? Quero ter certeza de que está confortável com a decisão antes de começar."

Sua preocupação genuína me faz reduzir um pouco a cautela. Apesar das piscadelas crônicas e da ocasional sensação inquietante, ele parece um bom professor. Alguém que se preocupa com os alunos.

"Queria falar sobre a moda de Nova York. Acho que tenho muito o que dizer sobre o assunto. Estou planejando começar um esboço hoje à noite."

"Perfeito. Você tem meu e-mail, então pode me contatar se empacar ou se quiser que eu dê uma olhada."

"Obrigada", digo, realmente grata. "Talvez precise."

Laurie abre um sorriso amplo. "Ótimo. Agora, mudando de assunto, preciso ver sua proposta para o desfile de moda."

"Estou com ela aqui." Pego o portfólio de couro com os esboços, uma breve descrição da linha de natação e as fotografias comparativas que ele pediu. "Incluí imagens de alguns estilistas menos conhecidos que têm me inspirado." Ponho o portfólio na mesa.

Os olhos de Laurie brilham em aprovação enquanto ele passa as fotos. "Kari Crane", diz ele, com um aceno de cabeça. "Eu estava na primeira fila no desfile de estreia dela, em Milão."

"É mesmo?"

"Nunca perco uma semana de moda."

"Vou à de Paris e à de Nova York", digo a ele. "Mas não costumo ir à de Milão."

Laurie passa para a próxima estilista. "Agora, isto aqui é intrigante. Amo o uso de contas que Sherashi fez nas partes de cima."

Ele parece conhecer todos os estilistas do planeta, o que me impressiona. "Eu também. Adoro como ela insere a própria cultura na sua coleção."

"O encontro de Bollywood com a Riviera Francesa. É genial."

"Exatamente." Não posso deixar de sorrir para ele. Faz cinco minutos que Laurie não pisca nem flerta, o que é um alívio. "Na minha coleção, quero brincar com uma mistura de clássico e moderno, com uma pitada de boêmio chique."

"Interessante. Me deixa dar uma olhada nos seus esboços." Ele enruga a testa em concentração para estudar os desenhos que incluí na pasta. "Estão muito bons, Summer."

Fico vermelha. Não sou a melhor artista quando se trata de retratos ou paisagens, mas sempre tive dom para desenhar roupas. Quando era mais jovem, preenchia cadernos inteiros com o que considerava os estilos perfeitos.

"Obrigada." Hesito, enquanto ele estuda uma série de esboços de troncos masculinos. "Sei que roupa de banho não vai ser tão difícil de desenhar como roupa formal, mas sou muito apaixonada por isso. E posso incluir mais peças no programa, claro, para minha carga de trabalho ficar mais comparável com a dos outros alunos."

"Não estou preocupado com isso", diz ele, distraído, passando para outro esboço. Quando termina de examiná-los, olha para mim com um sorriso satisfeito. "Gostei da ideia."

A excitação se agita dentro de mim. "Sério?"

"Claro. Mal posso esperar para ver o que vai fazer." Quando pensei que tinha me livrado, ele dá uma piscadela. "E estou especialmente curioso para ver quem vai desfilar essas peças."

Eca. Que jeito de arruinar o momento.

"Você é uma garota alta", acrescenta. "Devia pensar em desfilar. Não tenho dúvida de que ficaria incrível de biquíni."

Eca mais uma vez.

"Hum, nunca me interessei em trabalhar como modelo." Fico de pé e aponto para o portfólio. "Posso seguir em frente?"

"Claro." Ele passa a pasta de couro de volta para mim.

"Ótimo. Obrigada. Te vejo na aula."

Fico aliviada de sair da sala, mesmo que signifique voltar ao frio. Toda vez que começo a achar que ele é inofensivo, meu radar de cafajeste dispara em seguida.

Lá fora, sou atingida por uma rajada de vento gelado. *Odeio você, janeiro. Acaba logo.* Começo a atravessar o campus, conferindo o telefone no caminho para o estacionamento. Tem uma chamada perdida e uma mensagem da minha mãe.

Saudade da minha menina. Liga pra gente.

Sorrio, e meu coração se expande de amor. Estou com saudades deles também. Mal falo com os dois desde o início do semestre. Tenho andado ocupada, e não sou a única. Papai acabou de começar a seleção do júri de um caso de assassinato importante, e minha mãe foi visitar vovó Celeste na Flórida.

Ligo para ela, mas cai na caixa postal. Então tento meu pai.

Ele atende imediatamente. "Princesa! Já estava na hora!"

"Eu sei, desculpa. Estou atolada. Nem acredito que te peguei fora do tribunal."

"Foi por pouco", admite ele. "Só pude atender porque o promotor pediu um recesso de cinco minutos. A próxima testemunha está atrasada."

"Isso é inaceitável!", exclamo, meio brincando. "Não deixa barato. Acusa de desrespeito ao tribunal."

Ele ri. "Não é assim que funciona, querida, mas obrigado pela preocupação. Como vai a faculdade?"

"Bem. Acabei de ter uma reunião com um professor. Estou projetando uma linha de roupa de banho para o desfile de fim de ano."

"E as outras aulas? Como está lidando com a carga de trabalho?"

Faço um breve resumo do que estou estudando e admito que não pareceu muito desafiador. "Mas vou escrever um esboço de um ensaio hoje à noite. Me deseje sorte."

“Você não precisa de sorte, princesa. Vai arrebentar.”

Ele tem tanta fé em mim que quero chorar. Nem uma vez, em toda a minha vida, meus pais me chamaram de burra. Mas sei que devem ter pensado isso. Como poderiam não ter pensado quando eu voltava para casa com notas horríveis? Quando todo trabalho escrito que eu entregava voltava coberto de marcações vermelhas, com comentários em todas as margens?

“Se tiver problemas, me avise. Talvez eu possa falar com o David...”

“Não”, interrompo, firme. Ele está falando de David Prescott, o reitor. “Você precisa parar de falar de mim para Prescott e de pedir favores. O vice-reitor já me odeia porque acha que recebo tratamento preferencial. Espera, esquece o que eu disse”, interrompo a mim mesma. “Já que você quer tanto me fazer um favor, preciso de uma coisa.”

Ele ri. “Tenho medo de perguntar o quê.”

“Pode descobrir onde Hal Richmond nasceu?”

“Quem?”

“O vice-reitor. Ele tem sotaque britânico, mas estou convencida de que é falso.”

Há uma pausa.

“Princesa.” Papai suspira. “Você está torturando o pobre homem?”

“Não estou torturando ninguém”, protesto. “Só tenho minhas suspeitas e te amaria muito se confirmasse onde ele nasceu. Pode descobrir em cinco segundos, e sabe disso.”

Sua risada ressoa no meu ouvido. “Vou ver o que posso fazer.”

Meu ânimo ainda está nas alturas quando me sento mais tarde para esboçar o texto. Mamãe me ligou antes do jantar e passamos uma hora colocando a conversa em dia. Os garotos saíram, então posso trabalhar em silêncio. Com o TDAH, a menor distração pode me atrapalhar. Me desconcentro com muita facilidade.

O tema do trabalho é como a moda nova-iorquina evoluiu na primeira metade do século XX e os fatores que levaram a cada incidente transformador. É um pouco assustador, porque vou lidar com cinco décadas de moda, marcadas por grandes eventos, como a Crise de 1929 e a Segunda Guerra Mundial.

No colégio, o professor de educação especial... Tenho vontade de vomitar só de dizer isso. *Professor de educação especial*. É mortificante. De qualquer forma, ele tinha um arsenal de dicas para me ajudar a organizar melhor os pensamentos. Como fazer cartões ou anotar as ideias em post-its. Com o tempo, descobri que funcionava melhor escrever uma ideia por post-it e depois organizá-las até que todas fluíssem juntas para formar uma linha coerente de pensamento.

Para começar o esboço do ensaio, sento no chão do quarto com meus materiais alinhados e prontos para ser usados: marcadores, post-its e lápis. Estou com meias grossas de lã e uma xícara grande de chá de ervas. Vai dar tudo certo. Sou incrível.

Começo escrevendo uma década em cada post-it amarelo — 1910, 1920, 1930, 1940. Provavelmente vai ser mais fácil organizar o trabalho em ordem cronológica. Sei que tenho que fazer uma tonelada de pesquisa, mas por enquanto vou me basear no que sei sobre esses períodos. Até a Crise de 1929, tenho certeza de que cores fortes estavam no auge. Escrevo isso num post-it.

Os loucos anos 1920, melindrosas. Mais um post-it.

A moda feminina seguiu um visual mais masculino por um tempo — talvez durante a década de 1930? Anoto em outro post-it. Mas acho que essa década também rendeu camisas femininas e com babados. Aliás, vi cinco na Barneys on Madison no intervalo. Estão na moda de novo?

Ah, esqueci de avisar Courtney! A Barneys vai fazer uma promoção VIP no fim de semana do dia dos namorados. Ela vai ficar louca quando souber.

Pego o telefone e mando uma mensagem rápida para minha amiga da Brown. Ela responde na hora.

COURTNEY: *NÃO ACREDITO!!!!!!*
EU: *Acredita*
COURTNEY: *A gente vai, né?*
EU: *CLARO!!!*

Trocamos várias mensagens, até que de repente percebo que passei dez minutos falando de uma promoção em vez de fazer o trabalho.

Grrr.

Respiro fundo e me obrigo a me concentrar. Listo todas as tendências em que consigo pensar, então aceno com a cabeça, satisfeita. Pronto. Agora só preciso detalhar cada uma e explicar os fatores e eventos sociais que moldaram a moda ao longo do tempo.

Espera. É só isso?

Não, sua burra. Você ainda tem que chegar a uma tese.

Mordo o lábio mais do que o necessário. Minha crítica interna é uma desgraça. Meu antigo psicólogo sempre falava de amor-próprio. Pedia que eu fosse mais gentil comigo mesma, só que é mais fácil falar do que fazer. Quando a insegurança governa sua vida, seu inconsciente não te deixa esquecer.

Amar a si próprio já é difícil o bastante. Dar um basta na crítica interior beira o impossível. Pelo menos para mim.

Inspiro devagar e com firmeza. Está bem. Não tem problema. Não tenho que pensar numa tese neste exato momento. Posso reunir todas as informações primeiro e, depois, quando começar a juntar tudo, formular uma hipótese.

Mas tem informação demais. Míseros cinco minutos pesquisando no Google me deixam sobrecarregada. Quanto mais eu leio, mais o assunto se amplia. Não tenho ideia de como reduzir o escopo, e o pânico me atinge como um soco no estômago.

Inspiro de novo, mas dessa vez depressa e com agitação. Acho que o oxigênio nem chega aos meus pulmões.

Odeio isso. Odeio esse trabalho e me odeio.

Meus olhos começam a arder. Eu os esfrego, mas isso libera as lágrimas que estou tentando conter.

Para de chorar, repreende minha crítica interna. *Você está sendo ridícula. É só um trabalho de faculdade.*

Tento puxar o ar para os pulmões. Meu cérebro começa a repassar os exercícios que meus orientadores e meus pais me incentivam a fazer durante um ataque de pânico. Repito que vou ficar bem. Visualizo a mim mesma me dando um grande abraço. Penso na vovó Celeste (que sempre me acalma). A técnica falha quando meu olhar recai sobre o mar de post-its amarelos no chão, a confusão de pensamentos que compõe meu cérebro maluco.

Outro soluço sufocado me escapa.

"Summer?"

Congelo ao som da voz de Fitz, seguida por uma batida suave à minha porta.

"Está tudo bem?"

Minha respiração escapa num chiado trêmulo. "Tudo bem!" Estremeço ao ouvir como minha voz fraqueja.

Ele também nota. "Vou abrir a porta agora, tá?"

"Não", deixo escapar. "Estou bem, Fitz. Prometo."

"Não acredito em você." A porta se abre e seu rosto bonito aparece, preocupado.

Ele dá uma olhada para mim e solta um palavrão baixo. Num piscar de olhos, está ajoelhado ao meu lado. Segura meu queixo e me força a olhar para ele. "O que aconteceu?"

"Nada." Minha voz falha de novo.

"Você está chorando. Não pode ser nada." Seus olhos recaem sobre as dezenas de anotações grudadas ao chão. "O que é tudo isso?"

"A prova da minha burrice", murmuro.

"O quê?"

"Nada."

"Para de dizer 'nada'. Fala comigo." Seu polegar traça uma linha suave na minha bochecha molhada. "Sou um bom ouvinte, prometo. Me diz o que está errado."

Meus lábios começam a tremer. Droga, sinto outra onda de lágrimas chegando. Fico com raiva. "Sou incapaz, é isso que está errado."

Passo as mãos sobre os post-its. Alguns permanecem presos, outros voam pelo quarto ou deslizam para debaixo da cama.

Fitz pega um e lê. "É para um trabalho da faculdade?"

"Isso", sussurro. "Mas vou bombar."

Deixando escapar um suspiro, ele muda de posição e se senta ao meu lado. Hesita por um instante antes de abrir os braços para mim.

Se eu não estivesse tão vulnerável, teria sido forte o suficiente para afastá-lo. Mas estou fraca e me sentindo derrotada. Quando ele estende os braços, subo em seu colo, enterro o rosto no seu peito e permito que me console.

"Ei", murmura Fitz, correndo a mão com gentileza para cima e para baixo nas minhas costas. "Não tem problema se sentir sobrecarregada com a faculdade. Todo mundo passa por isso."

"Até você?", pergunto, em voz baixa.

"O tempo todo."

Seus dedos passam pelo meu cabelo. De repente, me sinto como uma criança de novo. Minha mãe costumava fazer isso sempre que eu ficava chateada. Meu irmão também, se eu ralasse o joelho ou batesse a cabeça em consequência das minhas travessuras. Eu era uma criança endiabrada. Merda, sou uma adulta endiabrada.

O calor do corpo forte de Fitz me invade. Pressiono a bochecha contra sua clavícula e faço uma confissão constrangedora. "Tenho dificuldade de aprendizagem."

"Dislexia?" Sua voz transmite compreensão.

"Não. Um conjunto de sintomas relacionados ao déficit de atenção. Tenho muita dificuldade em me concentrar e em organizar meus pensamentos no papel. Tomei remédio quando criança, mas me davam muita dor de cabeça e me deixavam enjoada e tonta, então parei. Tentei voltar na adolescência, mas os sintomas continuaram." Dou uma risada severa e autodepreciativa. "Meu cérebro não gosta dos remédios. Infelizmente, isso significa que tenho que dar conta disso sozinha, e às vezes é muito difícil."

"Como posso ajudar?"

Olho para ele, surpresa. "Oi?"

Seu olhar é franco. Não tem nem uma pitada de pena ali. "Você está tendo dificuldade com o trabalho. Como posso ajudar?"

Fico um pouco atordoada. Desço do seu colo de maneira desajeitada e me sento de pernas cruzadas ao lado dele. Sinto falta do calor do seu corpo. Por um instante fugaz, o BEIJO aparece em minha mente, mas eu o afasto como uma mosca irritante. Fitz não falou a respeito, e no momento não está olhando para mim como se quisesse enfiar a língua na minha boca.

Ele parece genuinamente ansioso para me ajudar.

"Não sei", respondo enfim. "Eu só... É tanta informação." A ansiedade me invade de novo. "Estamos falando de cinco décadas de moda. Não sei em que devo me concentrar, e se não conseguir condensar todas as informações o trabalho vai ficar com milhares de páginas, quando precisa ter umas três mil palavras, mas não sei como simplificar as ideias e...”

“Respira”, ordena Fitz.

Paro e faço o que ele diz. O oxigênio no cérebro ajuda um pouco.

“Você está se deixando levar de novo. Precisa dar um passo de cada vez.”

“Estou tentando. Por isso fiz esses post-its ridículos, pra dividir o assunto em partes.”

“Que tal falar em voz alta? Isso ajuda de alguma forma?”

Assinto devagar. “Ajuda. Em geral, recito os pontos e as ideias e depois transcrevo tudo, mas ainda não cheguei nessa fase. Estava tentando estabelecer a premissa básica quando o pânico bateu.”

“Certo.” Ele estende as longas pernas na nossa frente. “Então vamos falar sobre a premissa básica.”

Mordo o interior da bochecha. “Obrigada, mas tenho certeza de que você tem coisas melhores para fazer com seu tempo. Como desenhar. Ou trabalhar no seu video game.” Dou de ombros, sem jeito. “Não tem que me ajudar com meu texto.”

“Não seria de graça.”

Estreito os olhos. “Você quer que eu te pague?”

Fitz arregala os olhos. “O quê? Não, claro que não. Só quis dizer...” Ele respira depressa, evitando meu olhar. “Também preciso da sua ajuda.”

“Ah, é?”

Fitz me olha de novo, estranhamente envergonhado. “Que tal uma troca? Eu te ajudo com este trabalho. Posso revisar o que você escreve e te ajudar a organizar as ideias. E você me ajuda... me deixando desenhar você.” A segunda parte da frase ele fala para dentro.

Desta vez sou eu que arregalo os olhos. “Você quer me desenhar?”

Fitz assente com a cabeça.

“*Como uma de suas garotas francesas*?” O calor queima minhas bochechas. Ele está dizendo que quer me desenhar nua?

Meu Deus.

Por que a ideia meio que me excita?

“Que garotas francesas?”, pergunta Fitz, confuso.

“Achei que podia estar assistindo escondido a *Titanic* comigo e Hollis na outra noite.”

Ele solta uma gargalhada. "Ah, o retrato nu. Tinha esquecido essa cena. Mas não, você não estaria nua." Sua voz sai meio grossa, e me pergunto se ele está imaginando a mesma coisa que eu.

Eu deitada nua na frente dele. Com o corpo todo exposto.

Minha respiração acelera quando penso em Fitz também pelado. E duro. Os bíceps tatuados se flexionando conforme deita o corpo longo e musculoso em cima de mim e...

Ele tosse, e vejo muito bem o lampejo de calor em seus olhos. "Você estaria completamente vestida", diz. "Queria basear um personagem do meu jogo em você. Digo, na sua aparência. Demorei muito para concluir como essa mulher deve ser e..." Fitz dá de ombros, desajeitado, e é a coisa mais fofa. "Acho que pode parecer com você."

Meu queixo cai. "Você quer basear um personagem de video game em mim? Isso é tão legal. Qual é o nome dela?"

"Anya."

"Hum, gostei. Bem princesa élfica."

"Na verdade, ela é humana."

Sorrio. "É melhor pensar direito isso. Anya é nome de elfo."

Ele sorri de volta, depois gesticula para a bagunça no chão. "Combinado? Eu te ajudo e você me deixa te desenhar?"

"Combinado", digo imediatamente. Levo um segundo para perceber que todos os traços de derrota e desespero deixaram meu corpo. Me sinto rejuvenescida, e a gratidão que preenche meu peito ameaça transbordar. "Obrigada, Fitz."

"Imagina."

Nossos olhares se encontram. Queria saber no que ele está pensando. Queria que falasse do beijo bobo no jogo da garrafa para eu saber o que pensa.

Queria que me beijasse de novo.

Vejo seu pomo de adão se mover quando ele engole em seco, depois lambe os lábios.

A excitação percorre meu corpo. Ai, Deus. Fitz vai mesmo fazer isso?

Por favor, imploro em silêncio. Com qualquer outro cara, seria muito provável que eu pegasse o touro pelos chifres. No caso, pegaria o cara pelo pau.

Mas não com Fitz. Tenho medo de me expor de novo, quando ainda sinto o gosto amargo da rejeição da noite de Ano-Novo na garganta. Ainda o quero, mas nunca vou admitir, a menos que ele dê o primeiro passo.

E ele não dá.

Fitz interrompe o contato visual, e a decepção me atinge. Ele limpa a garganta, mas sua voz ainda está embargada quando diz: “Vou pegar meu caderno de desenho”.

16

FITZ

"Tira a roupa."

Conviver com Summer é... um desafio. E isso vem de mim, um cara que joga hóquei num time da primeira divisão universitária. Posso dizer honestamente que minha árdua carreira atlética é um passeio no parque levando em conta a garra necessária para manter uma amizade com Summer Di Laurentis.

Primeiro: é impossível esquecer aquele beijo. Talvez ela tenha sido capaz, mas com certeza eu não. O que significa que toda vez que olho para aquela boca lembro como foi tê-la bem pressionada contra a minha.

Segundo: ainda estou a fim dela, então quando admiro sua boca a fantasia não para com um beijo inofensivo. Seus lábios e sua língua têm protagonizado tantas das minhas fantasias que me masturbo no chuveiro toda manhã pensando nela.

Terceiro: me masturbar todo dia torna mais difícil olhar nos olhos dela quando estamos juntos.

E por último: quando você é amigo de Summer, ela faz coisas como entrar no seu quarto e mandar você tirar a roupa.

"Não", respondo.

"Tira a roupa, Fitzy."

Ergo uma sobrancelha. "Não."

"Ai, meu Deus, por que você não tira a roupa?"

"Por que está me pedindo pra tirar a roupa? Não sou uma das suas garotas francesas", brinco.

Ela morre de rir. Summer tem esse jeito de se perder completamente nas gargalhadas. Em geral, envolvem lágrimas, contorções e apertar a lateral da barriga com força. Quando Summer ri, faz isso de corpo e alma.

Não preciso nem dizer que gosto de provocar isso nela.

"Não quero desenhar você", diz ela, entre risadinhas, então se endireita e coloca as mãos na cintura. "Estou tentando te *ajudar*, seu burro."

Engulo um suspiro. Lamento profundamente ter contado a ela sobre a entrevista de emprego com Kamal Jain amanhã de manhã. Acabei comentando ontem à noite durante a nossa sessão de desenho/estudo noturno, algo que entrou na nossa rotina quatro dias atrás. Quando ela perguntou o que eu estava pensando em vestir, dei de ombros e disse: "Jeans e um blazer?".

Summer me olhou com horror e respondeu: "Desculpa, mas você não vai ficar bem com esse visual. Justin Timberlake fica bem de jeans e blazer. Mas você? Nem pensar". Então ela me dispensou com um gesto da mão. "Não se preocupa. Deixa comigo."

Eu não estava preocupado, então nem pedi para esclarecer o que quis dizer com "deixa comigo".

Mas agora me arrependo, porque são oito da noite de uma quinta-feira e Summer acabou de jogar meia dúzia de sacolas de roupa na minha cama.

"Não vou experimentar nada pra você", digo, teimoso.

"Já falei que não é pra mim!" Ela resmunga de frustração. "É pra *você*. Estou te fazendo um favorzaço, Fitz. Sabe quantos milhares de dólares em roupas tem dentro dessas sacolas?"

Franzo a testa. "Não estou nem aí pra quanto isso custou. Quero usar minhas próprias coisas."

"Que coisas?" Ela vai até o armário e abre a porta. "*Essas* coisas? Um monte de camisetas. Calças jeans ou cargo. Uns suéteres, duas camisas sociais, um monte de camisa de time e mais regatas do que qualquer homem deveria ter."

"E o terno que usei no enterro do meu tio", acrescento, solícito. "Posso usar ele, se você quiser."

"Eu não quero." Ela vasculha os cabides. "Você só tem peças pretas ou cinza. O que tem contra as cores, Colin? O vermelho te intimidou quando era criança? O verde roubou sua namorada? Preto, cinza, cinza, preto, preto... Ah, olha! Mais preto! Que maluquice. Estou literalmente enlouquecendo só de olhar pro seu armário." Summer vira para mim e me olha feio. "Você vai me deixar te vestir para a entrevista, entendeu? É um direito meu, agora que somos amigos."

"Amigos?" Engasgo com uma risada. "Não concordei com nada disso."

"Se eu decido alguma coisa, é lei." Ela mostra a língua pra mim. "Você não tem direito a dar opinião."

Lá se foi a garota de olhos marejados que consolei há tão poucos dias. Tenho que admitir que é bom vê-la sorrindo, e ainda mais para mim. Me dirigindo toda a sua luz solar inata, em vez de me olhar com uma cautela sombria e uma incerteza nublada.

"Anda, Fitz. Por favor? Só experimenta. Se não gostar, eu devolvo."

Meu estômago se agita. "Por favor, não me diz que comprou isso." Não sou bom em aceitar presentes, especialmente caros."

"Ah, não. Seria uma facada e tanto na minha poupança. Meus pais iam me matar." Ela dá de ombros. "Uma amiga me mandou. Ela é estilista de um ator."

"Que ator?", tenho que perguntar, olhando curioso para as sacolas.

"Noah Billings."

"Nunca ouvi falar."

"Ele está numa série de super-heróis da CW. É do seu tamanho, talvez um pouco mais baixo. A maior parte disso aqui foi feita sob medida, mas vamos ver o que a gente consegue aproveitar. De qualquer forma, Mariah disse que você pode pegar o que quiser emprestado, desde que a gente pague a lavagem a seco antes de devolver. Então cala a boca e tira a roupa. Quero você bem bonito amanhã. A entrevista não é pouca coisa."

Não é mesmo. É uma oportunidade incrível. Trabalhar na Orcus Games seria um sonho realizado.

"Tem razão", admito. "Não posso parecer um zé-ninguém."

"Desculpa, você disse que eu tenho razão? Tipo, então você estava errado?"

"É, Summer. Você tem razão. Preciso causar uma boa impressão." Suspiro, derrotado. "Mostra o que tem aí."

Ela dá um gritinho alto o suficiente para me fazer tremer. É agudo demais. "Você não vai se arrepender. Vai ser tão divertido."

Summer bate palmas alegremente enquanto dá algumas voltinhas, e o cabelo louro chicoteia seu corpo esbelto. Ela pontua a dança animada com um pequeno salto, abrindo as duas pernas no ar e aterrissando na ponta dos pés descalços.

"Uau", digo, genuinamente impressionado. "Onde aprendeu a fazer isso?"

"Fiz seis anos de balé." Ela caminha até a cadeira e pega a primeira sacola.

É verdade, lembro que ela comentou algo a respeito. "E depois largou?"

"Já falei, fico entediada fácil demais." Summer abre a sacola e tira um cabide com um...

Suéter cinza.

"É uma porcaria de um suéter cinza?", acuso. "Igualzinho àquele pendurado a um metro e meio da gente? Aquele que você acabou de criticar?"

"Em primeiro lugar, não é cinza. É ardósia..."

"É cinza."

"Em segundo lugar, é um Tom Ford. O do seu armário é um Tom Ford? Acho que não. Terceiro, cala a boca e toma isso aqui."

Tenho medo de apanhar, então obedeço. Meus dedos tocam a lã mais macia que já senti. Não posso deixar de assobiar. "É bom", dou o braço a torcer.

"Ótimo, então vamos experimentar..." Ela confere o segundo cabide. "Hum, por cima dessa camisa Saint Laurent. Na verdade, sabe de uma coisa? Acho que nem precisamos de uma camisa por baixo. Acho que o suéter pode ser grosso o suficiente para não mostrar seus mamilos. Vamos combinar com esta calça. Vira de costas."

"Por quê?"

"Quero ver sua bunda."

"Não", digo indignado.

"Vira de costas."

Eu me viro logo, porque não estou a fim de perder outra longa discussão, mas dou uma resposta atravessada só para provocar. "Gostou? Pode apertar se quiser."

Ela faz um barulhinho estridente. "Está *flertando* comigo? Isso é muito inapropriado."

"Diz a mulher olhando ansiosa pra minha bunda."

"Iludido", responde ela, mas não deixo de notar o tremor na sua voz. "Certo. Vamos experimentar a calça, mas Noah Billings não tem uma bunda tão musculosa. Acho que pode exibir a sua bunda um pouco demais."

"Existe isso?", pergunto, sério.

Summer sorri. "Bom, vamos ver como fica."

Estou prestes a tirar a camiseta quando percebo que ela ainda está no quarto, me observando. "Não tenho direito à privacidade?"

"É só a camiseta. Você não vai ficar pelado."

Ainda parece meio... íntimo. Afasto o pensamento. Se estivéssemos na praia, não teria escrúpulos de ficar de peito nu. Frescura da minha parte.

Tiro a camiseta.

Os olhos verdes de Summer se arregalam. O prazer aquece sua expressão, e é claro que isso infla meu ego feito um balão de hélio. E ele só aumenta, quando sua voz sai arfante, se comunicando diretamente com meu pau.

"Amo suas tatuagens", Summer diz.

"Ah, é?"

"É."

Seu olhar está fixo no meu torso nu. Puta merda, se continuar assim, posso não aguentar. Tem sido um esforço hercúleo desenhar a garota todas as noites sem ceder ao desejo de transar com ela.

Mas não posso fazer isso. A menos que ela dê o primeiro passo. Já estraguei tudo com meu comportamento no Ano-Novo. Minhas palavras a machucaram, e só porque ela aceitou meu pedido de desculpas não significa que eu deva presumir que está a fim de mim. O fato de ter se referido a nós como "amigos" é uma boa indicação de em que pé estamos.

Sou apenas um amigo.

"Permissão para me aproximar do seu peito?"

Uma risada me escapa. "Permissão deferida?"

Ela se aproxima para um exame mais atento da tinta em meus braços e no peito. "Você que desenhou?"

"Foi."

"Meu Deus, Fitz. Você é muito bom."

Fico com vergonha. Não sou bom de receber elogios. Nunca fui. Então faço um barulho evasivo que espero que ela interprete como um agradecimento.

"Você gosta mesmo de fantasia, hein?" Summer se concentra no meu bíceps esquerdo. "Isso está demais. É a espada de vidro de Sir Nornan, de *Floresta de vidro*? Não, espera, a espada só aparece no terceiro livro."

"*Lágrima de demônio*", confirmo. É outro título da série Ventos Fugazes. Paro de repente, porque não quero estragar tudo de novo. "Qual é seu preferido?" Então acrescento depressa: "Não é uma pergunta capciosa, prometo. Sei que você leu a série".

"Tecnicamente falando, não li: ouvi. Sou obcecada por audiolivros", revela ela. "E, para responder sua pergunta, acho que o primeiro. É sempre o melhor."

"Também acho."

Ela toca no meu ombro. "Ah, que lindas essas rosas." Seu olhar travesso encontra o meu. "Só não são muito viris", brinca.

Estou distraído demais para responder ou me ofender, porque as pontas dos dedos ainda traçam minha pele nua. O ar fica preso no meu peito. O cheiro doce de seu xampu e seu perfume característico fazem cócegas no meu nariz.

De repente, me vejo perguntando: "Que perfume é esse?".

"Chanel Nº 5." Seus lábios se curvam num sorriso. "O único perfume que uma dama deveria ter."

"Se você diz..."

Ela afasta a mão, e meu corpo lamenta a interrupção do contato. "Chega de conversa fiada, Fitzy. Veste isto."

Quando me dou conta, ela está enfiando o suéter pela minha cabeça. Me sinto uma criança, deslizando os braços pelas mangas e enfiando o pescoço pela gola. As unhas de Summer arranham meu abdômen enquanto ela puxa o suéter para baixo.

Um arrepio percorre minha coluna. De tesão.

Tipo, muito tesão.

Merda, e agora tenho que tirar a calça. Vai dar pra ver direitinho o contorno do meu pau através da cueca boxer. É claro que ela vai notar.

Plim.

Summer recebe uma mensagem. Ah, obrigada, meu Deus. Enquanto ela vira para ler, tiro a calça de moletom depressa e visto a calça preta. Confiro mais uma vez para ter certeza de que Summer não está olhando e dou uma ajeitada rápida lá embaixo para não ficar tão desconfortável. Quando ela se volta para mim, espero parecer um sujeito que não está mais duro que pedra.

Summer assobia baixinho. "Hum, gostei, Fitz. Muito elegante. Olha aqui como ficou." Ela abre a porta do armário para que eu possa ver meu reflexo no espelho de corpo inteiro.

Fico agradavelmente surpreso. Até que pareço bem. "Ótimo", digo. "Vou assim."

Vejo sua expressão incrédula no espelho. Ela solta uma risada. "Colin", diz, entre risos. "Você é sempre tão ingênuo?"

Enrugo a testa. "Como assim?"

"Esta foi a primeira roupa que você experimentou." Ela dá um tapinha no meu braço enquanto passa por mim, rindo baixinho. "Estamos só começando."

"Começando o quê?", pergunta uma voz suspeita.

Viramos e deparamos com Hunter na porta.

Sinto um leve desconforto. Hunter tem mantido distância de mim desde domingo à noite. Não falou abertamente que ficou irritado com o jogo da garrafa, mas tenho a nítida impressão de que foi o caso.

Em minha defesa, eu nem estava jogando, e não teria beijado Summer se a namorada mandona de Jesse não tivesse insistido. Sei que não adianta discutir com ela.

Além do mais, se Hunter está chateado por causa do beijo, devia falar comigo sobre isso.

"Escuta essa", diz Summer para ele, achando graça. "Eu trouxe seis sacolas de roupa para a entrevista de Fitz amanhã. Ele só experimentou uma." Ela aponta para o conjunto de Ford e Saint Laurent. "E acha..." Ela parece prestes a explodir de tanto rir. "E acha que já acabou."

Espero um olhar vazio de Hunter em resposta, mas ele ri de mim, obviamente entendendo a graça. "Que inocente." Hunter entra no meu quarto e se joga na cama. "Isso vai ser divertido." Ele pisca para Summer. "Chama o Hollis. Diz pra ele fazer pipoca."

"Pode deixar." Ela já está correndo pela porta e gritando: "Mike!".

"Traidor", resmungo para Hunter.

Ele se limita a sorrir. "Você está deixando uma herdeira de Connecticut te vestir para uma entrevista. Acha mesmo que vou perder o espetáculo?"

Suspiro. Acho que eu podia bater o pé e acabar com a palhaçada, mas está na cara que Summer está se divertindo, e é a primeira vez em dias que Hunter parece à vontade comigo. Talvez eu estivesse imaginando coisas. Talvez ele não tenha se importado com o beijo.

"Escuta, sobre você e Summer", começa Hunter, sem jeito.

Falei cedo demais.

"Ela me disse que você está ajudando com um trabalho."

"Isso." Finjo estar preocupado com a manga esquerda do suéter, examinando-a como se contivesse todos os segredos do universo.

"E rolou aquele negócio do beijo no domingo." De canto de olho, eu o vejo passar os dedos pelo cabelo escuro. "Então vou perguntar logo: está rolando alguma coisa? Vocês andam se pegando?"

"Como assim? Claro que não." A manga me parece muito fascinante. "Somos só amigos."

"Tem certeza?"

Eu me forço a encará-lo, como um adulto maduro. "Caso tenha esquecido, eu estava na minha até a maldita garrafa parar. Nem eu nem ela concordamos de cara com o beijo, lembra?"

"Verdade." Ele assente de leve. "Vocês pareciam bem desconfortáveis."

Parecíamos, é?

Tento não franzir a testa. Porque o que *eu* me lembro é de como os lábios de Summer incendiaram meu corpo inteiro. Da língua dela esfregando na minha e enviando um choque elétrico direto pro meu saco. De respirar seu perfume viciante e quase desmaiar de necessidade.

Mas Hunter só viu desconforto. Interessante.

Talvez seja por isso que Summer não tocou no assunto nem uma vez. Porra. Será que sou mesmo só um amigo?

"Acho ela incrível, Fitz." Ele dá de ombros. "Não estava brincando quando falei daquela história de prioridade quando voltamos de Vermont. Estou muito a fim dela."

Hunter olha para a porta, como se estivesse preocupado de encontrar Summer bem ali, mas relaxa quando a risada dela e de Mike ecoa do andar de baixo.

"E acho que ela está a fim de mim", continua ele, dando de ombros mais uma vez. "Quer dizer, a gente ficou no Ano-Novo. A gente dormiu abraçado."

Eles *dormiram abraçados*? A pontada de ciúme dói mais do que eu esperava.

"Estou pensando em chamar Summer para sair." Ele inclina a cabeça, me observando com cuidado. "Isso vai ser um problema?"

O que eu devo responder? Que sim, vai ser um problema? E aí? A gente ia duelar por ela?

"Como eu falei quando a gente discutiu a vinda dela, desde que não afete a convivência na casa, não estou nem aí." É muito, muito difícil dizer isso, mas a alternativa só criaria problemas com os quais prefiro não ter que lidar agora.

Se Summer estivesse tirando a roupa e implorando que a comesse, talvez minha resposta fosse diferente.

Mas ela não está.

17

FITZ

Cresci nos subúrbios de Boston, então as chances de ver um tornado eram as mesmas de meus pais fazerem as pazes.

Esta manhã, finalmente, posso testemunhar um.

O nome do tornado é Kamal Jain. Ele entra no bar do hotel num borrão cinza e preto, oferecendo vislumbres fugazes de dentes brancos, pele morena e dedos grossos quando acena para a garçonete ao passar por ela.

O vórtice para e revela uma figura baixa e corpulenta. É preciso um esforço sério para manter o queixo no lugar, porque ele não está de cinza e preto.

Está de ardósia e carvão, como diria Summer.

É a mesma roupa que experimentei na noite passada. A primeira, que Summer me aconselhou a deixar de lado em favor da que estou usando agora: jeans Ralph Lauren escuro, camisa Marc Jacobs e mocassim Gucci marrom. Ela ficaria orgulhosa de eu ter lembrado o nome dos estilistas de cada peça.

Graças a Deus não vim com a primeira roupa, ou teria sido um pouco estranho.

"Colin!", me cumprimenta Kamal com entusiasmo, apertando minha mão durante todo o tempo em que fala. "É tão bom conhecer você! Caramba, você é enorme! Parece muito menor na foto. Pessoalmente, é um gigante!"

"Foto?", digo, sem expressão.

"Minha assistente me arrumou a sua foto oficial do time. É uma foto oficial? Não sei. Qual é sua altura? Um e oitenta e cinco? Oitenta e sete?"

"Oitenta e sete..."

"Oitenta e sete, claro. Tenho um e setenta e dois. Sou só um baixinho com uma conta bancária grande." Ele gargalha da própria piada. "Vamos sentar?"

"Claro", digo, embora duvide que me ouça. É como se Kamal Jain falasse consigo mesmo e eu só estivesse ali.

O bar do Ritz parece um desses clubes de cavalheiros que se vê nos filmes. Tem algumas mesas redondas ao longo de uma parede, mas o salão está arrumado principalmente com poltronas de couro acolchoado. A lareira está acesa, uma lareira de verdade, e a garçonete nos leva até ela.

Nos acomodamos num par de poltronas no canto do salão. Kamal pede uma vodca-tônica. São dez e meia da manhã, mas não comento. De jeito nenhum vou criticar o pedido do meu potencial empregador. Além do mais, estou meio que fascinado, então falar pode ser um desafio. Vi o rosto desse homem na capa de revistas. Acompanho sua carreira há anos. É surreal estar sentado na frente de alguém que admiro há tanto tempo.

"Obrigado por vir de tão longe para me ver, sr. Jain", começo.

"Sr. Jain! Já falamos disso, cara: me chame de Kamal ou de KJ. 'Senhor' me dá arrepios. É autoritário demais para o meu gosto."

"Desculpa. Kamal." Decido ser direto com o cara. Suspeito que vá gostar disso. "Desculpa. Estou me segurando para não tietar você agora."

Ele dá uma risada alta. "Ah, vai por mim, sei como é. Conheci Stan Lee numa convenção de quadrinhos e quase gozei nas calças. Juro por Deus, senti um arrepio lá embaixo."

Sufoco uma risada. "Ainda bem que você conseguiu se controlar", digo.

"Foi por pouco! O cara é uma lenda. Vou me divorciar dos meus pais e ver se ele me adota."

A risada escapa. Eu já sabia, das entrevistas que vi, que Kamal não tem filtro. Mas presenciar isso é algo diferente.

"Você está de Marc Jacobs?" Ele aponta para minha camisa. "Veste bem, punho firme... coisa cara. Espero que não tenha limpado a poupança por minha causa. Você está na faculdade, não pode gastar com futilidades ainda, Colin. Vou pedir à minha assistente para lhe mandar um cheque de reembolso."

"Não precisa..."

"Certo", interrompe ele, "tenho mais quatro minutos. Vamos agilizar."

Quatro minutos? O cara literalmente acabou de sentar.

Eu me pergunto como é ser TÃO IMPORTANTE que você voa para Boston para uma reunião de cinco minutos antes de embarcar de novo.

Pelos três minutos seguintes, Kamal me lança perguntas como se usasse um rifle. Não parecem ter lógica nem motivo. Ele vai de um assunto a outro antes que eu possa piscar e só me dá uns dez segundos para responder antes de disparar de novo.

Quais são suas influências artísticas?

Qual é seu filme favorito?

Você come carne?

Estaria disposto a trabalhar nos fins de semana, caso necessário?

O que acha de No Man's Sky*?*

Você se considera um atleta?

Na verdade, o esporte surge em pelo menos três perguntas. Tenho a nítida impressão de que Kamal não gosta. Deve ter sofrido na mão de um atleta no colégio, ou de mais de um.

Não tenho como saber se respondi a uma única pergunta corretamente ou se ele gostou do que falei. Se Kamal se move e fala como um tornado, a entrevista em si é um tsunami, me acertando sem aviso e recuando com a mesma rapidez.

Antes que eu possa piscar, ele está de pé, apertando minha mão de novo. "Pode ir a Manhattan daqui a algumas semanas?"

"Hum, não sei dizer. Depende do calendário de jogos..."

"Numa quinta à noite. Você joga às quintas?" Ele franze a testa. Está na cara que o maior obstáculo contra mim agora é o hóquei.

"Não, mas..." Enrugo a testa. "O que tem em Manhattan?" Consegui o emprego? Tenho que começar a trabalhar nesse dia? Minha carta de apresentação dizia que só posso começar depois da formatura.

"Vou organizar um evento de arrecadação de fundos no Heyward Plaza Hotel. Para o autismo. Não, é para crianças com leucemia. Autismo é em abril", balbucia ele. "Convidei os outros candidatos que continuam na disputa. Só três até agora. Dois não me impressionaram pessoalmente."

E eu o impressionei? Estou confuso. Não consigo entender como foi capaz de me julgar dadas a duração da entrevista e o absurdo das perguntas.

"Está entre vocês quatro agora. No evento da leucemia vou poder avaliar seu networking."

Ah, merda. Não sou bom de networking. Nem um pouco.

"Além do mais, vai ser divertido pra caralho. Open bar, um monte de mulher. São dois convites, se tiver namorada, mas recomendo deixar em casa..." Ele pisca, e escondo meu desagrado.

Não é nenhum segredo que Kamal é um mulherengo. De acordo com um artigo, quase casou com a namorada da escola há uns dez anos, mas não foi adiante porque ela se recusou a assinar um acordo pré-nupcial. Desde então, tem sido fotografado com um monte de modelos, atrizes e herdeiras.

"Minha assistente vai te mandar o convite por e-mail. Se não confirmar presença, vou concluir que não está interessado." Ele bate no meu ombro. "Mas ninguém é tão tolo, então..." Kamal sorri largamente. "Te vejo mês que vem."

Ele sai do bar em outro borrão de movimento, me deixando sozinho. Dois segundos depois, a garçonete retorna com uma bandeja segurando a vodca dele e meu café.

Ela me olha, confusa. "Ah. Seu amigo foi embora? Você ainda...?" Ela levanta a bandeja ligeiramente. "A conta já está paga."

Olho para a xícara de café e depois para o copo. Quem se importa se é cedo?

Pego a vodca-tônica e viro num longo gole.

"Cinco minutos", digo mais tarde naquela noite. Estamos todos espremidos em uma mesa do Malone's. Bem debaixo da caixa de som, o que significa que tenho que levantar a voz para ser ouvido por cima de Drake. "Durou *cinco* minutos. Olhei no relógio."

"Tempo é dinheiro", diz Hollis.

"Nem sei como foi a entrevista", digo, com um gemido alto. "Sério. Não tenho a menor ideia se ele gostou de mim."

"Claro que gostou", diz Summer, com firmeza. Ela está do outro lado da mesa, entre Hunter e Matt Anderson. "Caso contrário não teria te chamado para a festa."

"Tempo é dinheiro", repete Hollis.

Nate dá um tapa na nuca dele. "Para com essa bobagem. Fitzy ter conhecido um bilionário não faz de você um bilionário por tabela."

"Se ele não estivesse falando sério, não teria viajado até aqui pra te conhecer", acrescenta Matt. "Mandaria um subordinado."

"Não necessariamente", digo. "Ele era um garoto pobre de Detroit quando desenvolveu o primeiro jogo. Na verdade, roubou muitas das peças que precisava para construir o próprio computador. A empresa é que nem um filho para ele. Acho que sempre que pode bota a mão na massa."

"De qualquer forma, estamos aqui hoje para comemorar o fato de você ter chamado a atenção de um designer de jogos importante. Isso é incrível", declara Summer. "Mesmo que não consiga o emprego, é uma honra que tenha te considerado."

"Vamos brindar!", comemora Hollis, levantando o copo de cerveja. "Tempo é dinheiro!"

Ninguém o acompanha, então fico com pena do cara e bato minha garrafa de cerveja contra o copo dele. Foi ideia de Hollis sair para comemorar, e ainda que eu não goste de ser o centro das atenções fico tocado que me apoie tanto. Acho que está mais empolgado do que eu com a possibilidade de trabalho na Orcus Games.

Por sorte, o bar não está muito lotado hoje, provavelmente porque não é dia de jogo. O Malone's é o bar da galera do hóquei da Briar, embora às vezes apareça um jogador de futebol americano ou outro. Mas em geral eles preferem organizar festas a encarar a patética vida noturna de Hastings. Prefiro o bar. Significa que não preciso limpar a bagunça dos outros depois. Além do mais, a cerveja é barata aqui, e nas noites de sexta a asinha de frango sai metade do preço.

"Ah, que seja", Summer cede, erguendo o copo para Mike. "Tempo é dinheiro!"

Ela me lança uma piscadela e um sorriso, e minhas entranhas derretem feito manteiga numa panela quente. Summer tem o tipo de sorriso que faz um homem querer começar a escrever poesia ruim. Deslumbrante, genuíno e tão bonito quanto o restante dela.

Estou num estado constante de meia-bomba desde que chegamos aqui. Quando saímos de casa, Summer parecia um boneco de neve, em uma parca com um capuz de pele, luvas, cachecol e toda a parafernália de inverno. Quando chegamos ao Malone's, ela abriu o zíper do casaco e removeu as demais peças para revelar jeans skinny envolvendo as pernas impossivelmente longas e uma miniblusa enlouquecedora, do tipo que deixa as costas e a barriga completamente nuas. Maravilhosa.

"Brenna mandou uma mensagem avisando que chegou", diz Summer, olhando para o telefone. "Estão vendo ela?"

"Minha Julieta!", diz Hollis, animado.

Hunter solta um risinho. "Cara. Ela não tá a fim de você."

"Mesmo? Porque parece que me lembro dela muito a fim quando entrou no meu quarto na semana passada... e muito satisfeita quando saiu..." Ele movimenta as sobrancelhas.

Summer joga uma batata frita de Matt em Hollis. "Nada de conversa de vestiário, por favor. E Hunter tem razão."

"Sempre tenho", o outro confirma.

"Cadê ela?" Summer vira de um lado para o outro, exibindo as costas nuas.

Meu Deus. São tão bonitas quanto o restante dela. Omoplatas delicadas. Pele suave e bronzeada.

Fico de pau duro ao me imaginar beijando suas costas até o alto da bunda perfeita e apertando. Hum, e o que eu faria com a boca... talvez mordesse uma das nádegas firmes e redondas.

Filho da puta. Graças a Deus a mesa cobre minha metade inferior, porque estou duro feito pedra agora.

"Por que vocês estão escondidos no canto?", pergunta Brenna, quando finalmente aparece. "Como é que vou admirar os bonitões se não puder ver?"

"Você pode me admirar", oferece Hollis.

Ela o ignora e dá uma olhada nas pessoas sentadas à volta da mesa. Quando percebe que não tem lugar livre, dá de ombros e sorri para mim. "Acho que você pode ser minha cadeira, Fitz."

Minha boca se abre para expressar um protesto, mas é tarde demais. Ela já está caindo no meu colo.

Os olhos de Brenna se arregalam.

Ela chia de surpresa, então pego seu quadril e lanço um olhar de aviso. Se disser uma palavra sobre a ereção pressionando sua bunda esquerda, vou ser motivo de riso do pessoal do time até o final dos tempos.

"O que foi?", pergunta Summer, preocupada.

Brenna se recupera depressa. "Desculpa, não quis te assustar. Acho que sentei no seu telefone, Fitz." Ela se ajeita exageradamente, então enfia a mão no meu bolso e pega o aparelho. "Isso estava enfiado na minha bunda."

"Delícia", diz Hollis.

Ela o ignora de novo, provavelmente porque está concentrada em tirar o próprio celular do bolso do moletom preto. O zíper está aberto até a metade, revelando o topo de um sutiã de renda preta. Só Brenna usaria um moletom por cima de nada mais que um sutiã.

Ela digita algo com uma única mão. Sufoco um suspiro resignado quando meu celular vibra. Leio a mensagem com indiferença.

BRENNA: *Por favor, por favor, diz que ñ é por minha causa!*

O suspiro me escapa.

Quando ela levanta a sobrancelha, digito depressa: *Não.*

BRENNA: *Que bom. Já tava aí qd eu cheguei, só confirmando. Ñ fomos feitos um pro outro. Eu comeria vc vivo*

Rá. Ela comeria qualquer homem vivo. Por algum motivo, sinto uma necessidade idiota de justificar por que estou com tesão. Ou melhor, por que *estava*, já que meu pau recuou feito um soldado derrotado.

EU: *Uma gostosa me mandou nudes logo antes de vc chegar. Acontece*
BRENNA: *Pensa no Hollis. Sempre acaba com meu tesão*

Rio alto, e todo mundo olha na minha direção.

"Qual é a graça?", pergunta Summer, descontraída.

Coloco o telefone na mesa e pego minha cerveja. "Nada. Um amigo me mandou um meme engraçado."

"Um amigo ou sua namorada?" O tom de Summer já não é mais descontraído. Algo mais sombrio o invade, que não consigo decifrar.

Nate parece surpreso. "Namorada? Desde quando?"

"Ela é gostosa?", pergunta Hollis.

Brenna embola um guardanapo e joga nele.

Hollis pega sem dificuldade. "Ei, é uma pergunta pertinente."

Ela suspira. "Nunca é, quando vem de você."

"Ela é bonita", diz Summer, relutante.

Estou um pouco perdido. Achei que era uma piada, mas ela obviamente está se referindo a uma pessoa real. De repente, entendo. "Ah, você está falando da Nora?"

A boca de Summer forma uma linha fina. "É."

"Você não parece gostar dela", diz Nate, contorcendo os lábios e parecendo achar graça.

Ela dá de ombros, pegando sua vodca com suco cranberry. Dá um gole contido, e todos os caras à mesa observam seus lábios. "É uma garota meio condescendente. E foi grossa comigo porque gosto de uma simpatizante nazista."

Hunter engasga no meio do gole. "O quê?"

"Chanel", explica Summer. "Adoro ela, e a namorada de Fitz..."

"Não é minha namorada..."

"... ficou falando que ela colaborou com os alemães." Summer levanta o queixo, teimosa. "Sendo que nunca foi comprovado nada."

Nate dá uma gargalhada.

"Como ela ousa?", diz Brenna, brincando.

"Espera, essa é a sua namorada?", Matt me pergunta.

"Não. A gente só saiu uma vez", digo, irritado. "E duvido que vá repetir."

O olhar contemplativo de Summer se fixa em mim. "Ah, é?"

Dou de ombros. "Acho que sim."

Nora e eu trocamos algumas mensagens, mas, para ser sincero, não senti nada. Ela é muito legal, mas não tem química entre a gente. Em geral, acho que são necessários dois encontros para dispensar alguém. As pessoas sempre ficam nervosas no primeiro. Talvez Nora estivesse ansiosa, por isso a conversa pareceu tão forçada.

Quando ela sugeriu que a gente repetisse a dose, concordei a princípio, mas não marquei nada. Não tenho certeza se vou marcar. O fato de me masturbar todas as manhãs fantasiando com outra garota meio que me diz o que preciso saber a respeito de Nora.

"Bom, está na cara que o garçom não vai voltar", anuncia Brenna, saltando do meu colo. "Vou pedir uma bebida no bar."

"Vou com você", oferece Summer, e Matt se levanta para deixá-la passar.

Todos viramos para admirar as duas se afastarem. Duas calças justas significam duas bundas incríveis para secar, e a pele nua e elegante das costas de Summer é um bônus. Ela não está de sutiã, e minha boca fica seca quando outra imagem suja aparece em meu cérebro — os seios nus de Summer balançando suavemente a cada passo sensual que dá.

Nate dá um assobio baixo. "São as garotas mais gostosas do bar."

"Devem estar todos querendo acabar com a gente", concorda Matt, sorrindo meio triste.

"Hum. Mas a gente dá conta deles", Hunter assegura. Não é exagero. Summer e Brenna são mesmo as garotas mais gostosas do bar, e nós somos os caras mais fortes.

De canto de olho, vejo as duas se aproximando do balcão. Uma sombra cruza minha visão periférica. Olho e tento não fechar a cara. Um cara de polo preta está dando em cima de Brenna, que toca seu antebraço e diz algo que o faz gargalhar alto.

"Ela está demais", comenta Hollis, com um suspiro pesado do fundo da alma e os olhos azuis fixos em Brenna.

"Ah, por que a tristeza?", zomba Nate.

"Pois é, você devia estar rindo de orelha a orelha, porque pegou uma garota linda que nem ela", diz Hunter. "Tal como Jesus se sentiu quando transformou água em vinho."

Matt e Nate riem.

Hollis mostra o dedo do meio para os dois, mas não acrescenta nenhum comentário convencido típico seu. Apenas pega o copo.

Levanto uma sobrancelha para ele. "O quê, não vai dizer que não foi um milagre porque você é um garanhão e tal?"

Em vez de responder, ele vira o restante da cerveja, como se precisasse da coragem para falar as próximas palavras.

"Acho que ela só ficou comigo naquela noite porque estava entediada."

Ficamos todos em silêncio.

Hunter é o primeiro a rir. Não consigo me conter e também rio. Então Nate e Matt se juntam a nós.

Hollis enterra o rosto nas mãos. Quando levanta a cabeça, está olhando feio para nós. "Vocês são os idiotas mais insensíveis que já conheci."

"Cara, ela te corta toda vez que te vê", Hunter finalmente diz, mas não deixo de notar como suavizou seu tom de voz. Está tentando ser realista.

Me sinto mal de deixar Hunter sozinho, então também falo. "Não vai acontecer nada entre vocês."

"Talvez aconteça", protesta ele.

Todos voltamos a olhar para o bar. Brenna está jogando o cabelo escuro comprido por cima do ombro, ainda ao lado do cara. Dois amigos se juntaram a ele, e um está usando um moletom com o logo da fraternidade Sigma Chi. O outro está falando com Summer.

Noto os ombros de Hunter se enrijecendo enquanto observa o cara com ela. Por sorte, o barman finalmente entrega as bebidas às garotas. Não vi ninguém pagando, o que me diz que o atendente está tão encantado com elas quanto todos os outros homens no bar.

Elas retornam, Summer com uma segunda vodca com suco de cranberry e Brenna com uma garrafa de cerveja. Dessa vez, Brenna se espreme ao meu lado, e não em cima de mim, enquanto Summer se instala perto de Matt na ponta, em vez de entre ele e Hunter, que lança um olhar contemplativo para ela.

"Caras de fraternidade são os piores", diz Brenna enquanto leva a cerveja aos lábios com batom vermelho. "São presunçosos demais. Até os pobres."

"Existe algum pobre?", pergunta Nate.

"Claro. Qualquer um pode entrar." Ela revira os olhos. "Só que você tem mais chances se for rico."

Summer dá de ombros. "Esses não eram tão ruins."

O ciúme dá uma punhalada em meu intestino. Por sorte, a resposta de Brenna garante que não preciso me preocupar que Summer termine a noite indo para casa com um deles.

"O babaca de polo tentou enfiar a mão na minha camisa e pegar no meu peito, Summer."

Ela arregala os olhos. "Sério? Meu Deus. Que horror." Ela balança a cabeça. "Achei que o de camisa salmão foi simpático."

"Rosa", Hollis resmunga para ela. "Basta falar rosa, Summer."

"Existem vários tons de rosa, Mike."

"Ah, é? Diga dez."

"Tá." Como uma profissional, ela começa a listar. "Salmão, rosa-bebê, pink, fúcsia, melancia, flamingo, cereja, chiclete, magenta..."

Ela está no número nove quando um borrão de vermelho e amarelo se aproxima da mesa.

Mal tenho tempo de piscar quando um braço pálido se estica e joga um líquido sobre nós. O alvo desejado era Brenna, que recebe a maior parte, mas Hollis, Nate e eu somos vítimas secundárias dos respingos.

Ela fica de boca escancarada, enquanto uma loira furiosa a fuzila com os olhos. "Que m..."

"Tira as mãos do meu homem!"

18

SUMMER

Brenna está encharcada. Apesar do choque inicial, ela se recupera depressa e pega um guardanapo para limpar o rosto. "Quem exatamente é seu homem?", pergunta, calma.

A loira aponta para alguém a cerca de três metros à sua direita. A unha comprida e afiada com esmalte fúcsia (ou rosa, como o tolinho do Hollis diria) do indicador direciona meu olhar para o cara de polo que estava dando em cima de Brenna. O mesmo que tentou passar a mão no peito dela.

"Ele?" O desdém é patente no lindo rosto de Brenna.

"É."

"Engraçado. Ele não falou que tinha namorada quando me chamou para dar uma volta na Lamborghini."

Hollis dá uma risadinha.

"Sua mentirosa. Davey nunca faria isso." A garota ainda está furiosa, as bochechas mais vermelhas do que a blusa carmim que está usando, que não combina com as unhas. Odeio isso. "Davey disse que você estava se jogando em cima dele."

Os lábios de Brenna se curvam num sorriso zombeteiro. "Claro que disse. Ele estava com o ego ferido. Mas se eu tivesse topado chupar o pau dele no carro depois que você fosse dormir pode ter certeza de que você nunca ia saber que ele falou com outra pessoa neste bar."

"Verdade", concorda Hunter.

Escondo um sorriso. Ela está absolutamente certa. A única razão pela qual o idiota mencionou a existência de outra mulher foi porque estava precisando de um afago no ego. Provavelmente sabia que ficaria enfurecida e tiraria satisfação com Brenna, o que faria com que ele se sentisse bem e desejado depois de ter sido dispensado por Brenna com uma gargalhada quando ele a chamou para ir até a Lamborghini.

Brenna fica de pé. Seu rosto está seco, mas a frente do moletom continua ensopada. O líquido não cheira a álcool, então suspeito que seja só água. Irritada, Brenna abre o zíper e tira o moletom.

"Minha nossa", murmura Hollis, e a excitação escurece seus olhos.

Ela está só de jeans e um top preto de renda que não chega a ser mais revelador do que o que a loira está usando. Não vai ser expulsa do Malone's por atentado ao pudor, mas está prestes a provocar uma ereção em todos os caras à nossa volta.

Incluindo Fitzy?, provoca uma voz.

Tento engolir o ciúme. *Não gosto* da ideia dele ficando duro por causa de Brenna, não importa quão incrível sejam os peitos dela.

Mas uma rápida olhada para ele do outro lado da mesa revela uma expressão severa e desprezo, enquanto fita o cara da polo, que agora está rastejando em direção à namorada. As mãos grandes de Fitz não chegam a se fechar em punhos, mas estão tensas sobre o tampo da mesa. Ele se mantém alerta e não gosta de como as coisas estão evoluindo.

"Escuta aqui", Brenna diz para a loira. "Seu homem é um galinha de marca maior. Larga ele agora antes que te machuque mais."

"Você acabou de chamar Davey de galinha!", a garota diz, indignada. "Teria *sorte* de estar com alguém como ele! Se tentou ficar com você e ouviu um não, então você é burra."

Os olhos castanhos de Brenna brilham. "Primeiro você fica brava porque acha que tentei roubar o cara de você. Agora porque o recusei. Não estou entendendo."

Não posso deixar de rir. A loira me olha feio.

"Se quiser, posso te fazer um favor e ficar com ele", oferece Brenna. "O cara foi mais do que desajeitado quando tentou pegar no meu peito, mas talvez possa ser ensinado."

"Sua puta", cospe a garota.

"Então a puta sou eu, e não ele?"

"Você não saberia o que é um homem bom nem que ele viesse e te desse um tapa na cara."

"Nem você, aparentemente."

Hunter ri.

O rosto da garota está tão vermelho que quase me sinto mal por ela. Quase.

"Sua puta idiota!"

E então chego oficialmente ao limite de "puta" que estou disposta a ouvir.

Fico de pé. "Chega dessa merda", digo para ela. "Você tem noção de quantas décadas está fazendo a gente regredir toda vez que chama outra garota de 'puta'? A gente passou anos lutando pra não ser vista como objeto sexual ou ser julgada e condenada por gostar de sexo. Já é ruim o suficiente que os homens ainda façam isso com a gente. Quando a gente faz isso também, diz pra todo mundo que não tem problema tratar as mulheres assim."

"Cala a boca, sua puta", ela diz.

Cruzo os braços. "Fala de novo. Quero ver."

Ela abre um sorriso presunçoso. "Você é uma puta", diz pausadamente.

Eu podia ter deixado passar. Podia mesmo. Se ela não tivesse se adiantado e jogado as unhas de navalha contra meu rosto num gesto zombeteiro e desdenhoso que só me fez enxergar vermelho.

Vou pra cima dela.

"Briga de mulher!", grita Hollis, pulando para fora da mesa.

Estou ocupada demais com a loira para repreender Hollis por desfrutar disso. Monto nela e dou um bom soco antes que acerte o canto da minha boca. Sinto o gosto de ferro no lábio inferior, lambo o sangue e agarro um chumaço de cabelo. Ela grita com o puxão forte.

"O que aconteceu com o girl power? Nunca ouviu Spice Girls?", rosno para ela. "Qual é o seu problema?"

A garota me atinge com as mãos em garra. "Sai de cima de mim!"

Seu desejo é atendido, porque de repente estou sendo arrancada de cima dela. Braços fortes envolvem minha cintura e me afastam. A garota fica de pé e pula de novo. "Você quebrou minha unha!", grita para mim.

Davey a agarra e a puxa para trás. Ela se segura ao braço dele como se fosse o último bote salva-vidas do Titanic.

Franzo a testa diante daquilo. "O idiota do seu namorado tentou passar a mão no peito de outra garota. Como é que você pode não ficar com raiva *disso?*"

Segurando a namorada de forma protetora, Davey anuncia ao mundo que é um idiota ao escolher aquele momento para participar da conversa. Ele aponta para Brenna e diz: "Olha a roupa dessa garota! Ela estava pedindo!".

Ah, não, ele não falou isso.

Me jogo para a frente de novo, mas aqueles braços fortes se fecham em volta de mim. Percebo que é Hunter. Mas, mesmo que eu tivesse conseguido avançar, não chego nem perto da rapidez de Fitz. Num segundo, ele está sentado; no outro, segura o babaca do Davey pelo colarinho.

"Ela estava pedindo?", murmura Fitzy. "Essas palavras saíram mesmo dessa sua boca nojenta de estuprador?"

Davey tenta respirar. "Não quis dizer isso..."

Fitz empurra o cara contra a parede de tijolos ao lado da nossa mesa. Juro que sinto o bar tremer. O Malone's tem quadros e objetos relacionados a esportes nas paredes, e várias fotografias de jogadores de hóquei que não conheço caem no chão sujo de cerveja. Ouço os cacos de vidro sob as botas Timberland de Fitz quando ele muda de posição.

Uma garçonete pequena vem correndo, mas ela não é páreo para um Colin Fitzgerald furioso. Seus olhos escuros cospem fogo, e ele levanta Davey uns trinta centímetros do chão só com uma das mãos no pescoço do cara.

Sinto uma onda de preocupação invadir meu estômago. Merda, isso não é bom. Fitz está estrangulando o...

Não, ele está batendo nele. Com o braço livre, acerta com força o nariz de Davey. Fitz o solta e o cara Davey cai no chão pegajoso, com sangue escorrendo do nariz.

"Vou te denunciar por agressão!"

"Vai em frente." Fitzy parece achar graça na ameaça, e há algo de incrivelmente sensual nisso. "Depois passa pra Brenna fazer uma denúncia de assédio."

Não consigo tirar os olhos do rosto dele. Sua mandíbula está mais rígida que aço. A boca franzida parece ameaçadora. E os braços... Ai, meu Deus, os músculos estão tesos de tensão e raiva, e as tatuagens parecem ondular enquanto ele aperta os braços esculpidos junto do corpo. O dragão no bíceps esquerdo parece prestes a levantar voo e fazer chover fogo. Fitz é tão primitivo quanto a criatura em seu braço. Ele se aproxima de Davey no chão. Grande, largo e irradiando poder masculino em sua forma mais bruta.

Nunca quis foder ninguém mais do que ele agora.

"Boa ideia", diz Brenna, sorrindo para Davey. "Não sei se você está por dentro, mas passar a mão numa garota num bar contra a vontade dela é considerado agressão sexual neste estado."

As palavras o fazem empalidecer. O nariz sangrando e as bochechas descoloridas dão a Davey um ar macabro. Ele tropeça ao tentar passar por Fitz.

Mas o cara é uma parede de músculos. Paredes de músculos não se movem.

"Colin", murmura Hollis.

Depois de alguns instantes, Fitz abre caminho e deixa Davey passar.

"Anda, Kerry", o babaca murmura para a namorada. "Esses filhos da puta não valem a pena."

Davey diz isso como se estivesse ganhando a briga, e não o contrário.

"Puta", é o insulto de despedida da loira para mim.

Engulo um suspiro. Tem gente que não aprende.

"Sinto muito", diz a voz áspera de Fitz. Está falando com a equipe de garçons. "Vou pagar pelo prejuízo."

"Não", digo, dando um passo à frente. "Eu pago. Eu comecei a briga. É minha culpa."

O fato de Fitz não discutir nem insistir em pagar me diz que concorda. Um olhar é tudo o que preciso para ver a acusação mal contida em seus olhos.

Espero sua reprimenda. Ou que me jogue por cima do ombro, como gosta de fazer. Em vez disso, ele xinga em voz baixa, pega o casaco e murmura: "Vou embora".

Vejo-o se afastar, e a descrença me rói por dentro. Fico imóvel por um tempo. Então afasto os olhos dele e pego minha bolsa Chanel no banco.

Nate e Matt ajudam a garçonete a limpar as molduras quebradas, enquanto Hollis murmura algo no ouvido de Brenna.

Jogo a Chanel para Hunter e digo: “Tem dinheiro aí. Você paga o que for preciso? Vou ver como Fitz está”.

Sem lhe dar uma chance de responder, me dirijo depressa para a saída.

Lá fora, percebo meu erro. É inverno. Meu casaco está lá dentro, e estou de frente única. A pele exposta fica toda arrepiada quando o ar gelado a envolve. Corro o mais rápido que minhas botas Prada e meu instinto de autopreservação permitem. Os saltos não são tão altos, mas tem uma camada de gelo no chão.

Alcanço Fitz no estacionamento atrás do Malone’s, já abrindo o carro.

“Espera”, chamo.

Ao som da minha voz, seus ombros ficam tensos. “Volta lá para dentro, Summer. Você vai morrer de frio.”

Corro até ele. “Não até ter certeza de que você está bem.”

“Estou bem.” Ele é conciso.

“Seus dedos estão sangrando.” Alarmada, pego sua mão e esfrego uma junta grande. Meu polegar volta manchado de vermelho.

“Que se danem meus dedos. Seu lábio está sangrando.”

Limpo a boca com a palma da mão. “É só um arranhão daquelas unhas demoníacas”, asseguro a ele.

Fitz nem sorri. “Volta pra dentro”, repete. “Estou indo embora.”

Algo em sua expressão me dá nos nervos.

Bom, não é algo. Sei exatamente o que está me incomodando — a reprovação com que me olha.

“Está chateado porque fui pra cima daquela menina?”, pergunto.

“Claro que estou.” Ele bate a porta do motorista e marcha na minha direção. “Onde você estava com a cabeça?”

“Estava me defendendo, e defendendo minha amiga”, digo. “Não sei você, mas não gosto de ser chamada de puta repetidamente.”

“E eu não gosto de brigas de bar”, retruca ele. Sua respiração fica visível no ar gelado antes de se dissipar.

“E eu por acaso vivo arrumando briga por aí?” Cerro os dentes, porque estou com frio e eles não param de tiritar, mas também porque sinto um desejo incontrolável de mordê-lo. Talvez eu *seja* briguenta.

“Tanto faz”, diz ele, categórico. “Não quero me ver nessa posição de novo, tá legal?”

"Que posição?"

"Em que tenho que defender sua honra."

Meu queixo cai. "Não pedi pra defender minha honra! Foi você que decidiu levantar o idiota pelo pescoço. Ainda que tenha merecido..."

"Ele não teria dito nada se você não tivesse atacado a namorada dele", corta Fitz, então balança a cabeça para mim, franzindo o cenho. "Não gosto de brigar, Summer. Aprendi há muito tempo que não preciso resolver meus problemas no braço."

"Ele passou a mão na Brenna", digo. "Mereceu apanhar."

Pela sua expressão inflexível, sei que ele não concorda. Em sua mente, eu o forcei a se envolver numa briga de bar e fim de papo.

Dou meia-volta. "Vou lá pra dentro."

"Não."

Com um olhar incrédulo, me viro para ele de novo. "Está falando sério? Vou fazer o que você pediu! Acabou de me dizer pra entrar."

"Mudei de ideia", ruge ele. "Vou levar você pra casa. Já causou problemas o suficiente por uma noite."

"*Eu* causei problemas? E a louca que jogou água na Brenna? E o cretino da mão boba? Não acredito que esteja me culpando pelo que aconteceu!"

Fitz dá um passo à frente, e levanto as duas mãos numa pose de artes marciais. Fiz três meses de caratê quando tinha doze anos. Posso encará-lo.

"Se me jogar sobre seu ombro, vou gritar até meu pulmão pular pra fora", aviso. "Não é minha culpa você ter decidido dar um soco em alguém hoje à noite. Vai ter que lidar com as consequências dos seus próprios atos."

Seus olhos escuros me queimam. "Não haveria consequências se você não tivesse ficado toda irritadiça como se sua calcinha estivesse enfiada na bunda."

Na mesma hora, meu corpo reage como se meu medidor interno de excitação tivesse ido para "perigo: orgasmo iminente". Um cara tão gostoso que nem ele não devia poder dizer a palavra "calcinha" levianamente. Na minha cabeça, o que ouvi foi sua voz profunda dizendo: "*Quero rasgar sua calcinha com os dentes*".

“Não me olha assim.”

Eu o encaro. Ele pode não ter dito aquilo, mas o grunhido gutural foi exatamente como ouvi na minha cabeça.

“Assim como?”, pergunto, baixinho. Meu pulso passou de zero a um milhão numa fração de segundo, fazendo meus joelhos tremerem.

“Você sabe do que estou falando.” Fitz solta um suspiro. “E precisa parar com isso.”

“Parar com o quê?”

Ele dá um gemido frustrado e animalesco que envia uma onda de calor entre minhas pernas antes de se espalhar e colocar cada centímetro quadrado da minha pele em chamas. Não estou mais com frio. Poderia estar nua na tundra siberiana e ainda ia me sentir em chamas. Achei que soubesse o que era desejo, mas estava errada.

“Para de brincar com minha cabeça.” As palavras saem torturadas, instáveis. “Um dia você flerta comigo, no outro dorme abraçada com Hunter.”

A culpa me invade. Droga. Esqueci a noite em que Hunter e eu dormimos de conchinha. Como Fitz sabe?

“Um dia diz que somos amigos, no outro fica na minha frente parecendo prestes a me chupar.”

Sinto uma dor tão poderosa que quase caio. Meu Deus. Não preciso dessa imagem agora.

Ele balança a cabeça, então baixa os olhos para as botas gastas. “Não gosto desse tipo de joguinho e definitivamente não gosto de drama”, murmura.

“Fitz.” A cautela envolve minhas palavras. “Do que exatamente está com raiva agora?”

Ele comprime a mandíbula com força. Por um momento, não espero que responda, mas por fim murmura: “Você podia ter se machucado lá dentro”.

Sou tomada pela surpresa. Então é *isso*? Ele estava preocupado com minha segurança?

“Mas não me machuquei”, digo. “Acredite, sei cuidar de mim mesma. Sou forte.”

“Já reparei.”

Balanço a cabeça, irritada. "Por que não falou de uma vez? *Summer, fiquei com medo de que fosse se machucar*. Pronto. Fácil. Em vez disso, grita comigo feito um louco e depois age como se tivesse algum problema eu te achar gostoso quando está com raiva?"

Fitz levanta a cabeça lentamente.

Inspiro fundo. Ele dirige um olhar quente e carente a mim, que me obriga a apertar as pernas desesperadamente. O latejar está de volta, e mais forte. Ninguém nunca me olhou desse jeito.

"Você me acha gostoso quando estou com raiva?"

"Acho. Você me deu ideias, gritando todo sensual. Não tenho culpa." Olho para ele. "Só porque não é a fim de mim não significa que eu..."

"Não sou a fim de você?", me interrompe ele, incrédulo. Quando me dou conta, está pegando minha mão e a levando direto para a virilha. "Está sentindo isso? É o que você faz comigo. Me deixa duro. O tempo todo."

Fitz aperta a palma da minha mão contra seu corpo, e um gemido fica preso em minha garganta. O volume grosso me hipnotiza. Ele é grande. Quer dizer, acho que eu já esperava. Fitz é todo grande. Tem ombros altos, musculosos e enormes. Mãos grandes... Mas nem sempre é uma indicação confiável do tamanho do pau. Namorei um jogador de futebol americano com patas de urso, pé quarenta e seis e um pintinho minúsculo. Do tipo que faz você chorar de tão deprimente e decepcionante.

Fitz não me decepciona. Queria poder segurar o pau dele e colocar a boca. Mas está de calça, então me contento em esfregá-lo. Só um pouco, e ainda assim o contato é suficiente para evocar um gemido profundo e atormentado dele.

"Acha que é divertido andar por aí com essa coisa o dia todo? Basta você respirar perto de mim e isso acontece. Você não sai da minha cabeça."

"Mas...", gaguejo. "Você me acha fútil."

"Pelo amor de Deus. Ainda está nessa? Eu só disse isso pro Garrett porque eu estava tentando me convencer a não me envolver com você."

Vacilo. "Sério?" Sinto uma explosão de esperança... até me dar conta da última coisa que ele disse, o que traz um lampejo de dor. Minha mão se afasta de sua virilha. "Por que não quer se envolver comigo?"

"Porque você me deixa louco. Querer você é cansativo, Summer. Estar perto de você é cansativo." Ele levanta as mãos antes de passá-las pelo cabelo bagunçado. "Sou introvertido, e você é social. É cansativo. Já falei que você é cansativa?"

Fecho a cara. "Eu não..."

"Tudo bem aqui fora?"

Viramos ao som da voz de Hunter. Ele se aproxima pelo estacionamento, com meu casaco no braço. Então o estende para mim e, apesar do calor que sinto, eu o visto.

"Obrigada", digo a Hunter. "E está tudo bem." Estou morrendo de vontade de olhar para Fitz, mas tenho medo do que vou ver.

Ele resolve o dilema para mim quando vai até o carro. "Vê se leva Summer direitinho pra casa", fala para Hunter.

E nem olha para trás.

Um momento depois, seu corpo enorme está sentado atrás do volante. Fitz liga o motor e deixa o estacionamento sem esperar cinco segundos para o gelo do para-brisa derreter.

As lágrimas fazem meus olhos arderem. Pisco com força e depressa, mas elas conseguem se libertar. A adrenalina da briga (tanto com a garota quanto com Fitz) deixa meu corpo subitamente, como se alguém tivesse sugado tudo de dentro de mim com um aspirador. Me sinto exausta.

Hunter me puxa para ele, passando um braço em volta dos meus ombros. "Ei, não chora, loira."

Mordo o lábio, piscando mais rápido para afastar as lágrimas. "Desculpa. É a explosão de adrenalina, acho."

"Eu entendo." Seu tom é bem-humorado. "Quer dizer, você botou pra quebrar lá dentro."

"Longe disso."

Sua mão livre pega a minha. Ele acaricia de leve minha palma com o polegar. "Você foi demais. Defendendo Brenna daquele jeito."

Pelo menos alguém acha isso. "Obrigada."

Hunter ri baixinho. "Embora eu tenha certeza de que a briga deu a Mike material suficiente para fantasias por pelo menos um ano."

Faço uma careta. "Ai, Deus, espero que não."

Os dedos calejados de Hunter passam pela minha palma antes de se entrelaçarem aos meus. Segurar a mão dele é ao mesmo tempo reconfortante e inquietante, mas não tenho forças para me afastar. Estou usando a maior parte da minha energia para tentar entender o que Fitz disse antes de sua partida abrupta.

Eu o deixo louco.

Ele me acha cansativa.

Me quer, mas não quer me querer.

"Loira", diz Hunter, asperamente.

"Hum?" Minha mente continua dando voltas. É difícil me concentrar. Ou melhor, é mais difícil que o normal. Meu TDAH já me deixa em desvantagem normalmente.

"Sábado que vem", começa ele.

"O que tem?"

"Não temos jogo." Ele hesita. "Quer sair comigo? Pra comer alguma coisa?"

É minha vez de hesitar. Não tenho dúvidas quanto a suas intenções. Ele está me convidando para um encontro. E talvez sem Fitz na jogada eu...

Você está fodendo comigo agora!, exclama minha Selena Gomez interior.

Uau. Um palavrão. Em geral, ela é tão certinha. Não deixa o comportamento exasperante dos homens afetar seu jeito puro e elegante de viver a vida.

Mas minha Selena interior tem toda a razão. Um cara não quer me querer, e outro tem orgulho de declarar que me quer — mas prefiro o primeiro?

Por quê? Sério. Por quê? Por que estou na dúvida? Hunter é lindo. Beija muito bem. E está fazendo um esforço sério para ficar comigo, em vez de fugir a cada chance que tem.

Gosto do Fitz, mas ele é muito confuso. Acha que *eu* estou fazendo joguinhos? Primeiro diz pro Garrett que nunca sairia comigo, depois me ajuda com o trabalho, então confessa que está a fim de mim e depois diz que é muito cansativo viver comigo.

Aham. *Comigo.*

Quero um homem com intenções claras. Que se esforce e se anime a passar o tempo comigo. Que *queira* me querer.

Se Fitz tem que lutar consigo mesmo para ficar comigo, então o mais provável é que nunca lutaria por *mim* se chegássemos a esse ponto.

Que mulher escolheria alguém assim?

Descanso a cabeça no ombro de Hunter e permito que o calor de seu corpo penetre meus ossos cansados. Aperto a mão dele e digo: “Adoraria jantar com você”.

19

SUMMER

No passado, me senti julgada por minhas amigas. Meu grupinho do colégio era muito competitivo, o que inevitavelmente levava a provocações, fofocas pelas costas e traições declaradas. Eu não compartilhava todos os aspectos da minha vida nem com as garotas em que confiava (mais ou menos). O que na verdade deve ser uma boa regra para a vida. Nunca revele tudo sobre si mesmo.

Fitz é muito bom nisso, e vai ao extremo. Já eu não dominei a técnica completamente. Ainda compartilho alguns detalhes pessoais com meus amigos. Por exemplo, se beijei alguém. De quem estou a fim. Se gostei de um encontro ou não.

Mas admitir que logo depois de praticamente masturbar um cara por cima da calça topei sair com outro? Hum. Não. Se confessasse isso para qualquer pessoa do colégio ou da Brown, todo mundo logo estaria dizendo que eu era uma vagabunda. Sem falar nas indiretas nas redes sociais com que teria que lidar.

Normalmente, não tenho problema de contar as coisas para minha mãe, mas desta vez estou com vergonha demais para confessar o que aconteceu. Como dizer uma coisa dessas? *Ei, mãe, coloquei a mão no pau de um cara ontem.*

Mas, pela primeira vez na vida, acho que encontrei uma amiga que me deixa à vontade para dar todos os detalhes que outros poderiam usar contra mim. Tenho certeza absoluta de que posso confiar em Brenna e de que ela não vai fazer eu me sentir mal pelas minhas ações de um jeito malicioso e dissimulado.

Então, não. Não me arrependo de contar tudo a ela.

Só me arrependo de ter feito isso em público.

"Você pegou no pau do Fitzy?!", grita ela.

Ótimo. Eu devia ter ligado para ela depois do que aconteceu ontem à noite. Mas precisava pensar. E continuei pensando hoje de manhã. E hoje de tarde. Foi só quando chegamos à arena da Briar à noite que decidi que precisava de conselhos. Brenna e eu nem chamamos mais uma à outra para os jogos em casa. Apenas presumimos que vamos. Mas hoje estou animada porque vou conhecer algumas amigas dela. Vamos tomar uma bebida no Malone's depois do jogo, e Brenna me prometeu que são todas muito legais.

"Dá pra falar mais baixo?", ordeno, olhando em volta para ter certeza de que ninguém está prestando atenção em nós.

"Como isso aconteceu?", pergunta ela. "Você só saiu do bar pra ver se ele estava bem depois da briga. Precisava pegar no pau dele? Foi por dentro da cueca?" Brenna ofega. "Rolou boquete?"

Reprimo uma onda de riso. "Por cima da calça. E já falei que só toquei. Talvez tenha rolado um carinho."

Ela faz biquinho. "Então nada de pau de fora?"

"Nada de pau de fora."

"Que pena. Aposto que o pau dele de fora é fenomenal."

As garotas na nossa frente dão risadinhas, alertando-me para o fato de termos dito "pau de fora" um pouco demais. A mais corajosa das duas olha por cima do ombro, e ofereço um sorriso tímido.

Ela sorri timidamente de volta. Acho que estão no primeiro ano. Ainda têm aquele ar inocente.

Ao meu lado, Brenna abaixa a voz. "E aí?"

"Foi intenso."

"Estou falando do pau, Summer. Como é? Grande? Pequeno? Comprido? Grosso? Feliz? Triste?"

Enterro o rosto entre as pernas, tremendo de rir. Quando me acalmo, pergunto: "Existe pau triste?".

"Vai por mim, já vi uns." Ela dispensa o comentário com um gesto, exibindo as unhas pintadas de vermelho. "Tá, a gente pode discutir o tamanho depois. O que teve de intenso?"

"Não sei." Engulo em seco quando me lembro da paixão crua brilhando em seus olhos. "Só foi. Mas depois fiquei muito irritada."

Ela franze a testa. "Como assim?"

"Ele ficou falando que me quer, mas que não quer me querer. Foi..." Penso de novo no assunto. "Quase um insulto", concluo.

"Deve ter sido mesmo. Você não quer alguém que se faz de difícil. Quer um cara que grita pra todo mundo que teve sorte de conseguir você."

"Exatamente." Adoro que a gente concorde sobre isso. Acho que muitas garotas se esquecem de uma verdade vital: merecemos alguém que nos ofereça cem por cento de si. Esforço pela metade não adianta. Amor pela metade não vale. Se um homem não está por inteiro numa relação, então é hora de pular fora. "Bom, a coisa ficou estranha. Aí Hunter apareceu e Fitz foi embora." Evito o olhar dela. "E concordei em sair com Hunter sábado que vem."

"No Dia dos Namorados?"

"*É Dia dos Namorados?!*"

Meu ganido faz com que todas as pessoas em volta olhem na nossa direção. Brenna gesticula depressa. "Olhos no jogo, pessoal", diz ela.

"Ai, meu Deus, você acha que ele sabia que dia era quando me chamou para sair?", sussurro.

"Duvido. A maioria dos caras não liga pra esse tipo de coisa."

"Verdade", confirma uma voz familiar.

Eu me viro e vejo Brooks Weston sentando numa cadeira vazia atrás de nós. Jake Connelly está com ele, e larga o corpo enorme no assento vizinho. O cabelo escuro não está cobrindo seu rosto esculpido, e não sei dizer se é porque o vento o soprou para trás ou porque ele o penteou com gel, mas ficou bonito. Os dois estão de moletom com capuz sem o logo ou as cores de Harvard.

Porque senão chamariam a atenção, imagino.

Pensando o mesmo que eu, Brenna lança um olhar cauteloso para eles. "Dando uma conferida no adversário?"

Weston assente com a cabeça, descaradamente. "Claro. Vamos jogar com vocês de novo daqui a duas semanas." Ele dá uma piscadinha. "Correção: vamos derrotar vocês de novo daqui a duas semanas."

"Vai sonhando. Jogamos em casa dessa vez", lembra Brenna.

Weston apenas sorri.

Ela olha para Jake. "E você? Não vai fazer nenhuma piadinha sobre como vão ganhar da gente?"

Ele ergue uma sobrancelha. "Vamos ganhar de vocês. Não vejo por que esfregar isso na sua cara." Jake se concentra em mim. "E, respondendo à sua pergunta, duvido que ele soubesse que é Dia dos Namorados. Ninguém solteiro bota isso na agenda."

"Pelo que ouvi, você não sabe nem o significado de 'namorado'", diz Brenna, irônica.

O sorriso que ele oferece é muito sedutor. "Andou perguntando de mim por aí?"

"Não. É só que suas fãs falam mais do que a boca." Ela dá de ombros. "Aparentemente, você nunca sai com a mesma garota duas vezes."

"E daí?" De alguma forma, ele é capaz de injetar arrogância, timidez e puro sexo nisso.

Falo antes que Brenna possa responder: "Vocês acham que eu devia avisar pra ele?".

"Depende", responde Connelly.

"Do quê?" Abandonei completamente o jogo no rinque. Viro para trás na cadeira, desesperada por um conselho masculino.

Jake lambe o lábio inferior. Não tenho certeza se é intencional ou se só está seco. É lindo qualquer que seja o motivo.

O fascínio que tenho pelo cara é meio alarmante. Não o quero para mim, mas estou muito ciente da sensualidade que ele irradia. Talvez esteja me alimentando da energia de Brenna. Apesar da zombaria constante, notei que o olhar dela sempre se demora um pouco mais do que o necessário nele.

"Depende se você quer transar com ele ou não", explica Jake.

"Verdade", concorda Weston. "Se quiser levar o cara pra cama, não diz nada. O mais provável é que ele desmarque se souber que é Dia dos Namorados. Mas se quiser que ele pule fora..."

"Não sei", confesso.

Não há como negar que Hunter é atraente. Tem um bom papo, me faz rir e me dá tesão. Mas Fitz faz alguma coisa com minhas entranhas. Dizer que ele me deixa sem fôlego seria eufemismo. Também faz alguma coisa com meu coração. Não sou capaz de dizer o que é, mas mesmo assim.

Droga. Talvez concordar em sair com Hunter tenha sido um erro. Aqui estou eu, argumentando sobre merecer alguém que se entrega cem por cento — bom, Hunter não merece o mesmo?

Enquanto Fitz estiver na minha cabeça, mesmo que esteja ocupando só um cantinho mínimo, é justo sair com outra pessoa?

Não digo isso em voz alta, porque não quero revelar a esses caras de Harvard que estou dividida entre dois caras do time. Mas, no fundo, suspeito que não tem muita competição. Quis Fitz desde que o conheci no ano passado. Acho que foi a primeira coisa que falei para a namorada de Dean. Apontei para Fitz e disse: "Quero ele".

E isso não tem nada a ver com ser uma pirralha mimada que precisa de um brinquedinho novo. Fitz não é um par de sapatilhas Louboutin ou uma bolsa Valentino.

Não o quero só porque ele está se fazendo de difícil.

E, embora possa ter começado como uma vontade física, agora é diferente.

Acho que quero mais.

Droga.

O jogo tem pouquíssimos gols. É contra Eastwood, nosso rival local, e a defesa deles é bem fechada. Sempre que os jogadores da Briar cruzam a linha azul, precisam aproveitar ao máximo a oportunidade, e não conseguiram fazer isso nos dois primeiros períodos. Além do mais, Eastwood tem um grandalhão que é dureza. Já provocou várias brigas, mas nada que chamasse a atenção dos árbitros.

"Aí está um cara que admiro", comenta Weston atrás de nós, assim que o valentão dá mais alguns empurrões num jogador da Briar e se afasta.

"Claro que você ia se apaixonar pelo cara. Babacas sempre se encontram", diz Brenna, gentil.

Weston se estica para bagunçar o cabelo dela com bom humor. "Uso meu crachá com muito orgulho."

No gelo, o valentão de Eastwood roubou o disco de Matt Anderson depois de esmagar o defensor contra a proteção do rinque. Ele domina o disco e voa em direção à nossa rede, com seus companheiros patinando rapidamente logo atrás.

"Odeio esse cara!" O aborrecimento me faz ficar de pé num salto. "Vai embora!", grito para ele. "Ninguém te quer aqui!"

Jake e Brenna bufam em uníssono, depois franzem a testa um para o outro, como se aquele tipo de reação fosse inaceitável.

Weston atrás do meu joelho. "Ei, você sabe quem é, né?"

"Não." Não vi o número da camisa nem o nome. Só sei que o odeio.

"Casper Cassidy. Da Greenwich Prep", responde ele, citando a escola em que meu irmão Dean estudou.

Fiz o primeiro ano do ensino médio em Greenwich, mas fui transferida para Roselawn porque não conseguia lidar com a carga de trabalho. Greenwich dá muito mais importância à parte acadêmica do que Roselawn, que tem mais fama pelas festas. Os alunos são ricos o suficiente para pagar qualquer faculdade, então ninguém está muito preocupado em tirar nota alta para conseguir uma bolsa.

Apesar de meu pai ter mexido uns pauzinhos para me colocar na Briar, tenho orgulho de dizer que passei na Brown sozinha. Minha média não era a mais exemplar, mas eu compensava com trabalhos extracurriculares e serviço comunitário.

"Está brincando?", exclamo, tentando achar o valentão de novo. Tem muita gente junta atrás da rede. "Casper Cassidy? Ele teve algum tipo de surto de crescimento? Está enorme."

"Não, sempre foi grande assim", comenta Weston.

Viro para eles mais uma vez. "Caí com ele no sete minutos no céu, numa festa em Greenwich, e o cara enfiou o dedo em mim dentro de um armário. Vai por mim, ele não era grande assim."

Connelly começa a rir. "Você é de outro mundo mesmo, Di Laurentis. Sem papas na língua." Ele inclina a cabeça. "Não tem a menor vergonha de dizer uma coisa dessas?"

"Não."

"Por que deveria ter vergonha?", desafia Brenna. "Acha que as mulheres não podem falar o que querem?"

Jake abre um sorriso irônico. "Acho que não importa o que eu diga: você iria contra."

"Isso não é verdade."

"Está indo contra agora."

"Porque você está me irritando."

"Que coincidência", zomba ele. "Você também está me irritando."

Um suspiro coletivo da arquibancada interrompe a discussão. Eu estava de costas, então não tenho certeza do que aconteceu, mas levanto quando vejo sangue.

"Ai, merda, é o Fitz", diz Brenna. "O que aconteceu?" Acho que ela não estava prestando atenção também.

Uma das calouras da fileira à frente responde: "Levou um disco na cara".

"O quê?" Meu coração sobe até a boca.

"Ele se jogou para segurar o lançamento de Cassidy", explica Weston. "Desviou o disco."

"Mas está de viseira", exclamo.

"Deve ter sido a viseira que o cortou", comenta Jake.

"Ele está bem", diz Weston. "Não parece tão ruim."

Agora que o apito soou e os jogadores se afastaram da rede, posso ver claramente as gotas vermelhas manchando a superfície branca. Não é tanto sangue quanto eu pensava, mas ainda assim.

Em pânico, procuro por Fitz. Ele está no banco da Briar, com a cabeça inclinada para trás diante de uma mulher que imagino ser a médica do time. Ela pressiona uma gaze contra a extremidade externa de sua sobrancelha direita. Não é o olho então. Um alívio me invade.

Fitz discute com a médica. Sua boca está se mexendo e seu corpo praticamente vibra de frustração. Quer voltar para o gelo, mas a mulher continua balançando a cabeça em negativa. Ela reajusta a gaze, e meu estômago se revira quando vejo o rio de sangue escorrendo pela lateral do rosto dele.

"Precisa de pontos", diz Brenna, desanimada.

Fitz aponta o placar com a mão ainda dentro da luva, provavelmente se referindo ao relógio. Faltam oito minutos para acabar o terceiro período. Claramente está determinado a continuar jogando. A médica nega com a cabeça mais uma vez, inflexível. Então o treinador Jensen grita algo, e Fitz se levanta.

Com o coração ainda na boca, vejo quando ele é levado embora. Furioso, bate com a luva contra a proteção do rinque antes de desaparecer no túnel que leva aos vestiários.

Já estou correndo em direção ao corredor. "Tchau, espiões", digo para os meninos de Harvard. "Vem, Bee."

Achei que ela ia se opor, insistir que a gente precisava assistir ao final do jogo, mas Brenna me surpreende ao me seguir degraus abaixo. Na entrada da arquibancada, lanço um olhar suplicante para ela. "Pode me levar ao vestiário? Ou ao ambulatório ou coisa do tipo? Quero ver se ele está bem."

Ela faz que sim, com os olhos cheios de pena. "Claro. Pode deixar."

Eu me esforço para acompanhá-la no corredor. Quando chegamos a uma porta fechada, Brenna saca um cartão magnético da bolsa e passa no leitor. Ele fica verde, e vamos adiante. Parece que ser filha do treinador tem suas vantagens.

A médica que estava discutindo com Fitz sai do vestiário assim que chegamos.

"Oi, Alex", Brenna a cumprimenta. "Como está Fitzy?"

"Fisicamente? Bem. Tive que dar uns pontos." Ela aperta o alto do nariz. Está visivelmente irritada. "Mas no comportamento deixa a desejar. Seu pai o tirou do jogo."

Brenna assente com a cabeça. "Faz sentido. Estamos ganhando por dois gols." Ela aponta para mim. "Tudo bem se Summer der uma palavrinha com ele?"

Alex me examina por um momento. É uma mulher baixa e corpulenta, com feições fortes e a mandíbula estreita, mas há bondade em seus olhos. Por fim, ela concorda. "Mas tem que ser rápido", me avisa. "Se seu pai perguntar, não vi nenhuma de vocês."

"Você é demais, Alex." Assim que a médica some de vista, Brenna me lança um sorriso atrevido. "Vou ficar aqui fora vigiando. Se alguém aparecer, imito uma coruja."

Engulo uma risada. "Boa ideia", respondo, girando a maçaneta.

Quando entro no vestiário, está completamente vazio. Nada de Fitz, só bancos e armários. O lugar tem um leve cheiro de suor e chulé. Pra ser honesta, é muito melhor do que o de outros vestiários em que já estive. O sistema de ventilação das instalações do hóquei deve ser o sonho de qualquer atleta.

O som de água correndo chama minha atenção. Olho para a porta larga do outro lado da sala e noto o vapor saindo por baixo, mas não há luz. Mais além, só escuridão.

"Fitz?", chamo, cautelosa.

Espero.

Silêncio.

Então ouço sua voz igualmente cautelosa e abafada. "Summer?"

"Sou eu. Estou indo aí, tá?"

Passo pela porta e sou recebida por uma nuvem de vapor. Meus olhos precisam de um segundo para se ajustar tanto à escuridão quanto à neblina e distinguir a figura volumosa no chuveiro mais perto da porta. Não acendo a luz, acho que porque não quero incomodar. Se Fitz quer tomar banho no escuro, quem sou eu para atrapalhar?

Avanço até o chuveiro. Nas sombras, vislumbro suas tatuagens e os músculos do abdome. Minha boca fica seca quando me dou conta de que está pelado. A única barreira entre mim e o corpo nu dele é uma porta baixa. Tudo o que tenho a fazer é empurrá-la para ter uma visão privilegiada do...

"O que está fazendo aqui?" Sua voz rouca interrompe meus pensamentos.

"Queria ter certeza de que está bem. E o olho?"

"Bom", resmunga ele.

Fitz desliga o chuveiro. Meu coração dispara. A água desce por seu peito nu, por cima da tatuagem e escorre por entre os peitorais definidos. Um braço musculoso se estende e esqueço de respirar. Ele vai...

Pegar a toalha no gancho atrás da minha cabeça? Vai.

Engulo em seco, tentando umedecer um pouco a boca seca. Fitz enrola a toalha na cintura e sai, mas, em vez de ir até a outra sala, fica parado. Encaramos um ao outro no escuro. O ar ainda está quente e abafado, mas agora também está cheio de tensão.

Tensão sexual.

Do tipo "puta merda, esse cara me olha como se já estivesse dentro de mim".

Tento dar um passo atrás, mas meus joelhos tremem. Sinceramente, não pensei direito quando resolvi ver como ele estava. Fitz acabou de sair do gelo no meio de um jogo difícil e acelerado. Deve sentir dor, porque levou um disco na cara. Provavelmente ainda está cheio de adrenalina.

Ele é perigoso.

Não temo por minha segurança. Mas temo por minha sanidade.

As sombras dançam por suas feições masculinas. Tenho um vislumbre de sua língua passando pelo lábio inferior. De seus dedos longos esfregando o cabelo molhado. Então ele fala numa voz grave que me faz arrepiar.

"É melhor você ir embora."

Sinto a pulsação latejando na garganta. É só o que ouço, o *tum-tum* implacável do meu coração. "E se eu não for?", me pego perguntando, e nós dois ouvimos a nota sussurrante de cada palavra.

Ele se aproxima. Devagar. Deliberadamente. Então me encurrala contra a parede de azulejos.

"Então vou ter que te beijar", diz, sem rodeios.

Minha boca está tão seca que não consigo responder. Engulo uma, duas vezes. Mas é inútil. Não tenho o que engolir. Parece que minha garganta está cheia de serragem. Meu coração bate ainda mais depressa. Juro que vai explodir a qualquer momento.

Ele abaixa a cabeça e suas palavras ressoam no meu ouvido. Baixas e sedosas. "E então, Summer? Quer que eu te beije?"

É a pergunta mais sexy que já ouvi, dita pelo cara mais maravilhoso que já conheci. Encontro forças para levantar a cabeça e olhar em seus olhos. Está escuro demais para entender a expressão dele, mas não preciso. Sei o que está sentindo. Também estou.

Um desejo incontrolável.

"Sim ou não?", sussurra ele.

Finalmente encontro minha voz. "Sim."

20

FITZ

Estou totalmente na dela.

Cem por cento.

Devia estar insistindo para Summer sair do vestiário. Os caras podem chegar a qualquer momento — o terceiro período estava quase no final quando a dra. Alex me forçou a deixar o gelo para me dar uns pontos.

Mas, embora o bom senso me diga que não é uma boa ideia, sou incapaz de parar. Não vejo mais nada à minha volta. Quando inspiro, só sinto o cheiro de Summer e Chanel Nº 5.

Foda-se. Preciso demais disso. Ela também, ou não teria dito "sim".

Passo uma mão em sua nuca e enfio a outra em seu cabelo. Parece seda entre meus dedos.

"Colin", sussurra ela, e o som do meu nome em seus lábios me estimula a agir.

Abaixo a cabeça e pressiono os lábios contra os dela. Summer faz o som mais doce do mundo. Um gemido suave e desesperado. Então aprofunda o beijo, e é minha vez de gemer. Quando nossas línguas se encontram, sinto como se tivesse levado um choque, que desce até meu pau. Frita o meu cérebro. Faz minhas mãos tremerem.

Ela tem gosto de refrigerante e hortelã, e seus lábios são muito macios. Ficamos ali no escuro, com sua língua na minha boca, meus dedos no cabelo dela. Summer ergue uma das pernas se prende em meu tronco. Não sei se é intencional ou não, mas o movimento solta minha toalha, que cai no chão.

De repente, sua boca deixa a minha. "Seu pau está de fora", ela me informa.

Reprimo a risada. "Está."

Seu tom é bem-humorado quando diz: "Só queria ter certeza de que você sabia".

Nossos olhares se encontram, e ela pousa a mão em meu peito nu. É impossível ignorar minha ereção. Parece uma espada entre nós, cutucando sua barriga.

Seus dedos descem só uns dois centímetros, e ficam pairando sobre meu abdome. Apesar do vapor quente no ar, tremo.

A mão para de se mover. "Está com frio?"

"Não", digo depressa.

Gosto dessa exploração lenta e torturante do meu peito. Dedos delicados acariciam meus músculos abdominais antes de seguir em frente.

"Lembra a noite em que a gente se conheceu?", murmura ela. "Quando brinquei com você sobre me mostrar seu pau?"

Uma risada me escapa. "Como eu ia esquecer?"

Ela deita a cabeça, deixando o cabelo sedoso cair numa cascata sobre um dos ombros. "Você disse que não sai por aí mostrando para qualquer uma."

"E não saio."

"Então sou especial."

"Muito."

Seus dedos envolvem a base do meu pau dolorido. No instante em que ela o toca, um tremor toma conta de mim e a ponta fica úmida. Meu Deus. Estou assim excitado.

Ela desliza a mão para cima e para baixo algumas vezes. Então me puxa para a frente pelo pau e aperta os lábios contra os meus de novo.

Solto um grunhido, movendo-me contra seu punho fechado. Minha língua invade sua boca, e damos o beijo mais quente que já experimentei. Mais uma vez, fico perdido no nevoeiro. Perdido nela. Quase nem sinto mais a dor no olho. Estou beijando Summer, que está acariciando o meu pau, e me sinto no paraíso.

Subo as mãos por seu corpo e aperto os seios sob o suéter fino de gola V. Na mesma hora, perco a capacidade de pensar direito. Mesmo por baixo do sutiã, posso sentir seus mamilos pequenos e duros, e minha boca formiga de desejo. Sempre gostei de peito, e estou louco para chupar e mordiscar os dela. A fantasia me faz gemer alto contra seus lábios.

Summer me acaricia mais rápido, e quando acho que não poderia ser melhor, afasta minhas mãos e fica de joelhos.

"Deixa eu te ajudar."

Olho para baixo, mas é difícil ler a expressão dela. Está muito escuro. Sinto quando sua boca quente e molhada me envolve.

"Ai, merda", grito.

Ela me chupa até o talo, depois lambe até a ponta. Sua língua me provoca ali antes de deslizar pelo meu pau, e quase desmaio.

"Porra, isso é bom..."

Seu gemido de resposta faz todo o meu corpo vibrar. Juro que estou na ponta dos dedos do pé. Ela me engole mais fundo e chupa com força, movendo a mão enquanto me atormenta com a língua.

Um alarme dispara lá no fundo da minha mente. *Para com isso.* Mas é impossível parar com a cabeça loira de Summer se movendo para cima e para baixo no meu pau. Meus dedos se enroscam no cabelo dela, mas não assumo o controle. Eu a deixo seguir no próprio ritmo, confiando que vai me levar aonde preciso ir.

E Summer o faz. Acelera o ritmo e põe força. Minhas bolas pulsam e a ponta do meu pau formiga, sinal de que estou lá. "Vou gozar", murmuro.

Ela não me solta. Mordo o polegar para não gritar, movimento os quadris e gozo em sua boca. Summer engole cada gota, enquanto estremeço com o prazer que beira a dor.

Quando Summer se levanta, eu a puxo para perto e descanso o queixo no seu ombro. Ainda estou tremendo.

"Eu precisava disso", digo, com a voz rouca.

"Eu sei." Ela planta um beijo no meu peito e leva a mão de volta para meu pau, acariciando-o suavemente.

Começo a tremer. "Você vai me matar."

Sua risada faz cócegas na minha clavícula. "Desculpa. Gosto de tocar em você." Summer faz uma pausa. "Acho que é melhor eu ir embora."

"Acho que sim."

"Não quero ir."

"Não quero que vá."

Sinto-a tremer quando me beija de novo. Seus lábios roçam de leve meu ombro. "O que aconteceu aqui, Fitz?"

Você acabou de me chupar e me deixar louco, quase digo. Mas sei do que ela está falando. Summer quer entender o que isso significa.

"Eu..."

"Uuuuuu! Uuuuuu!"

Levanto a cabeça, assustado. Isso foi uma coruja?

"Ai, merda", Summer diz. "É o sinal."

"Sinal?"

"É. Brenna está no corredor. Ela ficou de me avisar se tivesse alguém chegando."

Summer mal termina de falar e ouvimos as vozes. E os passos. Muitas vozes e muitos passos. O pessoal do time está vindo.

Summer pega minha toalha caída do chão e envolve depressa a minha cintura. Seus dedos tocam meu pau de leve, e engulo um gemido. Ainda estou duro.

Inspiro e aponto para uma porta ao final dos chuveiros. "Ali é a sala de fisioterapia. Dá acesso à sala dos treinadores e à arena."

Os passos ficam mais altos, acompanhados de vozes masculinas animadas e gargalhadas estridentes. Os caras parecem felizes, o que significa que vencemos.

"Summer", digo, quando ela não se move. "Você tem que ir. E é melhor fazer isso logo, antes que o pessoal chegue e comece a tirar a roupa."

Ela hesita. "Precisamos terminar esta conversa."

"E vamos", prometo. "Mas em casa."

Summer crava os dentes no lábio. "Brenna e eu vamos encontrar umas amigas no bar."

"Então a gente conversa no bar. Ou depois. Agora você precisa ir."

Ela acena com a cabeça. Fica na ponta dos pés, me dá um beijo na bochecha e então vai embora.

Sou um covarde. Não procuro Summer depois do jogo e não vou ao Malone's. Tampouco vou para casa.

Como um idiota, entro no carro e vou para Boston.

Meu amigo Tucker comprou um bar na cidade no outono passado. Eu o ajudei com a obra e os preparativos para a inauguração em novembro. Não me surpreende que a pessoa com quem eu queira me abrir nesse momento seja ele. O cara é bom em ouvir e tem a cabeça no lugar. Dá conselhos muito inteligentes, e preciso mais do que nunca disso.

Estou pegando a saída da rodovia quando meu telefone toca. Meu carro é velho e não tem Bluetooth, então sou forçado a usar o viva-voz. Se não fosse o número da minha mãe piscando na tela, provavelmente teria ignorado. Mas ignorar minha mãe nunca é uma boa ideia.

"Colin! Querido! Você está bem?" Ela parece preocupada.

"Claro. Por que não estaria?"

"Seu tio Randy estava no jogo e acabou de me mandar uma foto digital do seu rosto!"

"Você pode dizer só 'foto', mãe.."

"Mas ele mandou do telefone dele para o meu."

"É, mas..." Evito continuar. *Escolha suas batalhas, cara.* Minha mãe não é uma velha, portanto não tem desculpa para a total falta de conhecimento sobre qualquer coisa relacionada a tecnologia. Mas é teimosa, e argumentar com ela é inútil.

A mulher ainda usa um BlackBerry, pelo amor de Deus.

"Prometo que estou bem. Levei uns pontos e agora estou novo em folha."

"Quantos?"

"Só dois."

"Certo." A preocupação some de sua voz. Infelizmente, é substituída pela raiva. "É tudo culpa do seu pai."

E lá vamos nós.

"E por que seria?" Não sei por que estou embarcando nessa. Já sei a resposta.

"Porque ele te forçou a jogar hóquei."

"Ele não me forçou. Amo hóquei."

É o mesmo que falar com meu para-brisa. "Que homem egoísta", diz ela. "Não acha patético um homem adulto viver através do filho?"

Tensiono o queixo, mas não adianta pedir para parar. Para nenhum dos dois. Meus pais nunca param. "Mudando de assunto", digo, numa tentativa de direcionar a conversa para um território seguro. "Minha entrevista de emprego foi boa."

"Você fez uma entrevista?" Ela parece assustada.

"Fiz." Conto depressa sobre Kamal Jain enquanto saio da rodovia e paro numa sequência de sinais vermelhos. "Acho que ele vai decidir depois do evento beneficente em Nova York."

"Não tem o que decidir, está *na cara* que você é o melhor candidato", responde ela, com o tipo de confiança inabalável que só uma mãe poderia sentir.

"Obrigado, mãe." Entro na rua do bar e ligo o pisca-alerta para indicar que vou estacionar na última vaga. "Acabei de chegar no bar e preciso fazer baliza. Te ligo ainda esta semana."

"Tá bom. Te amo."

Às vezes, tenho minhas dúvidas.

"Também te amo."

Desligamos, e sinto o mesmo alívio esmagador de quando encerrei a ligação com meu pai na semana passada.

Saio do carro e olho o letreiro em néon que ilumina a frente do bar. Tem uma fila na porta. O negócio está obviamente indo bem. Bom para Tuck.

Enquanto caminho pela calçada, mando uma mensagem rápida para ele.

EU: *Cara, estou na frente do bar. Não vai me fazer congelar na fila, vai?*

Vejo que ele está digitando uma resposta.

TUCK: *Tô no andar de cima. Vem. É só dizer seu nome pro segurança que ele te deixa entrar. Vc tá na lista permanente*

Legal. Sou VIP.

Passo pela entrada e sigo para a lateral do prédio, onde uma porta estreita se abre no momento em que a alcanço. Sei que Tuck está me vendo por uma câmera. Ajudei-o a configurar o sistema, que ele pode controlar do celular. Torna mais fácil entrar e sair do prédio. Além do mais, o cara leva segurança a sério. A filha e a mulher são as coisas mais importantes do mundo para ele.

"Ei", digo quando chego ao apartamento.

Tuck me cumprimenta. Jamie está em seu colo. "Gá!", grita a filha quando me vê.

Posso dizer com toda a sinceridade que é um dos bebês mais lindos que já vi. A menina parece saída de um comercial de fralda ou papinha. Herdou o melhor dos pais, que são ridículos de bonitos, principalmente Sabrina.

A boca rosada de Jamie se abre, e ela me oferece um sorriso gigante. Seus braços se agitam na minha direção.

Tuck suspira. "Essa aqui gosta de atenção."

"Por mim tudo bem." Estendo os braços, e a bebê de seis meses praticamente pula em mim. "Ela está tão grande."

"Eu sei. Juro por Deus que eu me viro por cinco segundos e quando olho já dobrou de tamanho."

Jamie se contorce alegremente em meus braços. As mãos gorduchas procuram minha barba na mesma hora. Ela adora texturas e é fascinada por cores. A última vez que a vi, ficou impressionada com minhas tatuagens.

"Tem certeza de que não se importa de eu aparecer assim do nada?", pergunto, enquanto ele fecha e tranca a porta da frente.

"Claro que não. Pode vir quando quiser, cara."

"Cadê a Sabrina?"

"Grupo de estudos."

"Tão tarde?" São quase dez horas.

"Pois é. Ela rala muito." Posso ouvir o orgulho profundo em sua voz.

Sabrina faz faculdade de direito e, verdade seja dita, não sei como consegue dar conta de tudo. Por sorte, ela e Tuck têm ajuda — a mãe dele chegou do Texas em dezembro. Aparentemente, mora num apartamento a poucos quarteirões daqui.

"O que sua mãe está achando de Boston?"

"Ela odeia o frio com todas as forças."

Sorrio. Imagino que o inverno no Texas seja um paraíso tropical comparado ao da Nova Inglaterra.

"Mas o apartamento dela tem uma vista deslumbrante do rio. Disso ela gosta, sem contar que pode ver a neta sempre que quer, então está feliz. E a gente também."

"Parece que as coisas estão dando certo então."

Tucker assente com a cabeça. Parece em paz ao olhar para a filha, que brinca com meu queixo. Ela grita toda vez que seus dedos pequeninos tocam um pelo mais pontudo. "Quer uma cerveja?", oferece ele.

"Pode ser. Mas só uma. Estou dirigindo."

"Só tem latinha. Jamie está com as mãozinhas ariscas e pega tudo na bancada quando passamos com ela no colo. Já catei tanto caco de vidro que cansei. Somos uma família que bebe cerveja em lata agora."

"Lata está bom", digo. Pego uma ainda segurando a bebê e vamos até o sofá.

O apartamento não tem paredes internas. A sala de estar fica de um lado, a cozinha do outro e a sala de jantar no canto mais distante. As janelas vão do chão ao teto e oferecem uma boa vista do parquinho do outro lado da rua. Um corredor leva da sala de jantar aos quartos. Ajudei Tuck a reformar um para Jamie, e quando me acomodo nas almofadas do sofá e a ajeito no colo me pergunto por que ela ainda não está dormindo.

"Já não deu a hora dela?"

"Eu estava preparando a mamadeira. Jamie estava aos berros uns trinta segundos antes de você chegar. Acabou de se acalmar."

"Mentira. Este anjinho lindo nunca chora", comento, fazendo cócegas num dos pés de Jamie. "Olha como ela é fofinha e tranquila."

A bebê gargalha de alegria.

"Nem vem. Ela só está assim porque tem visita. É um demoniozinho na vida real. Não é, meu amor?"

Jamie olha para o pai com pura adoração.

Tuck cede na mesma hora. "Desculpa", diz para a filha. "Você não é um demônio. Fitz, distrai a princesa enquanto preparo a mamadeira."

Isso não é difícil. Brinco com Jamie no meu joelho e faço cócegas na sua barriga por cima do macacão rosa, fazendo-a dar risadinhas. Essa menina é muito fofa.

"E aí, o que está rolando?", pergunta Tucker da cozinha. "Você não é de aparecer do nada. Principalmente em dia do jogo. Aliás, aquele disco na sua cara foi horrível."

"Você viu?"

"Vi. Estava alternando entre seu jogo e o do Garrett. O dele não terminou."

"G está jogando hoje?" Olho para a televisão, mas está num comercial de sabão em pó.

"Eles entraram numa sequência de jogos fora de casa. Hoje é contra Los Angeles."

"Quanto está?"

"Dois a dois. G está mandando bem."

"Ele fez gol?"

"Não. Mas deu o passe pra um."

"Legal." Estou muito feliz pelo sucesso de Garrett em sua temporada de estreia em Boston. Ele é muito talentoso, e um cara legal de verdade. Meio metido, claro. Um espertinho. Mas tem bom coração e é um amigo fiel.

"Que droga, Fitz", reclama Tuck, com seu sotaque sulista. "Você conseguiu me distrair de novo. Por que não está comemorando a vitória no Malone's?"

Dou de ombros. "Não estava a fim. Lá fica muito cheio."

"Tá, então por que não foi para casa?"

Porque a garota que mora com a gente acabou de me chupar e não sei como agir na frente dela.

"Eu... é complicado." Mantenho os olhos fixos em Jamie. "A irmã de Dean mora com a gente agora."

"Ouvi dizer." O tom de Tucker é cauteloso. "Como tem sido?"

Bem, ela acabou de me chupar e não sei como agir na frente dela.

"Tranquilo." Mantenho o tom vago e dou um beijo na bochecha macia de Jamie, fazendo-a rir de novo. Logo meu escudo é tirado de mim.

"Pronta, mocinha?", pergunta Tuck, pegando a bebê. "Vamos tomar o leitinho que a mamãe tirou só pra você?"

Seguro o riso.

Ao ver a mamadeira, o rosto de Jamie se ilumina. Com o cotovelo apoiado numa almofada e uma bebê mamando feliz nos braços, Tuck sorri para mim.

"Ela ainda gosta de você?", ele pergunta.

"Jamie? Claro. Sua filha me ama."

Tuck revira os olhos. "Estou falando de Summer Di Laurentis. Lembro que no inverno passado estava bem a fim de você. Continua?"

"Continua."

"Entendi." Ele parece estar tentando não sorrir. "E você? Sente alguma coisa por ela?"

Depois de uma pausa relutante, faço que sim com a cabeça.

Um sorriso enfim aparece. "Então qual é o problema? Está preocupado com a reação de Dean?"

"Não. Eu..." Solto outro suspiro. "Não sei se quero encorajar isso."

Então você provavelmente não devia ter deixado Summer te chupar hoje.

Talvez não, mas claramente não possuo nenhum controle quando se trata dela. Summer me leva a fazer as coisas mais estranhas. Não que me obrigue a isso. Só acontece. Deixei a garota me chupar no *vestiário*. Qualquer um poderia ter entrado, e para um cara que odeia demonstrações públicas de afeto, drama e muita atenção, ser pego no flagra definitivamente não é uma das minhas maiores ambições.

E é engraçado, porque não era eu que estava tentando me convencer na outra noite de que, se Summer estivesse se jogando para cima de mim, eu contestaria a prioridade de Hunter? Bom, agora não há mais dúvida quanto às intenções dela. Não sou só um amigo. Isso está mais do que claro.

Mas, em vez de lutar pela garota, fugi.

Passo as mãos no cabelo, que está ficando comprido demais. Não quero que cubra meus olhos quando estou desenhando. "Hunter está a fim dela também", digo.

"Ah."

"Pois é. E ela beijou o cara no Ano-Novo."

Ele arregala os olhos. "Ah, é?"

"Mas hoje..." Paro.

"Hoje o quê?"

"Ela apareceu no vestiário depois que levei os pontos e nos beijamos." Paro. "E talvez um pouco mais."

"Defina mais."

"Ela me chupou no chuveiro."

Tucker leva um susto, e a mamadeira escapa da boca de Jamie. Ela grita de indignação.

"Ah, desculpa, meu amor", Tucker cantarola. "Está tudo bem, não precisa parar de mamar. Foi só o cabeça-oca do papai."

Sorrio.

"E você é um cabeça-oca maior ainda. Ouviu isso, mocinha? O tio Fitzy é o rei dos cabeças-ocas." Tuck leva o bico da mamadeira aos lábios da bebê, que volta a mamar. Ele franze a testa para mim. "Isso aconteceu hoje?"

Confirmo com a cabeça.

"E em vez de ficar com a garota que te..." Seus olhos se voltam para a filha. Ele reformula a frase: "A garota que fez coisas com seu corpo, você veio pra cá?".

A culpa me invade. Porra. Sou tão idiota. Uma garota linda e incrível se ajoelhou no azulejo molhado e duro por mim e virou meu mundo de cabeça pra baixo. Eu deveria estar enchendo seu celular com mensagens de desculpas agora.

Aceno rápido com a cabeça para Tucker.

"Nunca achei que você fosse um covarde."

"Em geral não sou", digo, ríspido.

Tucker pega uma fralda azul da mesa e limpa um pouco de leite do canto da boca de Jamie. Olha para ela com tanto amor que chego a sentir uma pitada de inveja. Me pergunto como é amar alguém assim.

"Não sei como lidar com isso, Tuck. Summer quer conversar. Sobre 'a gente', imagino. Não tenho ideia do que dizer a ela."

Ele franze a testa. "Você quer dizer que não sabe como dispensar a garota? Não quer ficar com ela?"

Mordo a bochecha por dentro. "Não sei. Ela só... Ela é demais, cara."

"Demais", repete ele. "O que isso significa?"

"Summer é demais em tudo." Sinto algo apertar minha garganta. "É linda demais. Tem energia demais. É aberta demais." Solto um gemido. "Ela atrai as pessoas. Todo mundo. Entra num lugar e na mesma hora todo mundo vira para ela, e não só porque é gostosa. Summer é uma dessas pessoas que chamam atenção. Não pode evitar. Você acaba sendo sugado para a órbita dela."

"E isso é ruim por quê?"

Porque nunca me senti tão atraído por ninguém, o que meio que me apavora.

"Porque não quero chamar atenção", digo apenas. Tuck não entenderia o medo que tenho de Summer. Ele não tem problemas com emoções. Sabia que queria ficar com Sabrina desde o segundo em que a conheceu. Sua certeza de que foram feitos um para o outro e sua busca implacável pelo coração dela me pareciam quase incompreensíveis. "Estar com alguém como ela significa me colocar no centro das atenções. E sempre vai ter algum tipo de drama. Na outra noite ela começou uma briga de bar", resmungo. "Summer não sabe ser discreta. Tudo o que faz é exagerado, chamativo, extravagante. Não tem nada a ver comigo."

"Não", concorda ele, antes de oferecer um sorriso seco. "Mas isso que aconteceu no vestiário não tem nada a ver com você também, então... Deve gostar muito dela pra se arriscar a esse ponto."

Ele tem razão. Sufocando um gemido, deixo a cabeça cair nas mãos por um longo e torturante instante. "Fui puxado para a órbita dela, cara", murmuro, para minhas palmas.

Ele ri. "Então o que vai fazer a respeito?"

Levanto a cabeça. "Não tenho a menor ideia."

21

SUMMER

Então as pessoas não falam mais sobre sexo oral? A gente só sai por aí distribuindo orgasmos por vontade própria e ninguém toca no assunto? Este é o mundo em que vivemos? Se for, estou fora. Vou construir um barraco no meio da floresta onde não tenha nenhum pênis à vista.

Animais da floresta têm pênis, Summer.

"Ah, cala a boca, Selena", murmuro. "Eu te amo, mas não preciso disso hoje."

Meu companheiro de fileira, Ben, olha para mim, suspira e então volta a se concentrar na aula. Está acostumado com minhas divagações. Não sei se isso é bom ou ruim.

O incidente no vestiário foi há dois dias, e Fitz está se fazendo de morto. Passa tardes sumido (escondido no estúdio, de acordo com Hollis), não janta (nem faz nenhuma refeição) em casa, chega lá pela meia-noite e diz que está EXAUSTO quando tento falar com ele.

Sabe o que tenho a dizer sobre isso?

Vai se ferrar, Colin Fitzgerald. Essa é a última vez que seu pênis idiota chega perto da minha boca sagrada. Uma garota precisa ter padrões.

Brenna concorda comigo quando mando uma mensagem depois da aula contando em que pé estão as coisas.

EU: *Nenhuma palavra! Ontem disse q tava com enxaqueca e se trancou no quarto. Hoje saiu pro treino às 5 da manhã. Fugiu q nem ladrão*

BRENNA: *Homens são um lixo*

EU: *Lixo puro*

BRENNA: *Lixo do lixo*

Mando um emoji de cocô, porque não consigo encontrar um de lixo, e é uma boa alternativa.

BRENNA: *Falando sério, sinto mto. Nunca pensei q Fitz fosse o lixo do lixo, mas as pessoas sempre surpreendem*
EU: *O lixo tb surpreende. Nunca se sabe o q vai se encontrar nele*
BRENNA: *hahahahaha*

Sorrio para mim mesma enquanto guardo o celular na bolsa Prada nova. O cheirinho de couro é delicioso e nunca deixa de me animar. Ela apareceu na minha porta ontem de manhã, cortesia dos correios e da vovó Celeste. Juro que é capaz de sentir quando os netos estão chateados. É como se tivesse um radar interno que diz "Rápido! Pra Prada!" quando um dos netos corta o dedo numa folha de papel.

Não que eu esteja reclamando da minha linda bolsa nova. Não sou louca.

Desço os degraus em direção à frente da sala. Laurie não está em horário de trabalho, mas concordou em me ver depois da aula para que eu pudesse começar a escrever meu ensaio hoje, em vez de esperar até quarta-feira pela aprovação do meu tema.

E a parte boa é que posso aproveitar para já contar a ele em que pé está minha linha de roupa de banho.

Por outro lado, não consigo explicar o motivo, mas Erik Laurie continua me assustando. Todo mundo adora ele. As meninas riem de todas as suas piadas e toleram suas piscadelas.

Já eu sempre saio sentindo que preciso de um banho. Ele me lembra daquele personagem insuportável de *Harry Potter* — Gilderoy Lockhart, que Kenneth Branagh encarnou tão bem nos filmes. Laurie não é tão extravagante, mas também parece alguém egocêntrico e vaidoso que quer ser amado por todos.

Ou melhor, que tem certeza de que já é.

Sei que é uma avaliação dura e tento tirá-la da cabeça quando me aproximo.

"Gostei dos seus comentários na aula hoje", diz ele.

"Obrigada."

O professor arruma alguns papéis, então olha por cima do meu ombro e acena para alguém. Viro e vejo Nora esperando a uma pequena distância.

"Preciso conferir o relatório de progresso de outra aluna, então vamos ter que ser rápidos", ele me informa.

Graças a Deus. Quanto mais rápido, melhor.

Laurie lê minha proposta de trabalho, sugere dois pequenos ajustes e passa para o próximo assunto. Comento sobre a encomenda de tecido que acabei de fazer. O departamento de moda tem um acervo razoável para os alunos usarem gratuitamente, mas também podemos comprar nossos próprios se quisermos. Como várias partes de cima dos biquínis serão de crochê, também tive que pedir um fio que não estique nem encolha com a água. Laurie aprova a escolha quando explico o raciocínio por trás dela.

Ele joga a cabeça para trás numa gargalhada quando digo que gostaria de ter jogadores de futebol americano desfilando com a linha masculina. "Ótima ideia, Summer. Isso definitivamente vai vender ingressos. E para as peças femininas?"

"Ainda não tenho certeza."

Ele pisca. "Ainda considerando desfilar você mesma de biquíni?"

Eca.

Por quê?

Sério, por quê, Gilderoy?

Forço uma risada. "Não, não estou interessada."

"Que pena. Tudo bem, vamos conversar de novo mais para o fim da semana." Ele descansa a mão no meu ombro antes de dar um leve aperto.

Ou estou imaginando coisas ou as pontas dos seus dedos roçam minha nuca quando me viro para ir embora.

O desprezo me sobe pela coluna. Preciso de um esforço imenso para não disparar feito Usain Bolt para fora da sala. Em vez disso, me movo num ritmo normal e ajo como se não estivesse completamente repelida pelo possível roçar no pescoço.

"Nora, já vou falar com você", Laurie diz a ela, se afastando para atender o celular.

"Ele é todo seu", murmuro.

Ela solta um ruído sarcástico baixinho. "Não é o que parece."

Eu me viro e franzo a testa para ela. "O que quer dizer com isso?"

Nora verifica se Laurie ainda está ao telefone antes de disparar: "Você não se cansa de usar a aparência para conseguir as coisas?".

"Do que está falando? Não estou usando nada."

"Laurie está comendo na palma da sua mão. Ele baba sempre que você entra na sala. E age como se cada palavra que diz fosse digna de um Pulitzer. Se já não estivesse de pé, acho que levantaria para te aplaudir toda vez que você abre a boca."

Aperto meu maxilar com tanta força que meus dentes chegam a doer. "Não é como se eu estivesse pedindo para ele fazer isso. Só que essa aula me interessa."

"Claro." Ela revira os olhos, prendendo uma mecha de cabelo rosa atrás da orelha. "Se passasse menos tempo flertando e mais tempo estudando, talvez não tivesse sido expulsa da outra faculdade."

"Aham. Tenha um bom dia, Nora."

Minhas mãos estão tremendo quando saio. Que garota desagradável. Não acredito que Fitz goste dela o suficiente para encarar um encontro.

Eu me pergunto se Nora também o chupou e foi ignorada depois.

O calor do constrangimento inunda minhas entranhas. Atos sexuais em geral não me envergonham, nem os da época do colégio ou de quando eu não estava exatamente sóbria. Mas Fitz conseguiu. Ao não reconhecer o que aconteceu, me fez sentir como se houvesse algo de vergonhoso no que fizemos.

Tento afastar os pensamentos negativos da mente quando saio do prédio. Mais uma vez, está frio aqui fora. Juro que fevereiro é pior que janeiro. Mas pelo menos é mais curto.

Não sei quanto tempo mais vou aguentar. Talvez devesse fugir por uma semana e pegar um avião para a casa de St. Bart's, escrever meu ensaio deitada numa cadeira de praia enquanto bebo piña coladas. Hum. É uma boa ideia.

No caminho até o carro, dou uma olhada nos meus contatos no celular. Preciso arrumar modelos. Ao todo, serão doze pessoas. Seis homens e seis mulheres. Brenna riria na minha cara se eu pedisse a ela para vestir um biquíni e desfilar numa passarela. Mas conheço algumas garotas que talvez topem. Minhas irmãs da Kappa. Ou melhor, antigas irmãs, mas isso é só um detalhe.

Garotas de fraternidade gostam de chamar atenção, e a maioria não tem problema com roupas minúsculas. Além do mais, tenho a sensação de que Bianca poderia concordar só por culpa. Acho que se sentiu mal com a maneira como Kaya agiu comigo no mês passado.

Não tenho o número dela, então abro meu perfil na MyBri, a rede social da faculdade. Ela não está na minha lista de amigos, mas posso mandar uma mensagem mesmo assim. Explico rápido do que preciso e fecho o aplicativo.

Quanto aos homens, eu não estava brincando sobre a ideia de usar jogadores de futebol americano. Ninguém quer um monte de magricelas de sunga, com as costelas e os ossos do quadril saltando. É melhor ter tanquinho e ser fofo.

Ligo para meu irmão, que me atende de fato, apesar de estarmos no meio de um dia útil. "Oi", cumprimento. "Você não está dando aula?"

"Fomos dispensados por causa da neve", responde ele.

"Ah, está nevando aí? Aqui nevou um pouquinho hoje de manhã, mas agora o tempo abriu." Rezo para que a nevasca não chegue a Massachusetts.

"É, o tempo está uma merda. Mas e aí? Do que está precisando?"

"Você ainda é amigo de algum jogador de futebol americano da Briar ou todo mundo já se formou?"

"Ainda falo com alguns."

Chego saltitando ao meu Audi. "Perfeito. Pode me apresentar a eles?"

"Pra quê?", pergunta Dean, desconfiado.

"Preciso de modelos para meu desfile de moda. E estava querendo chamar uns caras musculosos."

Ele bufa. "Se eles concordarem, quero um ingresso para a primeira fila, só pelas risadas."

"Combinado. A maioria deles mora na mesma rua em Hastings, né? Elmway? Elmhurst?" Eu me lembro de Brenna apontar quando passamos a caminho de casa, depois de um jogo de hóquei.

"Elmhurst", confirma ele. "Você vai ter mais chance na casa do Rex. Ele mora com um bando de palhaços que gosta de mostrar os músculos."

"Perfeito. Estou com algum tempo agora, então pensei em dar uma passada lá. Você pode me dar o telefone de alguém?"

"De jeito nenhum que você vai numa casa de jogadores de futebol americano sozinha." Suas palavras emanam horror puro. "Vou ligar para algum amigo e pedir pra te encontrar lá. Troquei umas mensagens com Hunter agora mesmo, ele deve poder."

Sua superproteção me faz revirar os olhos. "Tá. Diz pra ele me encontrar em trinta minutos."

Mas não é o Range Rover de Hunter que estaciona atrás do meu Audi meia hora depois. É um sedã surrado.

Meu irmão mandou *Fitz* me encontrar?

Rá.

Se Dean tivesse uma ideia do que Fitz e eu fizemos no vestiário neste fim de semana, nunca teria feito isso.

Não sei qual de nós parece mais desconfortável quando nos aproximamos. Ele está com as mãos enfiadas nos bolsos do casaco e seus olhos não encontram os meus quando diz: "Dean me mandou".

"Imaginei." Meu tom deve parecer mais duro do que o necessário, mas...

É absolutamente necessário!, Selena me garante.

Verdade. Ele gozou na minha boca e fugiu.

"Você, hã, teve aula hoje de manhã? História da moda?", pergunta ele, sem jeito.

Ele está tentando bater papo?

Sério mesmo?

"É, Fitz, tive aula", digo. Mudo minha bolsa de ombro e caminho em direção à casa vitoriana na frente da qual estacionamos. De acordo com Dean, tem uns oito jogadores de futebol americano morando aqui.

"Como está o trabalho?"

Paro no meio da calçada. "O trabalho em que disse que ia me ajudar?" Não consigo não atacar o cara.

A infelicidade obscurece sua expressão. "Desculpa. Sei que dei mancada. Estive meio..."

"Ocupado?", sugiro.

"É."

"E não se esqueça das dores de cabeça", digo, sarcástica. "Todas aquelas dores de cabeça terríveis que você tem sentido."

Fitz solta um suspiro rápido. Ele levanta a mão para passar nos cabelos, mas para quando se lembra de que está usando um boné do Red Sox.

"Não se preocupe", murmuro, engolindo o gosto amargo na boca. "Vou dar conta do trabalho."

Continuamos caminhando. Suas pernas são mais longas que as minhas, então ele encurta os passos para acompanhar meu ritmo. "Tem certeza? O professor aprovou a tese? Te deu alguma orientação?"

À menção de Laurie, esqueço por um instante que estou chateada com Fitz. "Ele fez algumas sugestões, mas eu estava tão ansiosa para sair que não ouvi tudo o que disse. Vou ler as anotações dele quando chegar em casa."

Fitz estuda meu rosto. Sua expressão é inescrutável. "Por que estava ansiosa para sair?"

"Sinceramente? Ele me deixa desconfortável."

Fitz fecha a cara. "Por quê?"

"Não sei. Ele é muito gentil." Paro. "Um pouco demais."

"Tentou alguma coisa?", Fitz exige saber.

"Não", asseguro. "Eu... não sei. Talvez esteja sendo sensível demais. Mas ele me passa uma vibração estranha."

"Sempre confie no seu instinto, Summer. Se algo parece ruim, em geral é."

"Meu instinto não é exatamente dos melhores", digo, categórica. "Quer dizer, me falou para ir atrás de você no vestiário no fim de semana, e olha só no que deu."

A expressão de Fitz se enche de arrependimento. "Eu..." Ele limpa a garganta. "Sinto muito."

Não sei como responder, porque não sei pelo que ele está se desculpando — por ter sumido depois do boquete ou pelo próprio boquete.

"Você sente muito", é o que finalmente digo.

"Sim."

Dou uma chance para ele elaborar um pouco mais. Como fica quieto, minha raiva retorna com força total. Passo por ele e subo na varanda da frente.

A porta se abre antes que eu possa tocar a campainha, e um cara negro enorme com a cabeça raspada aparece na minha frente. Em uma fração de segundo, a animação em seus olhos se transforma em decepção. "Não é a pizza!", grita ele, por cima do ombro.

"Merda", alguém xinga lá dentro.

O cara grande passa por mim. "Fitzgerald? É você?"

Fitz chega à varanda. "Oi, Rex. Tudo bem?"

"Merda. Achei que fosse o cara da pizzaria, mas sua garota não trouxe nada."

"Desculpa." Estou tentando não rir.

Fitz também parece estar. "Você sabe que mal deu meio-dia, né?"

"E não posso comer pizza no almoço? Cara, posso comer pizza sempre que quiser. Meio-dia, meia-noite. Na hora do jantar, no café da manhã. É pizza, porra!"

"É pizza, porra!", repito, solene. Então estendo a mão. "Sou Summer Di Laurentis. Forcei Fitz a me trazer aqui porque preciso de um favor."

"Estou intrigado. Está perdoada pela confusão." Rex abre a porta pra gente. "Entra. Estou com frio." Entramos, e ele gesticula para a assustadora quantidade de cabides e sapateiras no hall da frente. "Pode deixar o casaco e os sapatos. Estamos jogando *Madden*. Quer entrar na próxima rodada, Fitz?"

"Não... acho que não vamos demorar por aqui. Vamos?", ele me pergunta.

Nego com a cabeça. "Vou ser rápida. Preciso ir pra casa trabalhar no meu ensaio."

Seguimos Rex até uma enorme sala de estar com um sofá em forma de U sustentando o peso de quatro jogadores de futebol. Uns quatrocentos quilos de músculo.

"Fitzgerald!", exclama um deles. Ele acena com o controle do video game na mão. "Quer jogar?"

"Agora não", diz Fitz.

Rex senta numa poltrona e gesticula para a única cadeira livre. "Senta, gatinha. Summer, você pode ficar de pé." Ele ri alto da própria piada, antes de dizer: "Brincadeira. Fitz, sua bunda feia não precisa de descanso".

Afundo na poltrona que ele me indicou e parece que estou me afogando no couro marrom. É a maior poltrona do planeta. Me sinto como uma criança tentando sentar numa cadeira de adulto.

Rex me apresenta aos amigos. É difícil acompanhar todos os nomes e posições. São todos de ataque, inclusive Rex. "Lockett, Jules, Bibby, C-Mac. Esta é Summer Di Laurentis. Ela precisa de um favor."

"Deixa comigo", diz um na mesma hora. Jules, acho. É um fofo, com cabelos escuros na altura do queixo, covinhas e um brinco de diamante numa orelha.

Sorrio para ele. "Você nem sabe o que vou pedir."

"Não importa. Não vou dizer não para um rosto desses", diz C-Mac, com seus dreadlocks e o rosto de criança mais bonito que já vi. Se não fosse pelo bíceps de tronco de árvore e o peitoral enorme, poderia ter catorze anos de idade.

"Falando sério. Se você me pedisse pra eu depilar o saco, eu diria sim." Isso vem de Lockett, o menor deles. E com isso quero dizer que provavelmente tem um metro e oitenta, em vez de um e noventa e cinco, e oitenta quilos, em vez de cento e dez.

"Hum." Engulo o riso. "Nossa, é uma promessa e tanto, né?"

Rex solta uma risada.

"Se concordarem em me ajudar, tem uma chance de eu ter que lidar com o saco de vocês."

"O quê?", cospe Fitz, virando para mim. "Dean falou que você só precisava de modelos."

"Dean?" Lockett se inclina para me olhar mais de perto, e seus olhos escuros parecem reconhecer algo em mim. "Ah, merda. Dean Di Laurentis? Heyward-Di Laurentis? Você é irmã dele?"

"Sou. E preciso de seis modelos para meu desfile", explico. Só tem cinco deles na sala, mas se pelo menos dois ou três concordarem tenho certeza de que poderiam convencer outros. "Vamos ter que tirar medidas e fazer alguns ajustes. E, como eu disse, existe a chance de acabar tocando em algo. Peço desculpas adiantado."

"*Nunca* peça desculpas por tocar um homem", diz Rex.

Bibby, um cara de barba ruiva grossa, parece curioso. "Que tipo de roupa?"

"De banho."

"Quero sunga!", diz Lockett na mesma hora.

C-Mac levanta a mão. "Topo fio-dental."

Fico surpresa com a facilidade com que eles aceitaram. Mas, só para o caso de estarem brincando com a minha cara, dou mais detalhes. "O desfile é daqui a um mês, antes das férias. Ainda estou desenhando as peças, mas, se toparem, já posso tirar as medidas daqui a alguns dias e começar as provas em duas semanas. Também vamos treinar como desfilar na passarela..."

"Não preciso disso", interrompe Lockett. "Já vi *America's Next Top Model*."

"Eu também", acrescenta Jules. "Tyra não chega aos meus pés."

Mordo o lábio para não rir. Ótimo. É de caras assim que preciso. "Então vocês topam?" Olho de um para o outro. "Todos?"

Eles fazem que sim. "Deixa com a gente", promete Rex.

"Vou perguntar ao Chris se ele topa também", diz Bibby.

Não tenho ideia de quem é Chris, mas respondo: "Parece bom. Obrigada".

Ele dá de ombros. "Qualquer coisa para uma Di Laurentis."

Rex acena com a cabeça, animado. "Seu irmão costumava vir aqui o tempo todo. Era muito amigo dos caras que estavam no último ano."

"Eu sei." Antes que eu consiga me conter, um caroço de tristeza sobe pela minha garganta. "A morte de Beau foi um baque pra ele."

Pra mim também, mas não digo isso em voz alta. Beau Maxwell foi quarterback da Briar por três temporadas e morreu num acidente de carro no ano passado. Depois que fiquei sabendo, me tranquei no quarto e chorei até cansar. Dean não sabe, mas fiquei com Beau uma vez. Foi uma bobeira, coisa de bêbado, e juramos levar a história para o túmulo, porque a gente não queria ter que lidar com meu irmão enchendo o saco.

Sinto um aperto doloroso no coração quando percebo que Beau de fato levou nosso segredo para o túmulo.

"Ele era gente boa", diz Rex, com a voz embargada, e o clima na sala fica sombrio.

"Bom..." Fitz limpa a garganta. "Acho que é melhor a gente ir andando."

"Vou criar um grupo pra gente trocar mensagens no MyBri", digo aos rapazes. "E muito obrigada por toparem."

Eles não me deixam sair de imediato — antes, cada um me dá um abraço apertado enquanto Fitz observa com olhos resignados.

"Todo homem hétero do planeta se apaixona por você à primeira vista?", murmura ele, do lado de fora.

"Não. Alguns só se apaixonam pelo meu corpo." Poupo Fitz do meu olhar seco. "E alguns se divertem comigo e depois fingem que nada aconteceu."

Ele para a um metro e meio dos carros. "Não estou fingindo que não aconteceu."

"Não? Então está me evitando só de brincadeira?" Rangendo os dentes, esbarro nele ao passar.

Fitz me alcança quando estou entrando no Audi. "Qual é, Summer? Espera."

"O quê?", respondo. "Você decidir que sou digna de tempo e atenção?"

Seus olhos castanhos se arregalam. "O que..."

"O problema não é esse?", interrompo, com a mágoa transparecendo na voz. "Você não quer desperdiçar seu tempo comigo."

"Isso não é verdade."

"Tudo bem. Então eu sirvo pra ficar, mas nem mereço uma conversa sobre isso depois."

"Para de falar assim", ele rosna. "Não tem nada a ver com ser digna ou merecer qualquer coisa."

"O que é então?", exclamo, com a frustração no limite. "Sério, Fitz. O quê? Você se esfrega em mim do lado de fora do Malone's e depois vai embora. Fico de joelhos pra você no vestiário, então some por dois dias. Não tenho a menor ideia do que sente por mim. Me desculpa por achar que não me quer." Minha boca se contorce num sorriso maldoso. "Por que eu ia pensar isso, né?" O sarcasmo transparece em minha voz. "Quer dizer, se o cara foge depois de ganhar um boquete deve estar a fim..."

A menção à chupada faz a culpa cintilar em seus olhos. Ele permanece em silêncio, o que é enlouquecedor.

Aperto os molares com força. Logo vão virar poeira, tamanha minha raiva. "Vou sair com Hunter neste fim de semana", me vejo declarando.

Isso rende uma resposta. Um músculo em sua mandíbula se contorce, então ele murmura: "Quando decidiu isso?".

"Ele me chamou na semana passada." Aperto o botão do chaveiro para abrir o carro. "E quer saber por que aceitei? Porque foi muito legal ser convidada para um encontro, e por alguém que não tem vergonha de mim."

Fitz expira lentamente antes de falar. "Não tenho vergonha de você", ele murmura. "Só..."

"O quê?"

"Sou ruim em me expressar."

"Besteira. Você é a pessoa mais articulada que conheço."

"Não quando se trata de sentimentos." Ele soa tão desanimado quanto eu me sinto.

"Sentimentos? Então você tem isso?"

Os músculos em seu rosto ficam tensos. É o único sinal de que minha acusação o aborreceu. Sua expressão está completamente fechada. "Não sou bom nessa merda, Summer." As palavras saem roucas, tensas.

"Bom em quê?" Cerro os punhos, exasperada. "Não é tão difícil, Colin! Ou você quer ficar comigo ou não quer." Meus dedos tremem na maçaneta da porta. "E aí?"

Ele hesita.

O filho da mãe hesita.

Um caroço dolorido obstrui minha garganta. Tento engolir. "Resposta errada", murmuro, então entro no carro e bato a porta.

22

SUMMER

Alguns dias atrás, era Fitz quem estava me evitando. Agora estamos os dois nos evitando.

Se ele está na sala de estar com Hollis e Hunter, vou para o quarto. Se estou na cozinha, ele vai para qualquer outro lugar. É um patético jogo de dança das cadeiras, só que na versão cômodos. Fazemos o possível para não compartilhar o mesmo espaço ou respirar o mesmo ar.

Mas talvez seja bom. Talvez eu não deva mesmo ficar perto de Fitz. Porque, quando fico, ou pego ou chupo o pau dele, e me recuso a deixar que aconteça de novo.

Como de costume, os três já saíram para o treino quando termino de me arrumar para ir ao campus. Tenho outra reunião com Hal Richmond hoje de manhã. Que delícia. Mal posso esperar.

Dirijo até a Briar e estaciono atrás do prédio da administração, mas não saio imediatamente do carro. Estou quinze minutos adiantada e de jeito nenhum que vou passar tempo a mais com o Sapão. Então aumento o aquecimento, coloco uma playlist antiga e começo a cantar "No Control", do One Direction.

Dez minutos depois, a caminho da reitoria, continuo com a música na cabeça. Cara, por que o grupo tinha que se separar? Os caras eram tão bons.

"Eles têm que voltar", resmungo, ao mesmo tempo em que uma garota de cabelos escuros faz a curva no corredor.

Ela pula de surpresa. "Desculpa, o quê?"

Faço um gesto despreocupado com a mão. "Estava falando sozinha. O One Direction precisa voltar."

Ela concorda com a cabeça, visivelmente triste. "Verdade. É de partir o coração."

Eu adoraria passar o resto do dia — tá bom, o resto da vida — discutindo o buraco enorme que a perda de One Direction deixou em minha alma, mas me forço a continuar andando. Não posso me dar ao luxo de me atrasar. Toda vez que vejo o Sapão, ele é ainda mais condescendente. É como se fosse para casa todas as noites e praticasse o que pode dizer para fazer com que me sinta o cocô do cavalo do bandido.

Hoje, ele não decepciona. A condescendência aparece antes mesmo de minha bunda tocar a cadeira, quando me pergunta como foi o jogo de golfe do meu pai com o reitor Prescott no fim de semana passado. "Deve ser bom poder voar para a Flórida por um dia para poder jogar." Seu tom não é abertamente sarcástico, mas seus olhos me dizem o contrário.

Respondo sem jeito que não acompanho o cronograma de viagens ou de partidas de golfe do meu pai, então o coloco em dia quanto às aulas.

Quando chegamos à história da moda, Sapão se recosta em sua poltrona acolchoada e pergunta: "Está gostando do professor Laurie? Não sei se você sabe, mas ele recebeu ofertas tentadoras para dar aula em outras universidades da Ivy League. Escolheu a Briar em parte por minha causa".

"Ah, é?", digo, esperando que meu ceticismo não transpareça em meu rosto.

"Minha mãe estudou no North London Collegiate com Anna Wintour. Chique, né?" Seu sotaque falso se torna mais pronunciado. Ou pelo menos ainda acho que é falso. Meu pai não confirmou onde Sapão nasceu.

"Olha só", digo, com um leve sorriso.

"As duas mantiveram contato ao longo dos anos. Anna foi à festa de aniversário dela no ano passado. Erik apareceu junto, e eu o convenci de que a Briar seria ideal para alguém com sua reputação."

"Legal." Honestamente, não consigo pensar em mais nada para dizer.

"Está gostando da aula?"

"Claro. É boa."

"Só boa?" Ele inclina a cabeça de lado. "Pelo que andam dizendo, é o maior sucesso."

"A aula em si é interessante." Hesito, sem saber se devo continuar.

Talvez eu pudesse dizer alguma coisa sobre as piscadelas. E a forma como o professor me tocou. O aperto no ombro, a carícia. Seus dedos na minha nuca.

Mas o sr. Richmond já não gosta muito de mim, e não sei bem qual seria a reação dele.

Fala.

A voz da minha mãe me vem à cabeça. Sei que diria para eu ser honesta. Mamãe nunca esconde nada.

"Gosto do assunto." Paro e respiro fundo. "Mas... o professor Laurie..." Expiro com força. "Ele é um pouco estranho, pra ser sincera."

Richmond estreita os olhos. "Estranho?"

"É." Minha boca de repente parece seca, mas minhas palmas estão úmidas. Eu as seco na calça jeans. "Ele pega muito na minha mão e nos meus ombros, e encara um pouco demais..."

"Você deve ter interpretado mal", interrompe Richmond. "Erik é um cara gentil. É uma das razões pelas quais todo mundo o adora."

Mordo o lábio. "Foi o que pensei no começo: que ele estava só sendo gentil. Agora acho que é mais que isso. Não gosto quando ele me toca. Acho inapropriado..."

"Summer", o vice-reitor me interrompe.

"Sim?"

"Como uma menina bonita, tenho certeza de que está acostumada a ser admirada. Talvez o suficiente para supor que, quando alguém age com gentileza ou presta atenção especial em você, haja uma conotação sexual por trás disso..."

Fico boquiaberta.

"No entanto, tenho certeza de que está equivocada quanto a quaisquer sinais que acredite que o professor Laurie esteja enviando." Ele se inclina para a frente na cadeira e agarra a mesa. "Não sabe que declarações como essa podem destruir a carreira de alguém?"

Minhas mãos estão completamente secas quando as fecho em punhos apertados sobre as pernas. "Não estou tentando destruir a carreira de ninguém. Eu..."

"Quer fazer uma queixa formal? Devo dizer que muitas vezes é um processo demorado, além de muito difícil para todas as partes envolvidas."

Sinto os olhos arderem. "Eu, hum..."

A impaciência vinca a testa dele. "Summer. Você vai fazer uma queixa formal contra o professor Laurie?"

Depois de um longo momento de indecisão, digo: "Não".

"Certo." Richmond se levanta da cadeira. "Bem, me avise se mudar de ideia. Mas meu conselho é ser prudente antes de fazer esse tipo de acusação..."

"Eu não estava acusando ninguém", protesto. "Você perguntou o que eu achava, e eu disse que ele me deixa desconfortável."

Richmond circula a mesa. "Nos vemos semana que vem, Summer. Te acompanho até a porta."

Mais tarde no mesmo dia, ainda estou sofrendo com o desprezo de Sapão. Ao mesmo tempo, começo a me questionar. A descrição que fiz para Richmond parece meio frágil quando a reproduzo na cabeça.

Ele pega muito na minha mão e nos meus ombros, e encara um pouco demais....

Não soa como comportamento altamente inadequado. Quanto mais penso no assunto, mais me pergunto se minha primeira avaliação de Laurie estava correta e ele não passa de um homem muito gentil. O comentário de Richmond sobre o professor ser famoso por isso só me faz duvidar mais de mim. Se o vice-reitor não acha que a gentileza de Laurie é motivo de preocupação, talvez eu também não devesse achar.

Sinceramente, não sei.

"Ai!"

Madison, a aluna de segundo ano cujas medidas estou tirando, se contorce, me alertando para o fato de que apertei a fita demais ao redor de seus seios.

"Desculpa", digo depressa, soltando a fita. "Assim que eu tirar o busto, acabamos." Olho para Bianca, que está esparramada no sofá folheando a última edição da *Vogue*. "Aliás, muito obrigada por toparem fazer isso. Acho que vai ficar sensacional."

"Obrigada por nos chamar. Estou superanimada", admite Bianca.

"Eu também!" Madison pula no lugar, só de meias. "Não acredito quc convenceu o time de futebol americano a desfilar de sunga."

"Não convenci o time, só seis jogadores." Dou uma piscadinha para ela. "Seis jogadores muito lindos."

Seu rosto se ilumina. "Meu Deus. Estou louca para ir à festa."

Quando Bianca me mandou uma mensagem dizendo que ela e outras cinco garotas concordavam em desfilar para mim, resolvi fazer uma gentileza e convidei todas para a festa. Não a festa oficial, organizada pela Briar, mas a festa *depois da festa*, com o time de futebol americano. Rex já topou fazer na casa dele. Só precisei mencionar as garotas da fraternidade.

"Estou doida pra ver os desenhos finais", diz Bianca. "Os esboços estão lindos."

"É, está ficando demais", concorda Madison.

"Obrigada. E eu estou louca pra ver os biquínis em vocês." Anoto a medida do busto de Madison e enrolo a fita métrica, guardando-a em seguida junto com meu bloquinho na bolsa Prada. "Perfeito. Tenho tudo de que preciso. Da próxima vez que nos virmos, já vamos fazer uma prova e..."

"Que merda é essa?" Kaya aparece na porta, a suspeita obscurecendo cada centímetro de seu rosto bonito.

"Oi", cumprimento, animada.

Bianca se levanta do sofá com cautela, enquanto Madison sai da sala como um animal que acabou de detectar uma tempestade se formando.

Kaya me encara feio. "O que você está fazendo aqui?"

"Vim tirar umas medidas." Coloco a alça da bolsa no ombro e procuro meu celular dentro dela.

"Medida de quê?"

"De nada que seja do seu interesse", cantarolo.

Mas Bianca parece discordar. "Eu e algumas meninas vamos participar do desfile da Summer."

"Bem", interrompo, "o desfile não é *meu*. O departamento de moda organiza todo mês de março."

Kaya me ignora. Está ocupada demais encarando Bianca. "Por que você desfilaria pra ela?"

A garota hesita por um momento. "Pareceu divertido."

"E não achou que *eu* podia querer também?"

Arqueio uma sobrancelha para ela. "Você quer desfilar pra mim?"

"Claro que não."

É difícil não revirar os olhos, mas de alguma forma consigo me conter.

"Só acho que devia ter sido informada antes de vocês concordarem", diz ela, ríspida. "Sou presidente da fraternidade, Bianca. Tudo o que uma Kappa faz pode refletir mal em mim."

"Relaxa, Kaya. É só um desfile de moda. E vai ser *ótimo* para a casa, prometo. Estamos ajudando uma colega. A diretoria gosta quando pensamos no coletivo."

"Quantas garotas estão participando?", Kaya exige saber.

"Seis."

"Seis? Meu Deus. Não acredito que todas concordaram sem falar comigo!"

"Mas não tinha nada a ver com você."

Eu me dirijo para a porta. "Hum. Estou indo..."

"Depois de tudo o que passei com Daphne! Você *sabe* como fiquei chateada quando descobri que ela estava me traindo, e agora faz a mesma coisa?"

"Ninguém está traindo você", diz Bianca, baixinho. Ela me lança um olhar que diz: *Sai daqui enquanto dá.*

Fujo. Em vez de KAPPA BETA NU, talvez devesse estar escrito DAPHNE KETTLEMAN ESTEVE AQUI na porta de entrada, porque, minha nossa, a garota mexeu com esse lugar.

Assim que abro o carro, escuto "Cheap Thrills" tocando dentro da minha bolsa. Pego o celular para ver quem está ligando.

Hunter.

Atendo meio animada demais: "Oi!".

"Loira, oi."

O som rouco do outro lado da linha dispara uma onda de culpa em mim. A noite de sábado está quase aí, e eu ainda não disse que é Dia dos Namorados. Não sei se ele vai querer ir de qualquer jeito ou remarcar, e não sei se eu mesma quero ir.

"Então. Acabaram de me avisar que marquei nosso encontro no Dia dos Namorados." Ele ri. "Foi mal."

Também rio, mas de alívio. "Ai, graças a Deus. Eu ia te falar, porque, sabe como é... Talvez não seja o melhor dia para um primeiro encontro."

"Entendo totalmente. É muita pressão."

"Acho que a gente devia remarcar", digo, ainda mais aliviada. Talvez eu consiga adiar indefinidamente, ou pelo menos até descobrir como me sinto.

Hunter acaba com minhas esperanças sugerindo: "Que tal hoje?".

Engulo em seco. "Hoje?"

"É. Não vou jogar e não tenho mais nada pra fazer. E você?"

"Estou livre." Por que eu disse isso? Agora não posso voltar atrás.

"Então pronto. Que tal jantar?"

"Claro."

"Legal. Eu te pego na sua casa."

Outra risada me escapa. "Isso foi péssimo."

"Eu sei." Ele ri. "Lá pelas sete?"

"Tá." Espero que ele não perceba a incerteza em minha voz.

"Até mais tarde, loira."

Ligo na mesma hora para minha mãe.

"Querida!" Ela parece muito feliz. "Você me pegou num bom momento. Acabei de sair de uma reunião."

"Estou precisando de um conselho sobre relacionamentos!", falo logo.

Há um segundo de silêncio. "Tá legal, meu amor. Me conta o que aconteceu."

Amo essa mulher. "Tenho um encontro com um dos caras que mora comigo hoje à noite. Hunter. Ele estudou na Roselawn, mas um ano à minha frente."

"Certo..." Imagino uma ruga profunda entre suas sobrancelhas enquanto ela assimila minhas palavras. "Está nervosa?"

"Não, na verdade não. Mas..." Solto um suspiro. "Beijei outro cara que mora comigo." E algumas coisinhas mais. Só que ela não precisa saber.

"Não entendi. Vocês já se beijaram, é isso?"

"Não, não beijei o que vai sair comigo. Quer dizer, beijei, mas já tem um tempo. No sábado, beijei o outro."

"Hunter."

"Não. Fitz."

"Fizz?"

"Fitz! Colin Fitzgerald. Presta atenção, mãe."

"Desculpa, Summer, mas talvez fosse mais fácil se sua vida amorosa não parecesse um episódio de *The Bachelor*."

"*The Bachelorette*", corrijo. "Tudo bem. Presta atenção. Vou jantar com Hunter hoje à noite. Mas beijei Fitz."

"Entendi. E você gosta dos dois?"

"Gosto?"

"Isso é uma pergunta?"

"Não? Quer dizer, não sei. De verdade."

"Bem, não sei o que dizer, querida. Você não está contando tudo. Acho que devia escolher o garoto de quem gosta mais."

"Mãe! Isso não ajuda em nada", resmungo. "Bom, vou descobrir sozinha o que fazer." Repito o que ela disse. "Escolher de quem gosto mais... Você já foi melhor nisso."

Sua risada faz cócegas no meu ouvido. "Ei, é tudo o que tenho a dizer. Me liga mais tarde e me conta como foi."

Maravilha. Em geral, minha mãe dá os conselhos mais sagazes do mundo. Mas hoje não. Até as mensagens cheias de erro dos biscoitos da sorte têm soluções melhores do que "escolhe de quem gosta mais".

Não é uma questão de gostar. Metade do tempo não tenho certeza se gosto mesmo do Fitz. Ele me deixa louca. Mas tenho tesão pelo cara, que não sai da minha cabeça. Muito mais do que pelo Hunter.

Pra ser sincera, não estaria nem pensando em sair com Hunter se Fitz tomasse uma atitude.

Mas Fitz não toma. Ele não diz nada além de não ser bom em expressar sentimentos e "nessa merda toda".

O que vou fazer? Implorar para que fique bom "nessa merda"? Nem pensar.

Hunter é um cara legal e nos damos muito bem. Qual é o problema em conhecê-lo melhor?

Você vai dar esperanças para ele.

Não necessariamente. Talvez a gente se divirta tanto no encontro que meus sentimentos por Hunter ofusquem meus sentimentos por Fitz.

Ou não. Talvez você só dê esperanças para ele.

Mantenho o encontro ou cancelo? Não tenho ideia do que fazer.

Ainda estou na dúvida quando entro no banho mais tarde. Uma chuveirada despreocupada, graças à fechadura que Hollis instalou na porta do banheiro.

Ainda estou na dúvida enquanto seco o cabelo e me visto. Escolhi um vestido de lã cinza com meias pretas e botas Jimmy Choo de camurça preta.

Ainda estou na dúvida quando Hunter avisa do primeiro andar que vai ligar o aquecimento do carro.

E ainda estou na dúvida quando Fitz entra no meu quarto sem bater e me surpreende com duas palavras roucas: "Não vai".

23

SUMMER

"O... o quê?" A pergunta é um ganido rápido e agudo, porque meu coração fraqueja.

Fitz se aproxima com seu corpo alto e musculoso. Eu me vejo indo para trás. Me afastando dele, porque sua intensidade é um pouco assustadora. Em geral, seus olhos têm um tom normal de marrom. Neste momento, estão escuros e ardentes. Emanam um calor que me atinge com tudo.

Ando de costas até minha bunda encontrar a parede. Fitz não para até seu corpo estar a poucos centímetros do meu. Se eu inspirar, meus seios vão tocar o peito dele.

"Summer." Sua voz sai baixa e atormentada.

Seus dedos ásperos roçam minha bochecha. Mal posso respirar. Meu olhar preocupado vai para a porta do quarto. Está entreaberta. Hunter ou Hollis podem passar a qualquer momento e nos ver.

"Não sai com ele." Parece que as palavras estão sendo arrancadas de sua garganta.

Meu coração dispara. Os lábios de Fitz estão tão próximos que quase posso sentir seu gosto. A tatuagem no peito desponta sob a camiseta cinza e gasta, e tenho que lutar contra o impulso de não estender a mão e passar os dedos pela tinta desbotada.

"Não sai com Hunter", diz ele, com os olhos cravados nos meus.

Encontro minha voz de novo, embora esteja mais instável do que eu gostaria. "Me dá um motivo."

Fitz engole em seco.

Imploro a ele em silêncio. Não posso falar por Fitz. Se não quer que eu saia com Hunter, vai ter que me dizer por quê. *Precisa* me dizer por quê.

Ele não o faz. Um músculo se move em sua mandíbula, mas Fitz continua em silêncio.

"O que está acontecendo, Fitz? Porque parece que você não me quer, mas também não quer que ninguém me queira. A gente ficou, aí você me afastou. Não tem o direito de escolher com quem eu saio — não devo nada a você. Teve sua chance."

"Eu sei", diz ele, finalmente, soando tão confuso quanto eu me sinto.

Está na cara que, quando invadiu meu quarto, Fitz não tinha nada ensaiado além de "Não sai". Bom, isso não é suficiente pra mim.

"Sei que errei." Vejo o remorso em seus olhos. "Evitar você depois do que aconteceu no vestiário foi muito idiota. E egoísta."

"Jura?"

"Desculpa", diz ele, com a voz rouca. "Me sinto muito mal mesmo. E não estou tentando impedir que outras pessoas queiram você. Pelo menos não intencionalmente. Só sei que a ideia de você sair com ele hoje está me matando."

Espero que Fitz desenvolva a explicação. Como de costume, ele não o faz.

"Então me diz por que eu deveria ficar! E não pode ser porque você fica duro por minha causa o tempo todo. Esse lance casual não vai continuar, tá legal? Não estou interessada em uma aventura com você. Também tenho a impressão de que você não é esse tipo de cara."

"Não sou", diz ele, com a voz rouca.

"Então qual é a questão?" Exausta, gesticulo para mim e para ele. "Por que não posso sair com Hunter?"

"Não estou dizendo que não pode."

"Você não está dizendo nada!" Lembro que a porta está aberta e na mesma hora baixo a voz. "O que você quer, Colin? Só me diz o que está sentindo."

Nós nos encaramos pelo que parece uma eternidade. Não sou capaz de identificar uma única emoção em sua expressão. Fitz é muito bom em se esconder atrás de uma máscara. Ele guarda seus pensamentos e emoções com o afinco de um agente do serviço secreto. Aposto que preferiria levar um tiro a demonstrar o que está sentindo.

Querendo ou não, ele está de joguinho comigo. Gosto de jogos — mas em festas e entre amigos. Quando se trata da minha vida amorosa, não estou interessada em adivinhar o que a outra pessoa está sentindo ou pensando.

"Tenho que ir", murmuro.

Fitz emite um ruído baixo e frustrado. "Summer."

Mas já estou passando pela porta.

E ele não me impede.

Não preciso nem dizer que estou mais do que um pouco distraída quando Hunter puxa uma cadeira para mim no melhor restaurante de Hastings. O Ferro's foi fortemente recomendado por Allie e uma amiga dela, Grace Ivers. Grace é namorada de Logan, e, ao que tudo indica, os dois jantam no Ferro's com frequência.

Não posso negar que Hunter está lindo. A bunda musculosa preenche a calça social muito bem, e ele passou máquina no cabelo. Prefiro homens de cabelo curto.

Enquanto o admiro, ele faz o mesmo comigo. Seus olhos sensuais focam em mim do outro lado da mesa. "Vestido bonito, loira."

Forço um sorriso. "Obrigada." Será que dá pra notar que estou preocupada? Ou pior, chateada? Porque estou. A conversa com Fitz me abalou.

Por que ele não me diz como se sente? Por que tenho que arrancar os detalhes como se fosse uma farpa na pele? Conversar com Fitz é doloroso e frustrante. Não o entendo.

Só noto que o garçom veio tirar nossas bebidas quando Hunter me pergunta: "Summer? Vodca com suco de cranberry?".

Nego depressa com a cabeça. "Água por enquanto", digo ao garçom. Depois que ele sai, explico minha escolha para Hunter: "Faz horas que não como. Não gosto de beber de barriga vazia".

"Claro." Ele me observa enquanto abro o guardanapo de pano. Minhas mãos tremem um pouco quando o coloco sobre as pernas e aliso. Um vinco marca a testa de Hunter. "O que houve?"

Engulo. "Nada. Foi só um dia longo e meio ruim."

"Você teve uma reunião com seu orientador, não é? Como foi?"

"Nada boa. Richmond me odeia." Chupo as bochechas e ranjo os dentes, mas me forço a parar. "Ele praticamente me induziu a dizer que um dos meus professores me assusta e depois me repreendeu dizendo que eu não devia sair por aí fazendo acusações."

"Acusações?" Hunter soa alarmado. "O que o filho da puta fez?"

"Nada", digo depressa. "Sério, ele não fez nada. Mas me assusta e tem mão boba. Contei pro Richmond e, como disse, levei bronca."

O garçom volta com nossas águas e pergunta se estamos prontos para pedir a comida. Nenhum de nós abriu o menu ainda, então Hunter pede um pouco mais tempo.

Pegamos os cardápios. Tento desesperadamente me concentrar nos pratos, mas meu cérebro ainda está no quarto com Fitz.

Hunter solta um suspiro pesado.

Levanto a cabeça. "Tudo bem?"

"Comigo? Tudo ótimo." Ele balança a cabeça. "Mas você não parece bem."

Tento tranquilizá-lo. "Mas estou."

"Summer, moramos juntos há um mês. Sou muito bom em decifrar seu humor. E hoje você está distraída."

"Eu sei. Desculpa." Fecho as mãos sobre as pernas. "Eu..."

Ele hesita por um longo momento e então pergunta: "O que está acontecendo entre a gente?".

A tristeza faz minha garganta arder, queima meus olhos. Não sei explicar o que estou sentindo, porque *não sei* o que estou sentindo.

Fico angustiada quando percebo que estou na mesma posição de Fitz vinte minutos atrás. Uma posição em que eu o coloquei, exigindo ter acesso a seus pensamentos. Insisti que ele me dissesse como se sentia em relação a mim.

Talvez Fitz não saiba. Eu mesma não consigo descrever o que sinto por *ele*. No entanto, estou exigindo que lute por mim? Que declare seu amor eterno por mim? Agora, aqui está Hunter, me perguntando o que está acontecendo entre a gente, e não posso, nem que quisesse, responder à pergunta.

"Summer", ele diz, com aspereza.

Mordo o lábio inferior com força. Não gosto de decepcionar as pessoas, mas não sei se tenho escolha neste momento. "Acho que preciso ir", sussurro.

Hunter não responde.

Levanto a cabeça. Não há um pingo de surpresa em seus olhos.

"É o Fitz?" As palavras saem baixas.

Apesar da culpa e da vergonha que enfraquecem meu corpo, me forço a dizer: "É".

Seu olhar duro me atravessa. Não tenho ideia do que está pensando agora. E não sei o que vai fazer. Jogar o guardanapo na mesa e sair do restaurante com toda a calma? Perder a paciência e me chamar de vagabunda sem coração?

Ele não faz nenhuma das duas coisas. Arrasta a cadeira para trás e vem me ajudar a levantar.

"Vamos. Vou te levar para casa." Então joga uma nota de vinte na mesa, muito mais do que o necessário para as duas águas que nem bebemos.

Tentando não chorar, eu o sigo até a porta.

Nenhum de nós diz uma palavra no caminho até em casa. É muito estranho, e só piora quando Hunter para na entrada da garagem, mas não desliga o motor.

"Não vai entrar?", pergunto, então me amaldiçoo por verbalizar a pergunta mais idiota do mundo. É claro que não. Acabei de dispensar o cara. Não é como se ele fosse se sentar no sofá comigo pra ver um vídeo do One Direction no YouTube.

"Não." Ele tamborila os dedos no volante. Parece estar agitado. Talvez não veja a hora de eu sair do carro. "Não posso entrar aí agora. Vou sair, arrumar uma festa." Ele dá de ombros. "Não me espera acordada."

"Você me manda uma mensagem se resolver passar a noite fora, para eu não me preocupar?"

Pela primeira vez desde que falei que estava interessada em Fitz, ele revela um lampejo de raiva. Com um sorriso cínico, diz: "Tenho certeza de que você vai estar ocupada demais para se importar com o que vou fazer hoje à noite, Summer".

A culpa penetra em mim. "Hunter..."

Não fala assim, quero dizer, mas que culpa ele tem? Concordei em sair com o cara e, dez minutos depois, falei que queria estar com outra pessoa. É uma coisa horrível de se fazer com alguém, e não sei se algum dia vou conseguir me desculpar.

"Obrigada por me trazer de volta", sussurro.

"Claro."

Estico a mão e toco seu ombro gentilmente. Ele estremece como se eu o tivesse machucado. E machuquei, só que não fisicamente. Não sabia que Hunter gostava tanto de mim. Achei que não fosse nada de mais.

Abro a porta e salto do Rover. Mal dou um passo, Hunter já engatou a ré. A fumaça que sai do escapamento quando ele vai embora faz minhas narinas arderem antes de se dissipar no ar da noite.

Entro em casa me sentindo péssima. Acho que Hollis saiu, porque não está na sala nem no quarto, que vejo que está vazio quando passo diante da porta aberta. Ignoro meu próprio quarto e vou até a suíte de Fitz. A luz está apagada, mas sei que ele está em casa, porque o carro continua na garagem. A menos que tenha ido a algum lugar com Hollis.

Inspiro fundo, reúno coragem e bato de leve.

Nenhuma resposta.

Droga. Talvez ele tenha saído mesmo.

Hesito só por um segundo antes de girar a maçaneta e abrir a porta. O quarto está tomado pelas sombras. Olho para a escuridão e vejo uma figura volumosa na cama. Ele não está debaixo do edredom, mas tem uma manta de lã jogada de qualquer jeito sobre a parte inferior do corpo.

"Fitz?"

Ele se move na cama. "Summer?", pergunta, com sono.

"Oi. Voltei."

Sonolento, ele solta algo entre um gemido e um ronco. É tão fofo. "Quanto tempo eu dormi?"

"Não muito. São oito horas."

"Faz meia hora que você saiu." Ele parece confuso.

"É."

"E já voltou."

"Voltei."

"Por quê?"

Fecho a porta e me aproximo do pé da cama. "Ainda não sei direito. Mas... tenho três perguntas para você." Respiro. "Pode tentar responder, só desta vez? Não quero um discurso nem nada. Basta um sim ou não." Procuro por seus olhos nas sombras. "Por favor?"

Fitz se ergue para sentar, e ouço a manta roçar seu corpo. "O que quer saber?", ele pergunta, meio rouco.

Com a respiração trêmula, começo: "Você ainda me acha superficial?".

"Não. Não acho." Sinceridade absoluta.

Assinto devagar. "Você planejou sumir depois do que aconteceu no vestiário?"

"Não. Não planejei." Lamento genuíno.

Engulo em seco. "Está tão cansado de lutar contra essa atração entre a gente quanto eu?"

"Estou." Necessidade pura.

Minhas mãos tremem enquanto agarro a barra do vestido e puxo a lã macia por meu corpo e minha cabeça. Isso é loucura. Mas sou louca mesmo.

Fitz solta um ruído abafado. "Summer?"

Eu o ignoro. Continuo de meia-calça, porque o piso de madeira é muito frio. Tampouco tiro a calcinha, mas abro o sutiã e o deixo cair no chão.

Fitz inspira fundo.

Subo na cama e entro sob a manta com ele.

"Você está sem roupa", diz.

"Estou."

"Por quê?"

Eu me aproximo até nossos lábios ficarem a centímetros de distância. "O que acha?"

24

FITZ

Summer está na minha cama. Essa garota linda e nua acabou de me acordar de uma soneca e me disse que está cansada de lutar contra sua atração por mim.

Sei que ainda temos que conversar. Praticamente implorei para que não saísse com Hunter, e ainda assim ela foi embora. Também tenho certeza de que Summer tem perguntas para mim, que vão ser difíceis de responder. Não porque não quero, mas porque tenho medo.

Summer me assusta. Sempre me assustou. Ela me faz querer me abrir, o que não é um desejo normal para mim.

Também desperta um impulso muito primitivo em mim quando toca meus lábios com a ponta dos dedos e os acaricia de leve.

Eu me aproximo, fazendo o possível para não olhar para os peitos dela. Vai por mim — estou morrendo de vontade. Mas quero dar a ela a oportunidade de mudar de ideia antes que isso saia de controle; se aceitar, prefiro parar antes de me apegar demais.

"Tem certeza?", sussurro.

"Cem por cento." Há um resquício de vulnerabilidade em sua voz. "E você?"

Não consigo conter o riso.

O corpo de Summer se enrijece. "Você está brin..."

"Não", digo depressa, "não estou rindo de você. Prometo. É só que... você perguntou se eu tenho certeza. Porra, Summer, bato uma pensando em você todos os dias. Não consigo te tirar da cabeça, e isso só piorou depois da chupada. Agora me masturbo *duas vezes* por dia."

Ela responde com um beijo apaixonado.

Bom, nenhum de nós vai interromper isso. Demorou. Demorou demais.

Tiramos as roupas. Não sei como nem quando, mas de repente estou nu e rolo em cima dela, deslizando uma perna entre as suas, com a parte inferior do meu corpo contra sua pele macia. Sua boca está grudada à minha, e ela levanta os quadris, se esfregando descaradamente no meu pau e se esforçando para chegar mais perto.

Minha língua se insinua entre seus lábios, e ela os abre. Quando nossas línguas se tocam, Summer dá um gemido desesperado que faz todo o meu corpo vibrar. Eu rio e recuo, mordiscando seu lábio inferior antes de começar a beijar seu queixo.

Quando chego ao pescoço, ela deita a cabeça e minha boca se agarra à sua carne, chupando de leve. Summer solta um gemido e balança o corpo com mais força junto ao meu.

Então tenta alcançar meu pau, mas afasto suas mãos com carinho. “Nada disso”, murmuro. “Agora é minha vez de fazer você se sentir bem.”

Começo a provocá-la. Esquece as drogas — não há barato maior que chupar os peitos perfeitos de Summer. Ou beijar o ponto surpreendentemente sensível logo abaixo do umbigo e observar seus quadris se arquearem enquanto a boceta procura o calor do meu pau.

Minha barba por fazer arranha a parte de baixo de um peito empinado e redondo enquanto lambo meu caminho de volta para brincar com seus mamilos um pouco mais. Gasto um bom tempo beijando e lambendo enquanto ela agarra minha cabeça para me manter no lugar. Rá. Como se eu fosse embora. Chupo um mamilo com força suficiente para provocar um gemido alto, em seguida, faço movimentos leves com a língua sobre cada bico duro até os quadris de Summer começarem a se erguer de novo.

“Fitz”, implora ela. “Para de me provocar. Preciso...”

Desço e enfio o rosto entre suas pernas. “Disso?”, murmuro contra sua pele.

Sua bunda se ergue do colchão.

Rindo, agarro seus quadris para firmá-la antes de provocá-la com a língua. Cada lambida demorada e preguiçosa desperta um gemido ou um suspiro ofegante. Quando enfio um dedo, seus músculos internos o apertam, e quase explodo. Cara, é uma delícia de tão apertada. Meu cérebro fica nebuloso quando chupo seu clitóris ao mesmo tempo que movo o dedo intensamente dentro dela.

"Ai, meu Deus", exclama Summer, com a voz embargada. "Não para. Estou quase."

Eu paro.

"Por quê?", reclama Summer.

Lambo os lábios. Sinto o gosto dela. "Ainda não", digo, sentando.

"Quem te deu o direito de decidir isso?", reclama ela. "É o meu corpo, Colin!"

"É a minha língua", digo, com um sorriso insolente.

"Quero gozar."

"Você e todo mundo."

"Arrrgghh!" Seu grito de frustração me faz rir. "Odeio você, sabia?"

"Odeia nada."

"Vou morrer se não tiver um orgasmo." Seu tom é grave. "De verdade. E aí você vai ter que explicar pro meu pai que minha morte podia ter sido evitada se você tivesse terminado o que começou. Pro meu *pai*, Fitz. É isso que você quer?"

Aperto os lábios para lutar contra o riso. Essa garota é a melhor. De verdade. "Quer saber?", digo. "Vamos fazer um acordo." Abro a gaveta de baixo da mesa de cabeceira e pego uma camisinha. "Nós dois vamos gozar e ninguém vai morrer."

"É a melhor ideia da história."

Summer me observa enquanto fico de joelho para colocar a camisinha. Quando retribuo seu olhar, perco o fôlego. As bochechas estão vermelhas, os olhos verdes brilham de excitação, o peito sobe e desce a cada respiração ofegante. Nunca vi nada tão sensual.

Sua respiração fica mais violenta. "Por que não entrou ainda?"

Boa pergunta.

Deito meu corpo nu sobre o dela e entro de forma dolorosamente lenta. *Ah, merda.* É a melhor coisa do mundo. Uma sensação de pertencimento que nunca tive na vida. Meu peito se expande de maneira estranha quando vejo o jeito como Summer retribui meu olhar.

Acho que ela também está sentindo.

Começo a me mover, e as molas do colchão rangem. Faço movimentos lentos e rasos, preenchendo-a e saindo toda vez que tenta me puxar para o fundo.

"Mais", implora ela.

"Não."

Meu autocontrole me impressiona. Estou morrendo de vontade de acelerar o ritmo. Morrendo de vontade de me alivar. Mas não quero que isso acabe nunca. Não quero perder a sensação de absoluta *perfeição*.

Então eu me demoro. Meus quadris se movem com tanto cuidado que gotas de suor escorrem da minha testa. Quando Summer tenta envolver minha bunda com as pernas, mordo seu pescoço e tiro meu pau completamente para repreendê-la.

"Droga, Fitz... por favor. Por favor, por favor, *por favor*."

Eu a fiz implorar. Ótimo.

Uma risada rouca escapa do meu peito. "Acho que gosto de atormentar você." Para pontuar a frase, meto de novo e giro lentamente o quadril.

Ela se agarra aos meus ombros, os seios esmagados contra meu peito. Seus mamilos parecem pedras quentes que furam minha carne. Sua boceta me aperta o suficiente para pontos pretos aparecerem na minha visão.

"Preciso gozar."

É essa palavra trêmula — "preciso" — que me faz ceder. "Preciso", não "quero". Eu a torturei tempo o bastante.

Com um gemido agonizante, entro o mais fundo que posso. O sexo se torna mais bruto, rápido e selvagem. Dessa vez, deixo que me envolva com as pernas. No novo ângulo, esfrego o clitóris a cada investida. Ela goza primeiro, mas eu não fico muito atrás, então ficamos ofegando de prazer e nos movendo juntos como se já tivéssemos feito isso centenas de vezes.

Acho que posso ter desmaiado, porque quando o prazer finalmente diminui, estou de costas e Summer está deitada em cima de mim. Não me lembro de como chegamos a essa posição. O preservativo usado está junto do meu joelho esquerdo. Tampouco me lembro de tê-lo tirado. Com a energia que me resta, pego a camisinha, dou um nó e jogo na mesinha de cabeceira.

Summer descansa a bochecha na minha clavícula. "Seu coração está tão acelerado."

"O seu também." Posso sentir sua pulsação vibrando contra meu peito, quase no mesmo ritmo que meu próprio batimento cardíaco irregular. Enrosco os dedos no cabelo dela.

Summer suspira feliz. "Gostei de ficar abraçada pelada com você."

"Eu também", respondo.

"Gostei de transar com você." Sua respiração aquece meu mamilo esquerdo, me fazendo tremer. "Gosto de você, ponto-final. Gosto muito de você."

"Eu..." Minha boca fica seca. Quase digo "também", então percebo que soaria preguiçoso. Então acabo não dizendo nada.

Porque é assim que eu sou.

Summer sente a mudança em meu comportamento. Sei disso porque ela solta um suspiro silencioso. Mas, para minha surpresa, não perde a paciência como nas outras vezes em que não ofereci as palavras doces e tranquilizadoras que obviamente esperava.

"Tive uma epifania hoje."

Acaricio seus cabelos. "Teve?"

"Continuo querendo que você seja aberto sobre seus sentimentos e se mostre vulnerável, mas talvez isso não seja justo." Ela corre os dedos pelo meu abdome, distraída, e deixa arrepios em seu rastro. "Tenho que lembrar que nem todo mundo é como eu. Digo tudo o que me vem à cabeça."

"Dizer o que te vem à cabeça não é a mesma coisa que compartilhar o que sente", argumento.

"Também faço isso."

Dou risada. "Verdade."

Summer fica em silêncio, e quase posso ouvir seu cérebro funcionando. "Não compartilho *tudo*."

A curiosidade me vence. "Guarda segredos de mim, é?"

"Não só de você. De todo mundo."

Duvido. Summer é uma das pessoas mais abertas que já conheci. "Sei. Tipo o quê?"

"Rá. Não te conto nada a menos que você me garanta que vou receber algo em troca." Ela se apoia num cotovelo. "Vamos fazer um acordo. Você me conta de um momento real e vulnerável. Se fizer isso, eu..." Ela franze os lábios por um segundo. "Conto por que taquei fogo na casa da fraternidade em que eu morava na Brown."

Isso desperta minha atenção. É a primeira vez que Summer admite ter colocado fogo intencionalmente no lugar.

"Combinado", digo. "Mas você primeiro."

"Sabia que ia dizer isso." Ela se arrasta sobre o colchão e pega a manta de lã ao pé da cama.

"Está com frio?", pergunto.

"Claro. Estamos na Nova Inglaterra." Summer joga o cobertor em volta dos ombros e senta perto de mim.

Estou deitado de costas, pelado, com o corpo em chamas. Ainda sinto muito calor.

"Tá, mas você tem que prometer que não vai contar a ninguém." Não deixo de notar a vergonha em sua voz. "Só meus pais sabem disso."

"E seus irmãos?"

"Nicky e Dicky acham que fiquei bêbada numa festa com temática romana e derrubei uma vela", admite ela.

"E não foi isso que aconteceu?"

Summer nega com a cabeça.

A história começa a ficar interessante... "Então o que foi?"

"Você tem que prometer, Fitz."

Nunca vi seus olhos verdes tão sérios. "Eu prometo."

Ela leva a mão à boca e começa a roer a unha do polegar. É a primeira vez que a vejo fazer isso. É alarmante, e não gosto. Com carinho, seguro sua mão. Trago-a para o peito e a cubro com a minha.

"A parte da festa a fantasia é verdade", diz ela finalmente. "E eu estava bêbada, mas não tanto quanto meus irmãos acham. A casa da Kappa tem uma varanda fechada enorme, à direita da sala de estar. Nem sei se é uma varanda mesmo, é meio que uma extensão da mansão, com uma parede enorme inteirinha de vidro, com cortinas grossas." Ela dá de ombros, irônica. "Cortinas altamente inflamáveis, como se viu."

"Ai, não."

"Pois é." Summer tenta morder a unha do outro polegar, então também pego essa mão e a seguro em meu peito. "Eu era meio que a única que aproveitava aquele espaço. As janelas não eram bem vedadas, então em geral fazia frio. Eu ia pra lá quando estava de mau humor e precisava ficar sozinha. Bom, aí teve a tal da festa romana, que organizamos junto com o pessoal da Alpha Phi. Tinha um pessoal de lá na minha turma de sociologia. O professor-assistente tinha devolvido nossos trabalhos naquela manhã, então os caras estavam falando das suas notas, e eu ouvi." Seu tom se torna sombrio. "Todo mundo tinha ido bem. Mas eu tirei zero."

Engulo um suspiro. "Ah, linda. Sinto muito." O termo carinhoso me escapa antes que eu possa me deter, mas não acho que Summer tenha percebido.

A vergonha obscurece seus olhos. "Eu plagiei."

A revelação me surpreende. "Plagiou?"

"É." Sua voz falha. "Mas não sabia o que estava fazendo. Reescrevi coisas de vários sites sem incluir a fonte, a menos que fosse citação. Incluí uma bibliografia no trabalho, mas acho que não fiz direito." Ela esfrega os olhos. Quando olha para mim, a tristeza nubla sua expressão. "Foi tão difícil fazer aquele trabalho, Fitz. Era uma bagunça. Pedi ajuda, mas não adiantou. Mandei um e-mail para o professor-assistente, mas ele foi um babaca e me disse que já tinha feito tudo o que podia por mim. E, bem, você viu o que acontece quando fico sobrecarregada."

A empatia inunda meu peito. "Sinto muito."

"Entreguei o trabalho sabendo que ia tirar uma nota de merda, mas não esperava zero. Quando tentei falar com o professor-assistente depois da aula para explicar que não tinha sido intencional, ele só disse algo do tipo 'sinto muito, que pena' e que eu podia reclamar da nota com a faculdade se quisesse, mas que ele duvidava que fosse mudar."

Quando solto suas mãos, Summer aperta o cobertor contra si. "Aí veio a festa. Os mesmos caras estavam se gabando das notas e eu lá, numa toga ridícula, me sentindo uma total idiota. Eu estava..." Ela geme baixinho. "Estava tão cansada de ser a burra da faculdade, sabe? Só de saber que meu trabalho estava lá em cima, na minha mesa, com aquele zero vermelho e a palavra 'plágio' escrita em letras maiúsculas... Estava com muita raiva. Só queria, não sei, apagar todas as provas da minha burrice."

Meu coração se despedaça ao ouvir seu tom abatido, e mais ainda quando vejo seus olhos. Nossa. Ela acredita mesmo no que está dizendo. Summer acha que é burra.

"Então subi, peguei o trabalho, fui até a tal varanda e acendi um fósforo. Tinha uma tigela grande de cerâmica numa mesa sob uma das janelas. Joguei o papel em chamas nela." Summer suspira. "Sinceramente, achei que ia apagar quando terminasse de queimar. Talvez tivesse dado certo se não fosse pelas cortinas e pelo fato de alguém ter deixado a janela aberta." Ela balança a cabeça, maravilhada. "Foi muito azar, considerando que nunca ninguém ia lá."

Concordo com a cabeça.

"Então", continua ela, "a brisa soprou as chamas, as cortinas pegaram fogo e o lugar não existe mais."

"O fogo destruiu tudo?"

"Não. Quer dizer, a parede externa ficou destruída, mas a parte que foi anexada à mansão permaneceu intacta." Sua cabeça pende de vergonha. "Quando os bombeiros chegaram, disse que tinha derrubado uma vela quando estava dançando na mesa. Tipo: 'Sou só uma garota de fraternidade fantasiada e bêbada!'. Eles rotularam como acidente, meus pais deram uma grana para a fraternidade e a universidade, e só fui convidada muito gentilmente a sair."

"Nossa." Eu me recosto na cabeceira e puxo Summer para mim. Ela está enrolada na manta, então passo a mão sobre seu couro cabeludo num gesto carinhoso. "Me deixa ver se entendi", digo, gentil. "Você prefere que as pessoas pensem que é uma bêbada inconsequente a que saibam que tirou zero num trabalho de faculdade?"

"Isso." Ela inclina a cabeça para poder me ver. "Mas soa muito ridículo quando você diz assim."

Acaricio sua bochecha, passando o polegar sobre seu lábio inferior. Ele treme quando o toco. "Você não é burra, Summer. Só tem dificuldade de aprendizado. É diferente."

"Eu sei." A falta de convicção em seu tom me incomoda muito, mas ela não me dá a chance de insistir no assunto. "Pronto. Agora você sabe algo vergonhoso a meu respeito. Sua vez."

Quando não respondo de imediato, ela tira a mão do cobertor e entrelaça os dedos nos meus.

"Fala alguma coisa, tanto faz o quê. Você prometeu, Fitz."

Eu sei. Mas isso não significa que seja fácil. "Eu...", resmungo, frustrado. "Não me fecho de propósito", digo a ela. "É só... costume."

"Costume." Ela franze a testa. "Se fechar é um costume?"

"É. Eu não falo sobre o que estou sentindo."

"E por que não?"

Dou de ombros. "Não sei. Acho que... me acostumei com o fato de que as coisas que eu digo podem ser usadas contra mim."

"Como assim?"

O desconforto sobe por minha coluna. Sinto uma pressão fria na nuca. O instinto de fugir é forte, assim como a mão de Summer apertando a minha. Inspiro.

"Fitz?", insiste ela.

Expiro. "Meus pais passaram por um divórcio feio quando eu tinha dez anos. Meu pai traía a minha mãe. Mas, se você perguntar pra ele, vai dizer que minha mãe o levou a isso. De qualquer forma, eles não se suportavam na época. Nem agora."

"Sinto muito. Parece ruim."

"Você não sabe a metade. Até meus doze anos, minha guarda era compartilhada. Então meu pai começou a namorar uma mulher que minha mãe odiava e ela decidiu entrar na justiça para ter guarda total. Meu pai ficou furioso e decidiu que *ele* queria guarda total. E aí começaram os jogos psicológicos."

"Como assim?"

"A batalha pela guarda foi ainda mais feia que o divórcio. Eles me usaram para machucar um ao outro."

Ela arregala os olhos. "Como?"

"Sempre que eu estava sozinho com meu pai, ele tentava me coagir a dizer coisas ruins sobre minha mãe. E ela fazia a mesma coisa. Se eu reclamava que minha mãe não me deixava jogar hóquei com meus amigos antes de arrumar o quarto, de repente batia um assistente social lá em casa me perguntando se eu me sentia 'socialmente isolado' por ela. Se contava que ele me deixava comer cereal com açúcar antes de dormir, outro assistente social aparecia e me interrogava sobre tudo o que meu pai me dava. Eles documentavam tudo. Qualquer coisa que eu dizia ia direto para os advogados."

"Meu Deus, que horror."

"Eles inventavam acusações de negligência, abuso emocional, privação nutricional." Balanço a cabeça em reprovação. "E eu não podia dizer como me sentia a respeito disso. A respeito de nada, na verdade. Senão, começavam a jogar a culpa um para o outro."

"Como assim?"

"Se eu ficava triste com alguma coisa, era culpa do meu pai. Se ficava bravo, era culpa da minha mãe. Se ficava nervoso com a peça da escola, era porque meu pai não tinha ensaiado comigo. Se algo me assustava, era porque minha mãe me mimava." Solto um suspiro quando me lembro do quão cansativo era ter uma única conversa com eles. Droga, continua cansativo até hoje.

"Por que você não foi ao tribunal e disse ao juiz com quem queria morar?", pergunta Summer, curiosa. "Isso teria resolvido toda a batalha judicial."

"Você é que pensa. Fui ao tribunal. Bom, era mais uma sala de conferências com um monte de mesas, mas tinha uma juíza."

Estremeço de pensar nisso. Me lembro de segurar a mão de uma assistente social enquanto ela me levava para a sala. Ela me pedia para sentar. Meus pais estavam sentados cada um ao lado de seu advogado. Minha mãe me implorava com os olhos. Meu pai me deu um olhar encorajador como quem diz: "Sei que você vai tomar a decisão certa". Todo mundo ficou olhando para mim. Foi péssimo. "Aí a juíza me pediu para descrever a rotina em cada uma das casas." Esfrego distraidamente os dedos de Summer. "Ela me perguntou o que eu comia, se gostava de jogar hóquei e um monte de coisas que me fez perceber que meus pais tinham contado para os advogados tudo o que eu havia dito a eles. E então ela me perguntou com quem eu queria morar."

Summer prende a respiração. "Quem você escolheu?"

Meus lábios se contorcem com humor. "Invoquei a quinta emenda."

Ela fica boquiaberta. "Você tinha doze anos e invocou a quinta emenda?"

"É. Acho que vi alguém fazer isso no *CSI* ou coisa do tipo." Rio baixinho. "A juíza disse que eu não podia fazer aquilo e me pediu para escolher. Então eu disse os dois. Disse que queria morar com os dois." Sorrio com ironia. "A guarda continuou compartilhada. A juíza disse que achava melhor para meu bem-estar mental e emocional que eu passasse o mesmo tempo com cada um."

"As coisas melhoraram depois disso? Seus pais se acalmaram?"

"Não. Continuaram falando mal um do outro para mim. É assim até hoje, embora não tão ruim quanto antes."

Ela franze a testa. "Como você lidou com isso quando estava crescendo?"

"Me fazendo de invisível", digo, simplesmente. "Quer dizer, tive uma fase rebelde em que fiz a primeira tatuagem nas costas para que prestassem atenção em mim, mas na maior parte das vezes só me escondia no quarto. Se não me vissem, não podiam me envenenar um contra o outro."

"Sinto muito que tenha passado por tudo isso."

Dou de ombros.

"Você está fazendo de novo", ela me provoca com um sorriso. "Tá legal, escuta. Sei que está acostumado a ter seus sentimentos distorcidos em algo negativo, mas prometo a você que tudo o que me disser vai permanecer neste círculo sagrado de confiança. Nunca vou contar pra juíza."

Eu me vejo sorrindo de volta. "Foi mal. Como falei, é costume. Vou tentar melhorar." Então a olho com severidade. "Mas só se me prometer que não vai mais ser tão dura consigo mesma. Precisa parar de dizer que é burra."

"Vou tentar", diz Summer, e acho que não posso pedir mais. "Está com fome? Acabei não jantando."

Quero perguntar a ela o que aconteceu no encontro com Hunter, mas me seguro. Não vou arruinar o clima falando de outro cara. Isso pode esperar até amanhã.

Quero que esta noite seja só sobre nós dois.

25

SUMMER

“Minhas garotas francesas não chegam aos seus pés”, me informa Fitz, três noites depois.

Do chão do quarto dele, ergo os olhos dos meus papéis e mostro a língua para ele. Então percebo que não está brincando. Fitz me encara com uma mistura de admiração e apreço nos olhos castanhos.

“Você é deslumbrante”, insiste.

“Para”, ordeno. “Vai me fazer corar.”

“Até parece. Você adora elogios.”

Bom, é claro que adoro. Mas a intensidade em seu rosto é um pouco enervante. Retomamos a nossa rotina, “ele me desenha enquanto eu escrevo”, mas em geral Fitz não fala muito e certamente não usa palavras como “deslumbrante”.

Costumo dominar a maior parte da conversa, lendo trechos do trabalho em voz alta e externando meus pensamentos antes de colocá-los no papel. Pra ser sincera, a presença de Fitz me ajuda a me concentrar. É como se criasse um senso de responsabilidade. O prazo de entrega é daqui a alguns dias, mas estou tranquila. Não digo que vou tirar dez, mas ficaria muito satisfeita com um seis ou sete.

Fitz estuda seu esboço. O bíceps flexiona à medida que ele move o braço para acrescentar outro detalhe com o lápis no papel.

O cara é mais quente que um incêndio. Não só na aparência, mas na temperatura corporal mesmo. Dez minutos depois de nossa sessão de estudo/desenho começar, tirou a camiseta, me provocando com o peito musculoso. Sinceramente, não sei como meu cérebro com TDAH consegue manter o foco no trabalho.

"Deslumbrante", repete ele, dessa vez para si mesmo. "Posso ver por que outras mulheres se sentem ameaçadas por você."

Sinto o rubor nas bochechas. "Ninguém se sente ameaçada por mim. Deixa de maluquice."

"Não? Lembra a garota no bar?"

"Ela se sentiu ameaçada pela Brenna, não por mim."

"Por vocês duas." Ele examina o desenho de novo. "É sério. Não consigo parar de te olhar. Você é linda, mas é um tipo de beleza tão... inatingível. Parece de outro planeta."

Deixo uma risada escapar. "Que poético."

Por dentro, Selena Gomez e eu estamos fazendo uma apresentação completa de animadoras de torcida, cheia de saltos e piruetas. Ninguém nunca falou que sou *de outro planeta*. Acho que gostei.

Ouvimos passos ecoando no corredor e ficamos rígidos. Isso é algo de que não gosto — a terrível nuvem de tensão que recaiu sobre a casa. Se estamos no meu quarto ou no de Fitz, a tensão desaparece. A conversa flui e uma facilidade que nunca experimentei com outro cara se estabelece.

Em qualquer outro lugar da casa, uma nuvem trovejante paira no ar.

Hunter mal fala conosco desde quinta à noite. Estamos os dois pisando em ovos perto dele, e até Hollis, que não se deixa perturbar por nada, admitiu que está preocupado com a melancolia do cara. Não sei como melhorar a situação. Hunter precisa de tempo para se acostumar com a ideia de que Fitz e eu estamos... namorando, acho.

Ainda não demos um nome ao que estamos vivendo, mas não tenho pressa. Sei que ele gosta de estar comigo, e é tudo o que importa agora. Além do mais, não é como se eu pudesse levantar o assunto no fim de semana do Dia dos Namorados. Seria pressão demais.

Na verdade, mal lembramos que era ontem. Assistimos a *Titanic* com Hollis, depois subimos e fizemos amor (sem Hollis).

Ouço os passos descendo a escada e em seguida ficando mais abafados. Alguém liga a televisão na sala. Relaxamos. Deve ser Hollis. Hunter não fica de bobeira na casa há dias.

"Acho que vou escrever a conclusão amanhã. Meu cérebro precisa de uma folga." Coloco o laptop e o caderno no piso de madeira, então pego a pasta de couro com todo o material relacionado a Summer Lovin', o nome cafoninha que escolhi para minha coleção de roupa de banho.

Vou fazer a primeira prova com os modelos daqui a alguns dias. Quase todas as peças estão prontas — costurei a maioria na oficina da faculdade. Brenna me fez companhia por algumas horas ontem, me chamando zombeteiramente de Barbie Economia do Lar. Mas tive que terceirizar os biquínis de crochê — estou trabalhando com uma costureira incrível de Hastings. Depois de ajustar as peças a cada modelo, vamos fazer uma prova final para consertar eventuais detalhes e pronto.

"Preciso refazer essas sungas", digo, distraída, folheando meus desenhos. "A costureira falou que o corte é muito alto para homens. Vou desenhar umas opções e ver o que ela diz."

"Desenhar?" Fitz parece achar graça.

Olho para ele, confusa com o espanto em seus olhos. "É, desenhar. Como acha que bolei esses trajes de banho? Desenhando."

"Desenhando." Fitz me olha como se nunca tivesse me visto antes.

"É. Desenhando. O que está acontecendo com a sua cara?"

Ele balança a cabeça algumas vezes, como se estivesse limpando as teias de aranha do cérebro. "É só... não acredito que você *desenha* e só agora fiquei sabendo."

Arqueio as sobrancelhas. "Por quê? Só você que pode desenhar nesta casa? Meio arrogante, não acha?"

Fitz deixa o caderno de lado e se aproxima de mim. "Eu tenho que ver. Mostra pra mim."

Fecho a pasta e a abraço contra o peito. Antes, teria mostrado a ele os esboços sem o menor problema. Agora, diante desses olhos ansiosos e dessas mãos atrevidas, sinto a pressão pesando como se fosse uma bigorna.

"É só um monte de biquínis e sungas. Nada de mais", insisto.

"Me deixa ver."

Minhas bochechas queimam. "Não. Você é, sei lá, o artista mais talentoso do mundo." Fitz me mostrou alguns trabalhos seus — sobretudo desenhos de mundos fantásticos deslumbrantes e paisagens distópicas —, e fiquei impressionada. "Eu desenho *roupas*."

"É muito difícil desenhar vestuário."

"Aham. Não precisa passar a mão na minha cabeça."

"Estou falando sério. Roupas têm elementos que muitos artistas tendem a ignorar. Sombras e vincos no caimento do tecido, o modo como diferentes materiais se dobram." Ele dá de ombros. "É desafiador."

"Faz sentido." Ainda acho que ele está tentando me agradar, mas sua expressão sincera me faz entregar os esboços.

Fitz não diz uma única palavra enquanto analisa cada um. Tento ver os desenhos através de seus olhos, mas é difícil saber o que está pensando. As pessoas são esboços bem básicos. Sem rosto, com membros compridos bem longe de anatomicamente corretos, porque não importa. Elas estão ali só para exibir as roupas.

"São ótimos", ele me diz, depois passa muito tempo examinando um maiô com um decote que revela os seios perfeitamente redondos de minha modelo. "Belos peitos", Fitz comenta.

Luto contra uma risada. "Você sabe que não são de verdade, né?"

"E daí? Sou super a favor de mulheres que resolvem botar silicone. Se ficam felizes com isso."

"Você é engraçado."

Ele olha para o esboço de novo. "Você usou seus próprios peitos como referência?", pergunta.

"Qual é? Esses são muito maiores que os meus."

Seu olhar sedutor se volta para os meus seios. Ainda estou com o vestido com que fui à faculdade hoje, e a gola alta e as mangas compridas não permitem que veja muita coisa. Mas Fitz me olha como se eu estivesse nua. "Não sei... os seus são bem grandes."

"O meu é taça C, ou seja, padrão."

"Não é médio."

"E como você sabe qual é o tamanho de peito padrão? Entrevistou pessoalmente todas as mulheres do mundo?"

"Não, mas tem essa coisa na internet que chama pornografia. Já ouviu falar?"

Dessa vez, não consigo conter o riso. Ele é demais.

"Estou morrendo de tesão agora", acrescenta Fitz. "Só pra você saber."

"Por causa dos peitos maiores do que a média do meu desenho?"

"Não, porque você é uma artista. Ficou cem vezes mais gostosa pra mim."

Revirando os olhos, recolho minhas coisas e levanto. "Vou guardar isso no meu quarto. Você disse que queria ver alguma coisa na Netflix. Vamos?"

"De jeito nenhum."

O timbre rouco me impede de dar outro passo. Quando percebo sua expressão, um arrepio percorre meu corpo.

Ele está me olhando com muito tesão.

"Você está pegando fogo", eu comento.

Fitz se aproxima e pega as coisas das minhas mãos. Sem uma palavra, coloca tudo na cama. Então volta.

Abrindo a calça enquanto caminha.

Prendo a respiração. Meu Deus.

A saliva inunda minha boca. Eu o quero. Para meu espanto, ele simplesmente enfia a mão dentro da calça aberta e dá uma ajeitada.

Meu queixo cai. "Tá de brincadeira? Você abriu a calça só pra arrumar esse pau gostoso?"

Ele solta uma risada. "Esse pau gostoso pode esperar alguns minutos."

"Esperar o quê?"

Sua boca está na minha antes que eu possa terminar. Solto um gemido alto que ele abafa com os lábios macios e famintos. "Quieta", Fitz murmura e acaricia minha língua num beijo provocante. "Mike está lá embaixo. E minha porta não está trancada."

"É melhor trancar."

Ele me cala com outro beijo. Deve achar que nosso colega de república vai respeitar nossa privacidade.

Com os lábios colados nos meus, Fitz me empurra para trás. Minha bunda bate na mesa e um par de fones de ouvido cai no chão. Ele ignora isso e desliza a mão sob meu vestido. Tremo quando acaricia a parte interna da minha coxa. Seus dedos esfregam brevemente minha calcinha úmida, e então a desloca e pressiona meu clitóris com o polegar.

O ar foge dos meus pulmões numa expiração barulhenta.

"Gosta?", sussurra Fitz em meu ouvido.

"O que você acha?"

Ele sorri. De um jeito indecente e lindo ao mesmo tempo. Sua mão desliza por meu corpo. Fitz toca meu clitóris inchado enquanto o dedo do meio me provoca. Todo meu corpo desperta. Não quero que acabe nunca.

Fitz se inclina e beija meu pescoço. Tenho certeza de que é capaz de sentir minha pulsação ali. Sinto seu dedo entrando em mim. Ele não vai muito fundo. Em vez disso, o curva e esfrega o ponto certo.

"Você está tão molhada", Fitz murmura.

Estou mesmo. E mal consigo ficar de pé. Por sorte, ele segura minha bunda com a outra mão, me mantendo no lugar enquanto seu dedo me provoca habilmente. O prazer aumenta até ficar insuportável e eu tremer, mesmo com seu apoio.

Ele ri e diz, com a voz rouca: "Sobe na mesa".

Quase choro quando tira o dedo, mas obedeço e procuro uma superfície disponível, o que é difícil, porque a mesa está coberta de monitores de computador e equipamentos de jogo.

No segundo em que minha bunda toca a madeira maciça, Fitz segura a barra do vestido. Ele puxa o tecido até minha cintura, arranhando minhas pernas com os calos na palma das mãos. Seu olhar faminto se concentra na calcinha rosa. Num piscar de olhos, Fitz a está arrancando e jogando de lado.

Estou completamente exposta agora, e ele me olha como um homem que acaba de descobrir um tesouro secreto.

"Sem provocação hoje." Minha voz tem um tom de desespero. "Me come de uma vez."

Ele ri e pega um preservativo na gaveta. Então baixa a calça e a cueca até revelar o pênis enorme e duro.

"Você é tão gostoso", suspiro, olhando para sua ereção grossa.

A pressão entre minhas pernas aumenta. Ele é tão grande e tão másculo. Nunca quis ninguém como o quero.

Lambendo os lábios, Fitz coloca a camisinha. Quando segura a base do pau, um arrepio percorre meu corpo.

Abro as pernas um pouco mais.

Seus olhos ardem de desejo. Ele dá um passo à frente, se posiciona entre minhas coxas e entra.

E é aí que a porta se abre e Hunter aparece no quarto.

26

FITZ

“Ah, nossa, que acolhedor.”

Congelamos diante da entrada nem um pouco graciosa de Hunter, que cambaleia para dentro do quarto sem aviso prévio. É tudo o que podemos fazer, porque estou com a bunda de fora e o pau dentro de Summer.

Mas Hunter ainda não sabe disso. De onde está, parece que ela está sentada na minha mesa e eu estou de pé entre suas pernas. Tenho dúvidas até de que percebeu que estou sem calça.

Ele está visivelmente bêbado. Chapado de verdade. Seu corpo largo e musculoso balança de um lado para o outro enquanto caminha pelo quarto. Seu olhar encontra o meu por um instante, e vejo que está lutando para focar. Parecem opacos de tanta bebida. Por fim, Hunter para junto ao pé da cama, depois abre os braços e se deixa cair no colchão. Há um baque, e ele começa a rir.

Hunter se ergue nos cotovelos e sorri para mim. Ainda não percebeu que estou com a bunda de fora. “Que merda, Fitz, sua cama é muito mais confortável que a minha. Filho da mãe.”

As mãos de Summer tremem em minha cintura. Ela as afasta lentamente e se apoia na mesa. Sua boceta espasma ao redor do meu pau ainda duro. Não sei se é intencional ou involuntário, mas engulo um gemido.

“Acabei de chegar de uma festa na Sigma Cau. Sigma Cou. Chi. Sigma *Chi*.” Ele está trocando as letras. “E meu amigo ficou todo, sei lá, como assim você está puto com o Fizzy? Que bobeira!”

Summer se mexe, e olho em advertência para ela. Estou esperando o momento certo para sair. Não pode ser enquanto Hunter estiver olhando para mim.

Levo vários segundos para encontrar minha voz. "Cara, a gente pode falar disso depois? E em particular?"

"O que..." Hunter para de falar. Seus olhos se estreitam. Então ele ri. "Você está dentro dela?"

"Sai do quarto, porra", rosno.

Seus ombros tremem de rir. "Está mesmo. Caramba."

Que se dane. Com os olhos de Hunter ainda cravados em mim, saio do calor de Summer e coloco depressa o pau dentro da calça, ainda de camisinha. Ela baixa a saia e pula da mesa, com as bochechas completamente vermelhas.

"Ah, não precisa parar por minha causa."

"Hunter", digo, enfático.

"O quê?" Ele levanta as mãos num gesto de inocência. "Moramos na mesma casa. Às vezes acontece."

Summer sai do quarto sem olhar para trás. Não a culpo. Vejo que seus ombros estão tensos, mas sei que não está chateada comigo. Droga, tampouco está chateada com Hunter. É só a vergonha enrijecendo seu corpo.

"Oi pra você também, loira", diz Hunter, mas ela não responde. Ele dá de ombros e fica de pé novamente, cambaleando um pouco. "Não deu mole, né, Fitz? Quanto tempo depois de eu deixar Summer em casa você a levou pra cama?"

Contenho a raiva. Ele está bêbado. E, por mais que eu odeie, tem razão. "A gente conversa quando você estiver sóbrio, tá legal?"

"Não." Hunter balança a cabeça, rindo baixinho enquanto caminha até a porta. "Você e a loira podem fazer o que quiserem. Vou seguir com a minha vida. E todos vão ser felizes sara nempre. Quer dizer, para sempre. Felizes para sempre."

Franzo a testa enquanto o vejo se afastar. "Hunter."

"Hum?"

"Está tudo bem entre a gente?", pergunto, com cautela.

Ele me olha por cima do ombro. "Não."

Faço o possível para manter distância de Hunter depois disso, sobretudo em casa. É o mínimo. Por um lado, Summer e eu não fizemos nada de errado — não é como se eles estivessem namorando. Por outro, Hunter tinha deixado suas intenções claras para mim. E eu ignorei isso. Mas, na época, não achava que pudesse haver algo entre mim e Summer. Achei que ela só me considerava um amigo.

O que não vem ao caso. Não dá para mudar o passado. Só se pode tentar melhorar o futuro.

No atual cenário, isso significa dar a Hunter espaço, o que eu e Summer concordamos que provavelmente é o melhor agora.

Se fosse Hollis ou Tuck, talvez eu lidasse com a situação de forma diferente. Podia falar com eles e tentar resolver. Mas, embora Hunter e eu sejamos amigos, não somos tão próximos. Ele tem um ótimo senso de humor e é legal tê-lo por perto, mas a verdade é que não o conheço muito bem.

Então fico longe. Achei que ia ser mais difícil de fazer, considerando que moramos juntos, mas Hunter não tem parado muito em casa desde o confronto. Só não posso evitá-lo completamente porque somos forçados a interagir durante os treinos.

Harvard está na liderança do campeonato. Vamos jogar contra eles de novo daqui a algumas semanas, então os treinadores Jensen e O'Shea estão cobrando ainda mais de nós ultimamente. Na quarta pela manhã, fazemos vários treinos em dupla, seguidos de um joguinho três contra três — Jesse, Matty e eu contra Hunter, Nate e Kelvin.

Hunter e eu ficamos no centro. Quando ele se posiciona, vislumbro sua expressão determinada e sei que não vai ser legal.

Não estou errado. Ele ganha a posse do disco e dispara. Quando tenta dar o passe para Nate, é interceptado por Matt, que o passa para mim. Voo em direção à linha azul e faço um lançamento, alcançando eu mesmo o disco atrás da rede. Mal consigo tocá-lo e sou espremido contra o vidro de proteção. O contato de Hunter é mais bruto do que o necessário, assim como o cotovelo nas costelas.

Ele abre um sorriso irônico e rouba o disco de mim. Então dispara.

Filho da puta, isso doeu. Mas tudo bem. Tanto faz. Vou deixar passar. Ele tem o direito de estar com raiva, e é melhor extravasar a agressão no gelo que fora dele.

Na arena, a violência é controlada. O que é uma das minhas coisas favoritas do hóquei. Pode ser algo primitivo, e talvez sejamos toscos mesmo, mas às vezes é bom liberar a agressividade reprimida num lugar em que não teremos problemas por isso.

À medida que o treino continua, os embates com Hunter ficam cada vez mais físicos. Os caras do time começam a notar. Nate assobia baixinho quando dou um encontrão em Hunter. Juro que posso ouvir o ar deixando os pulmões do cara.

"Guarda essa agressividade toda para o jogo", pede Nate após o apito.

Nós nos alinhamos para outra disputa de disco. Os olhos de Hunter estão cravados nos meus. Ele não gostou da falta. E eu não gostei do cotovelo nas costelas, mas fazer o quê?

Desta vez, ganho a posse do disco. Jesse e eu trocamos alguns passes enquanto planejamos o ataque. Lento e predatório. O outro trio não gosta das fintas. Assim que eles atacam, Jesse passa o disco para mim e dou uma tacada. Corsen defende com o taco e passa para Hunter.

Corro atrás dele e acabamos atrás da minha rede. Hunter levanta os cotovelos e atinge meu pescoço. Por um segundo, não consigo respirar. Arfo em busca de ar, mas minha traqueia não funciona. Me sinto como se estivesse sufocando.

Hunter não se importa. Ele me dá um empurrão e se afasta, mas consigo retomar o equilíbrio. Uma cotovelada no pescoço? Aí não dá.

Patino atrás dele, esquecendo completamente o jogo. "Que merda é essa?"

O silêncio cai sobre o rinque. Ouço o silvo dos patins de Nate quando ele freia a poucos metros de nós.

"Foi um lance limpo", diz Hunter.

Rosno. "Não teve nada de limpo nele."

"Não? Foi mal então."

Seu tom me irrita. "Você que sabe, cara. Se bater em mim te faz se sentir melhor, vai em frente."

"Ah, quanta generosidade, me dando permissão para brigar. Compensa totalmente o fato de estar comendo a garota que eu gosto."

Pois é, ele falou isso.

Nate se aproxima com o taco na mão. "Qual é, pessoal? Vamos seguir com o treino."

Nós o ignoramos.

"Olha, Summer e eu estamos de rolo há mais de um ano. Eu já estava a fim dela antes de conhecer você."

"Engraçado, você não comentou isso quando falei que *eu* estava a fim dela."

A sensação familiar de formigamento que significa que todos os olhos estão em mim porque acabei de me envolver num drama que não posso evitar volta. Todos os caras do time observam.

Eu o empurro para passar, mas Hunter agarra minha camisa.

"Não vamos fazer isso aqui", murmuro.

"Por que não? Não quer que todo mundo saiba o escroto que você é?"

"Ei!", grita o treinador. "Não temos o dia todo. Todo mundo de volta pro banco."

Hunter obedece com relutância. Fico feliz com a ordem, porque ser o centro das atenções me dá arrepios.

O treinador anuncia que vamos fazer mais exercícios em dupla. O primeiro envolve dois jogadores no canto do rinque — um precisa subir até a rede, o outro precisa detê-lo. Do banco, vejo vários pares se enfrentando. Chega minha vez, e não fico nada surpreso quando o treinador anuncia que vou jogar contra Hunter. Talvez ele também esteja torcendo para que o cara extravase toda a sua hostilidade no gelo e a deixe aqui.

No segundo em que o apito soa, Hunter usa todos os truques sujos que existem para me manter preso no canto. Por fim, me liberto e faço o lançamento, mas Trenton, um goleiro do segundo ano, defende facilmente e joga o disco no ar com um sorriso.

"De novo", exige o treinador.

Obedecemos. Mais uma vez, o confronto no canto do rinque é brutal. Consigo ganhar a posse do disco e subo até a rede, mas antes que consiga lançar sinto uma dor no pulso — o desgraçado me acertou em cheio com o taco.

"Qual é o seu pro..."

Não consigo terminar a frase. Quando me dou conta, estou de costas no gelo, sem ar.

Hunter joga as luvas no chão. Um punho me atinge no peito. Meu capacete cai e outro punho me acerta no queixo. Ouço aplausos e gritos dos caras do time. Alguns estão nos incentivando, outros querem acabar com a briga. Alguém tenta tirar Hunter de cima de mim. Não chega a funcionar, mas me dá a oportunidade de tirar as luvas e dar alguns golpes em retaliação. Hunter me acerta de novo, e sinto o gosto de sangue na boca.

Ofegantes, trocamos mais alguns socos, até que Nate se lança entre nós e nos afasta à força. Dois outros alunos do último ano aparecem e agarram um cada um para nos impedir de atacar de novo.

"E aí? Resolveram o problema?" De seu lugar perto do banco, o treinador Jensen soa entediado.

O'Shea parece estar segurando o riso. "Pro chuveiro", diz.

Olho para baixo e vejo as gotas vermelhas manchando o gelo. O sangue é meu — não cheguei a ferir Hunter. Mas fico satisfeito em notar que sua bochecha está começando a inchar. Ele vai estar com um hematoma amanhã. E eu vou ter um corte no lábio. Não é bem a mesma coisa, mas pelo menos fiz algum dano.

Encaro seus olhos severos. "Desculpa, cara."

Acho que ele está rangendo os dentes e sugando as bochechas. "É." Hunter dá de ombros. "Acho que você está sendo sincero."

"Estou."

Nós nos encaramos. Hunter afasta as pernas, preparando-se para patinar, e os dois alunos que nos seguraram ficam tensos para o caso de ter que nos separar de novo. Mas ele não se move na minha direção — patina de costas por alguns metros, me olhando nos olhos.

Hunter dá de ombros de novo e vira de costas, deixando seu equipamento espalhado no gelo atrás de si. Então olha por cima do ombro para mim. "Não esquenta, Fitz. Vou superar."

Não tenho tanta certeza disso.

27

FITZ

Três semanas depois

Seis jogadores de futebol seminus competem ao som de "It's Raining Men" para ver quem rebola melhor.

Não, não é o início de uma piada obscena.

É o cenário com que Hollis e eu deparamos quando entramos em casa nesta fria manhã de terça-feira. Saímos do treino e fomos tomar café na lanchonete, porque Summer disse que precisava da sala para as últimas provas.

Hollis fica boquiaberto com a cena diante de si. "A gente está na casa certa?", pergunta.

"É isso aí, Rex!", Brenna grita de seu lugar na poltrona. Ela sacode uma nota de um dólar no ar, enquanto Summer e uma garota que não conheço riem incontrolavelmente do sofá.

A grande estrela do time de futebol americano da Briar rebola antes de se aproximar de Brenna e lhe fazer um showzinho particular.

"Não", ouço Hollis murmurar. "Não, não, não."

Um segundo depois, ele desliga o som.

A música para.

A dança de Rex chega a um fim abrupto. A princípio, o grandalhão parece chateado, mas então percebe que estou na porta e diz: "Fitzgerald! O que acha?". Ele aponta os dois indicadores para a sunga.

É uma Summer Lovin' original. Rex está de sunga azul-marinho com listras prateadas nas laterais. Quando dá uma volta completa, sorrio para o S costurado na sua bunda.

"Legal", digo. Mas não tenho uma opinião formada sobre roupas de banho. Tenho a mesma sunga há cinco anos.

Summer revira os olhos. "Não se incomode com Fitzy. Ele não entende de moda." Ela se levanta do sofá e se aproxima de Grier Lockett. "Fica paradinho um segundo. Tem alguma coisa estranha nessa costura."

E então minha namorada se ajoelha na frente do saco de outro homem e começa a tocá-lo.

"Summer", digo, educadamente.

Ela afasta a cabeça da virilha dele para me olhar. "O que foi?"

"Precisa de ajuda para masturbar o cara?"

Rex e os outros caem na gargalhada. Summer me mostra o dedo do meio. Fico bobo ao vê-la dar um tapinha na bunda de Lockett.

"Tira isso e coloca a roupa. Preciso descosturar e refazer."

Lockett coloca os dedos sob o cós.

"No banheiro!", grita ela, antes que possa baixar a sunga. "Meu Deus!"

"Você não sabe brincar." Fazendo beicinho, Lockett deixa a sala de estar.

"Vocês também podem se vestir. Acho que está tudo perfeito." Summer se vira para falar com Rex, que sei que é o líder não oficial do ataque. O quarterback, Russ Wiley, pode ser o capitão, mas dizem que é muito egocêntrico, enquanto Rex é adorado por todos. "Então, todo mundo pronto para a semana que vem? O desfile começa às nove, mas vou precisar de vocês lá pelo menos uma hora antes."

"Não esquenta. Vamos estar lá no ponto."

"Em ponto", corrige a amiga de Brenna do sofá.

Rex a fixa com um olhar severo. "Audrey. Quando digo no ponto, quero dizer no ponto."

Ela ri e volta a conferir o telefone.

"Tem certeza de que vai dar tempo?", pressiona Summer. "Ouvi Bibby falar alguma coisa sobre uma viagem. Mas já não acabou o campeonato?"

"Já", resmunga Bibby.

Jules revira os olhos. "O treinador está fazendo a gente participar dessa palhaçada de integração porque mandamos mal nas finais."

"Porque Wiley mandou mal nas finais", corrige Lockett, referindo-se ao quarterback.

A decepção é nítida na expressão deles. Antes da temporada, fazia um tempo que o time de futebol americano da Briar não se classificava. O fato de terem ido tão bem na primeira fase este ano e perdido nas finais deve tê-los deixado arrasados.

"Ele acha que temos problemas de confiança", diz Jules, então dá de ombros. "Por isso fomos sentenciados a cinco dias de camaradagem forçada."

Brenna arregala os olhos. "Cinco dias? Credo."

"Voltamos no dia do desfile", diz Rex. Quando ele percebe os olhos preocupados de Summer, bagunça seus cabelos num gesto tranquilizante. "Mas vai dar tempo de sobra. O ônibus vai chegar ao campus por volta das sete e meia ou oito."

Summer acena, aliviada. "Ótimo. Perfeito."

Enquanto os caras saem da sala para trocar de roupa, Summer reúne o material e guarda na enorme caixa de costura na mesa de centro. Audrey começa a conversar com Lockett, que voltou de calça e moletom do Patriots. Brenna está debruçada sobre o telefone na poltrona, os longos cabelos formando uma cortina escura em volta do rosto.

"Pra quem está escrevendo?", Summer pergunta a ela.

"Ninguém."

Mas está na cara que é alguém, a julgar pelo tom secreto e a olhada que dá para Hollis. A nuvem de dor nos olhos azuis dele é inconfundível, e sinto uma pontada de dó. Não acho que tenha desistido da ideia de sair com Brenna, mas faz mais ou menos um mês que eles ficaram, e é óbvio que ela não está a fim de mais.

"Vou fazer um café", murmura ele, afastando os olhos da garota. "Quer um, Fitz?"

"Não, obrigado." Ainda estou sob os efeitos das duas xícaras que tomei no Della's.

Assim que ele desaparece na cozinha, Summer começa o interrogatório. "Desembucha, Bee. Quem é? Eu conheço?"

Brenna dá de ombros. "Você o viu uma vez."

Summer continua a observá-la como um falcão. "Então quem é?" Tenho certeza de que está prendendo a respiração enquanto aguarda a resposta da amiga. Como não recebe uma em três segundos, solta: "É o Jake Connelly?".

Viro a cabeça para Brenna. "Você está de sacanagem, né?"

"Não é o Connelly. Ele é tão idiota."

"Então quem?", insiste Summer. "Fala logo. Senão vou roubar seu telefone e..."

"Relaxa, sua maluca. É o Josh, tá legal?"

"Quem?"

"McCarthy", esclarece Brenna.

Summer ofega. "O cara de Harvard? Meu Deus. Como você arrumou o telefone dele?"

"Ele mandou uma mensagem pelo Facebook. Queria pedir desculpa por ter perdido a cabeça quando descobriu quem era meu pai." Brenna dá de ombros de novo. "Estamos só de besteira. Nada sério."

Não deixo de notar que ela discretamente guarda o celular na bolsa, como se tivesse medo de que Summer fosse mesmo tentar pegá-lo. E então o assunto morre, porque os outros caras entram na sala para se despedir. Brenna e Audrey avisam que também estão indo, então nossa sala vira uma lata de sardinhas, com oito pessoas (seis delas jogadores de futebol americano gigantescos) vestindo casacos, botas e vários acessórios de inverno.

"Hum, Summer." Um dos jogadores hesita na porta. Ele tem o cabelo castanho encaracolado e uma expressão tímida. "Ainda tem ingresso sobrando? Olhei na internet e parece que estava esgotado."

"Está, mas todos os estilistas recebem alguns. Acho que devo ter uns cinco ainda. De quantos você precisa, Chris?

"Só um. Pra minha namorada, Daphne."

Summer fica imóvel. E estou falando sério. Ela para no meio do movimento de prender uma mecha de cabelo atrás da orelha. Então o braço pende abruptamente junto ao corpo, e ela passa pelo menos uns cinco segundos encarando Chris, que parece muito desconfortável com a situação.

"Você quer dizer... Você por acaso já saiu com uma garota chamada Kaya?"

Chris enfia as mãos enluvadas nos bolsos. "É, a gente namorou. Mas isso tem muito tempo." Ele franze a testa. "Estou com Daphne agora."

"Daphne Kettleman?"

Ele parece surpreso. "É. Você conhece?"

Todo o corpo de Summer parece vibrar de excitação. "Não. Não conheço."

Desde que ela se mudou para nossa casa, já vi essa garota ficar animada com muitas coisas.

Com suas botas Prada.

One Direction.

Leonardo DiCaprio.

Sexo.

Mas nunca vi o rosto dela se iluminar como durante essa conversa sobre Daphne Kettleman. Quem quer que seja.

"Ai, Meu Deus. Tudo bem. Desculpa. Acho que estou tendo um treco." Summer está praticamente pulando. "Mal posso esperar para conhecer Daphne. Diz pra ela que sou uma grande fã. E que a gente precisa conversar na festa depois do desfile."

Chris lhe lança um olhar estranho.

Como seria de esperar. Eu também estranharia se, por nenhuma razão aparente, uma loira maluca enlouquecesse com a ideia de conhecer minha namorada.

"Hum. Certo. Vou dizer." Ele começa a se afastar, depois dá um rápido adeus e foge.

"Isso não foi nem um pouco esquisito", digo a Summer.

Ela sorri para mim. "Você nem tem ideia. Daphne é uma lenda." Summer começa a tagarelar sobre a garota, bebida e alguém roubando as roupas dela. Eu a sigo pela escada, tentando acompanhar, mas acabo com os olhos vidrados.

Entramos no meu quarto e tranco a porta, calando Summer do único jeito que consigo: com um beijo.

Isso sempre me deixa cheio de tesão, e ela percebe na mesma hora. "São nove horas da manhã, Fitz. Como é que pode estar sempre a fim?"

"Meu pau não sabe ver as horas."

Ela ri, uma doce melodia que faz o dito-cujo estremecer em antecipação. Eu a beijo de novo, e em pouco tempo estamos nus, nos beijando na cama, com as pernas emaranhadas e as mãos ocupadas em explorar o corpo do outro.

Enquanto seus dedos vagam por meu peito nu, ela dá um suspiro feliz. "Devia ter uma lei que proibisse você de usar blusa."

"Devia ter uma lei que proibisse você de usar qualquer peça de roupa." Me solto de seu abraço e vou deixando beijos por todo o seu corpo até chegar ao meu lugar favorito na Terra.

Provoco-a com a boca até ela estar se agarrando aos lençóis e implorando para eu entrar, mas, em vez de deitar em cima dela, deito de costas e a puxo para cima de mim.

"Monta em mim", peço, e Summer obedece sem problemas.

Num piscar de olhos, tem camisinha no meu pau e uma mulher linda e gostosa me cavalgando. Ela crava as unhas no meu peito, girando a pelve em movimentos lentos e sedutores. Mas o ritmo provocante não dura muito. Logo Summer acelera de verdade.

Fico ali admirando a paisagem, seus seios empinados balançando enquanto ela se move, o rubor em suas bochechas. Summer morde o lábio inferior e posso ver em seus olhos que está perto. Tem aquele olhar vidrado que eu amo, e quando grita e cai em cima de mim seu orgasmo me leva ao limite. Eu a envolvo com os braços enquanto ela suga a última gota de prazer do meu corpo. Respiro com dificuldade, e meu cérebro precisa de alguns minutos para voltar a funcionar. Abro os olhos e a encontro sorrindo para mim.

"Tudo bem?", provoca ela.

Solto um gemido. "Não sinto minhas pernas."

"Ah, coitado." Ela acaricia meus ombros e beija meu peito. "O que posso fazer pra você se sentir melhor?"

"Você já fez."

Summer sai de cima de mim, arrancando um gemido da minha garganta. Ainda estou meio duro, um fato que ela não demora a comentar quando volta do banheiro.

"Ah, que bom!" Seus olhos se iluminam. "Daqui a pouco vai estar pronto pra outra."

Giro de lado. "Então um orgasmo só não basta? Você tem expectativas muito altas."

"Preciso de pelo menos dois." Summer pula na cama e se aninha junto ao meu corpo, mas de costas para mim, para eu abraçá-la de conchinha. "Brincadeira. Estou satisfeita por enquanto. Foi incrível."

"Aham", concordo. Eu a abraço com força. De repente, estou com sono. "Quer tirar uma soneca?"

"Aham." Ela também parece sonolenta.

Minhas pálpebras se fecham. Me entrego ao sono, sentindo a mente começando a nublar, mas de repente me lembro de uma coisa. "Ei. Linda."

"Hum?" Ela aconchega a bunda mais perto da minha virilha, e o calor de seu corpo se infiltra em mim.

"Quinta à noite."

"O que tem?"

"É a festa de arrecadação de fundos. Aquela a que Kamal Jain quer que eu vá. A assistente dele me mandou os detalhes hoje. É no seu hotel."

Isso chama a atenção dela. "No Heyward Plaza?"

"Aham." Corro os dedos pelo quadril dela. Sua pele é tão macia. "Posso levar uma pessoa."

"Hum?"

Dou risada. "Parece que a gente pode ter uma conversa inteira só de hums, hãs e ahams."

"Vamos tentar quando eu não estiver em coma pós-orgasmo."

"Combinado." Dou um beijo na nuca dela. "Quer ir à festa comigo?"

"Espera. Você está me convidando para uma festa chique onde vou poder socializar? Qual é o seu problema? É *totalmente* minha praia."

Suspiro. "Tem razão. Pergunta idiota."

"Claro que vou. Mas tenho uma condição."

"Hum?"

"Vou escolher sua roupa."

"Hum, tá." Meus ombros tremem com uma risada, e eu a aperto mais forte. "Nem sonharia em escolher minha própria roupa."

28

FITZ

"Vamos nos atrasar", digo para o armário de Summer. Queria poder dizer isso para ela própria, mas a garota está enfurnada no closet imenso há duas horas.

No começo, não me importei, porque consegui dar uma conferida na cobertura, o que não fiz quando vim aqui com Dean da outra vez. A decoração é moderna, mas elegante e luxosa. Fui dar uma olhada na biblioteca e tive que sair, porque ia precisar de uns três dias para examinar com cuidado o conteúdo da enorme sala forrada de nogueira.

Não acredito que gente de verdade more aqui; os pais de Summer se dividem entre este apartamento surreal e a mansão em Greenwich. Tenho medo até de ver as fotos da outra casa deles. Ouvi dizer que tem um rinque de patinação no quintal.

É muita sorte que o evento de arrecadação de fundos para leucemia de Kamal Jain esteja sendo realizado num dos salões de festa do térreo. Isso significa que Summer e eu não precisamos reservar um quarto neste lugar insanamente caro. Não, vamos ficar de graça na cobertura. Mas não é um detalhe que planejo revelar para Kamal. Acho que ele não ia gostar da ideia de que vou ficar num lugar melhor que ele, presumindo que esteja hospedado aqui. Até onde sei, o cara pode embarcar num jatinho particular depois da festa e ir para uma mansão no Mediterrâneo.

"Estou quase pronta", ouço a voz abafada de Summer dizer.

"Defina *quase*", grito de volta.

"Três minutos, com uma margem de erro de uns cinco para mais e para menos."

Dou uma gargalhada. Essa garota...

Chegamos na noite passada e estamos nos divertindo muito. Eu a chupei na mesa de sinuca, e foi demais. Ela me chupou na cama gigante, depois ficamos abraçados assistindo a uma temporada de um programa sobre assassinos de crianças. Summer só concordou em ver comigo em troca de... não quero nem pensar. Mas posso ou não ter concordado em ver a última temporada de *The Bachelor* com ela. Summer tem esse poder sobre mim. Meu primeiro instinto é concordar com qualquer coisa que peça, porque quero fazê-la feliz.

Passamos quase todas as horas das últimas três semanas juntos. Ela dorme no meu quarto. Sua maquiagem se acumula na bancada do meu banheiro. Toda manhã, Summer desarruma a própria cama para parecer que ainda está dormindo lá. Acho que é por causa de Hunter, mas o cara não é bobo. Ele sabe.

Não importa quão silenciosos achamos que somos durante o sexo, tenho certeza de que Hunter e Hollis sabem que estamos dormindo juntos.

Mas, tirando me mudar ou pedir a Summer que ela se mude, não consigo pensar em como melhorar a situação com Hunter. E, neste instante, preciso me concentrar em impressionar Kamal Jain.

"Summer", resmungo. "Seus três minutos acabaram. Sei que o evento é aqui embaixo, mas acho que ia pegar mal se a gente chegasse atrasado..."

Minhas cordas vocais falham e todo pensamento coerente me foge do cérebro.

O armário de Summer é obviamente um portal mágico. Ela entrou de calça legging, meia de lã e com um dos meus moletons de hóquei.

E sai parecendo uma deusa.

Um vestido prata insinuante envolve seu corpo, abraçando todas as curvas tentadoras. Uma fenda sobe até a coxa, revelando uma perna longa e bronzeada, e os sapatos de salto prata acrescentam mais uns dez centímetros ao seu corpo já alto. O cabelo dourado está preso com uma fivela ornamentada que brilha sob a luz do teto. Levo um instante para perceber que é incrustada de diamantes.

Summer nota minha expressão. Sua maquiagem é sutil, exceto pelos lábios vermelhos, que se curvam num sorriso. É um tesão.

"Gostou?" Ela dá uma voltinha, e o vestido gira ao redor de seus tornozelos.

"Gostei", digo, com a voz rouca.

"Quanto?" Ela apoia uma das mãos na cintura, tomba o quadril e flexiona uma perna numa pose que me faz gemer. Meu pau se contorce com a visão de sua coxa nua emergindo da fenda do vestido.

"Muito." Limpo a garganta, que de repente ficou seca. "E eu?"

Summer me examina da cabeça aos pés. O que é completamente desnecessário, considerando que foi ela quem escolheu absolutamente tudo o que estou usando, dos sapatos Tom Ford ao paletó preto impecável, passando pela camisa azul-marinho só com o último botão aberto. Summer disse que, por mais sensual que seja minha tatuagem no peito, não a quer à mostra hoje. Aparentemente, já foi a uma festa de arrecadação de fundos para leucemia antes (por que não estou surpreso?) e me avisou que os convidados costumam ser um monte de idosos ricos — e cabeça fechada.

"Você está muito elegante. E profissional. Ah, e sedutor."

Dou risada. "Perfeito. Sedutor era o objetivo. Pretendo dormir com Kamal Jain para conseguir o emprego."

"Depois me conta se deu certo."

Para chegar à cobertura é preciso liberar o elevador com uma chave a que só a família de Summer tem acesso. Enquanto descemos, ela tira o celular da bolsa e abre o Instagram. "Vamos fazer uma selfie", ela anuncia. Quando me dou conta, já tirou uma dezena de fotos da gente.

"Você é a pior", digo, porque ela sabe que odeio selfies.

Summer sorri para mim. "Acho que você quis dizer que sou a melhor."

Solto o riso. "Foi mal. Era exatamente isso."

Chegamos ao saguão. Os saltos de Summer tilintam no piso de mármore conforme caminha. O Heyward Plaza é o hotel mais sofisticado que já vi. Não consigo acreditar que Summer vai herdar isso um dia.

Ela sorri e acena para o porteiro. "Boa noite, Thomas."

O homem de cabelos brancos abre um sorriso caloroso. "Boa noite, senhorita. Tente não causar muitos problemas hoje à noite, por favor."

Dou risada.

"Thomas trabalha aqui há mais de vinte anos", explica ela, quando entramos em outro corredor para pegar mais um elevador.

"Ah, é?"

Ela confirma com a cabeça. "Eu era bebê quando foi contratado, então ele me viu crescer."

"Ah. Então viu da primeira fila você se metendo em confusões."

"Pois é. Eu fugia com minhas amigas de Greenwich para a cidade e vinha pro hotel. Achava que subornava Thomas com notas de cem pra ele não contar nada pros meus pais." Ela faz uma cara de indignada. "Depois descobri que ele era um agente duplo."

Solto uma gargalhada. "Contava tudo pra eles?"

"Claro. Mas eles nunca me disseram nada. Só fiquei sabendo anos mais tarde, depois que entrei na faculdade. Meus pais são muito legais", admite ela. "Não se importavam se eu matava aula para fazer compras com as amigas desde que estivesse em segurança e não se tornasse um hábito."

O elevador chega, e nós entramos. Summer aperta o botão para o salão Heather. Tem outros três salões de festa neste lugar: Lily, Rose e Dahlia. Chique.

As portas se abrem e somos recebidos por um burburinho crescente — uma sinfonia de taças tilintando, saltos altos estalando no piso de madeira, vozes e risos.

Summer enlaça meu braço conforme nos aproximamos da enorme porta em arco do salão de festa. Vejo pessoas elegantemente vestidas circulando numa sala elegantemente decorada. O palco está montado para uma banda, mas não tem ninguém tocando no momento. De ambos os lados da pista de dança, vejo mesas redondas com toalhas de mesa impecáveis e enfeites de centro elaborados. Não tem ninguém jantando, mas os garçons abrem caminho por entre a multidão carregando bandejas de aperitivos.

Estou longe da minha zona de conforto. É um mar de vestidos e smokings, com dedos, orelhas e pulsos brilhando como se fossem uma vitrine de loja de lustres. E eu que achei que a presilha de diamantes de Summer era chamativa. Fico boquiaberto ao ver uma mulher de meia-idade usando brincos de rubi tão grandes que suas orelhas são puxadas para baixo pelo peso.

"É ele?", sussurra Summer junto ao meu ouvido.

"É." Não me surpreende que ela tenha identificado Kamal na multidão. Apesar de baixo, ele chama atenção.

Está entretendo um grupo de admiradores do outro lado do salão, perto do maior dos três bares. Qualquer que seja o caso comprido e mirabolante que esteja contando, ele o pontua com gestos expansivos e expressões faciais animadas.

Ficamos ali observando enquanto a meia dúzia de pessoas explode em gargalhadas. "Deve ser uma história excelente", comenta ela. "Ou ele é chato pra caralho e estão só puxando o saco porque é hipertriliardário."

Dou risada. Ela tem jeito com as palavras. Sobretudo as que inventa. "Das duas, uma."

"Bem, vamos dizer oi. Ele é a razão pela qual está aqui, certo?

"Certo."

Meu estômago se revira de ansiedade à medida que nos aproximamos do bar. No segundo em que Kamal me percebe, se interrompe no meio da frase e seu rosto se ilumina. Ele bate no braço do velho ao seu lado e diz: "Vou ter que me desculpar, cara. Um convidado chegou". Então se afasta do grupo e caminha na minha direção. "Você veio!"

"Mais uma vez, obrigado por me convidar..."

Kamal fala sozinho, como sempre faz. "Estava preocupado com você! Os outros chegaram antes de abrirem as portas, feito um bando de puxa-sacos. Mas, ei, antes cedo do que tarde, né?" Sua última declaração tem uma pitada de sarcasmo.

"A culpa foi minha", diz Summer, timidamente. "Eu me atrasei."

Kamal a olha como se de repente percebesse que não estou sozinho. Ele a avalia da cabeça aos pés, e não há nada de sutil no jeito como faz isso. Seus olhos se demoram em seu decote. E ainda mais nos diamantes no cabelo dela.

"E quem é você?", pergunta, enfim.

"Summer." Ela estende a mão com delicadeza. "Namorada de Colin."

Kamal arregala os olhos. Ele pega a mão dela, mas, em vez de apertá-la, leva-a aos lábios e beija seus dedos. "Muito prazer."

O sorriso de Summer parece forçado. "O prazer é meu."

Ele solta a mão dela e se vira para mim. "Você não falou que tinha namorada."

Dou de ombros, sem jeito. "Bom. Não. O assunto não surgiu na entrevista."

"E por que surgiria?", comenta Summer, tranquila. "Entrevistas de emprego são sobre o currículo do candidato, e não sobre sua vida pessoal. Não é?"

"É", responde Kamal. Mais uma vez, seu tom parece sarcástico. E sua expressão está cada vez mais sombria.

Não consigo imaginar sua fonte de descontentamento, mas, quanto mais ele olha para Summer, mais seu comportamento muda. Juro que vejo seus lábios se curvarem num leve sorriso de escárnio. Acho que é por causa dela, mas não sei o motivo.

"Sou só eu ou isto está sendo muito desagradável?", Summer sussurra junto ao meu ouvido uma hora depois. Ela me arrastou para a pista de dança e enlaçou meu pescoço, me deixando sem escolha a não ser apoiar as mãos em sua cintura e fingir que sei dançar.

Mas entendo sua motivação — era o único jeito de nos desvencilharmos de Kamal. Ele não desgrudou de nós desde que chegamos. O que não quer dizer que não tenha socializado com outras pessoas. Só que nos arrasta junto consigo para todas as conversas. Os outros candidatos nos seguem feito patinhos, e me sinto mal por eles, porque Kamal não está prestando muita atenção em ninguém. Parece fascinado por Summer, mas ao mesmo tempo sinto certa animosidade transparecendo.

"Não é só você. Ele está estranho."

"Na verdade, ele está sendo um babaca." Ela morde o lábio. "Parece que está julgando a gente. Mas não sei bem por quê..." Summer se interrompe.

Sei exatamente o que quer dizer. Também senti isso.

A música termina antes que eu esteja pronto, e o pânico me atinge quando o vocalista com voz de cantor de blues anuncia que vão fazer uma pausa de dez minutos. Summer entrelaça os dedos nos meus enquanto caminhamos até o canto da pista de dança.

"Não me odeie", diz ela, "mas... preciso muito fazer xixi."

Aperto sua mão. "Não. Você não pode me abandonar aqui com essas pessoas."

Summer ri. "Você diz como se fosse uma doença."

"Pessoas *são* uma doença", resmungo.

"Você é capaz de sobreviver sem mim por cinco minutos." Ela beija minha bochecha e, em seguida, esfrega o indicador sobre ela, acho que para limpar a mancha de batom que deixou. "Volto já. Prometo."

Derrotado, eu a observo se afastar. No bar, peço uma cerveja e uma atendente muito eficiente de camisa branca e gravata preta me entrega uma garrafa. "Obrigado", digo a ela.

Mal dou um gole e Kamal aparece. Me surpreende que ele não tenha me agarrado no instante em que Summer e eu saímos da pista.

"Que vestido sua namorada está usando, hein, Colin?" Ele gira o copo de bourbon na mão. Não é o primeiro da noite. Já o vi pedir pelo menos três drinques desde que cheguei, e vai saber quantos bebeu antes.

Faço um gesto evasivo, entre dar de ombros e aceno, porque aceitar um elogio em nome de Summer parece estranho.

"Quem é você?"

A pergunta vem do nada. Franzo a testa e avalio seu rosto, mas não consigo decifrá-lo. "Como assim?"

"O que quero dizer..." Ele vira o restante da bebida e baixa o copo com força no bar. "Outro", grita para a atendente.

Ela estremece com o tom ríspido. "É pra já, senhor."

"O que quero dizer", continua ele, como se a mulher não tivesse falado, "é que achei que você fosse um de nós." Ele aponta para os outros três candidatos — dois homens e uma mulher, todos universitários, como eu. "Neil, Ahmed, Robin. Eu. Você. Os párias que se voltaram para os video games por causa de pessoas como a garota com quem você apareceu aqui."

Meus ombros se enrijecem.

"Toda a minha vida tive que lidar com gente desse tipo. Bonita." Ele pega a bebida servida e dá alguns goles demorados. "Atletas, animadores de torcida e garotos populares em geral que acham que têm o direito de fazer o que bem entendem. Tratam os outros mal sem se importar com as consequências. Recebem tudo numa bandeja de prata. Levam a vida sem a menor dificuldade e esperam que todos abram passagem."

Coloco minha cerveja intocada no bar e falo num tom controlado. "Nunca recebi nada de bandeja. Minha mãe é professora de inglês para estrangeiros e meu pai é supervisor de turno numa usina de energia. Eles trabalham duro, e eu também. Passava todo o meu tempo livre no colégio desenhando, pintando e jogando video games. E jogando hóquei", admito, mesmo sabendo que o desagrada. "Jogo hóquei porque adoro e sou bom nisso. Do mesmo jeito que sou bom em design de games", termino, dando de ombros.

"Você é bem arrogante, garoto." Certa frieza lampeja em seus olhos.

Summer escolhe esse exato momento para voltar ao salão. Caminhando pelo piso reluzente, chama a atenção de todas as pessoas em volta, homens e mulheres. É deslumbrante, e ninguém consegue tirar os olhos dela. Todo mundo quer ficar perto, mesmo que só para admirá-la enquanto ela desfila.

É a órbita dela.

A maldita órbita.

Kamal vira o restante da bebida. Em nenhum momento seu olhar desdenhoso desvia de Summer. "Olha para ela", murmura o cara. "Acha que estaria com você se não jogasse hóquei? Vadias só querem uma coisa, Colin." Ele ri friamente. "Aposto que se eu estalasse os dedos e dissesse que estou interessado, ela montaria no meu pau mais rápido do que você poderia dizer 'oportunista'. Por que ela iria perder tempo com um universitário que paga um aluguel quando poderia ter um bilionário?"

Estreito os lábios para ele. "Você não a conhece."

Kamal ri.

Summer está no meio do caminho agora. Seus cabelos louros refletem a luz do enorme lustre de cristal sobre nossas cabeças. A presilha de diamante pisca como um globo de danceteria a cada passo que ela dá.

"Vai por mim, eu a conheço. Ah, se conheço. Só pego mulher assim. Elas não dão a mínima pra gente, Colin. Vão embora quando arrumam um negócio mais rentável."

Eu poderia argumentar, mas de que adiantaria? Ele já tirou suas conclusões sobre mim e Summer, sobre o que significa ser um atleta, um nerd, uma garota bonita.

Summer nos alcança, e deve ter visto algo em minha expressão que a preocupa, porque pega minha mão e a aperta com força. "Tudo bem?"

"Por que não estaria?" Kamal gargalha antes de bater no balcão do bar para chamar a atendente. Ele bate de novo e de novo, feito um garoto malcriado tentando chamar a atenção da mãe. "Bourbon", grita para a mulher atordoada. Então se volta para nós. "Então, o que você estuda?", pergunta a Summer.

Ela pisca depressa com a mudança repentina de assunto. "Moda..."

Kamal a interrompe antes que Summer termine de falar. "Claro que sim." O escárnio contamina cada palavra sua.

"Algum problema?", pergunta Summer, de forma descontraída, mas sei pela postura rígida que está na defensiva. Ela dá uma risada provocante. "Até onde sei, você gosta muito da companhia de modelos."

Ele não ri. "Entendi. Alguém como eu não pode namorar mulheres bonitas? É isso que está insinuando?"

"De jeito nenhum. Claramente você pode, porque..."

"Elas só estão comigo pelo dinheiro? É isso que acha?"

"Claro que não. Eu só..."

"É claro que acha", diz ele. Suas bochechas estão ficando vermelhas. "E tem razão. É só *isso* que interessa vadias que nem você, dinheiro. Você não vai assinar um acordo pré-nupcial, vai, Summer? Não, não vai. Vadias como você precisam ser cuidadas. Querem gastar todo o meu dinheiro suado."

Eu me aproximo mais de Summer, num gesto protetor. "Já chega", digo, num tom mais grave. Ele continua cuspindo a palavra "vadia" para todos ouvirem. Suspeito que esteja falando de uma mulher específica — a garota da faculdade que não concordou em assinar o acordo pré-nupcial. Mas não dou a mínima nem se foi a rainha da Inglaterra que quebrou o coração dele. Ninguém fala com Summer ou de Summer assim.

Kamal não se intimida. Ele ri de novo. O som estridente irrita meus nervos. "Eu digo quando já chega." O cara vira o restinho de bourbon e depois tenta colocar o copo vazio no balcão. Só que está a cerca de um metro do bar, caindo de bêbado e sem nenhuma coordenação. Então solta o copo no ar.

Ele se espatifa no chão. Tem cacos de vidro para todo lado, e afasto Summer depressa da confusão. Olho para a atendente. "Pode chamar alguém para..."

"Ah, pode deixar que alguém vem!", grita Kamal. "Sempre vem alguém limpar minha bagunça. Quer saber por quê, Colin? Summer? Arriscam um palpite?" Ele começa a gargalhar sozinho. "Porque sou um bilionário! Sou um deus da indústria da tecnologia e posso comprar e vender todo mundo nesta porra de festa! Eu..."

"Você está bêbado", interrompo, friamente.

"Ah, cala a boca, seu atleta idiota." Ele está tão chapado que cambaleia, mas, quando estendo a mão para tentar ajudá-lo, a afasta com um tapa. "Vai se foder. Não preciso da sua ajuda. E não preciso de você trabalhando para mim. Entendeu? A vaga foi preenchida, Colin." Ele ri de novo. "Obrigado pelo interesse."

Summer dá um passo ameaçador na direção dele. "Qual é o seu problema? Não vai contratar Colin porque ele joga hóquei e é mais bonito que você?"

Kamal dá um passo atrás. Seus sapatos caros de couro pisam nos cacos no chão. De canto de olho, vejo várias figuras se aproximando. Todo mundo à nossa volta está olhando. A curiosidade me perfura. Minha coluna não para de formigar.

"Está tudo bem, srta. Heyward?" Um homem alto e corpulento de terno e gravata aparece na nossa frente.

Não tenho ideia de quem seja, mas Summer tem. Ela toca o braço dele, agradecida. "Estou bem, Diego. Mas tem caco de vidro por todo lado. Pode pedir à manutenção para mandar alguém o mais rápido possível?"

"Claro." Ele lança um olhar desconfiado para Kamal, que está ocupado avaliando Summer.

"Heyward?", repete ele, então franze a testa repetidas vezes. "Quem é você?"

"Cuidado com o que diz", ruge Diego.

"E quem é *você*?", Kamal retruca.

"Sou o chefe de segurança deste hotel", responde o grandalhão, mostrando os dentes no sorriso mais assustador que já vi. "Ou seja, sou funcionário da família Heyward. E acho que está na hora de o senhor se recolher. Vou pedir que um dos meus colegas o acompanhe até sua suíte."

"Vai se foder. Tenho que fazer um discurso em dez minutos." Ele me olha e começa a gargalhar. "Ora, que bom pra você, Colin. Eu estava achando que a oportunista era ela, montando no seu pau de atleta, mas é você então? Se aproveitando da bocetinha de uma herdeira?"

Summer estremece.

Diego dá um passo à frente.

Balanço a cabeça decepcionado e fito os olhos vidrados de Kamal. "É um mundo mesmo muito deprimente esse em que você vive, cara. Um mundo em que todas as pessoas são oportunistas e usam umas às outras ou competem entre si. Um mundo em que duas pessoas nunca ficam juntas porque se amam." Dou uma risada sombria. "Quer saber? Fico feliz de não conseguir o emprego. Prefiro ficar na rua a trabalhar para alguém que nem você. Não quero nem saber do ambiente tóxico que deve criar para os funcionários."

Acho que Kamal tenta continuar discutindo, mas não estou mais ouvindo. Além do mais, Diego e seus "colegas" são rápidos em escoltar o bilionário bêbado e beligerante para fora do salão de festas. Não sei o que isso significa para a arrecadação de fundos, mas, por mais que apoie a causa, não quero ficar mais um segundo neste evento de merda metido a besta.

Em silêncio, Summer e eu saímos do salão. Sei que está chateada, porque seus dentes estão afundados no lábio inferior, mas ela não diz uma palavra. Pelo menos não até alcançarmos o elevador privativo que vai até a cobertura.

No momento em que as portas se abrem, Summer me dirige um olhar triste e diz: "Quero terminar".

29

FITZ

Fico boquiaberto, encarando suas costas esbeltas, enquanto ela sai do elevador e entra no vestíbulo forrado de mármore.

Summer acabou de dizer que quer *terminar* comigo?

“De jeito nenhum!”, exclamo.

Os saltos altos ecoam alto no mármore. Ela para e os deixa de lado. Aproveito a breve pausa na passada para avançar e agarrar seu braço. “Summer. Como assim?”

Ela não responde. Afasta minha mão e pousa a pequena bolsa prateada no aparador de mogno. Então tira a presilha do cabelo. De alguma forma, o penteado permanece intacto, então percebo que estava sendo mantido no lugar por uma dezena de pequenos grampos. Summer começa a tirar um a um, enquanto observo, atônito. Ela nem sequer me olha.

“O que está acontecendo?”, exijo saber.

Por fim, Summer fita meus olhos confusos. “Te fiz perder a vaga.”

Pisco para ela. “O quê?”

“Você não conseguiu o emprego por minha causa”, murmura ela. “Está na cara que o babaca teve uma experiência ruim com uma garota bonita que o dispensou.”

“Eu sei, mas garanto que também teve uma experiência ruim com algum atleta que o espancou. Isso não teve nada a ver com você.”

“Teve tudo a ver comigo. Você ouviu o jeito como ele falou! Tudo teria corrido bem se eu não tivesse vindo. Mas é o que acontece quando vou a lugares, Fitz. Drama. Não é intencional, só acontece.” Ela solta um suspiro desanimado. “Você odeia drama e atenção, mas acabou de passar por um salão de festas lotado de gente te olhando por minha causa, porque me defendeu. E a mesma coisa aconteceu no Malone's mês passado."

Esfrego o nariz. Do que ela está falando? Eu a defendi — e defendi a mim mesmo — porque Kamal passou do limite. Digo isso, mas Summer nega, teimosa.

"É o fim, tá legal, Fitz? Você gosta de ser invisível. Bem, olha o que aconteceu lá embaixo — foi *muito* visível!"

Ela tem razão. Quando Kamal estava gritando e agindo feito um idiota, parecia que havia um holofote em mim. Senti os olhares intrometidos e ouvi os sussurros abafados.

Mas quando passei um sermão nele não estava nem aí que todo o salão estivesse vendo e ouvindo. Só importava que Kamal estava sendo grosso com Summer, o que era inaceitável.

"Quer mesmo falar de drama?", pergunto a ela. "Porque está sendo muito dramática agora."

"Não estou."

"Está, sim. Você está exagerando. Terminando comigo do nada sem discutir a questão."

"Não tem nada pra discutir. Você não quer ser o centro das atenções. Eu atraio isso. Às vezes intencionalmente, mas na maioria não." Ela solta um ruído frustrado. "Esse trabalho era importante para você."

"Era." *Você é mais.* Não digo isso em voz alta. Não porque manter minhas emoções pra mim mesmo seja um hábito, mas porque Summer está disparando para dentro de casa, pisando duro em direção à escada em caracol que leva aos andares de cima. A cobertura tem três andares — nem vou comentar isso agora —, e o quarto dela fica no terceiro.

Corro atrás de Summer. "Para", chamo.

"Não." Ela continua.

"Você é muito mimada."

"E você é um valentão", retruca Summer. "Quero ficar sozinha. Acabou."

"Não acabou!", grito.

Meu Deus, acho que não cheguei a levantar a voz mais de dez vezes a vida *toda*, mas depois de alguns meses com Summer já estou a caminho de gritar até ficar rouco. Ela desperta um lado primitivo em mim que eu não sabia que existia até aparecer e me deixar doido.

E... eu adoro isso.

Passei anos lutando para fugir de conflitos. Deixo meus pais destilarem seu veneno um sobre o outro porque é mais fácil do que aguentar as brigas e os joguinhos que resultam das tentativas de fazê-los ver a verdade. Evito situações sociais porque não quero chamar atenção.

Saio com garotas que são tão introvertidas quanto eu, porque não esperam que eu perca a linha em festas ou participe de eventos extravagantes como jantares beneficentes para crianças com leucemia.

Não ligo de viver assim. Tem sido bom e confortável. Livre de conflitos.

Mas nunca me senti vivo de verdade até conhecer Summer.

Não quero estar com uma mulher que se esconde nas sombras comigo, porque isso permite que eu continue me escondendo. É o que fiz por anos — escondi partes de mim dos meus pais, dos meus amigos, das mulheres, do mundo. Quero alguém que me encoraje a sair da minha zona de conforto, e Summer é essa pessoa.

Ela me deixa louco. Faz coisas como puxar o cabelo de uma menina no bar por ter sido chamada de puta. Apalpa jogadores de futebol seminus na sala. Faz passos de balé quando prepara o café da manhã na cozinha.

E, sim, Summer me faz perder a paciência às vezes, mas eu faço a mesma coisa com ela.

É parte da diversão.

"Vou subir, Fitz. Você pode dormir no sofá, no quarto do Dean ou em qualquer outro. Mas não no meu, porque acabou."

"Diga isso mais uma vez. Eu te desafio."

Ela para ao pé da escada e se vira. Seus olhos verdes brilham com força. "Acab..."

Dou um passo à frente.

Ela levanta as mãos. "Não se atreva!"

Tarde demais. Eu a agarro pela cintura, levanto seu corpo, que se contorce sobre meu ombro, e aperto sua bunda. "Vamos sentar e conversar sobre isso", rosno, girando em direção à sala de estar.

"Não tem nada pra falar! Me bota no chão!" Summer consegue se soltar, e seus pés descalços tocam no chão de mármore.

"Quer fazer o favor de me escutar? Não acabou. Isso não vai acontecer, Summer. Não dou a mínima para o trabalho na Orcus Games. Mas ligo para *você*. Aquele desgraçado foi grosso com você. Foi grosso com a gente. Me recuso a trabalhar para alguém que desrespeita as pessoas ou se comporta daquele jeito em público. Eu passei um sermão no cara e se pudesse faria tudo de novo, ouviu? Porque ele foi um idiota com você e eu te amo."

Summer prende o fôlego. "É..." Ela engole em seco. "É a primeira vez que você diz isso."

"Bom, é verdade. Eu te amo. Você é minha namorada..."

"*Era* sua namorada."

"É."

"Era."

Passo os braços em volta de sua cintura e a puxo contra mim. Summer ofega, e sei que sente minha ereção pressionando sua barriga. "Você pode dizer isso até ficar careca, mas nós dois sabemos que não acabou." Minha mão desliza sob o vestido para acariciar sua coxa lisa. "E nós dois sabemos que você também me ama."

Ela estreita os olhos enquanto avalia meu rosto. "Você está diferente."

É verdade. Estou. Perdi a paciência e sinto os nervos à flor da pele. Ainda estou morrendo de raiva de Kamal. Ainda estou bravo com Summer. No entanto, ao mesmo tempo, quero transar com ela como nunca.

Gemendo baixinho, seguro o paraíso quente entre suas pernas. Estremeço de desejo ao tocar diretamente sua boceta. "Você estava sem calcinha o tempo todo?", murmuro.

"Estava. Este vestido deixa marca. Nunca faria isso com Vera."

"Quem é... Quer saber, esquece."

"Fitz." Ela engole em seco de novo. "Sinto muito que tenha perdido a vaga."

Balanço a cabeça para ela. "Você ainda não entendeu, né? Não foi culpa sua. E foi Kamal Jain quem me perdeu. Sou um bom designer. Vou encontrar outra coisa, prometo. Mas nunca vou encontrar outra você."

Summer abre os lábios, maravilhada. "É a coisa mais fofa que você já me falou."

"Sei ser fofo quando quero." Meus dedos esfregam seu clitóris. "Mas, agora, estou mais pra tarado." Enfio um dedo nela. "Abre as pernas pra eu te comer contra a parede."

Ela fica boquiaberta diante do pedido obsceno. "Meu Deus. Você está animado mesmo."

"Estou mesmo. Então, pelo amor de Deus, para de tentar terminar comigo. Para de se preocupar com esse trabalho. Só me beija."

Quando minha boca cobre a dela, Summer finalmente desiste de discutir e me beija com um nível de paixão que me deixa sem fôlego. Me esfrego contra ela, mas não é o suficiente. Meu pau dolorido está apertado atrás do zíper, e passei do ponto das preliminares.

"Preciso entrar em você", sussurro em seu ouvido. "Vou fazer você se sentir bem depois. Prometo."

"Você sempre faz", sussurra ela de volta, e meu coração acelera.

Graças a Summer, sempre tenho uma camisinha no bolso, não importa a ocasião. Nem baixo a calça. Só abro o zíper, tiro o pau e a coloco. Então levanto o vestido dela, ergo uma de suas pernas compridas até meu quadril e, num movimento profundo, mergulho.

"Ai, meu *Deus*", Summer geme.

Seu calor me envolve e seus músculos internos me apertam como se quisessem me prender no lugar. Minha pele está pegando fogo. Meu coração dispara, batendo contra as costelas. Estou com calor e preciso desesperadamente de alívio.

Não há nada de gracioso nas minhas investidas. A parede atrás dela treme e o móvel balança enquanto a como em pé. Suas pernas envolvem minha cintura, e ela está tão molhada e apertada que não consigo pensar direito. Não sou capaz deter o trem de prazer que me atinge sem aviso prévio. Enterro o rosto em seu pescoço e tremo contra seu corpo, gozando forte o suficiente para ver estrelas.

"Puta merda", grunho contra seu pescoço.

Meus quadris continuam balançando por um bom tempo antes de parar. Sei que ela não gozou, e prometi recompensá-la. Meus joelhos começam a tremer, mas não me movo.

"Você é tão gostosa", murmuro. "Não quero sair nunca mais..."

Ding.

Damos um pulo quando as portas do elevador se abrem. Então ouço: "*Que merda é essa?*".

Dean.

Dean, o irmão de Summer.

Dean, meu amigo.

Como isso pode estar acontecendo de novo?

"Como isso pode estar acontecendo de novo?", diz Summer, morrendo de vergonha.

Sinceramente não sei. É a segunda vez que alguém nos flagra enquanto estou dentro dela. Mas agora é um milhão de vezes pior, porque é o *irmão* dela. Estou prestes a me virar, mas percebo que, se fizer isso, Dean vai ver o meu pau pra fora e saber onde ele estava um segundo antes.

"Vou acabar com sua raça, Fitzgerald!"

"Dean", implora Summer, enterrando o rosto no meu peito. "Não olha agora. Por favor."

"Não acredito que vocês estão transando", troveja ele. "Bem aqui?!"

"Dean! Não olha!"

Ele tem a decência de obedecer, mas soa absolutamente furioso quando rosna: "Se arrumem e me encontrem na sala de estar. Vou passar agora, mas não estou olhando, tá legal? Puta merda, não estou olhando".

De canto de olho, eu o vejo passando por nós, cobrindo o rosto com uma mão. No momento em que desaparece, entramos em ação. Eu saio. Summer pega o preservativo e entra no lavabo. Ouço um barulho de descarga antes que volte, então entramos relutantes na sala de estar como dois adolescentes que...

Foram pegos transando?

Exatamente.

Depois que sentamos no sofá, Dean se curva sobre nós, com os braços cruzados. "Há quanto tempo isso está acontecendo?", ele pergunta, severo.

Engulo uma risada. Ouvir Dean (cujo apelido na faculdade era "a máquina de sexo") dar uma de puritano e nos encarar com reprovação é o cúmulo. Mas sei que toda essa postura de irmão mais velho vem de uma preocupação genuína. Ele adora Summer.

"Um tempo", ela admite.

"Aham." Dean faz cara feia para ela. "E você nem me avisa? Da próxima vez que estiver tentando esconder algo de mim, é melhor não postar uma foto na internet."

Ela revira os olhos. "Eu não estava tentando esconder."

Ele fica indignado. "Então você *queria* que eu descobrisse pela internet?"

"Não, você nem passou pela minha cabeça. Fitzy e eu fomos a uma festa. Tirei uma foto de nós juntos. Postei. Em nenhum momento nessa cadeia de eventos pensei em você. Quer saber por quê? Porque isso não tem nada a ver com você."

"Tem *tudo* a ver comigo!", devolve ele.

Ah. Agora entendi de onde ela herdou o gosto pelo drama.

Dean volta o olhar assassino para mim. "É a minha irmã mais nova, cara!"

"Eu sei", respondo, calmo. "E me importo muito com ela."

"Pois é, Dicky", intervém Summer. "Não é só sexo, tá legal? Quer dizer, tem sexo. Bastante, aliás. Mas..."

Dean segura a cabeça entre as mãos. "Por quê? Por que você tem que dizer coisas assim?"

Ela bufa. "Então você pode falar sobre sua vida sexual comigo, mas eu não posso falar da minha?"

"Nunca falo da minha vida sexual com você! É um tabu! Tabu!" Ele solta um gemido de irritação, depois inspira devagar. Seu olhar se alterna entre nós. "Então é isso? Vocês estão juntos agora?"

Olho para Summer, que quinze minutos atrás estava ameaçando terminar comigo. Ameaçando, não — *terminando* de fato. Eu que não quis deixar.

Sua boca se torce num sorriso irônico. "Estamos juntos", confirma. "Colin é meu namorado."

Mordo a bochecha por dentro para não rir. A resignação em seu tom é tão bonitinha.

Dean faz um lento aceno de cabeça enquanto estuda cuidadosamente meu rosto. "Então você está com a minha irmã? Você é o namorado da minha irmã?" Ele soa tão resignado quanto Summer.

Engulo um suspiro, porque sei exatamente aonde está indo com isso. "Sou."

"Legal, então." Ele passa a mão pelo cabelo loiro. "Está pronto?"

Meu suspiro escapa. "Vamos acabar logo com isso."

Summer vira a cabeça de mim para Dean, confusa. "Do que estão falando?"

Dean fica de pé. Eu também.

"Desculpa. Preciso fazer isso."

"É verdade", respondo, culpado.

Quando Dean estala os dedos da mão direita, Summer parece compreender. "Você vai bater nele?" Ela fica de pé. "Isso é ridículo! De jeito nenhum!"

"Fitz conhece o código. Ele quebrou as regras. Então..."

Dean está certo. Existe um código. Outros times podem ter regras sobre não sair com uma irmã ou uma ex ou quem quer que for, mas nosso time nunca teve nada disso. Nossa regra era muito mais simples — pergunte antes de fazer qualquer coisa.

Mesmo que o outro cara diga "De jeito nenhum", você provavelmente pode fazer o que quiser, já que ele não tem como te obrigar. Mas não é disso que se trata o código, e sim de respeitar seu colega de time.

Dean estala os dedos da mão esquerda.

"Você está louco. Não toca nele, Dicky!"

Ela tenta se meter entre nós, mas a afasto gentilmente. "Deixa rolar", digo. "Não é nada de..."

O filho da puta não dá um soco.

Ele me dá uma joelhada no saco.

Caio feito uma pedra, vendo estrelas enquanto sinto a dor revirar meu intestino. Me contorço no chão e aperto o saco, tentando recuperar o fôlego. "Babaca", murmuro, com um olhar acusador para Dean.

"Dicky! Pra que isso? Preciso dele inteiro para seus futuros sobrinhos!"

"No plural? Quantos filhos você planeja ter?"

"Muitos!"

"Você não tem permissão para engravidar antes dos trinta. Não estou pronto para ser tio."

"Ai, meu Deus. Nem tudo gira em torno de você!"

Eles continuam brigando como se eu não estivesse contorcido no chão de mármore, me esforçando para respirar. "Não vou ter filhos com você", resmungo para Summer. "Não quero fazer parte da sua família maluca."

"Ah, fica quieto. É tarde demais. Já me apeguei."

Qualquer um acharia impossível rir quando se está no chão, se contorcendo de agonia.

Mas Summer Heyward-Di Laurentis torna tudo possível.

30

SUMMER

Minha última reunião com Erik Laurie acontece na segunda antes do desfile. Queria falar com ele depois da aula da manhã, mas tinha uma fila de alunos esperando. Então passei duas horas enrolando no campus e fui até a sala dele.

Odeio ter que falar com o cara na sala dele. Acho que fica muito mais pegajoso por trás de portas fechadas. Já piscou umas quatro vezes, repetiu o comentário sobre como eu devia desfilar meus próprios biquínis e agora roça sua mão na minha (intencionalmente, suspeito) ao passar a programação para a noite de sexta. Parece o setlist de uma banda, com o nome de cada aluno e a ordem das apresentações.

Uma olhada no cronograma revela que Summer Lovin' vai abrir a noite. Droga. Preferia estar em algum lugar no meio. Abrir um desfile de moda é muita pressão.

"Quero começar a noite com um estrondo", ele diz, piscando de novo. "Acho que seus maiôs vão dar conta do recado."

Eca. Por que falar coisas assim? Combinadas com a piscadela devassa, suas palavras me dão arrepios.

"Como quiser." Abro um sorriso alegre. "Então pronto?" Tudo o que quero é sair desta sala.

Ele sorri de volta. "Pronto."

O alívio inunda minha barriga. Fico de pé e pego minha bolsa Prada. Baixo a cabeça para guardar a agenda na bolsa, de modo que não vejo Laurie dar a volta na mesa. Quando a levanto, ele está a uns trinta centímetros de mim. O que é perto demais.

Na mesma hora dou um passo atrás. "Te vejo na quarta." Vamos ter outra aula esta semana para receber nossos trabalhos de volta e discutir a avaliação final. "Estou animada para ver o resul..."

"Quanto tempo vamos continuar lutando contra isso?"

Pisco, e ele não está mais a trinta centímetros de distância. Está a menos que três. Seus longos dedos acariciam minha bochecha, liberando uma onda de calafrios — e não do tipo bom. Fico atordoada demais para afastar sua mão. Meu cérebro se mantém no que disse.

Continuar lutando contra isso? É sério? Ele acha que seus sentimentos pervertidos são recíprocos? Que estivemos envolvidos em algum caso de amor proibido todo o semestre?

"Summer", diz ele, e não deixo de notar o brilho de paixão em seus olhos.

Engulo em seco. Com força. Então lambo os lábios, porque de repente eles estão tão secos que grudam, e preciso que *desgrudem* para falar alguma coisa.

Só que Laurie confunde o gesto com um convite. Para meu horror, a cabeça dele se inclina na minha direção e sua boca quase toca a minha antes de eu colocar as duas mãos no peito dele e o empurrar com força.

"Sinto muito", digo. "Não sei o que acha que está acontecendo aqui, mas..." Minhas mãos tremem violentamente quando passo a alça da bolsa por cima do meu ombro. "Tenho namorado."

E mesmo que não tivesse não te beijaria nem que minha vida dependesse disso, seu pervertido nojento.

É isso aí!, concorda Selena.

Laurie alisa a lapela do blazer listrado. "Entendo", diz, com firmeza.

"Desculpe..." Por que estou pedindo desculpas? Inspiro e lembro a mim mesma que não tenho nada do que me desculpar. E que não devia ter que usar um namorado como pretexto. "Mesmo que não tivesse namorado, não estava interessada. Não seria correto..." *Para com isso, Summer! Não precisa se explicar!* A raiva cresce dentro de mim. Por que nós mulheres fazemos isso? Por que sentimos necessidade de justificar o fato de que não gostamos de alguém? "E não estou interessada em você dessa forma", termino, com firmeza. Pronto. Nada de desculpas.

Ele aperta a mandíbula. Seus olhos queimam com algo que não consigo decifrar. Não é bem raiva. Definitivamente não é mágoa. Nem vergonha.

Acho que pode ser traição.

"Sinto muito se pensou o contrário", acrescento, embora esteja certa de que não enviei nenhum sinal a ele de que o queria.

O professor arqueia uma sobrancelha levemente. "Já terminou?", pergunta num tom frio o suficiente para voltar a congelar a neve que recentemente começou a derreter do outro lado da janela.

"Acho que sim", murmuro.

"Então te vejo na aula, Summer."

Saio da sala e a porta se fecha atrás de mim. Ele não chega a batê-la, mas definitivamente usa mais força do que o necessário. Fico no corredor por um momento, atordoada com o que aconteceu. Saio do transe quando meu telefone vibra com uma mensagem nova.

FITZ: *Tô no laboratório de informática trabalhando num código. Vou fazer um intervalo. Quer almoçar?*

EU: *Desculpa, amor. Vou entrar numa reunião com meu orientador. Te vejo em casa. Bjs*

Não sei por que minto para ele. Só não acho que vou conseguir vê-lo enquanto meu estômago continuar a queimar de raiva. De repente, começo a questionar cada discussão na aula, quando Laurie assentia para algo que eu dizia ou me elogiava por um comentário. Foi tudo mentira? Ele estava só fingindo que me achava inteligente e perspicaz para me levar pra cama?

Claro que ele estava fingindo, sua idiota. Em que planeta um professor te acha inteligente?

Mordo o lábio para não chorar. Quero mandar minha crítica interior se foder, mas estou perturbada demais. De jeito nenhum vou contar ao Fitz o que aconteceu. Ele vai perder a cabeça se descobrir que Laurie tentou me beijar. Provavelmente vai caçar o cara e bater nele, o que não ajudaria em nada.

Agora acabou. Laurie deu em cima de mim e eu o recusei. Um dia conto pro Fitz.

No momento, quero esquecer que aconteceu.

Mas é mais fácil falar do que fazer, sobretudo quando fica evidente que Laurie não quer que eu esqueça.

Quando ele entra na sala de aula na quarta-feira, seu olhar procura o meu quase que imediatamente, e o gelo em seus olhos provoca um arrepio em minha coluna. Então ele desvia o rosto e cumprimenta o restante da turma com um sorriso largo.

"Adivinhem que dia é hoje!"

Um burburinho percorre a sala, principalmente por parte das mulheres. Na fila à minha frente, Nora sussurra algo para uma amiga, e as duas riem. Ela tem me dado uma folga nas últimas semanas. Seus olhares sarcásticos e os comentários agressivos diminuíram. Acho que aceitou que sou a queridinha de Laurie e que ele não vai me odiar independente de quão mal ela falar de Chanel.

Eu devia avisá-la de que tudo o que precisa fazer para despertar o ódio de Erik Laurie é não deixar que ele enfie a língua na sua boca.

"Como vocês sabem, hoje vou devolver seus trabalhos."

Ouço alguns sussurros empolgados, além de gemidos e vozes preocupadas.

"Não se preocupem. Em geral, vocês fizeram um ótimo trabalho. Tem muitos artigos interessantes aqui. Srta. Ridgeway, o seu em particular foi uma leitura fascinante."

Nora ergue a cabeça em choque. É a primeira vez que ele a elogia. Não consigo ver o rosto dela, mas imagino que esteja muito feliz.

"Dito isso", continua ele, "notei que alguns de vocês tiveram problemas com os princípios básicos da redação, como citar corretamente uma fonte ou organizar um parágrafo. Acho que talvez esteja faltando uma orientação mais direta."

Ele abre a pasta e tira um laptop, que posiciona na mesa. "Certo, descobri que, às vezes, para ensinar a fazer algo corretamente, é bom mostrar o que não fazer. Então, vamos dissecar dois artigos, ambos nota três, e examinar os motivos." Piscadinha. "Não se preocupem, são trabalhos de um curso de história da moda que dei na UCLA, há alguns anos. Costumo reutilizar os temas. Culpo a preguiça."

Isso lhe garante mais risadas.

Ele se inclina sobre o computador. "Vamos começar com este artigo sobre a evolução da moda em Nova York."

Gelo por dentro.

Tem que ser coincidência, né? Ele *acabou* de dizer que tende a repetir os temas. A ansiedade preenche meu estômago enquanto espero o ensaio aparecer na tela de projeção.

Então ele aparece, e a ânsia me sobe até a garganta. Quase engasgo com a bile.

Uma página de rosto preenche a tela por cerca de meio segundo antes de Laurie passar para a seguinte.

Mas meio segundo é tudo o que preciso para distinguir meu nome na capa. A data abaixo indica claramente que o trabalho foi escrito e entregue neste semestre. UCLA, uma ova.

Não fui a única a notar. Ben, meu companheiro de fileira de sobrancelhas grossas, me lança um olhar estranho. Nora se contorce para franzir a testa para mim antes de encarar a tela novamente.

"Como podem ver, essa aluna teve muitos problemas com a estrutura básica do texto. Deem uma olhada na tese — ela diz claramente o que planeja discutir no ensaio e em que ordem. No entanto, o parágrafo seguinte não dá continuidade ao projeto..."

E assim ele segue, por muito, muito tempo, esquadrinhando o texto ao qual me dediquei nos últimos dois meses. Um texto que me fez chorar. Minhas bochechas ficam cada vez mais quentes a cada segundo que passa. Meu estômago se revira. O resto da turma *viu* meu nome na capa. Ou pelo menos a maioria viu. Eles sabem que fui eu que escrevi. Laurie fez de propósito. Ele fica lá, piscando, sorrindo e se divertindo horrores enquanto disseca meu trabalho.

"Como podem ver, a aluna não tinha conteúdo, por assim dizer."

Nora dá uma risadinha. Ben me olha como se estivesse do meu lado.

Tento desesperadamente não chorar. Fixo o olhar nas mãos sobre as pernas. Não quero que Laurie saiba quão perto estou das lágrimas. Me recuso a deixar ver que a tentativa de me humilhar funcionou.

O filho da puta está apontando um erro de ortografia que deixei passar na revisão. Fitz também deixou.

"Não estamos no jardim de infância. Isto aqui é uma universidade da Ivy League. Ortografia é importante."

Fico de pé. Já chega. Recolho minhas coisas, com as mãos tremendo feito galhos numa tempestade de vento e fujo para o corredor.

Laurie ainda está falando quando saio da sala. Estou no meio do corredor quando alguém chama meu nome.

"Summer, espera." Ben corre na minha direção, a preocupação estampada no rosto. "Você está bem?"

"Na verdade, não." Engulo em seco repetidas vezes, mais uma vez tentando conter as lágrimas.

"É muito errado isso que o Laurie tá fazendo", diz Ben, enfático.

"Eu que o diga."

"Você precisa informar o chefe do departamento."

"E o que vou dizer?", pergunto, com sarcasmo. "'Oi, tirei três no trabalho. Demitam o professor.'"

"Não. Você pode dizer que ele te humilhou na frente da turma..."

"Desculpa", eu o interrompo, porque estou por um fio. "Tenho que ir."

"Summer."

"Ben, por favor. Me deixa." Aponto para a porta. "Volta pra aula e pega sua nota. Aposto que você mandou muito bem."

"Summer." Ele balança a cabeça, com raiva. "Isso não é justo."

"A vida não é justa." Minha voz falha. "Mas agradeço muito você ter vindo ver como eu estava. De verdade. Você é um cara legal. Obrigada."

Aperto seu braço e vou embora.

Em casa, encontro Fitz em sua mesa. Está de fone de ouvido e segura um controle de video game conectado a um computador. Ou é o que parece. Não entendo direito o sistema de jogo dele. Fitz tentou me explicar uma vez, mas já esqueci.

Arranco seus fones de ouvido, e ele gira na cadeira acolchoada, assustado. "Porra, você me assustou." Quando Fitz vê meu olhar, seu rosto se enche de preocupação. "O que foi?"

Inspiro devagar e controladamente. "Preciso te perguntar uma coisa, e você tem que prometer ser honesto comigo."

"Tá bom..." Ele fica desconfiado.

"Meu trabalho estava uma porcaria?"

"O quê?" Fitz esfrega o rosto com ambas as mãos, claramente confuso. "Você está falando do trabalho de moda? Sobre Nova York na primeira metade do século xx?"

Faço que sim com a cabeça. "Você me disse que fiz um bom trabalho", digo, trêmula.

"Você fez um ótimo trabalho."

Avalio sua expressão e não vejo nada de desonesto. Sua voz é absolutamente sincera. "Acredita mesmo nisso ou só está dizendo porque é meu namorado?"

"Summer, se eu achasse que seu trabalho estava uma droga ou que tinha alguma coisa problemática nele teria dito a você", garante ele, com firmeza. "E teria me oferecido para ajudar a consertar. Não vejo por que mentir sobre coisas assim."

Afundo na beirada da cama dele. Mais uma vez, meus olhos começam a arder, mas desta vez não consigo me controlar e algumas lágrimas rolam pelas bochechas.

Num segundo, Fitz está de pé. Ele se ajoelha na minha frente e coloca as mãos grandes nas minhas coxas. "Fala comigo", pede, com urgência. "O que aconteceu?"

"Tirei três no trabalho."

Isso o assusta. "Sério?"

Assinto devagar.

A surpresa em seu rosto lentamente se transforma em ceticismo. "Com essa nota fica difícil não repetir."

"Eu sei", resmungo. Enquanto as lágrimas continuam a cair, conto a ele tudo o que aconteceu na aula. E, como já estou me humilhando, também revelo o que aconteceu na sala de Laurie.

Os olhos de Fitz brilham de raiva. "Aquele filho da puta. Agora ele está punindo você porque não quis dormir com ele."

Enxugo os olhos. "Não sei. Talvez eu realmente tenha merecido um três."

"De jeito nenhum. Aquele trabalho não merecia um três, Summer. Desculpa. Não sou um gênio da redação, mas teria te dado um oito. *Talvez* um sete, se fosse muito rigoroso com a gramática, ou um seis, se estivesse de mau humor. Mas um três é ridículo. Está na cara que ele está te punindo." Fitz balança a cabeça com raiva. "Você precisa pedir revisão da nota."

Sua confiança no meu trabalho seca minhas lágrimas. "Posso fazer isso?"

"Não sei como funciona no departamento de moda, mas sem dúvida existe um processo de pedido de revisão na faculdade, e você tem que recorrer a ele." Fitz segura meu rosto com as duas mãos e passa os polegares pelo meu queixo. "Não deixa o cara se safar. Você *não* merece essa nota."

Mas e se merecer?, minha crítica interna contrapõe. *Você não é exatamente a aluna mais brilhante do...*

Cala a boca, eu a interrompo, dando um tapa mental na parte negativa do meu cérebro, que há anos me atormenta. *Cala a boca.*

Não vou ouvir a crítica. Vou ouvir Fitz, que parece seguro de que fiz um bom trabalho.

Sua fé em mim me deixa sem fôlego. Eu o abraço com força. "Te amo", sussurro. "Você faz com que me sinta..." Paro e penso. "Inteligente."

Sua risada rouca faz cócegas no alto da minha cabeça. "Inteligente, é?" Ele corre as mãos por minhas costas antes de me apertar com mais força.

"É." Sorrio contra seu pescoço quente, inspirando seu perfume masculino e familiar. "Não recorri na questão do plágio na Brown porque achei que ninguém fosse acreditar que não tinha sido intencional. Mas deveria ter feito isso. Não merecia repetir — só precisava de uma ajuda extra." Tensiono a mandíbula. "Porque tenho um distúrbio de aprendizagem."

Ergo a cabeça e encontro Fitz me admirando com orgulho nos olhos.

"Não sou burra", digo a ele, e pela primeira vez minha crítica interior permanece em silêncio. "Só aprendo de forma diferente. Me dediquei muito àquele trabalho, e talvez pudesse rever algumas frases, talvez houvesse um parágrafo ou outro que pudesse ter ajeitado. E, tá bom, tinha *um* erro de ortografia — mas, fala sério, você espera mesmo que eu acredite que mais ninguém na turma teve um erro de digitação sequer?" Empino o queixo. "Vou pedir revisão dessa merda."

"Isso. Se Laurie ficar nervosinho, problema dele."

"É isso aí." Corro os dedos pela barba por fazer em sua mandíbula forte. "Obrigada por fazer com que eu me sinta melhor."

"Ei, é minha função como namorado." Os lábios de Fitz roçam os meus num beijo reconfortante. "Relaxa. A faculdade vai aceitar, porque vai ficar óbvio que Laurie é um idiota vingativo. Vai dar tudo certo." Ele me beija de novo. "Prometo."

31

FITZ

Devido a um conflito de horários com a Arbor House, local do evento em Hastings, o desfile de moda da turma do terceiro ano amanhã vai ter início às 19h, em vez das 21h. Pedimos desculpas a todos que já têm ingresso por qualquer inconveniente.

"Dá pra acreditar nisso?"

A raiva distorce as feições bonitas de Summer em algo sombrio e primitivo. Ela parece pronta para dirigir até a casa de Erik Laurie e estrangulá-lo com as próprias mãos.

Não a culpo.

"Um conflito de horários?", grita ela. "Na véspera do evento? Ele fez isso de propósito. Está tentando me foder, literal *e* figurativamente."

Não rio, porque estou furioso também. Quando ela enviou um e-mail para Laurie lembrando-o de que metade de seus modelos só estaria disponível bem depois que o evento tivesse começado, só recebeu uma resposta fria dizendo que ela ia ter que refazer a matéria no ano que vem.

O que é um tapa na cara depois do tanto que se esforçou.

"Tem certeza de que ele sabia que Rex e os caras só estariam disponíveis depois das oito?"

"Claro", diz ela, categórica. "Falei várias vezes nas reuniões. Ele queria que eu abrisse o show, e eu falei que preferiria um horário mais tarde, para garantir que o time chegasse de viagem. Além do mais, é muita pressão ser a primeira."

"Você não pode recorrer a outra pessoa?", pergunto.

"Quem? Meu orientador? Richmond não me suporta. E é louco por Laurie."

"Talvez ele entenda. Não é culpa sua. E, em último caso, você ainda tem as garotas."

"Falei tudo isso para Laurie", ela diz, e então joga o celular para mim.

Releio a troca de e-mail dos dois. Depois da resposta malcriada do professor, Summer perguntou se não poderia apresentar apenas a coleção feminina e cortar a masculina. Laurie disse que ou ela levava todos os doze modelos ou nenhum. E mais uma vez reiterou que teria que fazer o curso de novo.

Filho da puta vingativo.

"O que eu vou fazer?" Sua expressão é de total consternação, mas ela não está chorando, o que me diz que ainda não admitiu a derrota.

"Deve ter uma solução. Você falou com Rex? Não tem como eles voltarem mais cedo?"

"Não. O treinador colocou todo mundo em confinamento. Aparentemente, o tal retiro é no meio do mato. O ônibus só vai buscar o time às cinco. Eles vão chegar umas duas horas depois."

Penso um pouco mais. "Então temos seis roupas de banho masculinas."

"Oito. Rex e Lockett iam desfilar duas vezes."

"Mas você só precisa de seis corpos."

"É, mas..." Ela balança a cabeça, frustrada. "As peças são feitas sob medida."

"Mas temos as medidas, e tenho certeza que podemos encontrar caras que caibam mais ou menos nelas."

"Aonde você quer chegar com isso?"

Pois é, aonde você quer chegar com isso?

Expiro lentamente. "A gente desfila."

Ela arregala os olhos. "A gente?"

"Quero dizer, eles", me corrijo. "Vou falar com o pessoal do time." Já estou pegando o telefone na mesa. "Hollis com certeza vai topar, você sabe que ele gosta de aparecer. Hunter..." Paro. Não, Hunter está fora. Há semanas mal fala com a gente. "Consigo ver Nate aceitando." Percorro meus contatos. "Precisamos de alguém um pouco mais magro para substituir Lockett."

"Jesse!", sugere Summer.

"Se Katie deixar." Ignoro o nome dele e procuro o da namorada. "Quer saber? Vou escrever direto para Katie. Quem manda ali é ela."

"Verdade." Summer franze os lábios. "Mas quem vai substituir o Rex? Por favor, não fique bravo comigo, mas... ele é bem avantajado."

Fecho os olhos por um instante. "Sério? Nenhum cara quer ouvir isso da namorada, Summer."

"Pedi pra você não ficar bravo", protesta ela. "De qualquer forma, não se preocupe. Ele não é muito maior que você. Você é quase igual..." Seus olhos se iluminam como se fosse Natal.

"De jeito nenhum", rosno, lendo sua mente. "Estou recrutando modelos para você, e não me oferecendo." A ideia de desfilar numa passarela para uma multidão me dá ânsias.

"Tá bom. Então você vai ter que perguntar o tamanho do pênis dos seus amigos. Preciso de um bem grande."

Luto para conter o riso. Deus. Essa garota.

"Vou ver o que posso fazer", prometo.

A parte boa de não ter jogo amanhã à noite é que, em teoria, a maioria dos caras deveria estar disponível.

A parte ruim de não ter jogo amanhã é que quase todo mundo tem planos pra hoje à noite. Metade dos caras foi para uma boate de strip-tease em Boston. Alguns não atendem o telefone. Outros perguntam para as namoradas, que não liberam.

Katie, por sorte, não é uma delas. Ela deixa Jesse participar do desfile. Hollis, como sempre, está mais do que feliz em ajudar. Demoramos um pouco para convencer Nate e Matt, mas Summer prometeu que a festa pós-desfile estaria cheia de meninas de fraternidade. O franco-canadense do time, Pierre, é um sujeito enorme e peludo, mais ou menos do mesmo tamanho que o enorme e peludo Bibby.

Em vinte e quatro horas, arrumei cinco modelos.

Mas ainda não encontrei um substituto para Rex, o bem avantajado.

Sentado na cadeira, olho para minha própria virilha. Nunca pensei que veria o dia em que amaldiçoaria o tamanho generoso do meu pau. Mas estou ficando sem opções e sem tempo. Faz uma hora que Summer foi até o local do evento para ajudar na arrumação. Ela tinha se oferecido para ajudar na limpeza, isso antes de Erik Laurie atacá-la.

Hoje de manhã, Summer mandou um e-mail para o cara dizendo que tinha encontrado substitutos para os modelos masculinos.

Não quero decepcionar minha namorada, mas não sei para quem mais ligar. Meus amigos do mundo do video game estão longe de ser modelos. Morris, Ray, Kenji... São todos baixos e magros, para não falar introvertidos.

Vasculho o cérebro em busca de outros candidatos até que meu telefone toca. *Número privado.* Atendo sem demora, porque disse aos meus amigos para passarem o número a qualquer um que pudesse estar interessado.

Então tenho um déjà-vu.

"Por favor, aguarde na linha para falar com Kamal Jain."

É sério? Por que ele está me ligando? Desde a discussão no Heyward Plaza na semana passada não tenho notícias dele (nem quero ter).

"Colin!", ele late no meu ouvido. "Pode falar agora? Teria ligado durante o horário comercial, mas fiquei preso num monte de reuniões até as seis."

Esta noite, seu jeito rápido de falar me irrita. "O que o senhor quer?", pergunto.

"Já não falamos disso? Por favor, me chame de KJ ou..."

"Não", eu o interrompo. "Cansei dessa ladainha. Diga o que quer, senão vou desligar."

Silêncio.

Não acredito que acabei de calar um bilionário.

Acho que nem ele. Quando fala de novo, a confiança habitual não aparece. "Colin. Sinto muito pela maneira como me comportei no evento de arrecadação de fundos." Ele pigarreia. "Insultei sua namorada e fui condescendente com você. Estou arrependido."

Quase caio da cadeira. Ele está pedindo desculpas? Por essa eu não esperava.

"Desculpe se pareço um pouco enferrujado. Não peço desculpas desde... nunca, talvez? As pessoas me pedem desculpas, não o contrário. E pensar que estou me rebaixando por um atleta! Quem poderia..."

"É sério? De novo essa palhaçada de atleta?", suspiro.

Há uma pausa. "Mais uma vez, desculpe. Acho que sou um pouco tendencioso quando se trata de vocês."

"Não brinca."

"Não tive uma boa experiência com eles no colégio", admite. "Embora você já deva suspeitar disso. Bom, sinto muito mesmo, garoto. Fui um idiota. E, verdade seja dita, você me impressionou naquela noite. Os outros candidatos ficaram assentindo e concordando com tudo o que eu dizia. Só me bajulavam e diziam como sou incrível. Não me entenda mal, sei que sou. Mas cansa ter gente te seguindo e puxando teu saco. Você me enfrentou, Colin. E, mais do que isso, é muito talentoso."

Fico feliz que ele não esteja aqui para ver meu queixo cair.

"Então." Kamal soa envergonhado. "Se ainda estiver interessado na vaga na Orcus Games, ela é sua."

Agora meu queixo está de fato no chão. Por *essa* eu realmente não esperava. E tenho que admitir que estou impressionado que ele tenha sido homem o suficiente para me ligar e pedir desculpas.

Mas, ao mesmo tempo, não consigo esquecer o desrespeito com o qual tratou Summer. Não sei se um pedido de desculpas vai me fazer superar aquilo.

"Já falei que não estou interessado em trabalhar para alguém como você", digo, com rispidez.

"Estou te pedindo para reconsiderar. Preciso de alguém como você no meu time. Alguém que me desafie, que me enfrente. Alguém para me lembrar de que, antes de eu ser um idiota arrogante, era um nerd que adorava video games."

Hesito por um momento. "Se quer que eu reconsidere, então vai precisar me dar um tempo para pensar", digo, enfim.

"Entendo. Vou te dar alguns dias. Que merda, uma semana, duas. Mas preciso de uma resposta final até o fim do mês."

"Tá bom. Eu entro em contato. Mais alguma coisa?" Estou sendo rude de novo, mas o desfile vai começar em breve. Summer é mais importante para mim do que esse idiota arrogante, como ele muito habilmente se descreveu.

"Pensa com carinho", insiste Kamal.

"Já disse que vou pensar." E não estou mentindo. Vou tirar um tempo para avaliar se trabalhar para Kamal vai valer a pena para mim, mas se espera que eu me desdobre por ele vai se decepcionar. Só tem uma pessoa por quem me desdobro, e ela nem pede que eu faça isso.

"Vou entrar em contato, sr. Jain." Então concluo com uma sequência de palavras que nunca na vida me imaginei dizendo: "Agora tenho que desfilar para minha namorada".

32

SUMMER

“Esse cara realmente te ama.”

“Eu sei”, digo a Brenna, incapaz de lutar contra o sorriso bobo.

Estamos nos bastidores, vendo meu namorado desfilar pela longa passarela que corta o enorme salão de baile da Arbor House, uma mansão histórica em Hastings. A sunga de Fitz realça sua bunda perfeita, e os músculos de suas coxas se contraem enquanto ele caminha pela passarela a passos largos.

Nos bastidores do outro lado, Bianca e as meninas da Kappa estão curtindo o desfile. Toda vez que um jogador de hóquei seminu faz sua entrada, elas suspiram, sonhadoras. As meninas já se exibiram sob aplausos estrondosos. Meus biquínis foram um sucesso, mas o maiô decotado com que Bianca fechou a linha feminina foi sem dúvida o vencedor da noite.

Bianca me pega olhando para ela e responde com um aceno entusiasmado. Aceno de volta com um sorriso. Não vi Kaya na plateia, o que me diz que não endossa o projeto paralelo delas. Mas quem se importa? As meninas da Kappa me apoiaram num momento difícil, e estou em dívida com elas.

Do outro lado das cortinas, Fitz chega ao final da passarela e faz a volta como praticamos, ainda que ligeiramente desajeitado. As pessoas na primeira fila de ambos os lados da passarela aplaudem, e meu sorriso dobra de tamanho.

Como eu suspeitava, a sunga está um pouco frouxa na frente, já que Rex é mais bem-dotado que Fitzy. Mas isso não quer dizer que meu homem não fique incrível com qualquer sunga. Além do mais, eu não ligaria mesmo se metade das sungas não coubesse. Estou muito contente só de termos encontrado substitutos para todos os seis jogadores.

Nem todo mundo está tão empolgado quanto eu, no entanto. Erik Laurie está na primeira fila com os outros membros da faculdade, incluindo Mallory Reyes, a chefe do departamento. Laurie mantém seu programa no colo, elegante como sempre num terno listrado e com o cabelo penteado para trás, exibindo a testa marcante e o rosto barbeado.

Seu semblante está sério enquanto olha para meu modelo. Correção: para meu *namorado*, que é tão gostoso que é quase... de outro mundo. É isso aí. Não há outra maneira de descrever o homem tatuado e musculoso se exibindo para mim com a pele coberta de óleo.

"Tenho vontade de ir lá e dar pra ele agora mesmo", rosno. "Na frente de todo mundo. Não tô nem aí."

"Não culpo você", responde Brenna. "Olha só esse corpo. Ele é maravilhoso."

E é mesmo. O alívio em seu rosto quando ele volta aos bastidores é quase cômico.

"Acho que vou vomitar", Fitz murmura.

Contenho uma risada. "Você foi tão bem!", asseguro. "Mas a gente precisa colocar a outra sunga de Rex em você agora, porque vai entrar de novo depois de Nate."

Cada estilista tem uma área para as trocas de roupa delimitada por uma cortina, e empurro Fitz para dentro da minha. A segunda sunga não é tão pequena quanto a primeira. Deixei esta para o final, para ele tirar logo da frente a mais desafiadora.

Fitz coça o peito nu, depois lembra que Brenna e eu esfregamos óleo sobre todos os caras antes de o desfile começar. Sua mão grande está brilhando agora, e ele morde a língua de forma sedutora antes de dizer: "Estou todo melado. Pode tirar a sunga para mim?".

Reviro os olhos. "Óleo nas mãos não te impede de tirar a própria sunga." Ainda assim, enfio os dedos sob o elástico, porque quem não aceitaria tirar o que é praticamente uma roupa íntima do corpo desse gostoso?

Deslizo as mãos para dentro da sunga e aperto sua bunda. Ele é tão musculoso que é de enlouquecer.

Os olhos de Fitz brilham. "Não faz isso", avisa ele. "Vou ficar duro."

"Foi você quem pediu para eu tirar a sunga."

"Tem razão. Onde eu estava com a cabeça?" Ele afasta minhas mãos e tira a sunga sozinho.

Por um breve e glorioso momento admiro seu pau, mas ele logo veste a peça nova e dá um laço no cordão. "Como estou?", pergunta.

"Delicioso." Dou um tapa na bunda dele. "Agora volta ao trabalho."

Fitz ri enquanto o levo para fora do vestiário. Nate sai da passarela e meu namorado entra nela, mas, antes de desfilar, pisca para mim e murmura: "Não faria isso por mais ninguém, você sabe, né?".

"Eu sei. E te amo por isso."

Brenna suspira depois que ele desaparece. "Vocês dois são tão melosos."

"Somos. Não vou mentir." Sorrio para ela. "Ainda está saindo com McCarthy?" Brenna não tem falado nada sobre sua vida amorosa.

Ela dá de ombros. "Não. Ele mora em Boston. Eu moro em Hastings. Não vou me esforçar tanto por um cara de Harvard."

"E se fosse Connelly?", contraponho. "Faria o esforço por ele?"

"Por que essa mania com Connelly?", pergunta ela, exasperada. "Juro, você está obcecada pelo cara. Ele é um idiota arrogante, Summer."

"Mas é tão gostoso."

"Idiotas arrogantes costumam ser gostosos. É por isso que viram idiotas arrogantes."

Fitz volta sob o som de aplausos estrondosos, e sinalizo para que Hollis o substitua na passarela. Ele vai fechar o desfile e tira todo o proveito que pode disso. Flexiona os bíceps para pousar as mãos no quadril e exibe a barriga tanquinho quando dá meia-volta no final da passarela. E assim meu desfile chega ao fim. As garotas da Kappa me abraçam e alguns colegas me dão parabéns pelo trabalho.

Ben é o próximo designer, então saímos dos bastidores para dar lugar a ele e seus modelos. Brenna e as meninas vão para a plateia, enquanto Fitz e os outros se trocam. Agradeço imensamente a todos pela ajuda, mas sinto uma pontada de tristeza no coração com a ausência de Hunter. Fitz e eu concordamos que é melhor dar um tempo a ele, mas é uma droga saber que o machuquei.

Quando estou só com Fitz (e ele está vestido), pego sua nuca e trago sua boca até a minha. "Obrigada", sussurro contra seus lábios. "Você literalmente salvou minha vida."

"Bom, não *literalmente*", sussurra ele de volta.

"Literalmente", insisto, e seus lábios se contorcem com graça antes de cobrir os meus.

Alguém se espanta atrás de nós; quando viramos, vemos Nora a alguns metros de distância. Ela fica pálida com o susto, mas então seus lábios se contraem numa careta desagradável. "Não acredito nisso, Fitz. Era dela que você estava falando? *Dela?*", Nora cospe.

E então sai pisando duro, o cabelo preto com mechas cor-de-rosa voando quando faz uma curva.

Eu me viro para ele, confusa. "O que ela quis dizer com isso? Quando você falou com Nora?"

"Logo depois que a gente dormiu juntos pela primeira vez", responde ele. "Eu falei pra ela que não podíamos sair de novo porque estava com outra pessoa."

"Ah. Você não me falou isso."

"Pra ser sincero, esqueci."

Eu também tinha me esquecido de Nora, pelo menos no que diz respeito a Fitz. Ela não é uma ameaça, embora eu me sinta mal por ter visto a gente se beijando quando sei que tem uma queda por ele.

Sente mesmo?, minha Selena Gomez interior pergunta. Tenho certeza de que está se segurando para não mostrar a língua para mim.

Bom. Talvez eu não me sinta *tão* mal.

"Será que eu devia ir falar com ela?", pergunta Fitz, preocupado.

"De jeito nenhum", respondo, animada. "Nora já é bem grandinha, vai superar."

O desfile termina por volta das nove e meia, que é quando estava marcado para *começar* antes de Laurie decidir que esmiuçar meu ensaio e me envergonhar na frente da turma não era suficiente. Mas sua tentativa de me sabotar esta noite falhou. E não deixo de notar a raiva em seus olhos quando Mallory Reyes me chama de lado na festa organizada pela Briar e elogia minhas criações. Ela não para de dizer a Laurie o quanto ficou encantada com a influência boêmia misturada ao meu estilo glamoroso moderno; ele só fica lá, olhando feio na minha direção por cima da cabeça dela.

"Vem conversar comigo antes do final do semestre, para a gente discutir seu estágio de fim de curso. Tenho algumas ideias." Ela olha para Laurie. "Adorei o estilo dessa garota, Erik. É muito divertido."

"Muito divertido", concorda ele, mas a raiva descontrolada em seus olhos trai seu tom arejado.

Não estou nem aí se ele me odeia. Não há nota final na matéria, ele só tem que dizer se fui aprovada ou reprovada, e duvido que me reprove depois de Mallory ter passado os últimos dez minutos elogiando meu trabalho. E é ela quem vai reavaliar meu ensaio quando eu entrar com o pedido.

Tenho a sensação de que vai ficar do meu lado.

Peço licença e socializo um pouco. Fitz me acompanha, parecendo menos infeliz do que o normal por ter que participar de um evento social. Ele está evoluindo. Tenho muito orgulho dele.

O pessoal do time se reúne no bar. Como a festa foi organizada pelo departamento de belas-artes, os garçons não estão servindo ninguém sem documento. Mas a maioria de nós já tem mais de vinte e um. Saboreio um vinho enquanto Fitz toma uma cerveja e ficamos observando a multidão. Brenna está do outro lado da sala, conversando com Hollis. Estão rindo de alguma coisa, e toda vez que ela joga a cabeça para trás noto uma centelha de esperança nos olhos dele. Pobre Mike. Um dia desses vai ter que aceitar que Brenna não está interessada.

Fitz começa a falar de hóquei com Nate e Matt, então dou uma volta e socializo um pouco mais. Em determinado momento, esbarro em Nora e quase elogio seu desfile. Os vestidos inspirados no punk rock estavam incríveis. Mas seus olhos brilham furiosos quando me vê, então só murmuro um pedido de desculpas e sigo em frente.

Um pouco depois, vejo-a no bar, conversando com Laurie, e sua expressão é bem mais animada. Está tomando um drinque rosa e ele segura uma taça de vinho tinto. Laurie toca o braço dela, então pisca e segura uma mecha de seu cabelo preto e rosa. Nora ri.

Parece que conseguiu o que queria — finalmente tem toda a atenção de Laurie. Por mim, pode ficar com o filho da mãe pegajoso só pra si.

A festa está esfriando quando meu telefone vibra no bolso de trás do jeans. Pego o celular e vejo uma mensagem de Rex.

REX: *Vi no Snapchat que os caras do hóquei mandaram bem, mas fiquei mal. A gente queria ter desfilado!*
EU: *Eu sei* ☹
REX: *A festa ainda tá de pé, né? Tá cheio de cerveja aqui. Seria uma pena desperdiçar.*

Volto para o bar e pergunto a Fitz e aos outros. "Topam ir à festa na casa do Rex?"

"Claro", ele diz, embora a contragosto. "Se você quiser..."

"Claro que eu quero", respondo na mesma hora. "Daphne Kettleman vai estar lá."

"Por que você se importa tanto com essa garota?" Ele balança a cabeça, resignado.

"Porque ela é Daphne Kettleman."

Fitz passa as mãos pelo rosto. "Summer. Acho que ainda vou dizer muito isso pra você, mas... não te entendo."

Nate dá risada.

"Tudo bem. Não é todo mundo que me entende." Dou um beijo na bochecha dele. "Por que vocês não vão indo na frente? Tenho que ficar mais um pouco para limpar, mas te encontro na Elmhurst depois."

"Posso ficar e ajudar", oferece Fitz.

"Você já ajudou demais." Meu tom é firme. "Leva Brenna e as meninas. Chego em uma hora no máximo."

"Não gosto da ideia de te deixar sozinha aqui."

"Possessivo", Hollis tosse em voz baixa.

"Não vou ficar sozinha", digo a Fitz. "Ben e Nora" — faço uma careta ao dizer o nome dela — "também se ofereceram para ajudar."

"Seja gentil", ele diz.

"Ei, eu sempre fui. Ela que é grossa comigo." Escrevo para Rex dizendo que a festa ainda está de pé, então guardo o celular no bolso. "Mando uma mensagem quando estiver saindo."

Quarenta e cinco minutos depois, Ben e eu já empilhamos a última cadeira, empacotamos todos os cabides e arrumamos tudo da melhor maneira que pudemos. Amanhã de manhã alguém da universidade deve buscar tudo e devolver ao departamento de moda.

Aponto a passarela elevada no centro do salão gigante. "Eles não esperam que a gente desmonte, né?"

"Não, acho que quem vier buscar as coisas vai fazer isso."

"Que bom." Confiro a hora no celular. "Você vai na festa?"

Ele passa os dedos sobre as sobrancelhas espessas. "Não sei... é dos caras do futebol americano, né?"

"Você tem alguma coisa contra eles?", pergunto.

"Não, mas já levei tanto cuecão que fiquei meio traumatizado." Ele abre um sorriso insolente. "Mas também recebi muito boquete deles pra compensar."

Arfo. "Ben! Primeiro, eu não sabia que você era gay. Segundo, então a gente tem algo em comum: curtimos um gostoso!"

"A gente já tinha outras coisas em comum", responde ele, irônico. "Não estamos cursando moda? Não amamos Chanel e Versace?"

"Verdade. Bom, você vem à festa ou não?"

"Claro, por que não? Precisa de carona?"

"Obrigada, mas vim de carro." Estou prestes a enfiar a mão na bolsa para pegar as chaves quando percebo que não estou com ela. Deixei nos bastidores, quando Ben e eu estávamos dobrando as cortinas. Nora também chegou a ajudar, mas não sei onde está agora. Provavelmente foi embora para não ter que passar mais tempo comigo.

"Te vejo no Rex", digo a Ben.

"Ele é um gato", murmura ele.

"Por favor, diz isso na frente dele pra eu ver como reage."

Ele ri. "Se eu achar que vou ganhar um boquete e não um cuecão eu digo", promete ele.

Assim que Ben sai, subo na passarela e caminho em direção aos bastidores. Pego minha bolsa depressa, mas, antes de sair, escuto uma risadinha feminina.

Paro na mesma hora e olho para o corredor que leva às salas da administração da Arbor House. Usei o banheiro ali hoje.

Ouço a risada de novo. Tenho certeza de que é Nora, e meus olhos se estreitam diante da entrada sombria. Com quem ela está?

Num instante, me dou conta. Laurie. De repente, percebo que não o vi saindo. Ele simplesmente sumiu da festa, assim como Nora desapareceu no meio da limpeza.

Sigo as risadas pelo corredor e inclino a cabeça. Ouço uma voz masculina bem nítida. Está vindo do banheiro, e tenho quase certeza de que é Laurie. Em seguida, vem a voz abafada de Nora, e de novo a de Laurie. Ela ri mais uma vez.

Bom pra ela, acho. Ficou louca pelo esquisitão já no primeiro dia de aula. Agora pode viver seu sonho esquisitão.

Estou prestes a ir embora quando a ouço gritar.

Não é um grito de medo, e sim uma exclamação de surpresa, como se ele a tivesse assustado. Mas é o suficiente para me fazer caminhar na direção do banheiro para conferir se ela está bem. Lembro o olhar de traição no rosto de Laurie quando rejeitei seus avanços. Ele pode ter me liberado quando eu disse não, mas estava sóbrio naquele dia, e nos limites da universidade.

Esta noite eu o vi beber pelo menos três taças de vinho tinto. Além do mais, estava fervendo de raiva porque frustrei seu plano maligno. Não seria certo sair sem confirmar que Nora está...

"Para com isso."

Ela foi bem clara.

Chego à porta e ouço som de briga atrás dela. Então um baque, como se alguém tivesse batido em alguma coisa. Um tilintar, como se algo tivesse caído no piso de azulejo.

A voz de Nora é firme. "Para com isso. Eu disse não."

Então ouço a voz maliciosa de Laurie murmurar: "Você só está provocando...".

Outro barulho. Nora grita de novo, e quase caio de alívio quando giro a maçaneta e descubro que a porta não está trancada. Graças a Deus.

Abro e grito: "Solta ela!".

33

SUMMER

Laurie está com a mão entre as pernas de Nora. Ela está com a própria mão sobre a dele, tentando afastá-lo. A visão me enlouquece. Disparo para cima do professor, erguendo um dos braços e descendo num golpe de caratê na nuca dele. Laurie uiva de dor e tropeça para longe de Nora.

"Cacete!", ele exclama, esfregando com raiva o local em que foi atingido.

"Ah, sinto muito", respondo, com ironia. "Estou atrapalhando?" Meu estômago se revira quando noto a protuberância em suas calças. Filho da mãe. Viro para Nora, que está pálida, com os dedos tremendo descontrolados enquanto tenta alisar o vestido amarrotado.

"Você está bem?", pergunto na hora.

"Estou."

Não parece. Sua voz sai fraca e suas pernas balançam visivelmente quando vem na minha direção. Envolvo seus ombros trêmulos num abraço protetor. O fato de me deixar fazer isso mostra quão abalada está.

"Claro que ela está bem", diz Laurie, com frieza. "Não sei o que você acha que está acontecendo aqui, Summer, mas Nora não corre perigo algum comigo. Sua histeria, pra não falar do absurdo que está presumindo, é mais do que um insulto. Você acabou de conseguir uma acusação de agressão na polícia."

Não consigo deter a risada incrédula. "Você vai mandar me prenderem por agressão? Está de brincadeira? E sei *exatamente* o que aconteceu aqui."

"Não ocorreu nada de desagradável entre mim e Nora. Não é verdade, Nora?"

Ela não responde. Só treme mais forte em meus braços.

"Você é nojento", acuso.

"Você não sabe do que está falando", cospe ele. "Interrompeu um momento íntimo e consensual entre mim e..."

"Uma aluna!", termino sua frase, perplexa. "Entre você e uma aluna! Mesmo que *fosse* consensual, e não parece que foi, acha isso certo?"

Irritado, ele aperta os lábios numa linha fina. Espero que negue, peça desculpas, qualquer coisa. Mas Laurie só diz: "Não preciso disso agora".

Fico boquiaberta. "Não precisa, uma o..."

Mas ele já está indo embora. Seus passos frenéticos reverberam nos bastidores, depois ficam cada vez mais baixos até que ouvimos uma porta bater. E então fica tudo em silêncio.

Nora ainda treme. "Obrigada", sussurra ela.

"Ei, sem problema." Aperto-a com mais força. Acho que precisa disso ou vai cair. "Mas a gente tem que ir à polícia agora."

Ela ergue a cabeça depressa. "O quê? Por quê?"

"Nora, ele teria te estuprado se eu não tivesse aparecido. Sabe disso, não sabe?"

"Talvez não." Mas não há convicção em sua voz. Ela limpa a garganta, endireita os ombros e se solta. "E ele não me estuprou. Sei o que vai acontecer, minha mãe é defensora pública. Vai ser minha palavra contra a dele. Tudo o que ele fez foi enfiar a mão entre minhas pernas. Não tem hematoma nem prova da agressão."

"Tem *eu*. Eu sou a prova. Vi o cara passando a mão em você. Ouvi quando você disse 'não'. Em alto e bom som."

"Summer, você sabe que não adianta", diz ela, sombria. "O cara vai se safar com uma advertência. Provavelmente não vai ser nem acusado."

Tenho a sensação de que ela está certa. Mordo o lábio enquanto repasso as opções na cabeça. Não são muitas, mas uma me parece viável. "Acho que sei de alguém que não vai dar só uma advertência a ele", digo, devagar.

"Quem?"

Pego a mão dela e digo: "Vem comigo".

"A gente não pode simplesmente aparecer na casa do reitor", sussurra Nora mais de uma hora depois. Ela está no banco do carona do meu Audi, e reclama desde que contei minha ideia a ela.

"Não estamos aparecendo do nada", lembro a ela, enquanto passo com o carro pelos portões de ferro forjado da propriedade de David Prescott. O reitor mora numa linda mansão em Brookline, um bairro rico no subúrbio de Boston. Tenho quase certeza de que Tom Brady e Gisele também moram por aqui. De repente, tenho uma visão dela fazendo cooper na frente da casa do reitor, reparando na minha roupa maravilhosa e me convidando para tomar um drinque. Meu Deus. Seria demais.

Infelizmente, não estamos aqui para ver celebridades. Viemos denunciar uma agressão sexual.

"Meu pai ligou para dizer que a gente estava vindo?" Porque ele é incrível. Sem falar aterrorizante, quando preciso.

E acho que Prescott também chamou reforços, porque ele não é o único nos esperando na porta. Hal Richmond está ao seu lado, e é ele quem nos recebe.

"Srta. Ridgeway. Summer." Como sempre, seu "sotaque" é condescendente. "Que confusão toda é essa?"

Solto um suspiro. "Aconteceu uma coisa esta noite e... bem, Nora não quer ir à polícia, mas eu disse a ela que não podia deixar passar em branco."

Prescott arregala os olhos. "Ir à polícia?" Ele abre mais a porta e nos convida a entrar.

Nora me olha em pânico.

Aperto seu braço. "Está tudo bem. Eu prometo."

Enquanto seguimos os dois até uma sala de estar do tamanho da minha casa em Hastings, ligo para meu pai. Ele atende na mesma hora. Estava me esperando.

"Oi, acabamos de chegar. Vou colocar você no viva-voz." Então olho para Prescott. "O senhor conhece meu pai. Espero que não se importe se ele ouvir."

Vejo Richmond contrair os lábios. Imagino que seu cérebro esteja berrando: "Tratamento preferencial!".

Ele que se dane.

“Sei que isso é estranho, mas sou de uma família de advogados”, explico para eles. “Nunca tenho conversas importantes sem aconselhamento jurídico.”

Meu pai ri do outro lado da linha. “E você está certa.”

Nora parece estar lutando contra um sorriso. Fico surpresa que o deixe vir à tona e que pareça genuíno. “Eu também venho de uma família de advogados”, ela murmura para mim.

“Olha só”, murmuro de volta. “E você que achou que a gente não tinha nada em comum.”

Se ela tivesse me dado uma chance em vez de presumir que eu era uma cabeça de vento, talvez pudéssemos ter ficado amigas. Mas no fundo sei que nunca vai ser o caso. Sou muito ciumenta, e ela saiu com Fitz.

Mas a garota quase foi estuprada hoje, então tenho que ajudar.

Com a atenção de Prescott e Richmond fixa em mim, repito o que aconteceu esta noite. Nora acrescenta informações, dizendo que Laurie pagou duas bebidas para ela e flertou a noite toda, então a atacou depois que todo mundo já tinha ido embora. Os dois homens ficam furiosos ao saber onde estava a mão de Laurie quando abri a porta do banheiro.

“Então dei um golpe de caratê nele e...”

Meu pai dá uma risada abafada.

“Pai”, repreendo.

“Sinto muito. Não queria interromper. É só que você fez três meses de caratê antes de abandonar. E tinha doze anos. Não acredito que ainda se lembre de alguma coisa.”

“Só daquele golpe”, admito.

“Bem, veio a calhar”, diz ele, e seu orgulho é quase palpável.

“Enfim.” Termino a história, admitindo que não foi a primeira vez que Laurie deu em cima de uma aluna. Nora me olha surpresa quando revelo: “Ele tentou me beijar depois de uma reunião na sala dele”.

Meu pai ruge. “Vou *matar*...”

“Pai, por favor! Você é um advogado de defesa. Não pode ameaçar matar pessoas. Ele não insistiu aquele dia, mas talvez a bebida tenha contribuído para seu comportamento inadmissível hoje.” Encaro Prescott e Richmond com um olhar severo. “Mas Laurie não pode se safar dessa. Uma pessoa dessa não pode dar aula na Briar.”

"Claro", concorda Prescott, enquanto Richmond dá um aceno sombrio. "Não se preocupem. Vamos agir depressa. E, Nora, por favor, lembre-se de que o centro de saúde dos alunos oferece aconselhamento psicológico. Acho que deveria tirar proveito disso."

Ela assente de leve com a cabeça.

Meu pai fala. "Quanto a entrar em contato com a polícia, ninguém pode forçar você a dar queixa. No entanto, se mudar de ideia, posso ajudar. Summer vai te passar meu contato. Pode me ligar a qualquer hora do dia ou da noite."

Ela morde o lábio, parecendo impressionada. "Obrigada."

A visita à casa do reitor chega ao fim. Nora e eu agradecemos e, enquanto nos acompanham até a porta, tiro meu pai do viva-voz e murmuro: "Te amo. Obrigada".

"Também te amo. Ah, e a propósito, dei uma olhada naquilo que você pediu. Não tinha feito antes porque... bem, porque sua mãe disse que seria dar corda à sua maluquice."

"Pai!"

"Palavras dela, não minhas.."

"Mas do que está falando?"

"West Yorkshire", ele diz apenas.

Torço o nariz. "West Yorkshire?"

"O cara de quem perguntou. Ele nasceu em Leeds, West Yorkshire. Na Inglaterra."

Olho para Richmond, que está andando à nossa frente. Então ele é mesmo inglês? Não acredito.

"Obrigada", digo, desanimada. "Te amo."

Quando chegamos à porta da frente, Richmond me impede de sair. "Summer, uma palavra?"

O sotaque de novo. Droga. Odeio estar errada.

"Te espero no carro", diz Nora.

Assinto para ela. "Não vou demorar." Aguardo até ela estar fora do alcance da minha voz e cruzo os braços. "O que você quer?"

"Me desculpar." Seus olhos brilham com remorso genuíno. "Posso ter sido meio babaca com você."

"Só meio?", pergunto, categórica.

"Tenho que confessar que comecei com o pé atrás com você."

"Acha mesmo?"

Ele me dá uma olhada. "Posso continuar?"

"Desculpa."

"Não sou de família rica, Summer. Trabalhei duro para entrar na universidade. Ao longo dos anos, acho que desenvolvi um ressentimento em relação a pessoas como você, que sempre têm alguém que possa mexer os pauzinhos por elas. Não entrei na universidade que queria. Ninguém me conseguiu um favor." Ele abaixa a cabeça. "Sinto muito por como me comportei. E sinto muito sobretudo porque não ouvi quando me alertou sobre o professor Laurie. Você tentou me dizer quão desconfortável se sentia com ele, e não levei em conta suas preocupações."

"Não levou mesmo." Posso sentir a reprovação irradiando de meus poros.

"Não tem ideia de como me arrependo disso. O que a srta. Ridgeway enfrentou hoje foi horrível. E poderia ter sido pior. Tudo porque ignorei o que disse." Ele estremece. "Sinto muito."

Solto o ar. "Agora já acabou. Espero que, no futuro, se um aluno for até você com esse tipo de preocupação, o escute de verdade."

"Pode deixar que sim. Prometo. E prometo ser mais amigável durante nossas reuniões." Ele ri, seco. "Mas, por favor, não vá achando que vou virar uma pessoa calorosa da noite pro dia. Afinal de contas, sou inglês."

34

FITZ

Estou uma pilha de nervos quando enfim ouço a chave na fechadura. É quase meia-noite. Saí da festa no instante em que Summer ligou para me contar o que tinha acontecido com Nora e que elas estavam indo ver o reitor. Queria encontrar as duas lá, mas Summer insistiu que eu ficasse em casa. Achava que já havia gente demais envolvida.

Parece que o pai dela ia participar da reunião pelo telefone, o que é um alívio. Me sinto melhor sabendo que alguém próximo a Summer estava lá para apoiá-la.

Agora levanto do sofá e a seguro nos braços antes mesmo que consiga fechar a porta da frente. "Que bom que você chegou", murmuro. "Tudo bem?"

"Tudo", ela me garante.

"E Nora?", pergunto enquanto Summer desabotoa o casaco.

"Ela está bem. Dei um golpe de caratê no filho da mãe antes que ele pudesse fazer mais alguma coisa."

Tiro o casaco de suas mãos frias e o penduro. "E o reitor?"

"Disse que vai cuidar da questão."

"Acho bom! Não tem a menor chance de Nora ir à polícia?"

"Não sei. Meu pai se voluntariou para ajudar." Summer passa as mãos pelo cabelo louro. "Odeio este mundo em que a gente vive, Fitzy, com gente de merda fazendo coisas ruins e se safando."

"Eu sei", concordo, sério. Coisas ruins acontecem, mas estou confiante de que Erik Laurie vai sofrer as consequências de seus atos pelo menos em parte.

Na semana passada mesmo li na internet sobre três professores de universidades importantes que foram demitidos no último mês. Um deles tinha um cargo vitalício. Assédio sexual está sempre nos jornais agora — de jeito nenhum a Briar vai deixar algo tão sério passar em branco.

Enfio o rosto no pescoço de Summer e inspiro meu perfume favorito na Terra. Chanel Nº 5. O único que uma dama deveria ter, alguém me disse uma vez. "Fiquei tão preocupado quando me contou o que aconteceu."

"Fiquei preocupada quando *vi* acontecer." Ela pega minha mão e me leva para a escada. "Mas chega de falar disso. Só quero tomar um banho quente, ir para a cama e ver *The Bachelor*."

Minha boca se contorce num sorriso irônico. Nunca achei que ia me apaixonar por uma garota que goste tanto de reality shows. Nunca.

Felizmente, essa é só uma das facetas de Summer Heyward-Di Laurentis.

Existe uma infinidade de outras. A que provoca os irmãos mais velhos. A que adora os pais. A que fica melhor amiga de alguém do nada, porque mergulha em relacionamentos com toda a confiança. Outras pessoas se mantêm em alerta quando conhecem gente nova, mas Summer não. Ela é fiel e aberta.

E é inteligente, apesar de suas dificuldades de escrita. Seu vocabulário compete com o meu. Ouve audiolivros imensos de histórias de fantasia e as discute comigo. Nunca tive uma namorada capaz de dissecar a jornada de Sir Nornan até a Floresta de Vidro e recitar todas as razões pelas quais ele foi um idiota ao usar a espada do anjo, revelando prematuramente sua existência aos habitantes das cavernas que protegem o Grande Além.

Então, sim. Summer é tudo.

É minha musa. Já estou digitalizando os esboços que fiz dela para o novo game que estou criando.

É meu riso, porque tudo o que diz é engraçado.

É minha bomba-relógio, porque, meu Deus, como a gente grita um com o outro às vezes. Nunca soube que eu era capaz de expressar emoções assim. Não achei que tivesse isso dentro de mim.

É meu desejo, porque não dou um passo sem querer estar dentro dela.

Mas, acima de tudo, é meu coração.

"Eu te amo", digo a ela, enquanto caminhamos pelo corredor até meu quarto.

"Também te amo", sussurra Summer.

Seu olhar se volta brevemente para a porta de Hunter.

"Ele não está", murmuro, e sei que ambos estamos pensando no quanto odiamos que ainda esteja com raiva da gente.

Mas Hunter vai superar isso. E, se não superar, vou aceitar. Com o coração pesado, claro, mas sabendo que ganhei algo que pode curar a dor da perda. Ganhei Summer.

Pela primeira vez, realmente sinto que estou vivendo, em vez de me esconder nas sombras. Meus pais podem continuar se odiando, mas, da próxima vez que um deles ligar para vomitar seu ódio, vou deixar claro que não quero mais negatividade envenenando minha vida. Mesmo que isso signifique desligar. Porra, não tive o menor problema em bater o telefone na cara de um bilionário hoje.

Quando estava esperando Summer chegar da casa do reitor, aproveitei para pensar na oferta de trabalho de Kamal. Concluí que talvez ele precise de alguém como eu na Orcus Games. Alguém que não puxe seu saco. Alguém que diga a ele quando estiver dando uma de idiota. Então estou tentado a aceitar, mas vou decidir mais tarde.

Agora, quero tomar um banho com a mulher que amo e depois entrar debaixo das cobertas e assistir a um reality show bobo com ela.

"Você tem o pior gosto para programa de televisão do mundo", digo quando entramos no meu quarto.

Seus olhos verdes me fitam, maliciosos. "Mas você me ama mesmo assim, né?"

Eu a puxo para mim, e meus lábios procuram os seus. "Amo." Então dou um beijo lento e provocante nela. "Te amo mesmo assim."

Agradecimentos

Vocês não têm ideia de como foi divertido mergulhar de novo no mundo do hóquei universitário para escrever este livro. Mais do que isso, reencontrei meus gatinhos do hóquei e incluí algumas garotas muito legais que estava morrendo de vontade de apresentar ao mundo! Como sempre, o esforço para este livro chegar às suas mãos não foi só meu. Não teria sido possível sem a ajuda de algumas pessoas incríveis:

Edie Danford, por ter dado forma a este manuscrito (e por ter gravado no meu cérebro para sempre a frase "tartaruga assustada/semelhante a um órgão genital").

Sarina, Nikki e Gwen, primeiras leitoras, amigas e mulheres lindas em geral.

Aquila Editing, pela revisão (sinto muito por todos os erros de digitação!).

Connor McCarthy, meu jogador de hóquei universitário pessoal, que enfrentou muitas perguntas (a maioria aleatórias e um pouco loucas) e respondeu como o campeão que é. Muito obrigada por toda a sua ajuda. Foi fundamental para mim. Espero que sua namorada goste do livro!

Viv, porque é claro que sim.

Nicole, minha assistente extraordinária. Santo Deus, você continua a me surpreender com seu apoio, sua eficiência, sua ética de trabalho, sua genialidade de forma geral e o fato de que não pisca nem para meus pedidos mais loucos. ☺

Tash, minha assistente, melhor amiga, louca, alma gêmea, tábua de salvação, terapeuta, auxiliar de compras e companheira de impaciência. Você é tudo.

Nina, meu anjo. Sinto muito por todas as velas que acendi pra você. Nós duas sabemos que eu não sobreviveria sozinha.

Natasha e Vilma, pelo seu apoio contínuo, que significa tudo para mim.

Damonza.com pela capa absolutamente deslumbrante da edição original!

Meus amigos autores (vocês sabem quem são! Shhh, Vi!), por terem divulgado este lançamento, apoiado a série e oferecido seu amor a ela. Adoro vocês, pessoal!

E, claro, aos blogueiros, críticos e leitores que continuam a promover meus livros. Sou muito grata a todos vocês. Obrigada por se dedicarem a fazer tudo o que fazem.

TIPOGRAFIA Adriane por Marconi Lima
DIAGRAMAÇÃO Osmane Garcia Filho
PAPEL Pólen Soft, Suzano S.A.
IMPRESSÃO Gráfica Bartira, março de 2022

A marca FSC® é a garantia de que a madeira utilizada na fabricação do papel deste livro provém de florestas que foram gerenciadas de maneira ambientalmente correta, socialmente justa e economicamente viável, além de outras fontes de origem controlada.